時光傾城
―― 06 命定 ――

诗我心上月

苏鎏／著

河北出版传媒集团
花山文艺出版社

图书在版编目（CIP）数据

许我心上月 / 苏鎏著. —石家庄：花山文艺出版社，2016.10（2020.3重印）
 ISBN 978-7-5511-2905-3

Ⅰ. ①许… Ⅱ. ①苏… Ⅲ. ①言情小说—中国—当代Ⅳ. ①I247.5

中国版本图书馆CIP数据核字(2016)第162481号

书　　名：	许我心上月
著　　者：	苏　鎏
策　　划：	张采鑫
责任编辑：	董　舸
特约编辑：	伍　利
美术编辑：	许宝坤
责任校对：	齐　欣
封面设计：	刘　艳
内文设计：	昆　词
封面绘制：	林　田
出版发行：	花山文艺出版社（邮政编码：050061）
	（河北省石家庄市友谊北大街330号）
销售热线：	0311-88643221/29/35/26
传　　真：	0311-88643225
印　　刷：	三河市华东印刷有限公司
经　　销：	新华书店
开　　本：	880×1230毫米　1/32
印　　张：	9.5
字　　数：	310 千字
版　　次：	2016年10月第1版
	2020年3月第2次印刷
书　　号：	ISBN 978-7-5511-2905-3
定　　价：	48.00元

（版权所有　翻印必究·印装有误　负责调换）

001 /	第一章 神秘的男主人		
014 /	第二章 这世上最后一个爱她的人		
027 /	第三章 他们都以为这辈子不会再见		
041 /	第四章 一朵鲜花插在牛粪上了	097 /	第八章 男神喜欢的姑娘， 不一定都是女神
056 /	第五章 可她明明不是她	111 /	第九章 女生就是用来宠的
070 /	第六章 没谈过恋爱的许医生	125 /	第十章 原来暗恋一个人是这种感觉
083 /	第七章 他的心里已经住了一个人	139 /	第十一章 水花轻溅，刹那温柔

153 / 第十二章	
没送出的钥匙扣与被藏起来的白衬衫	
166 / 第十三章	
她怎么就那么想见他一面	
177 / 第十四章	254 / 第十九章
来自混世魔王笨拙的追求	一定要找到她
189 / 第十五章	270 / 第二十章
那个浅尝辄止的吻，让他一夜不能安睡	除了我这个人，什么都可以给
204 / 第十六章	280 / 第二十一章
命运仿佛进入了一个轮回，如此相似	被视作天神的大哥哥许哲被拿下了
224 / 第十七章	285 / 番外一
你出现了，我就乱了	她和许哲，仿若一个漫长的美梦
238 / 第十八章	290 / 番外二
为了喜欢的女生，他开始做回一个正常人	今天你要嫁给我

第一章
神秘的男主人

刚进九月，天气依旧酷热难耐。

赵惜月提着两袋东西靠刷脸进了小区大门，身后一个背双肩包的年轻男子假装和她是一道儿的，也跟着混了进来。

进了5号楼大厅，眼尖的保安同她打声招呼，转眼看到跟在她后头的陌生男子，于是上前去拦。

赵惜月往电梯走的时候就听保安询问陌生男子："你找谁，哪楼哪户，你怎么进来的？"

戒备森严的高档住宅小区，即使你跨过了第一道坎，也一定会死在后面的某一道上。

电梯直上十二楼，赵惜月出来后左拐，到了门前费力地抬起挂了袋子的手，手指摁在门前的指纹识别器上。机器很快发出一串清脆的响声，门"咔"一声打开，她身子一晃便钻了进去。

屋里开着空调，一下解了她的暑意。她把环保袋拎进厨房，将刚买的水果蔬菜整理清洗，有些放冰箱，有些则放果盘里。

冰箱上贴着记事贴，她看了最前面的一张，上面留了一行字："赵阿姨，麻烦临走前做个蔬菜沙拉，谢谢。"

她心想，字写得真漂亮，不知道人长什么样儿。

然后她又拐进客厅，发现沙发上叠了两件衬衫，旁边也有张记事贴。

"赵阿姨，麻烦把这两件熨一下，谢谢。"

除了记事贴，衣服上还搁了五十块钱，算是对她额外工作的报酬。

赵惜月是给人当钟点工的，刚做了一个月，没见过主人家长什么样，只知道是个医生，姓许，就在附近的省一院工作。

家里没有一张照片，也没有女主人的气息，看来是一个人住。她每隔一天来一次，买点儿蔬菜水果补充一下，又擦桌子、扫地、拖地板，偶尔还给洗洗衣服。

一般都是衬衫西裤什么的，没见着过内衣。

熨衣服是头一回，主人家给了报酬，意思是这活儿不在当初说定的范围内。

赵惜月就想自己真是碰上阔佬了，上回请她给阳台上的花浇水给了五十，这回熨两件衬衫又是五十。

这个许医生到底多大年纪？应该不年轻了吧。住着一百多平方米的一室一厅，厨房大得能跳舞，又是个医生，想来奋斗很多年，不是个教授也得是个主任什么的。

可他怎么没有老婆孩子？

赵惜月一边八卦一边给人熨衣服，熨完后又进房间找衣架挂起来。

男人的卧室，干净得一尘不染，她每次抹灰尘都觉得对方这钱花得浪费，因为从来都没抹出什么灰。

床上被子铺得整齐，白色床单深色被套，配上清一色的白灰色家具，屋子里没什么暖意。

她拉开衣柜门，顺手把几件外套往边上推一推，好挪点儿空间出来。结果不知从哪件外套口袋里掉出了样东西，吸引了她的注意力。

她把衣服挂好后蹲下来捡那东西，发现是张名片。很不错的材质，设计却并不繁复，黑色的背景上印了银色的字，头一行是公司名：弘逸集团股份有限公司。

看到这个名字，赵惜月心头一颤，捏名片的手不自觉加重了力道。

她又往下看，名片主人叫霍子彦，抬头很简单，只印着"董事长"三个字。下面还有一串电话号码，是个座机，一看就是公司的。

霍子彦这人赵惜月知道，弘逸集团董事长，四十多岁的年纪，听说长得英俊潇洒，很有成功男士的风度。

想不到这位许医生和弘逸集团有交情。

赵惜月起身，下意识就把名片塞进自己口袋。结果做完沙拉后又觉得不妥，重新把名片拿出来，掏出手机拍下正面。

为什么要拍照她自己也不明白，反正和弘逸有关的一切，她都不想错过。

拍完后她把名片重新塞进某件外套里，收拾一下屋子后便出门去了。

许医生应该快回来了，要不不会让她做沙拉。可惜她没时间继续待下去，没能和对方打个照面多少有些遗憾。

电梯下到二楼的时候门开了，有人走进来。正巧这时赵惜月手机响了，电梯里信号不好她就出去接，等接起来说了两句一回头，发现大家没等她，电梯门就在眼前合上了。

于是她只能走楼梯。

电话那头是好友齐娜的声音："在哪儿，忙完了吗？"

"刚忙完，是不是有活儿？"

"嗯，晚上要拍几组照片，店家点名要你，你赶紧回来。"

"成，等我二十分钟，马上到。"

齐娜有点八卦："见着人了吗？"

"没有，家里没人。"

"真是奇事儿，你给人工作一个月了，连人长什么样都不知道，你这阿姨当得够失败的。"

赵惜月就笑，心想医生都忙吧，忙得不着家。然后她伸手推开安全通道的门，正巧看到电梯停在一楼，不少人依次往里走。

有个高瘦的男人走在最后，看背影很年轻。赵惜月心想这倒是个衣服架子，光看侧面都很有型。然后她又暗笑自己，动不动就职业病发作。

大约是那男人的身材确实太出众，叫人想不看都不成。

结果她就有点儿走神，那边齐娜说什么也没听清。等她哼哼哈哈应付完对方，走到电梯前时门正好合上。

她只看到两寸大的缝隙，那年轻男人的脸就在眼前匆匆一瞥，一时没看清。

赵惜月心里下了个结论：不丑。

然后她又忍不住想，许医生究竟长什么样？

不知怎的，她鬼使神差地又往后看了眼紧闭的电梯门，想着许医生会不会就在刚才那堆人里。随即又想起齐娜给她接的那个活儿，赶紧拿出遮阳伞来，冲进了外头的烈日下。

许哲上了二十四小时班后，带着一丝疲倦搭电梯上楼。电梯停在十二楼，他出门左拐，刷指纹进屋。屋子里一直打着冷气，客厅沙发上的衬衫没了，他就知道阿姨来过了。

他路过厨房时，一眼看到摆在台面上的沙拉盘子。再拉开冰箱一看，里面整整齐齐摆着各种蔬菜水果还有矿泉水、牛奶。

他看一眼正准备关门，鼻子里闻到点儿气味，拉开某个格子一看，拿出一把韭菜。他随即找个塑料袋包上，下楼去扔了。

回来之后他撕了张记事贴贴在冰箱上，写了一行字："赵阿姨，以后别买韭菜，谢谢。"

贴完后他正准备进房去冲澡，手机却响了。电话那头的男人说话很恭敬，一开口便道："公子，我去看过了，是个骗子。"

"怎么说？"

"名字是一样，但却是后来改的。我跟邻居打听过，那姑娘从前不叫那个名儿。我又验了血型对不上。至于长相嘛，过了太多年没有可比性。"

"所以你肯定她不是我要找的那人？"

"肯定不是。估计不知从哪儿打听知道咱们在找这么个女生，就找了个年纪差不多的来顶替。我看了出生年月确实是一天，纯属巧合。"

许哲没说话，安静了几秒后才道："行，我知道了。"

正准备挂电话，那头又问："公子，还找吗？"

"找，继续找。"

说完他挂掉电话走进浴室。

冲澡的时候，他又想起刚才的那番对话，听手下的口气显然是想放弃了。

其实也是，除了他之外，几乎所有人都放弃了。连她父母都不再抱希望，早几年带着后来生的弟弟移民美国去了。

现在的 S 市，除了他之外还有谁会费心去找她？

可他还继续找着，一天也没想过放弃。只要没死总能找着，就算死了也得见着墓碑才是。这是他和她的约定。

记得小时候有一回家长带他们去游乐园，她贪吃冰激凌跟大家走散了，后来他找了半天，在一家卖糖果的小摊子前找到她。

当时她头发散乱哭得跟什么似的，抓着他的衣服不住地问："许哲，我丢了你担心吗？"

他回道："不担心。"

她又问："要是我哪天丢了，你会来找我吗？"

他又回:"会。"

两个回答一个是真话一个则是撒谎。其实他当时心里想的是,你丢了我当然担心,而且会非常非常担心。

于是他这一担心就是十八年,也找了十八年。

人海茫茫,他心里的那个女孩儿却不知道流落何方。

洗完澡穿了浴袍出来,许哲打开衣柜拿明天上班要穿的衣服。那两件刚洗好的衬衣挂在那里,他随手拿了一件,拎起来打量两眼。

赵阿姨熨衣服的手艺不错,改天找机会当面谢谢她。

他正这么想着,眼神无意间落到了旁边的一件外套上。外套斜斜的口袋里插了点儿东西,他拿出来一看是张名片。

这是他爸的名片,那天不知怎的拿出来本来是要给医院某位院长的,结果临时来了病人给忘了,后来他随手放进了外套里。

只是他记得,似乎不是放在这件衣服里。

他把衣服一拨,看了看后面那件,印象中应该是那一件。

名片自己不长脚,所以是别人动过了。

许哲没把这件小事儿放在心上,躺床上看了会儿专业方面的书,一拉被子便睡了。

这一晚他睡得不太踏实,一会儿梦见从前游乐园里的一幕,一会儿竟又看到一个朦胧的身影,端了盘炒韭菜送到他面前。

然后他便醒了。

赵惜月在太阳底下曝晒了一天,收工的时候觉得自己就快熟了。

她今天没课又不用去许医生家,连接了三个拍摄任务。最后一个跟齐娜一块儿,忙完的时候已近五点,太阳却还毒得跟什么似的。

在更衣间收拾东西的时候,齐娜终于逮着机会凑过来道:"你这工作有点儿奇怪啊,怎么一直见不到人呢。当初怎么找到的?"

"中介那里找的,跟个男的打过电话,说是主人家的朋友,帮着找阿姨的,我就去了。"

"那都一个月了,你隔一天去一次,十几次都没见着人?"

"医生嘛比较忙,你不是跟咱们学校医学院的师哥熟嘛,人家没跟你说过？"

齐娜撇撇嘴："那些算什么，最多是支潜力股。你这个不错，成功男士没家没口的，搞不好有机会……"

"也搞不好人家喜欢男的。"

赵惜月收拾好东西催齐娜快走："别磨蹭了，我一会儿还去医院看我妈。"

"真是命苦的孩子。要我说不如一咬牙豁出去算了，来钱不比这个快？"齐娜说着朝后面的露天摄影棚努努嘴，"一次一两千，你这得攒到什么时候。"

"蚊子肉也是肉嘛。"赵惜月冲她笑笑，正准备往公交车站走。齐娜到了门口大手一挥，十分豪气的模样："打车算了，我请你，别让你妈等久了。"

"谢谢你。"

"跟我客气啥。早去早回，明天早上有课，也让你妈早点儿睡。"

赵惜月坐在出租车里，透过玻璃看外面的城市。有件事情她一直没跟齐娜说，她最近总在考虑，要不要退学算了。

当初考上的时候很不容易，名牌大学不好考，她的分数擦边过，进了外语系。这个系在他们那所以医科闻名的名牌高校并不打眼，很多人和她一样都是调剂进来的。

她本想熬过四年找个好工作，以后和妈妈也能过得不错。可偏偏大三下半学期她妈得了重病，原本平淡的小日子瞬间被打破。

然后她就开始考虑，这学还要不要上。学费已经交了，咬咬牙熬一年出来后找份工作，肯定比辍学强。

可现在是时间不等人，她妈那边的医药费跟无底洞似的，靠她兼职做小模特儿加上给人当阿姨，似乎也有点儿吃力。

继续还是中断，成了摆在她面前的两条岔路。

想了想还是没跟齐娜说，出租车停在医院门口，她把装衣服的大包交给齐娜，只揣了个钱包走进医院。

刚走出没几步，两个年轻女人迎面走过来，其中一个穿着病号服。三人在一棵大树前交错而过，赵惜月没认出对方，本想侧身让过，手臂却让人一把抓住。

那个穿病号服的女人恶狠狠冲她道："赵惜月？"

她抬眼一看，恍然大悟："娄丽丽，你怎么在这儿……"

"装什么蒜，还不是让你害的。"

赵惜月莫名其妙，旁边娄丽丽的姐姐娄婷婷立马抓住自家妹妹，努力安抚她："好了好了，别生气了，咱们回去吧。"

"我不，我再走两圈。"娄丽丽放开赵惜月，收回那杀人般的目光，临了还是忍不住狠狠瞪她一眼。

赵惜月一头雾水，不知她这仇恨从何而来。

娄丽丽是她一个同学的女朋友，她并不熟悉。那同学和她不同系，叫秦轩，两人因为给同一家杂志拍内页认识，平时没什么交情。

她都不知道自己什么时候得罪了人家的女朋友。

赵惜月快步离开，进了住院大楼搭电梯上楼去看妈妈。母女两人坐在一起聊了会儿天，旁边一个病友的家属过来找她，说跟她商量个事儿。

那是病友的姐姐："小赵是吧，我们几个家属商量了一下，决定都去做个配型。不管成不成试一试吧，多个人多个希望，你去不去？"

这间病房里住了四个病人，得的全是白血病。各家想尽办法都没能给自己的亲人找到合适的骨髓，到这会儿已是有点儿绝望。所以他们想死马当活马医，各自给其他病人配型，搞不好奇迹会发生，人海茫茫也许能救自己亲人的那一个，就在同一间病房里。

赵惜月感同身受，当然不会拒绝，笑着点头应下了。

病友的姐姐脸上立马露出和煦的表情，整个人仿佛都被希望点燃。

那是一种绝望中生出的希望，赵惜月看得有点儿难受。

然后她转头去看母亲，见母亲脸色还好，不由得放下心来。她们是最后一个住进来的，她妈妈的病情也最轻。医生说了只要找到合适的骨髓，康复的机会很大。

可惜她去做了配型，却没能和妈妈的配到一块儿。想到这里她削苹果的手一顿，刀刃擦着指腹过去，还好没破皮。

赵母有点儿心疼女儿，就劝她别削了，说反正自己也不吃。

赵惜月怕她难过，撒着娇道："我吃呀，我可喜欢吃了。"

正说笑着，一个陌生电话打来。赵惜月接起来一听对方自称娄婷婷，是娄丽丽的姐姐。

赵惜月就很客气地也管人家叫姐姐："您找我有什么事儿吗？"

娄婷婷语气十分不好："你赶紧上天台来，急诊大楼的天台，我妹妹要跳楼，她说要见你。"

赵惜月一愣:"这事儿和我有关吗?"

"当然有关,你跟秦轩那点儿破事儿我妹都知道了,她前天吃药被我们救了,刚才趁我上洗手间的工夫上了天台。你赶紧过来劝劝她,我妹要是死了我跟你没完,闹到你们学校叫你书都念不下去。"

电话那头有风声,听起来确实像在天台。赵惜月还没说什么,就听娄丽丽在那儿声嘶力竭地喊:"姐,给秦轩打电话,叫他过来!"

赵惜月一听不妙,赶紧放下苹果往外走。她心里忍不住想,医生都干吗去了,怎么没人发现娄丽丽上了天台呢?

急诊室里也是乱作一团,许哲今天上中班,才刚查完房,实习医生小李就冲了过来,一脸惊慌道:"许医生不好了,娄丽丽跑天台上去了。"

旁边同为住院医师的谢志凑过来问:"哪个娄丽丽?"

"6床的,前天晚上吃安眠药送来的那个。"

许哲回他一句,又问小李:"哪栋楼?"

"就咱们这栋,正在天台上闹呢,说要自杀,嫌咱们救活了她。真能添乱!"

许哲转头冲谢志道:"你看着这里,我上去看看。"

说完他带着小李搭电梯上了顶楼。到那里的时候他发现天台上已经围满了人,全是医院的工作人员。有人在劝娄丽丽,有人在打电话,一见许哲来,所有人自动让到两边,给他留出地儿来。

许哲穿过人群走近一看,娄丽丽的姐姐正拿着电话冲对方吼:"喂姓秦的,我妹妹为了你差点儿没命。她现在在省一院急诊楼楼顶,你要不来的话,我饶不了你。"

挂了电话后娄婷婷看了一眼许哲,似乎显得有几分犹豫。许哲冷静地站在那里,和旁人看起来很不同。他就是有那种让人安定的能力,再浮躁的人看到他,也会平静下来。

娄婷婷收起手机,开始劝妹妹下来。结果娄丽丽不依不饶,冲她吼道:"赵惜月呢,她怎么还不来?是不是没胆来,有种抢人男朋友却没脸来见我,是不是?"

许哲在旁边听着,心想又是个姓赵的。

娄丽丽又催:"姐,你再给那个贱人打电话,叫她过来。"

赵惜月一上天台，就听到有人在骂自己。仗着晒了一天脸皮够红，她也没把这话儿放心上。

其他人一见她就安静下来，似乎猜到了她是谁。有人心里就想，这姑娘一件白T恤一条牛仔裤，扎个马尾辫挺清纯的样子，不像会做那样的事情。倒是这个要跳楼的，看起来更像疯子。

不过她长这么漂亮确实挺吸引人，男人们就腹诽，要这两个给自己挑，肯定是挑这个啊。

许哲也在打量赵惜月，他看的点和别人不同。晚霞渐渐铺洒开来，照得她整个人泛着红晕。但即便这样她的脸还是红得很不自然，像是经过了长时间的曝晒。

然后他就想自己还是职业病发作，这时候还有心思研究这个。

赵惜月却没看到他，目光落在了娄丽丽身上。刚刚看着还挺正常一个人，一眨眼的工夫居然玩起了自杀。

她就劝娄丽丽："你先下来吧。"

"我不，我要等秦轩来。"

"那你下来等。"

"我不下来，我今天就死在你们这对狗男女面前。"

赵惜月有点儿无奈："我跟你男朋友真没什么，就一起工作过两回。我答应你，以后避开有他的工作成吗？"

"不行，他说了他要跟我分手，他看上你了。一见钟情！"

"这个……我也没有办法。我毕竟不是他，但我答应你，我绝对不会接受他，这样可以吗？你先下来吧，挺危险的。"

娄丽丽却是火暴脾气，一点儿不听她的，仍是吵着要跳楼。赵惜月没办法，只得下剂猛药："那样不值得。你要是跳了，不是正好成全他来追求我吗？"

许哲眼前一亮，觉得这人有点意思。

娄丽丽一愣，显然有点儿被说服了。

"你还是下来吧，不管怎么样，活着才有机会。"

语调平稳声音清亮，有点儿掌控力。现场有些人不由得暗叹，怎么这姑娘说起话来，和许医生的调调有点儿像。

可惜许医生没开口，否则倒是有场好戏看。

娄丽丽脸色微变，像是有些触动，但心里依旧不爽："就这么下来，我脸都丢光了。秦轩那个王八蛋还没露面，我不下来，我要等他。"

赵惜月看了看周围，没见到秦轩。她想这人可能不会来了，可娄丽丽总得下来。她这会儿浑身酸痛，没精力陪她在这里耗。

为了速战速决，她想了个招儿："这样吧，你下来，我让你打两下出出气，怎么样？"

她看出来了，娄丽丽根本不想死，就是心里一股邪火没地儿出。

果然对方立马上钩："打你，打哪儿？"

"哪儿都成。"

"你说的，这些人可都听着呢。"

"嗯，请他们为我作证。你下来吧，我让你打，我不还手。"

娄丽丽终于妥协，冲她嚷道："你过来点儿，隔太远我打不着。"

赵惜月上前几步，站到了她面前。

对方立马跳下来，抡起手臂就朝她的脸上招呼去。

打人就要打脸，这样才痛快。

一直安静观战的许哲到了此刻终于出手，他一手拉过赵惜月，另一只手推了娄丽丽一把，将她推得一个趔趄。以小李为首的围观人群立马一拥而上，将她围了个严严实实。

娄丽丽自知中计，气得大喊大叫，却又无可奈何。

人墙将她和赵惜月隔开，她内心虽充满怒火，却碰不到赵惜月一根头发丝儿。且她面前还站着个高瘦的男人，浑身散发着冷漠的气质，清俊的脸面无表情，被夕阳一照有那么点儿戾气。

娄丽丽只得认命，被人推搡着往前走。

赵惜月站在那里看她，脸上没有表情。隐约间她看到秦轩从角落里出来，趁人不注意偷偷从安全门离开，那样子就像只猥琐的老鼠似的。

原来他早就来了，就是不敢出来，是怕担责任吧。现在见人没事儿了，又不声不响走掉。没见过这么没担当的男人。

娄丽丽离开他，其实是好事儿。

天台上很快安静下来，这么多人来去都如一阵风。赵惜月一抬头，看到刚才救自己那男人的背影，不知怎的觉得有点儿眼熟。

他拉她的时候力气有点儿大，她摸了摸手腕，冲对方客气道："刚才谢谢您。"

"不用。"淡淡扔下一句话，许哲连头都没回，大步离开。

赵惜月忍不住又想，又是个衣服架子，这两天怎么净碰到这样的男人。

她拖着疲惫的身体回到学校，一沾床就睡着了。

第二天起来去上课，整个人晕乎乎的，讲台上教授说的什么也没听清。好不容易挨到中午去食堂吃饭，结果齐娜有事先走了，剩她一个打了饭找个人不多的地方，窝在那里快速吃起来。

她现在时间宝贵，一分钟恨不得掰成两半花。

可偏偏就是有人喜欢占用别人的时间。赵惜月饭刚吃到一半，只觉眼前一黑。她抬头一看见有人站在跟前，挡了大半的灯光。

她扫那人一眼，低头继续吃自己的。

秦轩本带着一脸笑意过来，结果一上来就碰钉子，一时有些尴尬。

然后他开口道："惜月……"

赵惜月觉得既好气又好笑，觉得这人充分说明了人不要脸天下无敌的境界。

她正想着要不要换个地方吃，秦轩又开口："昨天的事情是我不好，真是对不起。"

"是你不好，你早点儿出来就没事儿了。"她的意思很明显，暗示自己看到他躲在暗处不敢出头了。

秦轩脸一红，更显尴尬。幸好这里紧邻教师餐厅，学生怕跟老师们碰面，一般不在这几张桌子上吃饭。要不然让人当众抢白一顿，他这 F 大机械系校草的脸还往哪里搁。

他张张嘴，又继续解释："丽丽精神太紧张，可能是最近学习太累，对我有些误会。其实我……"

"对不起秦同学。事情已经解决了，我工作学习也挺累的，就不陪你了。你有空还是陪陪你女朋友，毕竟相爱一场，何必呢。"

"什么女朋友，我们已经分手了。惜月，我可不可以……"

"不可以。"还没等对方表白的话说出口，赵惜月直接拒绝。

真是恶心人不遗余力，他以为他是谁？

秦轩却不放弃："你相信我，我跟丽丽真的分手了。给我个机会好吗？"

"我不怀疑你跟她已经分手了，毕竟你是人渣。可我还是不能答应你，抱歉。"

　　说完她站起身来，拿着没吃完的午餐准备离开。结果秦轩再次人渣附体，不假思索便伸手去拉她。

　　亏得赵惜月早有防备，一闪身避开他的手，拿起手里的饭盒直接扣他脑袋上。一时间饭菜弄得他满脸满身，旁边就有人围过来看热闹。

　　教师餐厅有几个年轻老师走过，也跟着探头。赵惜月隔着玻璃看他们一眼，本想看看有没有自己系的导师，结果一眼却看到个熟悉的身影。

　　像是昨天救她的那个医生，但她又不敢确定。当时没看清脸，也没问人名字，这会儿他没穿白大褂，她不十分肯定。

　　她这么一愣神倒叫秦轩抓住机会，一抹脑袋上的饭菜，抬手就想打人。

　　赵惜月身体反应比头脑快，对方的手还没碰到她的脸，便被她反手捏住手腕，直接一扭就抵到了背上。

　　秦轩立马尖叫起来，直觉自己的手臂快要断了。

　　围观的学生越来越多，赵惜月却鬼使神差地又去看那个男的。他在教师餐厅出现，所以他是本校的老师？可年纪未免太轻，比那几个老师年轻了不止一轮。

　　许哲今天来学校是看望以前的教授，临了教授请他吃饭，他推不掉。

　　没想到饭还没吃倒看了一场好戏。看她这身手昨天倒是他多此一举，早知道就不出手了。

　　正好这时教授招呼他过去，他便收回目光跟人走了。赵惜月就这么盯着他，一直到他走到窗口打饭才收回目光。

　　结果光顾着看别人，倒把秦轩给忘了。害他受了老大的罪，最后哭着喊着求饶，才算保住了一条胳膊。

　　下午赵惜月只有两堂课，想起要去许医生家，上完课回宿舍拿了东西就走，又给人买了点儿蔬果去补充。

　　进到家里后许医生依旧不在，厨房里留了张字条，说让她以后别再买韭菜。她打开冰箱一看，发现里面有被擦拭过的痕迹，还特别放了冰箱除味剂。

　　她就想这个医生果然龟毛，不吃肉也就罢了，连韭菜也不吃。他是不是只吃黄瓜番茄这种没什么味道的东西？赚这么多钱过这样的生活，有意思吗？

　　她拐进了浴室，给人打扫浴房。先开了花洒把浴房整个淋湿，正准备关了水洒清洁剂，也不知是她太用力还是水龙头本就不好，一拧竟是爆了。一下子水喷涌而出，毫无防备的赵惜月被浇了个满头满脸。

她有点儿慌，赶紧去翻手机，找出当初中介给她留的主人家的电话，直接拨了过去。

办公室里许哲正看片子，旁边谢志的电话突然响了，接起来说了两句后挂掉，转头冲他道："哎，你家阿姨来电话，说浴室水龙头坏了水流个不停，也不知道家里总水闸在哪里。怎么办？"

许哲还没接话，谢志又说开了："我说你请阿姨怎么留的我的电话？"

"方便。"许哲打量他一眼，"你快下班了吧？"

"干什么，难道这也要我帮你吗？"

"我今天夜班，这会儿没法回去。你替我跑一趟吧。"

谢志撇撇嘴，冲他来了句："你可真会使唤人。"

话虽这么说可他还是赶紧去了。开门后直奔浴室而去，一推门就见一个年轻姑娘蹲在里头，正拿盆儿趴浴房里接水。她身上薄薄的衣服让水打湿了，头发全贴在额头上，看上去十分狼狈。

赵惜月一听身后有动静便转头，正好撞上谢志的目光。然后她就愣了下，心想许医生原来这么年轻，长得还不赖，之前倒是误会他了。

谢志看着被水淹没的浴室，上前一步道："什么情况，水龙头掉了？"

"嗯，大概我拧过头了，现在水关不掉，你能找到总水闸吗？"

谢志心想这玩意儿我平时也不弄啊，但当着小姑娘的面不好露怯，只得一拍胸脯转身出门，给物业打电话去了。

折腾了十几分钟总算把水给关停了，谢志松一口气，进浴室一看，只见那姑娘从头湿到脚，被外头空调打进来的冷气一吹，冻得直哆嗦。

男人对漂亮的女人多少有点儿怜惜之情，见她这样，谢志赶紧拿块浴巾给她擦擦，又进许哲的房间找衣服给她换。

找了半天全是男人衣服，谢志没办法，随便拿件衬衫让她换上，随后又打电话找人来修水龙头，忙完这一切才提议开车送赵惜月回家去。

赵惜月身上一半湿一半干，下面的裤子湿淋淋贴身上不舒服，却也不愿坐人家的车，怕给人把车弄湿。

她推辞了几句说过两天再来，不等谢志把话说完，就拿着自己的包匆忙跑掉了。

第二章
这世上最后一个爱她的人

夏天的夜晚注定属于啤酒和小龙虾。

经历了水龙头事件之后，赵惜月紧张了好几天。但隔一天再去许医生家时，发现浴室已经收拾干净，换上了新的龙头，积水也全排干了。对方什么也没说，电话也没打一个，还是像从前一样给她留了几张字条。

本以为工作要"砸锅"，结果却安然无恙，赵惜月松了一口气，这天收工后被朋友孟雪拉去了大排档。

孟雪说她请客，让赵惜月随便点，赵惜月却感觉她似乎有话要说。

两人点了两斤小龙虾和四瓶啤酒，将减肥的事儿暂时扔到一边。

大排档有个常年不拆的棚儿，老板和老板娘在里面炒菜，外头则摆了七八张桌子，一到晚上天天爆满，这股热闹劲儿要持续到凌晨三四点。

她们到的时候不过六点，天色还亮着，人不算多，除了她们外就一张桌子有三个男人围在那里吃。

等上菜的工夫孟雪的话匣子就打开了，一边喝酒一边同她叨叨："惜月，我对不起你，我这个人特别不是个玩意儿。那一年周导的戏，那个女三号试镜，我故意跟你说错时间，害你没赶上。本来想挤掉你自己上的，结果啥也没捞着，去了不过就让人吃两把豆腐。如果换了你，搞不好就成了。"

"没有的事儿，你不行我肯定也不行。"

"你长得漂亮啊。是我嫉妒你，毁了你的前途。"

赵惜月拍拍她的背："没事儿，娱乐圈太乱，进去了搞不好就没法儿全尸出来了。就跟现在这样，在外围转悠两圈挺好的，赚得不多也能糊口。"

孟雪摇摇头，依旧说着从前的旧事。大多是她怎么算计赵惜月，抢她的工作，抹黑她的人品，散布她的谣言。听得赵惜月一愣一愣的。

敢情这个圈子里，还真没有朋友可言。

幸好她还有齐娜。

两个人正说着，孟雪突然从包里翻出个瓶子，开了盖子倒了一手心的白色药片，一仰头就着啤酒吃了下去。

这下赵惜月急了："哎你干什么，这什么东西？"

孟雪似醉非醉，推开她的手："没什么，就是点儿维生素。你赶紧吃东西，我知道你喜欢这个，今儿管够，你吃多少我买多少。"

赵惜月心想她也不是饭桶啊，两斤下去就差不多了。

这么想着她把手伸进盆里，又拿了一只出来。刚准备剥呢，大排档突然热闹起来。不知从哪里钻出来十来号人，男的女的都有，穿着大多随意，T恤短裤什么的。只有一位这么热的天居然还是长袖衬衣配浅色西裤。衬衣只解了最上面一个纽扣，两边袖子各卷起一寸，一看就是十分讲究的那种人。

赵惜月打量那人几眼，觉得有点儿眼熟，像前两天救她的那个医生。

虽然没穿白大褂，但气质很类似，一看就是十分龟毛的类型，和其他人坐在一起显得格格不入。

赵惜月没看错，那就是许哲。

他平生头一回来大排档这种地方，竟叫她撞见了。

许哲本来是很排斥这种地方的，卫生不过关，人多口杂，而且他吃素多年，就算来了也没什么适合他吃的。大排档嘛，还是以肉和海鲜为主，蔬菜不过是点缀。

但今天被谢志那么一搅和，他就来了。

原来下班前，科室里几个实习医生聚在那里谈论他，谢志路过正好听见了，便一把拉住他推进办公室，擅自做主地宣布："大家不要抱怨，今天许医生请客。"

许哲来急诊室这么多年，从没请人吃过东西。一听他请客，众人立马来了精神。

许哲还不算太轴，顺水推舟道："嗯，我请客。"

"吃什么？"有人问。

"龙虾。"

科室里安静了三秒钟，随即爆发出惊人的欢呼声。

结果没想到是这种小龙虾。

不过大家也不贪心,这东西接地气,大排档比高级餐厅更自在。

十多号人拥到大排档,一张桌子坐不下,就把两三张拼在一起。

拼桌的时候许哲站在旁边没动手,顺着别人移动的身影,目光无意间落到了赵惜月身上。

正巧赵惜月也在看他们这帮人,两个人的视线就在空中交错而过,然后各自撇向一边。

许哲想的是,居然这么巧。

赵惜月想的却是,哪儿来的少爷啊,别人都在忙,就他负手站着,跟领导检查工作似的。这种人一看就不合群,居然会跟同事来吃这么平民化的东西,也不怕脏了他的手。

拼完桌大家就坐下来点菜,要了啤酒和龙虾,还有烧烤之类的东西,又额外替许哲点了一碗白米饭两碟蔬菜,随即边喝边聊起来。

许哲安静地坐在那里,从头到尾没吃没喝,也不说话,跟尊漂亮的雕像似的。

他从小话就少,后来有一阵人略活泼些,可自从她不见了之后,他又把自己封闭到了小小的世界里,不轻易与外界接触。

原本谢志在这里他还能说上两句,结果吃到一半谢志临时有事被叫了回去。剩下许哲一个人坐在一帮不怎么熟悉的同事中间,就像赵惜月想的那样,当真格格不入。

赵惜月和他隔了一张桌子,不时拿眼角的余光去看他。这个人给她的感觉有点儿怪,明明和周围的环境十分不搭,却能气定神闲地坐在那里,不露一丝尴尬。

再看他这身打扮,他不热吗?白净的脸上没有一丝汗渍,虽是一脸不苟言笑,但因为长得太好,便让人心生喜欢,仿佛嘴角眉梢都带着淡淡的笑意。

想起前两天她在食堂收拾秦轩叫人瞧了个正着,赵惜月又有点儿不好意思,低头收回目光。

结果旁边桌上最早来的那三位却误会了。

三位都不是什么好人,附近的流氓混混,一见赵惜月长得漂亮口水都快流下来,什么小龙虾,都比不得这女人的一根手指头。

其中一个看起来像他们的老大，微胖的身形个子不高，头上剃了个青瓢儿，拿油乎乎的手抹了把头发，就起身凑上来打招呼。

"两位小姐喝闷酒没意思，不如跟我们一道儿吧。咱们来划拳，输了的请吃饭，怎么样？"

孟雪有点儿醉糊涂了，大着舌头瞎哼哼，也听不清她在说什么。赵惜月却是口齿清楚，面带微笑道："不用了，谢谢。"

青瓢儿是个不达目的不罢休的主儿，一听对方拒绝，欺负她们没有男人保护，直接伸手就去拉赵惜月的手。

这一回和对付秦轩不同，赵惜月没拧他手腕，不过伸出脚来趁对方上前的时候绊了他一下。青瓢儿喝多了酒身子不稳，面朝下摔了下去，牙齿正好磕在旁边的椅子上，顿时鲜血直流。

另外两个混混有点儿傻眼，愣了十来秒才冲上来，扶起青瓢儿仔细看。磕断一颗门牙，牙龈也磕伤了一片，血正汩汩往外涌，弄得他一脸红儿。

这是怎么回事儿？三人都没搞明白。看赵惜月巴掌大的小脸儿上神情自若，以为碰上行家了，轻轻一脚就叫人头破血流。

这些人都是欺软怕硬的，见这模样不敢再纠缠，匆匆扔下菜钱，扶了青瓢儿就往附近的省一医院跑。

其他几桌也有人看到这情景，纷纷掩嘴偷笑。许哲因为不吃东西，对周围的动静就比较敏感，从青瓢儿离桌开始调戏对方起，他就一直看着。

然后他就想起大学食堂那一幕。

这个姓赵的小姑娘看来不简单，身手好不好在其次，脑瓜子还挺灵活。至少几次见她，她都没叫自己吃亏，不是那种需要男人一味保护的女人。

他正准备收回视线，却发现赵惜月也正盯着自己看，于是微微皱眉，和她对视片刻。

很少有人能经得起许哲的眼神较量，厉害如赵惜月这样的也不行。她在这方面稚嫩得很，不好意思和个英俊的男人赤裸裸地互看，于是很快低下头去，佯装关心孟雪："别喝了，回头把身子喝伤了多不好。"

"没事，姐姐我千杯不醉。"孟雪推开她的手，拿起瓶子喝干最后那一点儿。

赵惜月没办法，一脸无奈地看着她。

倒是孟雪先笑了："你这什么表情，再漂亮的脸也不好看了。急什么，附近不有医院嘛，回头我要倒了，你就送我过去。"

她这话声音有点儿大,许哲他们一帮人就听见了。

小李嘴欠道:"回头真倒了,咱们就地给她抢救也成。"

其他人听了都笑,只有许哲依旧毫无表情。

那边孟雪喝干了之后不满意,便伸手去拿最后一瓶啤酒,可手刚放到酒瓶子上,脸色却突然一僵,身体不受控制地颤抖起来,就跟被人兜头浇了盆凉水似的,立马起了一头的汗。

她摁在瓶子上的手一歪,那瓶子就被打翻在地,激起的动静又吸引了旁人的注意。

赵惜月的反应不如许哲快,刚想伸手去扶人,那边许哲已如风一般冲了过来,将几近昏厥的孟雪扶住,慢慢放倒在地。

忙完了事情的谢志惦记着小龙虾,急急往这儿跑。刚跑过来就瞧见这一幕,心里不由得咂舌。怎么好端端吃个饭,还能碰到病人?

就听旁边有人骂小李:"就你嘴欠,这下真说中了。"

大排档里瞬间紧张起来。

孟雪突发性痉挛,身子不住颤抖,人很快失去意识。赵惜月蹲在她身边,紧张地盯着许哲看。

其他医生也都冲了过来,谢志走在最前头,一看这情景就问:"酒精中毒?"

许哲抬头看看桌上空着的三个酒瓶,摇摇头:"不像,不过三瓶啤酒。"

他看一眼赵惜月:"除了喝酒,她还吃了什么?"

"没有,她连龙虾都没吃。"

许哲仔细观察孟雪的情况,见她面色潮红多汗、瞳孔散大呼吸急促,加上她有抽搐和昏迷的症状,觉得更像是服用某种药物过量。

于是他又问赵惜月:"你仔细想想,你们在一起的这段时间,她还吃过什么别的?或是喝过什么?"

经他这么一问,赵惜月终于想起来:"有,她吃过一把药。"

"什么药?"

"不清楚,她和我说是维生素,可我觉得不像。"说着她翻开孟雪的包,把药瓶递给对方。

许哲拿过来一看,光瓶子连标签纸也没有。打开一看里面都是白色的药片儿。谢志凑过来轻声道:"这是嗑了药吧?"

许哲看他一眼，目光里透露着赞同，然后他伸手把孟雪抱起来，招呼谢志："拿我车钥匙，赶紧回医院。"

一顿麻辣小龙虾还没吃几口，就这么泡了汤。

赵惜月上了许哲的车，一路跟着来到医院。路上谢志给医院打了电话，让他们提前做好准备。搁下电话，他回头看一眼后排的赵惜月，觉得有点儿眼熟。但情况紧张，两人的心思都不在对方身上，谁也没认出彼此。

车一开到急诊大楼门口，里面平车已经推出来准备就绪。人被抬上去后直接送去急救室。赵惜月被拦在外面，只能隔着玻璃看里面的抢救情形。许哲的身影在她眼前来回晃着，有种精英男人特有的干练和果断。

过了一会儿，实习生小李出来向她询问患者的基本情况。

赵惜月一一同他说了，临了拉住小李轻声问："麻烦问一下我朋友情况怎么样，主治医生是哪位？"

小李一看许哲，再看看赵惜月，自以为明白了什么。他正准备调侃两句，突然觉得这姑娘有点儿面熟，仔细一想回过神来。这不是那天娄丽丽大闹天台时来救场的那位吗？

小李觉得她挺仗义，跟她没什么关系的事情还能尽心尽力，比起娄丽丽那不要脸的男朋友来好太多了。

于是他改变主意，回答道："那是我们许医生。"说完觉得没回答完整，又加一句，"许医生很厉害，你放心，我们会尽力的。"

赵惜月有点儿意外这人也姓许，但没多说什么，谢过小李后给齐娜打电话，想问问她有没有孟雪家人的联系方式。

齐娜一听有点儿不高兴："这种人你管她死活，早跟你说了别同情她，她从前那么对你，你怎么还犯傻？"

赵惜月不跟她废话这些，要来了联系电话，主动给对方家人打了过去。

孟雪不是本地人，家乡距离S市有点儿距离，家人接到电话马上出发，慌得跟什么似的。

赵惜月就留在医院里等着。经过两个小时的抢救，孟雪总算救了回来，被推到了病房重点观察。她没有立马走，而是坐在病房前的椅子里怔怔出神。

她手里拿着从孟雪包里找到的烟和打火机，犹豫着要不要抽一口。大概十分钟前她接到一个电话，是个好消息，却也是个坏消息。

老天爷待她们家总算不薄，前两天家属们去做的配型结果出来了，这么多病人里就她妈妈运气最好，竟给配上了。

配上的那人就是那天跟她说这个事的病友的姐姐。

刚接到电话的时候，赵惜月简直高兴坏了，觉得她们老赵家的祖坟肯定冒了青烟。命运当真神奇，她那时候找了妈妈家里所有的兄弟姐妹，这么多人试下来都不成，没想到峰回路转，希望就在身边。

可坏消息也伴随而来，除了巨额的医药费外，还有另一个难题。对方家属电话里和她说了，要求不高，就要十万。他们也有亲人生病，花费实在太大，拿骨髓换钱，这是他们唯一的要求。

赵惜月这些年来东拼西凑努力工作加上卖了老家的房子，刚刚勉强攒够手术费。她上哪儿再找十万块给人家？

如果拿出十万来，那手术费又不够了，有了骨髓依旧做不了手术。

她突然觉得自己是一条道走到黑，进入一个死胡同了。

这些天来压在身上的稻草，几乎将她压垮。所以她想试着抽抽烟，缓解一下紧张的情绪。

齐娜一直劝她试试这东西，说特别好使儿，一抽上就能暂时忘记所有的烦恼。她嫌抽烟有味儿又会黄牙，所以一直不想试。

可今天在医院空旷的走廊里，她特别想来一根。

结果她刚打开烟盒，手指头还没碰到烟嘴儿，就听一个清冷的声音在头顶上说："医院不准抽烟。"

赵惜月一抬头，见是许医生，下意识就把烟盒盖上了。

总觉得他这人很干净，在他面前抽烟会有种把他弄脏的错觉。

她冲对方挤出一点儿笑容："今天真是谢谢您，救了我朋友，还给找了间单人病房。"

"应该的。"救人本就是他的职责，至于病房，急诊室那边刚好没空床位，就问别的科室借了一间。

他把手里的化验单往赵惜月面前一放："你看看这个。"

赵惜月接过来仔细一看，老实回答："我看不懂，您能给我解释解释吗？"

她抬头说话的时候，表情特别真诚和无辜，一点儿不像爱玩的那种人。和第一回见她一样，她依旧没化妆，皮肤好得自带反光，透明如果冻一般。眼睛也漂亮，不带一丝媚气儿，是那种干净的漂亮。

不知怎的，许哲突然想和她说说话，于是在她身边坐下，解释给她听。

"太复杂的你不懂，我只说简单的。我们在孟雪的血液里检测出高浓度的苯丙胺，这东西你听说过吗？"

"看电视里说过，是不是毒品的一种？"

"可以这么算。医学上某些药物会含有这种成分，但一般人接触不到。所以我想你朋友应该是私自购买了大量违禁药物，并且一次服食过量，加上她当时在饮酒，才会出现之前的情况。"

赵惜月并不意外。她们这些人虽说不算踏入娱乐圈，但也在其边缘活动。只是没想到，孟雪也栽进去了。

她扯扯嘴角，露出一个尴尬的笑容："再次谢谢您，救了她一命。"

许哲看她一副疲倦的样子，又想起她和孟雪是朋友，于是多嘴问了一句："你吃药了吗？"

赵惜月瞪他一眼，有点儿不满："你怎么骂人啊？"

许哲没想到她误会了："我是说，你有没有吃那种药？"

"哦那个啊，我没有。那东西不便宜，我没钱买不起。"

说完这话赵惜月有点儿后悔。非亲非故的，跟人家说这个干什么，搞得他们好像很熟似的。

还是情绪太差，满脑子都是挣钱的事儿，让她的神经总处在这个频道，轻易转不出去。

许哲没再追问什么，把报告塞她手里，起身便走了。他走的时候很安静，连再见都没说，只留给赵惜月一个挺拔的背影。

孟雪的家里人很快赶了过来，赵惜月就告辞准备走人。临走前想着要不要去看看妈妈，但一看时间还是算了。

心里那两个消息正在博弈中，她不知该高兴还是难过。

下楼的时候正巧碰上谢志，两人擦肩而过。赵惜月满腹心事没看见他，谢志却是停下脚步留意了几眼，这才回了办公室，同许哲谈起这个事儿："那个孟雪的朋友，我瞧着有点儿眼熟。"

许哲正写报告，头也不抬回他一句："漂亮的你都觉得眼熟。"

谢志就笑："这话一点儿不像你嘴里说出来的。怎么，你也觉得她漂亮？"

"不丑。"

"只是不丑?太违心,这年头素颜长成这样不错了。不过你不一样,你是情圣,再漂亮的姑娘也入不了你的眼。你心里有了个白月光,看谁都像白米饭,真是没意思。"

小李正好进来,听到这话不由得好奇:"许医生有喜欢的人了?"

谢志拿文件夹拍他脑袋,把他往外轰:"去,赶紧回去,一会儿来病人又走不掉。"

等小李走后谢志才又问:"话说那姑娘到底长什么样,让你如此念念不忘。你们认识多久?咱们上大学的时候你才多大,十四岁的小屁孩儿,也没见你身边有个相好的姑娘。那就是上大学之前的了?高中还是初中认识的,总不会是小学吧?话说你跳级这么厉害,身边姑娘都比你大,真能产生什么朦胧之情吗?"

说完这话他也没指望许哲会回答,结果许哲打完报告站起身来往更衣室走,临走出办公室前回了他一句:"幼儿园。"

赵惜月到宿舍的时候,都快十一点了。

齐娜也才回没多久,刚洗了澡正拿黄瓜片敷脸,一见她回来就问:"怎么样,死了吗?"

赵惜月看她的眼神很无奈:"没有,救回来了。她爸妈来了,我就回来了。"

"可惜了。"

"别这样,到底朋友一场。"

"朋友?"齐娜夹在黄瓜片里的两条眉毛竖了起来,"当初坑你害你的时候怎么不想想是朋友。你还不知道吧,娄丽丽为什么这么闹,就是她在搅浑水,要是杀人不犯法我就宰了她,这叫我为祖国除四害。"

"行了,越说越来劲儿,黄瓜都要掉下来了。"

齐娜白她一眼,一边揭黄瓜片一边感慨:"我有时候真觉得你不适合吃这碗饭。光有脸蛋没有心计怎么行,傻得跟个二百五似的。这个圈子人那么多,但凡有鼻子有眼的都能来分一杯羹。可机会就这么多,你不争不抢就会吃亏。算了,我也不多说了,说多了也是对牛弹琴,你啊就继续当好人算了,总有一天把自个儿活活累死。"

以往齐娜这么说,赵惜月总是笑笑,要不就借故走开。但今天她没有,反倒安静地站在那里,片刻后抬起头来冲齐娜道:"齐娜,把那个来钱快的生意,介绍给我吧。"

齐娜整整三分钟没说出话来,黄瓜片掉了一地。回过神来后她重重拍了下赵惜月的背,差点儿把她拍吐血。

"亲爱的,你这是准备堕落了?"

"不是堕落,是屈服了。"

"怎么了,你妈又不好了?"

赵惜月就把配型成功对方要十万的事儿同她说了,听得齐娜直咂嘴:"趁火打劫啊。"

"也不能这么说,人家也有个病人,每天流水似的花钱,总得要点儿好处。病友的姐姐得照顾生病的妹妹,若给我妈捐骨髓,短期内身体会受影响,可能得花钱雇人帮忙。他们要钱我能理解,可我掏光口袋,实在没有。"

她干这一行有几年了,认真说起来也赚到过一些钱。她平日是个极节俭的人,可架不住母亲得的那个病太凶险。挣的钱都拿去付药费了,哪里来十万块的积蓄给别人。

齐娜听了直摇头:"你也是个命苦的。不过这事儿吧我觉得你不合适,还是别蹚这浑水的好。"

"不干这个,哪儿来的钱给人家?我妈现在拖不得,这是要救命的。"

"十万块,说多不多说少不少,这样吧,不如把你自己卖给我,十万块我给你。"

赵惜月笑得有点儿无奈。她知道齐娜借钱是真,买她是假。齐娜买她做什么,当使唤丫头吗?齐娜这是给她面子,想帮她又不愿伤她的自尊。

虽然眼前有这么大个坎儿,但一想到有齐娜这个仗义的朋友,赵惜月又觉得没什么关是闯不过去的了。

可她不想要对方的钱。

"算了,你挣钱也不容易,我不能要。"

"谁说白送给你啦,以后每天端茶递水侍候我。等你有钱了再还我就是了。我无父无母自己吃饱全家不饿,你还跟我客气啥。"

"可是……"

"有什么好可是的,你也说了你妈现在拖不得。咱俩什么交情,眼看你都要卖身救母了,我还把那钱放银行里吃灰不成?你把我当什么人了。行了,就这么说定了。"

赵惜月又感动又不安,鼻子一酸差点儿掉下泪来。她不想哭,赶紧假装上厕所去洗手间洗了把冷水脸，出来的时候齐娜脸上的黄瓜全拿掉了，正一片片往嘴巴里送。

赵惜月就笑出声来，赶紧制止她："别吃啊，多脏。"

"你也知道脏啊。敷过脸的黄瓜尚且不干净，做了那种生意的女人还能干净得了吗？虽说这年头嫁人也不见得是件多好的事情，但咱总要怀抱希望储备能量嘛。你说你现在两眼一闭跳了火坑，将来真碰上个二傻子成心想娶你，多亏得慌啊。"

"什么将来什么嫁人，这些都不在我的考虑范围之内，我现在只想我妈好好的。"

"你妈总会好起来的，等她好了你瞧着吧，第一桩事情就是催你嫁人。咱们毕业也就是眼前的事儿，女人大学一毕业就得进入婚恋市场，就这最后一年，你还是能忍则忍，求我总好过求别人是不？"

赵惜月捧着齐娜的脸，恨不得亲一口："我这辈子怎么就遇上你了呢，简直就是老天爷给我的恩赐。"

"行行，打住打住。多恶心啊，俩女的。你别高兴太早，欠了我的钱赶紧挣去，过两天跟我去趟香港。"

"去香港干吗？"

"拍照啊。别说不去哦，之前就劝过你，这种工作要多接。光在本地混不出名堂来，香港那边的杂志给的钱多。你非说要照顾你妈都给推了。眼下是火烧眉毛了，就别计较那么多了，你妈那里让医院多留意点儿，你跟我过去多接几趟活儿，十万没有，一万两万总能攒出来。"

到了这份上，赵惜月也不好再拒绝："嗯，我一定多接点儿工作，尽快把钱还给你。"

"谁要你还了，你一天不还一天给我当丫鬟，多好啊。不过钱还是要多挣才是，谁能保证一辈子不倒霉，趁年轻多赚点儿，比什么都重要。"

赵惜月很了解齐娜的背景，从小父母双亡，讨饭捡垃圾长大的姑娘，幸好老天爷还算留情，给了她一副好皮囊，才有机会上大学，否则当真活不下去。

她是那种早就看破一切的人，觉得这世上什么都是狗屁，唯有金钱才是王道。

当然除了钱之外，对她也是很不错的。齐娜曾经说过这样的话："哪天我要是挂了，我的财产就全留给你。"

赵惜月听了笑笑，笑过后又替她难过。一个人活在世上无依无靠，连接收遗产的亲人都没有。相比之下她幸运许多，所以她一定要想办法留住母亲，不仅仅是为了报答养育之恩，也是为了留住这世上最后一个爱她的人。

活着总是好的，像今天孟雪那样，一只脚都跨进棺材里了，要不是有许医生帮忙，搞不好……

头一回亲眼见证与死神搏斗，赵惜月还是有点儿心有余悸。然后又想搅了人家的饭局，也不知他下班没有，还是留着继续加班？

许哲也没那么拼命，处理完手头的工作就走了。车开到一半的时候接到父亲的电话，要他回家一趟。

电话里没说什么事儿，他进门后佣人带他去了书房，刚走进去，父亲霍子彦就拿了张邀请函给他。

"过两天香港有个活动，你替我去参加一下。"

"那您呢？"许哲不想去，他本能地排斥这种活动。

"我有更重要的事，陪你妈去法国购物。"

许哲无语。父亲是爱妻狂魔，他又是孝子，两个男人每次博弈都把最重要的这个女人抬出来，几年来互有胜负。

"活动您去吧，我陪妈妈去法国。我对那里比较熟。"

"熟什么，四岁前你就回中国了，装什么海外侨胞。再说你陪跟我陪一样吗？你妈需要的是我这个丈夫，不是你这个已经长大的拖油瓶。"

"爸……"

霍子彦看一眼儿子，觉得逗他是一件很有意思的事情。从小就古板的孩子，只有逼他做不喜欢的事情时，才有那么一点儿年轻人的味道。

"许哲，"霍子彦换了副口气，变得严肃起来，"你也长大了，该为家族考虑一二。弘逸终究要传到你手里，这种活动你需要去见识见识。爸爸相信以你的能力，肯定能应付周全。"

"我不这么认为。"

"你妈对你很有信心，不要让她失望。再说，偶尔放松一下也好。你不是在找人吗？离开本市去其他城市，也许更有收获也未必。"

"医院很忙，我……"

"就三天，我给你们院长打电话，请他通融一下。今年过去大半年了，你自己数数你加班多少天休息多少天？再好的兵也得养着用，要劳逸结合。"

许哲无语,知道这回是自己输了。他收起邀请函,回家收拾行李。

快忙完的时候无意间想起头一回去香港的情景。那时他大概五岁,是和她一起去的,两家父母带他们去香港旅游。她别的什么都不关心,只关心落地后能吃什么。

五岁的她因为好吃长得珠圆玉润,在去往香港的飞机上不停地和他介绍那里的美食:"要吃烧鹅、乳鸽、虾饺、肠粉和海鲜,还要喝奶茶柠檬茶吃刨冰……"说到最后竟不自觉地咽起了口水。

她是许哲生命里碰到的第一个,也是最后一个那么好吃的人。

赵惜月第二天去医院看妈妈的时候也说起这个:"听说香港那边好吃的东西不少,烧鹅、乳鸽、虾饺什么的,回头我给您带点儿回来?"

赵母苍白凹陷的脸上露出一丝笑意,摇头道:"不用了,这里也都买得到。再说我现在也吃不下,没胃口。"

"等病好了就能吃了。要不这样,到时候我带您去趟香港,咱们吃最正宗的。"

"小月啊。"

"怎么了妈?"赵惜月看母亲一脸欲言又止的样子,隐约猜到她肯定是想歪了。

"你去香港干什么,真的是工作吗?"

"对啊,有个杂志要拍。"

"怎么去香港那么远?"

"不远啊,坐飞机不到三个小时,很快的。是香港的杂志,所以得在那边取景。"

"你去几天啊?"

"不超过一个星期,你要想我,我每天给您打电话。"

"那倒不用,我就是担心你。再说你不还有个钟点工的工作,走这么久不要紧?"

"我请假了,没事儿。"这事让她有点儿意外,她打电话过去请假,是许医生的那个朋友接的。对方一听之后给许医生去了个电话,后来回话同她说没问题,只要求她一回来就去许医生家一趟,给他里里外外收拾一遍。

好像每个人都在给她行便利,推着她一步步往前走。

第三章
他们都以为这辈子不会再见

为了省钱,赵惜月跟着齐娜坐了夜班飞机。

到香港的时候一通忙活,等到了预订的旅馆天都快亮了。

两个人拎着包进去,坐在大厅里歇脚。为了省钱,她们没有立马入住,准备等到下午三点再拿钥匙,可以省一天的房钱。

赵惜月坐那儿看旅馆四周的环境,靠着一条满是店铺的街,刚才搭车过来的时候还看到有商场。旅馆本身不大,就是一般的快捷酒店,收拾得挺干净,这个时间点没什么人,就她们两个在那儿大眼瞪小眼。

齐娜就趁机跟她介绍情况。

这次的合作方来头不小,是知名集团弘逸旗下的一本专门针对年轻人的时尚杂志。赵惜月一听到"弘逸"两个字,心脏几乎漏跳半拍。

齐娜没注意到她的失神,兀自在那儿美着:"你知道吗?几街之隔就是香港有名的丽晶酒店,那价格啧啧啧,住一晚够我们过几个月了。等我以后有了钱,我也一定上那儿住几晚去。"

她们正说着话,外头门一开,进来两个浓妆艳抹打着呵欠的女生。看她们凌乱的头发随意的衣着,就跟刚从床上起来似的。赵惜月虽涉世未深,但也看明白了,想到自己曾打算与她们为伍,她不禁微微脸红,默默把头低了下去。

齐娜说得对,这种事儿能不做就不做。一旦踏进这个圈子,想再活得像个人样儿就难了。

她不禁感激地看一眼坐在身边的好友,大学三年多,书念了多少是其次,交了这么个知心的好友当真是她赚到了。

于是她又想,等哪天她有钱了,一定请齐娜去那丽晶酒店好好享受一番。

两人靠一起说着话儿,没多久天就亮了。外头的街道渐渐热闹了起来,早茶店一家家开门，操着一口粤语的阿婆大叔们开始闲聊，整座城市充满了活力。

因为过了困的时间，赵惜月反倒睡不着了。她们的工作在下午，这会儿反正没事，她和齐娜一商量，把行李存放在前台，只带了个包出去吃早餐。

赵惜月头一回来香港，对这里的一切都很新鲜，本想和齐娜一起去逛逛。结果大概十点的时候齐娜接了个电话，回头便冲她抱歉道："不好意思亲爱的，只能你自己去了。我有朋友找。"

齐娜来过香港几回，在这里认识了不少圈内的朋友。

赵惜月却有点儿不放心："什么朋友，男的女的？"

"放心，是女的，不过她们会带什么人来不好说。本来想带你去的，想想你嫩得跟水葱似的，不合适。万一再来个秦轩似的，一眼看上你踢了原来的女朋友，我这夹在中间可就难做人啰。"

她边说边掐赵惜月的腰，两人打趣谈笑着，在一个十字路口分了手。赵惜月就一个人乱逛，随便走进了附近的一家商场。

逛的时候她不觉又想起齐娜的话来，想到秦轩想到娄丽丽，总觉得自己这无妄之灾来得很是冤枉。

往后见着男人，真该躲远点儿才是。

正这么想着，迎面不小心跟个人撞了一下。赵惜月抬头和人说了声"抱歉"，还没看清那人长什么样，对方就擦身而过，没说一个字。

她便扭头去看那人，浅蓝的衬衫配灰色西裤，身形高高瘦瘦，走起路来样子很好看，有一种从容优雅的气韵。

不知怎的，她竟觉得这背影有点儿眼熟，很像许医生。

她暗自笑话自己，莫不是犯花痴了，怎么一件小事也能想到他？他们非亲非故，他救过她朋友一次，她就对他念念不忘了？离了S市还想着他，实在说不过去。

赵惜月是个对男人不轻易动感情的人，所以对自己现在的状态尤为感到惊奇。真是年纪到了想男人了，碰到个长得眉目端正的就忘不了了。

她收回目光继续往前走，结果那男的却停下脚步转过头来，朝着身后看。

许哲心里在想，刚刚撞到的那个，是不是熟人？

正巧这时一个旅行团过来，十几号人成了人形肉墙，阻挡了许哲的视线，他看不见赵惜月了,也就把这个事儿给忘了。

刚才两个人撞一起时,他正在想事情。他是今天早上的飞机,刚到香港。本来中午受邀参加一个宴会,但他以刚下飞机水土不服为由推了。

对方明知这是借口,但碍于霍家的名头什么也不敢说,还得赔着笑脸。

许哲入住了附近的丽晶大酒店,放下行李后他洗个澡,换身衣服便到附近逛逛。他经常来香港,对这里并不陌生。逛商场不是他的爱好,只是不想一个人待在房间里,被不喜欢的人找到而已。

这次一起来的还有个世交家的孩子,比他略小几岁,玩世不恭的一个人,身边总围着一群狐朋狗友,到哪里吃喝玩乐都不落下。

他们来时坐同一班飞机,在天上的时候许哲就嫌他们吵,假装睡觉不搭理。到了酒店后怕逃不开,索性不打招呼直接走掉。

而且逛商场有个好处,可以把手机调成静音,如果他们打电话来找,就说没听到,可以毫无负罪感地撒谎。

许哲小时候觉得撒谎不是件好事儿,长大后才发现,人生有时候没办法,不撒两个谎这日子过起来太辛苦。原来长大就意味着妥协,这话一点儿不错。

他穿过几个专柜,搭扶手梯上楼。电梯快到达上一个楼层时,不知从哪里蹿出个一身灰衣的男人来。对方狠狠撞了他一下,随即转身就跑,搭了旁边向下的电梯飞奔而去。

许哲明白过来,伸手一摸口袋,发现钱包没了。

他想追,算了算两人的距离觉得麻烦,就没去管。他的钱包里没什么东西,除了钱就两张银行卡,重要证件都不在。

那小偷却是十分慌张,跑的时候动静很大,连下一层的人都听到了。

赵惜月本来走了,后来拐回来想进一家女装店看看,正好看到许哲被人偷钱包这一幕。当时她一愣,许哲白皙的侧脸一闪而过,很快就被墙挡住了。而那小偷她反倒看得比较清楚,贼眉鼠眼的样子,脸上写满"恶人"二字。

她当时没追,觉得不该多管闲事儿。结果往下走的时候,到了二楼拐角的地方,正巧看到那小偷,正缩着脑袋左右张望。发现没人跟着他便一闪身,拐进了旁边的安全通道。

这一下赵惜月没忍住,跟着他一起过去。

那小偷有点儿警惕性,赵惜月刚推门走进去,他就停下脚步,紧张地回头看她。一见是个女的,立马露出放松的神情,甚至有点儿想来勾搭她的意思。

赵惜月心想当真是狗改不了吃屎，这刚犯了抢劫罪，转头又想再加一条猥亵妇女罪。

她当然不会让对方得逞，她的身手参加比赛当然不行，以一敌十也没戏，但对付一个一看就是四体不勤只会偷鸡摸狗的男人还是有把握的。

更何况这男人色心大起，显然对她疏于防范。

那小偷肯定特别后悔那天碰到赵惜月，一分钱没得着还差点儿赔进去一条胳膊。

两人在楼梯间纠缠了不过两三分钟，对方就识相地扔下钱包夺路而逃，比刚才抢许哲钱包的时候，跑得还要快。

小偷跑了之后，楼梯间就剩赵惜月一个人。她捡了钱包坐在台阶上，翻开来细细看。

她想看里面有没有放什么女生照片之类的，但翻开却很失望，放照片的一栏空空的，什么也没有。

然后她才留意到，这钱包材质不错，摸起来很舒服。找遍整个钱包只在一个角落发现个很小的 logo。

赵惜月是混这个圈子的，没吃过猪肉可整天见猪跑。这个牌子她认得，一个钱包搞不好得小十万。

想不到许医生如此有钱，这年头姓许的医生都很有钱。

价值不菲的钱包让她心头一动，她没控制住自己，又去翻现金那一格。里面装了不少钱，拿出来一看有人民币也有美金。人民币大概两千块，美金也有一千多块，算下来价值小一万。

再看那两张卡，其中一张是黑卡。赵惜月刚把卡抽出来，只看了一眼心脏就停跳两秒。

不是她崇拜金钱，只是在如今这种极度缺钱的情况下，这个钱包以及这张卡，让她有了别的想法。

她不清楚这张据说能用来买飞机的黑卡能不能直接刷，但她知道光这个钱包就能值很多钱。卡的话私用可能有麻烦，但一个钱包卖了应该不会有人找到她。毕竟这钱包还没高级到印上全球唯一代码之类的，属于捡到了就归谁的类型。

有那么一刻，她当真心动了。可该死的那点子自尊又让她觉得不该这么做。

她有手有脚，即便现在处境困难，可还不到做贼的地步。自小接受的良好家教，让她过不去这道坎儿。

她想了想，将卡插回钱包，合上后从台阶上起来，准备走出去想办法找找许哲。

结果刚一转过身，就看到对方站在安全通道口，顾长的影子几乎落到她脚边，而两个人也不过就四五米的距离。

赵惜月突然有种做坏事让人抓个正着的感觉。

许哲没说话，就这么静静地看着她。

都说安静是种强大的力量，赵惜月今天算是感受到了。平日里凑在一起的全是来去如风拼命三郎的家伙，很少有像他这样平静如水的人。

可他这个样子，比那些扯着嗓子张牙舞爪的，更加震慑人心。

她就站在那里没动，突然听见对方问她："可以把钱包还给我吗？"

赵惜月把钱包往身后一藏："能说说什么款式吗？"

"黑色，长方形。"

"还有呢？"

"没有了。"

确实没有了，这钱包样式非常简单。

"那说说里面有些什么吧。"

"人民币，还有美金，加两张银行卡，一黑一银。"

明知道钱包就是他的，赵惜月还是忍不住想和他打打擂台，仿佛这样可以化解一丝尴尬。

问到这里已经没什么再问下去的必要了，赵惜月上前一步，把钱包递了过去。不知是出于什么心理，她画蛇添足地补了一句："我本来就想找找联系方式，把钱包还给你的。"

许哲收了钱包，平静回她一句："我没说你是小偷。"

"我当然不是。"

"我也没说你想要据为己有。"

这一下赵惜月没立马反驳，因为这话戳中了她的痛处。她刚刚确实有那么点儿意思来着，只不过犯罪未遂。

既然是未遂就不算有罪，当她把钱包交还回去后，心里的那点儿负罪感立马烟消云散。

有时候当个良心太旺的人并不好，她这么想着。

安静的楼梯间里，只有她和许哲两人的呼吸声。对方拿了钱包没有马上走，想了想又开口："谢谢你替我找回它。我想要谢谢你，你喜欢什么样的方式。直接给你钱，你会不会觉得是冒犯？"

一般人都会这么想，但显然赵惜月不是一般人。

她是个被医疗费逼疯了的穷人。

于是她立马接嘴："不会，我这人喜欢直接。"

于是许哲也很直接，打开钱包把里面的现金都抽了出来，递到赵惜月面前。

本来挺豪气想着多一块也是好事儿的赵惜月，看对方比自己更豪气，一下子有点儿蒙了。她的原意也不过拿人一两百块钱，补贴一下这几天的花费而已。没想到碰上了土豪，一下子把她来香港的费用全都包了，而且还有剩。

对方太大方，她反倒犹豫了。

许哲在这方面没什么耐心，也不喜欢跟人扯皮。他是个表面淡漠内心坚毅的人，决定了的事情轻易不会改变。

他看得出来，赵惜月刚才想把钱包占为己有。

本就是丢了的东西，找回来算幸运，钱什么的就给她吧。这世上总有一些人，比他更需要金钱。

于是他把那沓人民币和美金塞进赵惜月手里，这个过程两人的手难免碰到一起。两个人都有点儿尴尬，默默收回手。而那钱也在这个过程中顺利完成了"交接仪式"。

钱包被偷事件就此告一段落，两人各自回酒店休息。只是他们都没想到，会这么快又有机会见面。

赵惜月在回酒店的路上找了家茶餐厅吃了点儿东西，然后回去拿了房卡等齐娜回来。没多久齐娜风风火火回来，催着她收拾东西出发。

两个人去到约定的地点，紧锣密鼓开始当天的拍摄行程。

这算是一个不错的机会，能跟弘逸合作对她们这样的小模特来说无异于天大的面子。虽然她们镜头不多，到时候排版也只会放在犄角旮旯里，可那也是一种无上的荣耀。

用齐娜的话说，从前她们是散兵游勇，今天这才算是真正上了台面。

赵惜月倒不计较杂志的档次，她更关心的是酬劳。她没什么成名的野心，眼下她最大的目标，就是赚够钱赶紧把欠的债还给齐娜。

两人虽想法不同，但对这个机会都很珍惜，大半天下来尽管累得直不起腰，可对谁脸上都带着友善的笑容，轻易不敢得罪人。

晚间散场的时候，一个姓李的负责人过来找到她们，说要请她们吃饭。

赵惜月本想委婉地拒绝，她对这种应酬性的活动不感兴趣，又累了一天只想回去洗个澡睡一觉，可齐娜却拉着她不让走。

齐娜是个消息很灵通的人，当下就拉她到一边咬耳朵："知道晚上饭局有什么人吗？戴宏才！"

赵惜月从来没听过这个名字，傻乎乎地摇摇头。

"笨蛋，他是弘逸在香港这边的负责人，这种人平时哪有机会见。今天有人给机会提携我们，你可别错过。要是跟戴先生搞好关系，以后香港这边的工作要多少有多少。你别犯傻。"

接着，齐娜不由分说就替赵惜月答应下来，又拉着她去换了休闲清凉的衣服。

赵惜月看看镜子里的自己："这衣服也太露了。"

"怕什么，这么多人一起吃饭，还怕被人吃了。走走，赶紧走。"

赵惜月拉拉短裙的裙摆，不自然地跟着一道去了。

吃饭的地点就在丽晶酒店，这又叫齐娜好一阵感叹。

吃饭的时候那个姓戴的负责人果然来了，于是立即如众星捧月般供了起来，全场的焦点全落在他一人身上。

这样的人物，在弘逸自然不够瞧，根本排不上名头，但在赵惜月这一帮小年轻的交际圈里，那已算是少见的大人物。

赵惜月看她们个个八面玲珑极尽讨好之能事，心里说不出的别扭。期间她还被齐娜拱得敬了那个姓戴的一杯。两人碰杯的时候，戴宏才的目光在她身上来回地游走，看得赵惜月浑身不自在。

于是她打定主意，明天起再不来这种场合。

酒过三巡，大部分人都有些许醉意。离开包厢的时候，戴宏才左拥右抱好不快活，旁边莺歌燕语，大家都很自在。

除了赵惜月。

她一个人跟在后面，犹豫着该怎么开溜。刚刚这帮人说要去唱K，眼见着是要闹一夜了。赵惜月十分不想同流合污，尤其是不想看到戴宏才那双色眯眯的眼睛。

于是她开始想办法找借口闪人。

许哲从走廊那边过来的时候,正巧看到这帮人的背影。

他几乎一眼就认出了走在最后面的赵惜月,原本快速的脚步瞬间一滞,随即停了下来。

那帮人他大多不认识,但戴宏才他却是熟悉的。戴宏才是香港分公司的头儿,这次许哲过来参加活动,行程都由对方安排。

撇开公事不谈,许哲很看不上这个姓戴的。

这是个典型的花花公子,一双眼睛整天挂在女人身上,任凭他能力再出色,在许哲看来也跟人渣没什么分别。

看他们这个样子,显然是要大玩特玩。赵惜月清纯得跟水似的一个女人,居然也会做那样的事情。

那一刻,许哲竟有些没来由的气恼。

她的妆太浓,裙子太短,衣服的布料也太少,怎么看都叫人觉得不舒服。

就像原本觉得还不错的清澈小溪,一下子叫人倒了瓶墨水进去,许哲微微皱眉,一扭头大步离开。

事情只发生在短短一分钟内,赵惜月根本没看到许哲。她一门心思在那儿演戏,先是假装把脚给崴了,随即便顺理成章提出要先走一步。

戴宏才本对她有点儿意思,见她如此不上道也不强求,不过在心里将她的名字画上了个大大的叉,瞬间就被踢出了脑海。

赵惜月如蒙大赦,赶紧抬脚走人。她一路小跑着离开酒店,动作快得就好像后面有条野狗在追赶似的。

一口气跑出好长一段路,眼见后面没人跟来,她才松口气。

夜色微凉,她顶着如水的月光快速往快捷酒店走。

与此同时,心情烦闷的许哲离开酒店后乱逛,不经意间也逛到了同一条街上。

这里离丽晶不远,建筑物看起来却老旧许多。街两边店铺开得满满当当,倒是十分热闹。

他刚准备随意逛逛,突然听到前面有人一声尖叫,仔细一看便见十几个男人气势汹汹朝他这个方向走来,还没到近前就拐进旁边的某间店铺,随即传来一阵打砸声。

　　店铺里动静很大,那些人进去没多久又都跑了出来,身后又多了十来个人,全都抄着家伙,看来要火拼。

　　这些人一打闹起来,整条街都被封掉,旁边的店铺纷纷关门歇业,人人都往屋子里跑,很快街道上就只剩那些人。

　　许哲也就不往前走,准备打道回府。可他刚想转向,视线却不经意落到了不远处一个人影身上。

　　在这瞬间变空旷的街道上,这个身影十分打眼。那些人还在那里互砍,她就站在某根电线杆后面,似乎犹豫着要不要往前。

　　许哲就想,这女人胆子怎么这么大,换作别人大概早掉头跑了。

　　赵惜月也想跑,可她要回酒店。她人生地不熟,单身女性也不方便深更半夜乱跑,而且她穿得单薄,这会儿叫风一吹冷得直打哆嗦。

　　可看那些人,似乎是准备打到天亮了。她对香港不熟,不知道绕出去走别的路还能不能拐回酒店。就算能拐过去似乎也没用,因为他们就在酒店门前互砍,警察没来之前,她根本过不去。

　　要不要冒个险?赵惜月掂量自己的身手,没把握能穿过厮杀的人群安然通过。

　　就在她犹豫不决的时候,不知从哪儿伸出只手来,一把拽住她的胳膊,拖着她往街道另一头走。

　　赵惜月愣了,挣扎一下却没能挣脱。她再一抬头就见许哲站在那里,目光里有几丝不悦。

　　"离开这里,不安全。"

　　他说了这话后拉着她继续走,这一走就又走回了丽晶酒店。赵惜月不清楚他的用意,但也不害怕,到了酒店门口才问:"你带我来这儿做什么?"

　　"你住哪里,我开车送你回去。"

　　"就刚才那儿,那帮人打架的地方,有家快捷酒店。"

　　许哲一时没说话,两人站在酒店门口的灯下看着彼此。突然赵惜月打了个大大的喷嚏,打破了彼此间的尴尬。

　　许哲下意识地往后退两步,站定后觉得有些不妥,却也不愿再往前。他想了想脱下外套递给对方,冲她道:"跟我来吧。"

　　赵惜月接过衣服披上,却没有跟上去:"你要带我回酒店?"

刚刚才逃离戴宏才的狼窝,她可不想转身又掉进许哲这虎穴里。

许哲却语调轻蔑:"你放心,我对你这一身打扮没兴趣,你可以留给别人看。"

这话没头没尾,赵惜月听得不大明白,但隐约觉得他是在讽刺自己,当下咬着唇不开口,默默跟上他的脚步。到了前台后她尽量低头不让人看到脸孔,只听见对方向前台要了个标准间,随后把房卡递到她手上。

两人再次一前一后去搭电梯,进去后电梯先停在六楼。赵惜月出去后想起身上的外套,刚准备脱下来还给对方,结果一回头发现许哲似乎摁了个关门键,看都不看她一眼,将视线落在了别处。

不知为什么,电梯门关上前他的那个样子落在眼里,让赵惜月觉得有些眼熟。

许哲懒得理她,径直上了顶楼。

他们两个这一路走来各怀心事,谁都没有发现某个角落里,一个身影正默默地注视着他们。

戴宏才本来是被人用公事叫回来的,回来后对方又说没什么,气得他火冒三丈。他正准备回去接着玩,却撞到了这意外的一幕。

想不到从来一本正经的许哲,也有这么放纵的一天。

他将这两人走在一起的画面拍下来,传给了某个正在酒吧跟人鬼混的家伙。对方收到照片不由得一笑,心想果然人不可貌相。

赵惜月第二天一早回到自己的酒店。

本来以为要被齐娜拉着说个不停,结果那家伙比她回来得还晚,一身的酒气妆容乱七八糟,进浴室洗了个澡倒头就睡,根本顾不上说什么。

一觉起来两人又忙工作的事情,赵惜月只中间休息的时候跟她聊了几句。问起昨天晚上的事情,她显得有些小心翼翼:"后来,你们还好吧?"

齐娜却笑得很欢:"当然好了。那个姓戴的屁股还没坐热就被人叫走了,我们一帮人又唱歌又跳舞的,玩得别提有多疯了,还不用花钱。你不来真是损失。"

赵惜月却不以为意,见齐娜没有吃亏一颗心总算放了下来。

接下来的几天,两人都为工作奔忙,她再也没见过许哲,渐渐地也就把那天晚上的事情给淡忘了。

工作一结束,她匆匆赶回 S 市。

十万块一早就给了病友的姐姐,她这次回去见了医生,商定了手术时间,又交了一大笔预付费用。一通事情忙下来后,才有时间去许医生那里给他打扫屋子。

她现在一想到许医生三个字,面前就会不自觉出现那张脸。一样的姓氏,同在省一院工作,会是同一个人吗?

还是说其实是父子叔侄,多少有点儿血缘关系?

上次水龙头坏掉的时候,本以为来的那个就是主人家,没承想他却自称是主人的朋友。于是这个颇为神秘的许医生,到现在依旧没有浮出水面。

因为好奇,打扫的时候赵惜月特意找了找,却还是没能找到一张照片。

接下来的生活过得很平静,手术即将到来,赵惜月不免有些紧张。好在齐娜从香港回来后,一直陪在她身边,总拿各种好话安慰她。加上医生那边也比较有信心,手术的成功率很高,也让赵惜月松了一口气。

平淡的日子总是过得很快,一眨眼的工夫国庆就要到了。赵惜月家不在本市,但妈妈在这里治病,她也不会回去。并且她已有了打算,毕业后也不准备回老家,继续留在 S 市打拼。

她这几年一直在做兼职,人脉机会全在这里,老家的房子已经卖了,回去也没地儿住,倒不如攒点儿钱,以后和妈妈在这座城市落脚生根。

这大半个月她一直很忙,一方面跟进手术的事情,另一方面也在拼命接活儿。欠着十来万没还,还交了手术费,现在的她身上真没多少钱。

好在许哲在香港的时候给了她一万多块,那几天的工作结款也陆续打了过来,七拼八凑先攒了三万块还齐娜,剩下的钱她留着傍身。

齐娜倒不着急,直跟她说没关系,叫她留点儿给自己。

"赶紧把你妈的病治好,比什么都重要。"

有钱傍身之后,赵惜月才没那么不安。作为一个穷人,她有时候真羡慕那些不必为钱发愁的人。比如她打工的那家主人,又比如在香港偶遇的另一位许先生。

他们都不像她,不必做金钱的奴隶,有时候确实有点儿羡慕。尤其是后一位,因为见过几回印象深刻,想起来更是清晰无比。

偶尔有那么一点儿空的时候,她的脑海里就会闪过对方的身影。然后她就想，如果不得急病的话，他们这辈子可能都不会再见面了。

许哲离开香港的时候也抱着同样的想法，但很快他就发现，自己竟不得不找上门去。

起因并不复杂。刚从香港回来后不久，某天因为家族间的聚会，许哲不得已和久违的莫杰西见了面。

他们两人从小就不合。莫杰西年纪并不大，还不到二十，算起来就是个黄毛小子。但不知为什么，他对许哲这个世交家的所谓哥哥相当不服气，总想找他的碴儿。

大约是因为许哲太过优秀，从小就是他们这一帮人里最出众的那一个。不管是长相、头脑还是家世，甚至是性格，都被各家长辈纷纷赞扬。

和许哲站在一起，莫杰西总是被数落的那一个。

所以他在收到戴宏才那晚偷拍的照片后，心情才会如此愉悦。

如果长辈们知道他也是个会乱搞男女关系的男人，或许能将他从此拉下神坛。

那天的聚会给了莫杰西很好的机会。当天在场的人中有几个平时和他玩得不错，都是家世背景不如他，胆子却不比他小的主儿。他不方便自己出面，就把抹黑许哲的事情交给他们来做。

那几个喝了点儿酒头脑就不清醒，趁着长辈们都在的当口，其中一个拿出手机来，故意摆到许哲面前："兄弟，想不到你也这么会玩，照片里那姑娘是谁？"

许哲脸色未变，仔细瞧了一眼，发现是他领着赵惜月进酒店的画面。他没想到这事儿竟会被他们知道。

他也不慌，随口答了句："一个朋友。"

另一个浑小子就接嘴道："别拿朋友糊弄我们，老实交代，那晚上你们干吗了？"

他们这么一闹，几个家长就好奇凑了过来。许哲的父亲霍子彦拿过手机一看，倒是先笑了起来。他看向儿子的目光充满赞赏，仿佛对他迟来的男性觉悟感到相当满意。

二十四岁的年轻人，确实该有点儿感情生活。总活得像佛陀一样，他这个当父亲的也会心疼。

许哲没被照片弄得尴尬，倒被父亲看得有点儿不自在。那几个人还在叽叽歪歪，拉着他非让老实交代。

莫杰西的父亲莫立仁过来拍拍他的肩膀，颇感欣慰道："我们许哲也会恋爱了，好事情。"

"只是普通朋友。"许哲解释，"前一阵我们医院有个姑娘上天台要自杀，当时她出面把人劝了下来。后来她朋友突发疫病送来急诊，我们又打了一回照面，仅此而已。"

莫杰西有点儿忍不住："普通朋友大晚上你带她回酒店，这不合适吧。"

"那晚有点儿突发情况，我确实带她回了丽晶，开了一间房给她。你这么关心倒是可以去查查酒店的开房记录，看我说的是不是真的。"

莫杰西脸上一讪，有点儿沉不住气："说得挺好听。深更半夜孤男寡女，还同住一个屋檐下。要说什么也没发生，我还真有点儿不相信。"

"你对这种事儿倒熟，看来常干。"

许哲四两拨千斤，轻轻松松就把这事儿给推了回去。然后他开始思量这里面的关系，想不到戴宏才跟莫家搅和到一块儿去了。戴宏才是弘逸的人，这几年在香港捞了不少，子公司发展不顺，钱有一半进了戴宏才的口袋。他父亲正准备查这个人的底，戴宏才却手脚更快，一转身又攀附上了莫家。

只是这样的倒戈，想来也不会有好下场。

他一抬眼，正巧对上了莫杰西的目光。两人彼此互不相让，眼神里都透着凌厉的光。

莫杰西心里有股说不出的窝火，本想拿这照片让许哲出出丑，没想到他竟能自圆其说糊弄过去。只怪他从小到大表现太好，以至于没人相信他会做出这样的事情来。

只是以他的直觉来看，许哲和这照片里的女人关系绝对不简单。

他那么冷的一个人，除了治病救人向来不理别人死活，现在竟为了一个女的破例，要说这里面没点儿猫腻，傻子才信。

莫杰西想起那姑娘清纯的脸，脸上浮起一抹淡淡的笑意。

许哲一眼捕捉到了他的目光，心头不由得一紧。

许哲太了解莫杰西，他对自己有一种执念，凡是和自己有关的事情，他一定会查到底。

而他的手法不算光明磊落，若真盯上了赵惜月，十有八九要找她麻烦。

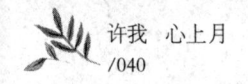

于是第二天许哲抽空去了趟学校,准备找赵惜月好好谈谈。

许哲事先做了一些调查,查到赵惜月念外语系。加班到七点,他直接去了他们学校,在教学楼下等着。那天外语系晚上有选修课,他看了课表后掐着时间站在布告栏前,大概八点课结束后,楼里拥出来一大拨学生,大部分是女生,凑在一起说笑个没完。

许哲一声不响,如雕塑般站在阴影里,但依旧逃不过女生们锐利的目光。

外语系向来阴盛阳衰,难得见着有个帅哥大家都很好奇。有几个爱八卦的眼尖认出了许哲,知道他是从前医学系的传奇人物。十四岁念大学,二十一岁医学硕士毕业,如今在省一院急诊科工作,典型的男神级人物。

于是八卦的话题立马转到许哲身上。

赵惜月跟着同学一起走出外语系的大楼的时候,就听人不停地在说"许哲""许哲"什么的。她就想这又是哪里冒出来的新晋校草,让一干女同学这么花痴?

结果刚走出大门,就被前面放缓脚步的同学拦住去路。她有点儿莫名,四处张望一下,因为天色的关系只看见有个人站在门前布告栏下,却看不清长相。但不知怎的,她的心竟惴惴不安起来,总觉得那人在看自己。

旁边齐娜发现她的异样,小声凑近了道:"怎么了,这人谁啊?"

"不知道。"

听到她们的对话,有好事之人就开始宣传:"许哲啊,医学院的传奇人物,你们居然不知道。"

一说这名字齐娜了然地"哦"一声,笑道:"知道,我知道。"然后她看赵惜月,"你不会没听说过吧?"

"还真没有。"

几个人正说着话,那边许哲也看到了赵惜月,不理会旁人的目光径直朝她走了过来。

当走近之后赵惜月才注意到他,顿时吓得说不出话来。

他来这里做什么?

第四章
一朵鲜花
插在牛粪上了

事情都过去了,他还来找她做什么?

周围的人一副看好戏的样子,没一个准备走的。许哲只当她们不存在,直截了当冲赵惜月道:"你下课了,我找你有点儿事。"

赵惜月反应慢了半拍,就没接话。

许哲又道:"有时间吗?"

齐娜推了赵惜月一把,替她回答:"有,她有。"

赵惜月瞪她一眼,发现周围人全在看她,为免尴尬继续,她只能顶着一片艳羡的目光,默默跟在许哲身后离开。

走的时候她不由得想,终于知道他的名字了。许哲,许哲,听起来还不错。他这个人本就高深莫测,有那么点儿哲学家的味道。

只是有时候,未免太过固执。

夜风有点儿凉,两人进了学校的小咖啡馆,赵惜月点了杯奶茶,许哲却只要了杯水。

坐下后赵惜月问他:"找我什么事儿?"

许哲开门见山:"你最近最好小心点儿,没什么事儿的话就待在学校里,尤其是晚上。"

"为什么?"

"怕你有危险。"

说起这个事许哲有些许抱歉。本以为举手之劳帮个忙,没想到他一时心软带赵惜月回酒店,倒让人抓住把柄。

昨天聚会的时候他考虑不周,只顾着打击莫杰西,却无意间将赵惜月卷了进来。

虽是非亲非故，但许哲还是不想她出事儿。

"最近这段日子特殊，如果你觉得有危险的话，我可以派人保护你。"

赵惜月一头雾水："你能不能详细解释一下，到底怎么了？"

"具体的你没必要知道，你只需要知道有人盯上你了，想找你麻烦，这就可以了。"

"盯上我？什么人要对付我，我做什么得罪人的事了吗？"

"一个不怎么好对付的人。那晚我带你回丽晶，让人拍了下来。那人可能误会了我们之间的关系。"

赵惜月越听越糊涂："他以为我们在交往？就算这样为什么要为难我？是你父母？"

"我爸妈没这么无聊。"

"你突然跑来跟我说这番话，没头又没尾，我也不知道该怎么说好。"

"别的你不用理太多，你只要最近这段时间别乱跑，乖乖待学校里就好。他应该不会跑到这里来为难你。"

"我知道，不过你也别担心。我知道怎么保护自己，一般男人近不了我的身。"

许哲突然就想起上次食堂的事件："你会两下子，这个我知道，但有时候最忌轻敌。我留个电话给你，如果你觉得有什么不妥，记得给我打电话。"

说完他问赵惜月要了纸笔，写下了自己的联系电话。

赵惜月拿着纸回宿舍细细研究了一番，发现真是字如其人。人好看连字都这么有味道，简单的一串阿拉伯数字让他写出了男人味儿，害她小小花痴了一下。

原本以为不会再见，却不料峰回路转又搅到了一起。这是不是也叫缘分？

但一想起那天他带她回酒店时说的那些略显无情的话，赵惜月又觉得自己当真想多了。

齐娜冲了澡出来看到赵惜月坐那儿发呆，走过去一瞧立马笑起来："哟，连电话都给了。你们什么关系，他在追你吗？"

赵惜月不愿多提，含糊着敷衍了过去。

第二天就是国庆，学校里照例放假。赵惜月和齐娜都留在宿舍没出去，除了接点儿活儿外，她所有的时间都泡在了医院里。

妈妈的手术进行得很顺利，手术过后需要一段观察期。她每天都去见医生，看各种报告，眼看着各项指标越来越好，一颗悬着的心总算放了下来。

　　但她还记得许哲说的话，所以每次天黑之前就离开医院，宁愿第二天早点儿去看妈妈。

　　国庆七天一眨眼就过去了，许哲说的那个人并未来找她麻烦，渐渐地，她的警惕心也放松下来。

　　她并不知道这段时间莫杰西被他爸送去国外住了几天，这才没腾出手来对付她。

　　到了十月下旬，莫杰西终于回了S市，心里还惦记着那件事儿，便开始找人打听赵惜月的情况。

　　这段时间赵惜月特别忙。她平时给不少淘宝店家拍产品照，双十一前夕各家都争着上新，她的工作也变得特别多。

　　看着银行卡里日益增多的钱，赵惜月觉得自己的胆子也大了不少。

　　大约十月下旬的某天，那天是周末，她没去许医生家里干活，拍了一整天的照片后累得东倒西歪。结果晚上收工的时候有人提议去附近的酒吧喝酒，生拉硬拽把她也给带上了。

　　赵惜月从前很少参加这种应酬，工作忙完就回家。但那天情况特殊，提议的那个是个经纪人，专门给他们这种小模特接活儿的。一想到将来还得仰仗对方多接点儿工作，赵惜月就没拒绝。

　　走进酒吧的时候许哲的警告在耳边响了一回，但很快又被她忘了。

　　都过了大半个月，那个无聊的人大概早就忘了她了吧。更何况他们这么多人，其中不乏男生，想来应该没问题。

　　他们也没去包厢，就在大厅里坐着，男生们叫了酒过来，女生们有些喝酒有些喝饮料，倒也没人灌酒什么的。

　　赵惜月拿了杯果汁缩在角落里喝，偶尔跟人搭几句话，显得安静又乖巧。就有人拿她开玩笑，说她这样的不适合吃这碗饭，不会来事儿。

　　可又有人说了，她这条件太好，当模特都可惜了。改天应该进军影视圈，从女三女四拍起，说不准哪天让人瞧上了，就演女一号了。

　　这种话赵惜月不过听听，她是个没有远大志向的人，觉得一辈子赚点儿小钱过安稳日子也不错。娱乐圈那么复杂，就像先前那人说的，她不会来事儿就混不出个人样来，搞不好一辈子演个女三女四，到老也不能混个脸熟。

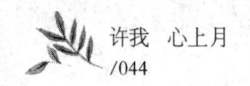

说话间就有人按捺不住，跳进舞池扭腰甩臀起来。赵惜月不喜欢跳舞，就没凑这个热闹。眼看身边的人都走得差不多了，她便起身去了趟洗手间。

等回来后发现有个男同事坐在那里打电话，她也没在意，依旧拿起自己那杯果汁喝了两口。

但这饮料一下肚她就觉得不对劲儿，整个人晕得慌。舞池里那些熟悉的人从一个变成两个，紧接着又是四个八个的。周围似乎全是人，带着重影走来走去。

她努力眨两下眼睛，却没能将困意赶走。慌乱间她伸出手去，想向那个男同事求助，但见对方转过头来冲她微微一笑。

在意识完全消失之前，赵惜月隐约听到有人说了这么一句话："莫少，事情都办好了。"

许哲加班刚结束，接到莫杰西的电话时正好处理完一个交通事故的病人。当时他满手是血，匆匆拿下手套后接了起来。

他的电话很少响，因为知道的人不多。接起来的那一刹那他还在想，会不会是赵惜月打来的。

结果说话的人虽不是她，事情却真和她有关。

莫杰西在电话那头很是得意，一开口满是挑衅："哥，你赶紧来一趟红日酒吧，来晚了会发生什么，我可不保证哦。"

许哲神情一凛，问他："什么事儿？"

"也没什么大事儿。就是我这里有个小妞儿，叫什么来着？哦想起来了，赵惜月，就是那天晚上被你带回酒店的那个。我仔细看过了，长得不错，像是你会喜欢的类型。所以我就找她聊聊天谈谈心什么的。你知道我这个人向来很好说话，也不喜欢为难女人。我们这儿这会儿正热闹，你来不来？"

许哲听背景音一片安静，知道赵惜月一定被他控制住了。这安静里透着股诡异的感觉，竟叫人有几分不安。

他咬牙警告对方："我警告你，别动她一根手指头。"

"哟，心疼啦？心疼好啊，你这人从小就没心，冷血动物一个，居然也会有心疼人的一天，看来这个赵惜月挺厉害。能入得了你那法眼的姑娘，我一定好好招待她。你说她会不会觉得你无趣，跟我聊了之后觉得我不错，扔了你转头跟我在一起呢？"

许哲没回话,"啪"一声挂了电话,直接冲出办公室。因为走得急他连白大褂都没脱。

驱车去往酒吧的路上,他想到了各种最坏的可能。如果莫杰西真对赵惜月做了什么,他要怎么收场。

她看上去挺清纯的一个人,若发生那样的事情,难保不会大受刺激。许哲从没想过自己的好心竟会害了她。

想到这里他有点儿后悔,后悔一时意气用事,为了自己的面子驳了莫杰西,倒叫莫杰西狗急跳墙。

想到这里他又给对方去了个警告的电话:"你等我过来,在我来之前如果你碰了她,你别想活着见到明天的太阳。"

那声音冷酷无情,倒叫莫杰西吓了一跳。他其实一直有点儿怕许哲,觉得这人高深莫测。又想到他们霍家的势力以及他爸对许哲的偏爱,心里倒有点儿没底了。

但他还是嘴硬道:"怎么,你还想杀我不成?"

"你以为我不敢吗?别忘了我是做什么的,也别忘了霍家是什么人家。你觉得我杀了你,会有人敢说一个字吗?"

这下子轮到莫杰西扔电话了。

许哲的话叫他火冒三丈却又忌惮不已。许哲说得没错,就算被他杀了,莫家也绝不会为自己出头。他早就看出来了,哪怕没有霍家罩着,他那个爹也是一心向着许哲的。

也不知是怎么了,从小父亲就偏爱许哲,明明只是世交家的孩子,对他却比对自己这个亲生儿子还要好。

是嫌弃他妈的出身吗?

莫杰西没见过自己妈妈,只知道她跟父亲一夜风流有了他。莫家去母存子,给了那女人一大笔钱打发了。而他父亲也没有再婚。

也许是这不光彩的出身叫父亲不喜欢,所以对他一直不冷不热。

可许哲又算什么东西?一个随母姓的霍家人,天知道是不是哪儿来的野种,偏偏从霍家到莫家个个人都器重他。甚至有一次他听父亲酒后说胡话,说以后要把莫氏集团交到许哲手里。

有没有搞错,他才是正宗的莫家人。

正因为这样,他十分忌惮许哲,对许哲的警告不敢置之不理。

只是赵惜月冷着一张脸坐在那里,看都不看他一眼,那种高傲淡漠的气质却叫他有些着迷。

他还是头一回碰见个对他爱答不理的女人,心里那点儿征服欲反而渐渐烧了起来。

莫杰西今年十九岁,还是个半大孩子,却面对比自己大好几岁的赵惜月产生了冲动的感觉。于是他就想,许哲看上的女人当真有点儿魅力,不能叫人小瞧了。

他走到桌边,伸手去摸赵惜月的脸。对方一撇头避开了,毫不掩饰对他的厌恶。

赵惜月初时叫人用一杯果汁给迷晕了,醒来的时候就发现自己在这个包厢里。面前这个男人高大帅气,做出来的事情却叫人恶心。

他不打她不骂她,却给许哲打电话连番威胁,到此刻她才明白,原来真有人想要对付她。

或许不是对付她这么简单,是要利用她来对付许哲才是真。

莫杰西少见的好脾气,没被她的态度激怒,反倒伸手拿了瓶酒过来,给赵惜月倒了满满一杯。

"喝吧。"

赵惜月没有动。

"毒不死你,我要想你死,你早死八百回了。"

赵惜月终于有了点儿反应,她抬头看他:"这位先生,你到底要怎么样?"

"你觉得我会怎么样?"

"你想利用我把许哲骗来是不是?他不会来的,我跟他根本不熟。"

"是吗,那那天晚上你们在丽晶酒店,都做什么了?"

"什么都没做。"

莫杰西皱眉。

"你不相信?你这么有本事可以去查,看那晚我们是不是各自有房间,你应该能查到。"

"别给我戴高帽子,虽然我挺喜欢的。"顿了顿他又道,"就算那晚没什么,以我的判断许哲对你也足够紧张。我相信他一定会来。"

"他来了又怎么样,你想怎么对付他,杀了他吗?"

莫杰西突然放声大笑起来:"真有意思,你是电影看多了吧。这里是酒吧,他这么走进来，回头要是死在这里，我岂不是脱不了干系。我看起来那么傻？"

赵惜月心想傻不傻不知道，横竖肯定逃不掉的。她头一回碰到像他这么蛮不讲理的人。

"我不过想看看，你在他心里有多重要罢了。其他的以后再说，来日方长赵小姐，咱们不一定非要血肉模糊真刀真枪，搞不好以后咱俩不是仇人是朋友呢？"

要不是忌惮他有一堆保镖，赵惜月肯定早就吐了。跟这种人做朋友，除非她是疯了。

两人你一言我一语打擂台，时间过得飞快，不多时许哲一身白衣走了进来，眼神里满是戾气。

赵惜月有点儿害怕，头一回见这样的许哲。他以前一向温和，哪怕说着伤人心的话，神情也是平静的。

可现在的他，有点儿像一团火焰。

她想了想，从椅子里站了起来。莫杰西却一伸手，重新把她摁了回去。

"急什么，人都到齐了，咱们不喝一杯？"

许哲大步上前，拿起赵惜月面前刚才倒满的酒杯，一仰头喝了个精光。然后他重重将杯子掷到桌上，"啪"一声玻璃杯四分五裂。

他不看莫杰西，直接伸手去拉赵惜月，拖着她往外走。

"站住。"

莫杰西出声叫住他们，很快就上前来拦人。

许哲一抬手挡住他的胳膊，淡淡地扫他一眼："杰西，你最好就此收手，否则……"

"怎么，想宰了我？"

"何必那么麻烦，砍了你一只手，叫你这辈子都接不回去，就够了。"许哲的声音依旧清淡，却听得赵惜月毛骨悚然。她真的看错他了。

可这个回答显然刺激到了莫杰西，他突然伸手拿起桌上的酒瓶，怒骂一声朝许哲头上砸去。

许哲抬手挡了一下，酒瓶"啪"一声四分五裂，玻璃碎片割开了许哲的衣服，直接割破皮肉。

血一下子涌了出来。

赵惜月吓了一跳,刚想出手许哲却快她一步,反手掐住莫杰西的脖子,皱眉道:"看在你爸的分上,我今天饶你这一回。再有下次,我不会手软。"说完他用力一摔,把莫杰西重重扔到地上。

对方倒下的时候撞倒了茶几,轰隆一声响,东西砸得满地都是。

许哲转身带赵惜月离开,没做半分停留。

他的车就停在酒吧门口,到了车前他把钥匙扔给赵惜月:"会开车吗?"

"嗯。"

"那你开。"

赵惜月拿了钥匙钻进驾驶室,还没开口旁边许哲已经打开导航仪,设定了地址冲她道:"去这里。"

"不去医院吗?"

"就是医院。"

赵惜月不敢耽搁,立马开车。开出一段路后,她又道:"为什么不去省一院?"

"太麻烦。"许哲靠在椅背上,外头的光照进来,将他的脸照得一片惨白。

但他的头脑还清醒着,自己这样子肯定不能去自家医院。同事们除了谢志没人知道他的身份,他不想闹得沸沸扬扬。

车子一路开得飞快,有几次颠得厉害。许哲闭目养神,听着导航仪里的女声一路指引,最后车子停下的一瞬间,他睁开了眼睛。

然后他冲赵惜月道:"你回去吧,这车你开回去,我自己进去。"

赵惜月哪里肯,坚持要陪他进去。两人没再多话,一前一后进了这家私立医院。

伤口处理完都快凌晨了。

许哲本来说要回去,赵惜月却坚持开个病房让他观察一晚上。

许哲看她一副认真的样子就同意了,把车钥匙往她手里一塞:"车子你直接开回学校去,随便停哪里都行,我明天自己去取。"

赵惜月看他一身斑斑血迹,有点儿过意不去:"今天真谢谢你。"

"不用,是我惹出来的事情,应该由我来解决。"说到这里许哲话一顿,微眯起眼睛打量她,"你怎么被他带到酒吧去的,他到学校找你去了?"

"没有。"然后她把事发经过说了,"……果汁里被人下了药,我不知道给喝了。"

病房里灯光柔和，赵惜月一脸素颜站在那里，又恢复到了往常那个清纯女学生的样子。但不知怎的，这样的灯光让许哲不由自主想起香港那一晚。

她化着精致浓重的妆，穿着短得不能再短的裙子，和戴宏才那种人混在一起。

这样的两个女人，当真是一个人？

"以后注意点儿，年轻女生太爱玩不是好事儿。"

赵惜月脸色一变，直觉许哲把她归类成了那样的女人。

她有些气急，刚想辩解两句，许哲一抬手又道："算了，这是你的生活，我也不能干涉，你当我多事好了。"

他转头看她一眼，神情有点儿恨铁不成钢的味道，充满了浓浓的失望。

赵惜月再也忍不住，咬牙怒道："是，我行为不正，比不得你清高正直。你出身富裕头脑聪明，想得到什么都易如反掌。像我这种身无长物屁本事没有的人，除了混日子还能干什么？你知道我最喜欢什么？钱，我这人最喜欢钱，有钱我就高兴，没钱我就发慌。这种感觉你一定体会不到，因为你从来不知道缺钱的滋味！"

相比赵惜月的激动暴躁，许哲显得十分平静。他拿起那件满是血迹的白大褂，直接走出病房，大步离开。

他走得太突然，以至于赵惜月还没有反应过来。等她想起来去追他的时候，走廊里已是空无一人。

他的车钥匙还在她手里。

赵惜月用力敲自己的额头，一时十分懊恼。

其实今天真不该出去的。

后来她开车回学校的时候门都关了，她被保安拦在外面，学生证仔细检查一通，还打电话给辅导员查她的名字，最后确定她是本校学生才放行。

那一刻，才是赵惜月最后悔的时候。

接下来一连几天，赵惜月都没见到许哲。车子被她停在学校的某个访客停车位上，她每天都去转一圈，确保车子安然无恙。

车钥匙一直在她这里，许哲不来拿车子就一直停那里，积了厚厚一层灰。

他还真是财大气粗的人，好歹也是二三十万的车子，说不要就不要了？

带着满心的失落，赵惜月又去了许医生家打扫卫生。说来也奇怪，她隔一天去人家那儿，却从没碰到过对方。

一般她都是下午去，那时候大部分人都在上班，碰不到也正常。但有时候周末她也去，家里却空荡荡的一个人也没有。这个许医生，未免也太神出鬼没了。

赵惜月不知道，那套房子许哲只在上班的时候住，并不天天在。如果是白班，他就晚上回去睡个觉。如果第二天上晚班或是休息，他就回家住。

霍家大宅才是他的家，那套公寓只是一个临时的休息场所。

车祸后的第二天许哲正好休息，于是前一晚就回家去了。到家的时候太晚，父母和妹妹都睡了，第二天早上在餐厅看到他的时候还没发现什么。但几个人一拿筷子吃早饭，霍子彦立即敏感地察觉到了异样。

许哲左手有伤，穿了衣服给挡住了，轻易发现不了。

霍子彦当时没说什么，吃过饭后把儿子叫进书房，指着他的手问："怎么了？"

心知瞒不过父亲，许哲把昨晚发生的事情一五一十全说了。

霍子彦戴着一副平光镜，四十多岁的人身上带着儒雅的气质，听到这话却是神情一变，露出几分严肃来。

"为了个女人，你把自己搞成这样？"

"这只是意外。"

"那你威胁说要砍了对方的手，也是意外？"

许哲立即明白过来："原来您已经都知道了。"

"略有耳闻罢了。许哲，你别冲动，你该知道他是什么人。"

"我知道，他是我弟弟。可你不知道，他把我当敌人。"

"因为他不知道你和他同一个父亲。你这么做，有没有考虑过你莫叔叔的立场？"

提到莫立仁，父子两人皆是一阵沉默。往事如烟，在这个明媚的清晨提起来，让人觉得有点儿沉重。

许哲想了想认真道："莫叔叔对杰西太过纵容，我觉得有必要做点儿什么让他清醒一番。"

霍子彦露出一丝笑意，上前拍拍儿子的右肩："这是要行使哥哥的特权？你和他虽都是你莫叔叔的儿子，可毕竟不在一块儿长大。你妈妈嫁给我你成了霍家的人，即便你跟他真有血缘关系，有时候也要有所顾忌才行。"

许哲抿唇不语,他和莫杰西的关系实在复杂。莫立仁年轻的时候风流成性,许哲是莫立仁的私生子,被养母收养跟着进了霍家。自小在霍家长大,和莫家早就没了关系。

可莫杰西一犯错,许哲总忍不住想要教训他。现在想想,或许是恨铁不成钢吧。

霍子彦看他这样也不便多说,一抬手道:"算了,你一向有主意我也不说什么,只是有件事情我要问。你救的那姑娘和你什么关系,就是在香港被拍到的那一位?"

"是,只是普通朋友。"许哲突然摇摇头,"只是认识,算不上朋友。"

"那天你不是这么说的。"

那天他确实说过赵惜月是他的朋友。但昨晚他过于生气,突然就很后悔认识她。如果不当她是朋友,或许会好受一些。

于是他又道:"以前是,现在不是了。"

"这姑娘做了什么让你这么不满的事情?你们吵架了?"

许哲本不觉得那是吵架,事实上应该算是赵惜月单方面和他争执。但仔细一想事情是他挑起的,说吵架也说得过去。

霍子彦见他点头,便安慰他:"儿子你要知道,女人是需要哄的。你妈妈算是女人堆里少见的不争不闹的典型,但我还是时不时要哄着她。你跟女人讲道理是没有用的,她们不听这一套,尤其是在生气的时候。不要拿你对付病人那一套冷静的办法对付女朋友,那样你永远抓不到她们的节奏。"

许哲静静听完后,开始认真分析。他向来这样,冷静的时候喜欢把一切都拿来分析。

然后他承认父亲说得有道理,昨晚的赵惜月显然是气坏了,才会那么口不择言。她后来说的那番话,有赌气的成分在。

但很快他又想到一桩事情,立马澄清:"您别误会,她不是我女朋友。"

和父亲谈完后,许哲的那点儿纠结很快就没了。

但他没第一时间去取车,一来工作忙,二来手上的伤没好。万一由伤谈起,再谈到那晚的不愉快反而不开心。于是他索性把车放在赵惜月那里,让她开几天也好。

他完全忘了两人刚刚争吵完,任何一个有骨气的女生都不会在这个节骨眼上开着这么得来的车到处跑。

所以从某些方面说，许哲是个脑回路和别人很不一样的人。

而赵惜月和大多数女生一样，很自然地认为他还在生气，并且一时半会儿不打算和自己和解。

这让她有些苦恼，学校的访客停车位有限，她不能无限期地停下去。再这么下去车非得让人拉走不可，得想个办法把钥匙还回去才行。

干家务的时候，赵惜月就在想这个事情。也许可以邮寄回医院，反正他跟这个家的主人一样，都在省一院工作。

想到这一点的时候她正好进卧室，正准备擦床头柜，却注意到了旁边的床单上有一小摊浅浅的血迹。

赵惜月愣了一下，以为自己眼花，凑过去仔细一看，还真像是血迹。

许医生的床上怎么会有这种东西？

床单上血迹不多，只淡淡的几小处，在靠近枕头的位置。所以说许医生手臂受伤了？

这个发现叫赵惜月十分吃惊，心里一直怀疑的事情瞬间清晰起来。

不知从什么时候起，她就怀疑这套房子的主人和她认识的那个许哲是同一个人。

他们有太多的相似之处。

都姓许，都在省一院工作，性格也有相似之处。许哲这个人一看就很龟毛，应该还有洁癖。上次在咖啡馆点的那杯水，他一口没喝。还有那次吃大排档，他似乎也没动筷子。

而这家的主人同样如此。

赵惜月想起刚来的时候她好心给人把窗户打开通风，却被他嫌弃窗台上落灰的事情。

十二楼风很大，两边窗户一开就有穿堂风，只要不是四十摄氏度的高温，一般不必开空调。可她才开了一天，第二次来的时候字条就留下了："赵阿姨，以后不要开窗，谢谢。"

还有他家里过分的整洁，几乎没有一点儿瑕疵。冰箱里连韭菜这种略重一点儿口味的菜都不能有。他穿衣服也很注意，哪怕让她洗的其实也都不脏。

今天又在床单上发现了那点点血迹。

撇开其他几点不谈，光这一点就很说明问题。这世上哪有这么巧的事儿，两个姓许的医生在差不多的时间里伤到手？

赵惜月觉得自己的怀疑有几分道理。

她走出房间进厨房洗手，猛然间又想起一桩事情。

那天在大排档事发突然，她没留意看清楚，现在想想最后来的那个男人，和那天来帮忙关水闸的那个人很像。

如果他们是同一个人的话，这家的主人百分之八十就是许哲。

不知怎么一想到这个赵惜月竟有点儿兴奋。回房又去看了一眼那带血的床单，她赶紧揭下来把血迹用洗衣液搓掉，然后扔进了洗衣机。

就着洗衣机有节奏的声音，赵惜月走进客厅，抬头一看墙上的钟已经快五点。不知怎的，一想到这家的主人可能是许哲，她就想多做些什么。

于是她进了厨房，擅自做主煮了一锅汤，虽是清一色的蔬菜，但她还是很用心地做了。最后尝了下觉得味道不错，就给主人留了张字条。

"许先生，擅自做了锅汤，希望你会喜欢。"

然后她看看外面的天色，想起许哲说晚上不要到处走的忠告，赶紧拿包走人。

许哲那天下班晚了点儿，到家的时候发现厨房的那锅汤，不由得愣了下。然后他看到了那张记事贴。

赵阿姨不怎么给他留言，大部分时间都是他给对方留话。今天他特意看了两眼，发现上了年纪的人字写得却有几分稚嫩，有点儿小女生的清新味道。

然后他揭开锅盖一看，萝卜番茄玉米汤，汤水还算清澈，只是有点儿凉了。

许哲正好饿了，就把汤热了下，打开电饭锅一看饭也煮好了，索性便吃了起来。

然后他就想，这个阿姨请得不错，做菜的手艺很好。要不要以后多付一倍的工钱，让她时不时给自己做顿晚饭。

吃过饭后他故意留了张记事贴，谢谢对方为自己做的汤，顺便压下五十块钱。

于是赵惜月又发现一个发财的好办法。

原来钱是可以这么挣的，额外收入需要自己去发掘。熨两件衣服五十块，做个汤又是五十块，那她回回给他做的话，是不是往后月收入就能翻倍？

想到这里赵惜月来了干劲儿，接下来又连做三回，把能想到的蔬菜汤全都做了一遍。

许医生出手依旧大方，每回都给钱，并且永远客气地谢谢她。

于是她又想，这两人应该不是同一人——一个这么有教养一个那么难伺候。

一想到许哲她又想起那辆让人糟心的车子。在等了大约十来天后依旧不见人来拿车，赵惜月终于忍不住，决定把车开回医院还给对方。

就这么还回去似乎有点儿不妥，为缓解上次两人争吵产生的尴尬情绪，赵惜月决定带点儿东西去医院"探望"许哲。他好歹是因为她受的伤。

于是某天她趁着没课，去医院看完妈妈后回宿舍偷偷开了电磁炉，给许哲煲汤。齐娜在旁边看了直咂舌："亏得咱们跟校医一幢楼，要不你这么使用大功率电器，回头非跳闸不可。"

赵惜月悠悠看她一眼，吐槽回去："谁半夜三更煮泡面来着。"

因为宿舍条件有限，不能处理肉类的东西，她只能拿些素食食材对付一下，勉强煮了一锅汤出来。

汤煲完后她装进保温瓶里，剩下的拿来塞齐娜的嘴。可就是这样，临出门的时候她还是能听到对方在那儿哀叹："唉，果然女大不中留，才跟人认识几天啊就掏心掏肺，都快成老妈子了。"

赵惜月赶紧关门，把唠叨隔离在了门背后。

然后赵惜月开车去了省一院，拎着保温瓶找到急诊大厅。接诊台有个漂亮女护士，一听赵惜月找许医生，又看赵惜月拎着吃食，不由得脸色一变。随即她又客气道："不好意思，许医生今天不上班。"

一听这话赵惜月有点儿失望，站在那里一时不知该怎么做。然后就看那小护士往后退了两步，拉了同事说悄悄话，显然是在议论她。

看来她的举动让人误会了。

为免闲话不断，她只能先拎着汤往外走。刚走出没几步被迎面来的一个人挡住去路，于是她往旁边躲了躲，想给人让道。

可那人却不走，也跟着往边上一挪，照旧拦着她的去路。

这下赵惜月明白过来，这人大概认识自己。

她抬头看一眼对方，觉得十分眼熟，眨巴两下眼睛想了起来。这不是上次水龙头坏了跑来帮忙找物业的那位吗？

看他身披白大褂的样子，赵惜月心想这人果然就是大排档里碰上的那个。这么说来他跟许哲认识？

于是赵惜月冲他笑笑，主动打招呼："好久不见，上回谢谢您。"

谢志刚送完一个病人出院正准备下班，没料想往回走的时候能碰上赵惜月。他对她印象不错，年轻漂亮充满活力的女生，是个男人都喜欢。

他仔细打量她一番，见她拎着东西便问："怎么，探望病人？"

"没有，找个朋友，不过他今天没上班。"

谢志听出弦外之音："你这朋友也在急诊科上班，医生还是护士？"

"是医生。"

"医生，姓什么，你跟我说说，我应该认识，回头帮你找找？"

谢志这人长得不赖，性格外向活泼，很容易让人产生好感。赵惜月觉得他人不错，又想向他打听屋主的情况，便没隐瞒直接道："我找许医生，谢谢他前两天帮了我个忙。"

"许医生，许哲？"

"嗯。"

谢志不由得八卦，许哲这人他再了解不过，冷得跟块冰似的。两人也算多年好友，平日里想得他一句安慰的话都千难万难。

结果谁知道这小子只是装得正经，一碰上美女立马不一样。他除了救人什么时候帮过别人，可对这姑娘却是特别对待。

难怪人家说男人都这样，有异性没人性。

他看一眼那个保温瓶，冲赵惜月笑："怎么，特意煲了汤过来？这样，你等我一下，我给他打个电话，他去医院了。"

"医院？"

"哦，不是咱们这儿的。他前几天受了点儿伤……"谢志正掏手机，说到这里脸色一变，试探着问，"他受伤的事情你知道吗？该不会跟你有关吧？"

还真有关系。赵惜月不好意思冲他笑笑，没承认也没否认。

这其实就等于承认了。谢志心想乖乖，这是什么情况，千年老玄木也开窍了？

他突然有点儿替赵惜月可惜，这么漂亮讨喜的姑娘，怎么偏偏跟许哲搞在一起了。许哲那个人就是个中看不中用的，摆在那里当个门面绝对有面子，真要谈起恋爱来，乏味到能让人发疯。

当真是一朵鲜花插牛粪上了。

第五章
可她
明明不是她

尽管心里略有不爽，但谢志还是很够义气地给许哲打了个电话。

许哲那时在父亲朋友李默的医院里处理手上的伤口。李默亲自操刀给他弄，拆下纱布的一刹那忍不住教训他道："年轻人要懂得爱惜身体。你这都伤成这样了，居然还天天上班，手不想要了是不是？"

对方是长辈，许哲一向懂礼貌，于是不吭声任由对方骂。

李默是个刀子嘴豆腐心的人，许哲又是他看着长大的，骂了两句自己先心疼上了，夹了医用酒精棉给他清理伤口。

就在这个时候，谢志的电话打了过来。他一听对方说赵惜月去医院找他，神情微微一变。

李默多聪明的人，一眼就看出端倪来，却是不动声色。

电话那头谢志问许哲："人家女生来看你，结果你不在。她拎了东西来，是什么来着……哦对了，她说是汤。怎么，东西我替你收了？"

许哲本来也有这个意思，转念一想却变了主意。他说："你把电话给她。"

赵惜月站在大厅里，时间一长就很尴尬。走过的医生护士老往她身上瞧，就跟瞧新鲜玩意儿似的。她哪里知道急诊王老五最多，谢志也算钻石级的，两人往那儿一站，自然很惹眼。

她接过谢志递来的手机，突然后悔来之前没打个电话。

电话那头许哲也是这个意思："来之前怎么不打我电话？"

"忘了。"其实不是忘了，是鼓不起那个勇气，好像打电话比直接过来更令她尴尬。她当时想来这里还车也算个由头，如果他态度不好她扔下钥匙转身就走，回头把汤拿给妈妈。

若是打电话就不好翻脸，因为翻了脸车子还在那里，问题依旧没解决。

许哲也没追究这个,只跟她道:"我这会儿有点儿事,今天不回医院。"

"那我把东西留你同事那儿吧。"

"不行……呲!"

也不知李默是不是故意的,正说着话呢他略一用力,许哲就疼得一抽气。对方冲他露个抱歉的表情,他也没办法追究。

赵惜月听到那声音不由得关心道:"怎么了,痛吗?"

"没事儿。汤你别留给谢志,我今天不回医院,放到明天该坏了。你先回学校去,我一会儿来找你,把车取走。"

赵惜月听话地"嗯嗯"了两声,然后把手机还给谢志。

那边两人又聊了几句,挂断电话后谢志没让她走,反倒好奇起来:"看来许哲身上的伤真跟你有关,你这汤是煲来赔罪的还是关心的?"

二者皆有,可这话不能对他讲,所以赵惜月只能冲他笑笑。

谢志觉得她笑起来更好看了,于是有意和她亲近,就聊起上回的事情来:"上次你没事儿吧,没淋病了?"

"没,挺好的。对了那衣服怎么办,我后来想还来着,觉得就这么还回去不大好。是不是要买件新的赔他?"

"不用不用,他这人虽然面瘫,其实很大方。再说你们不是朋友嘛,一件衣服而已。"

赵惜月本来也只是问问,可听到这里心里不由得咯噔一下。她瞪着谢志:"你的意思是,许医生就是许哲?"

这下轮到谢志吃惊了:"你不知道吗?你不是他家保姆,你们没见过?"

赵惜月呆在那里,半天说不出话来,头脑飞快地转着。不知怎的,她觉得很尴尬:"没有,我每次去他都不在,我一直以为他们是两个人。"

谢志就乐了:"省一院能有几个姓许的医生,急诊就他一个。这么说起来,许哲知道你给他打扫房子吗?"

"应该不知道。"

谢志觉得这事儿太好玩了。当初碰到赵惜月的时候他也没多想,后来孟雪的事情出了,他本来想同许哲讲的,结果一转身太忙就给忘了。

今天听这姑娘一讲,这两人还真是稀里糊涂,明明都是朋友了,怎么反倒没把这事儿捅破。

赵惜月看着他,露出一点儿为难的神情:"那个,能不能麻烦你,不要把这事儿告诉他?"

"为什么,觉得不好意思是吗?"谢志看得出来,赵惜月的家境不算太富裕,穿着很普通。加上她又在做兼职,可以想象她的家境。会觉得难堪也正常,年轻姑娘给人当钟点工,说出去确实不大好听。

他对赵惜月很有好感,也就愿意帮她。年轻男子在遇到有好感的姑娘时,会下意识地想要讨好对方。

于是他点点头:"好,这事儿不跟他说。不过他迟早会知道,你们总有碰上的一天。"

"碰上了我自己跟他说,比较没那么尴尬。"

然后她又想,或许应该辞了这个工作,另谋高就去。

两个人又聊了几句,赵惜月拎着汤告辞回去。走到停车场取了车,却没有立即开,坐在那里消化刚刚得到的消息。

果然如她所想的,那个就是许哲的家。怎么这么巧,她上他家工作也就罢了,还阴错阳差被人误会是他女朋友。他们两个人当真有点儿狗血,巧合得过分了。

想起对方还要来拿车,她只能先回学校。结果学校里的访客停车位让人占了,她找了一圈没找着,只能把车开到校外,在路边找个地方停下来。

回宿舍的时候齐娜不在,她就一个人坐那里看书。本想复习功课来着,可心里乱得什么也看不进去。那些英文字母密密麻麻,最后全成了黑乎乎的一团。

于是她放下书给上次找工作的中介打电话,说自己准备辞职,想再找一份差不多的钟点工,请对方帮着留意一下。

快六点的时候,赵惜月正准备去食堂吃晚饭,就接到了许哲的电话。对方说自己在女生宿舍门口,叫她出来一下。

赵惜月就拿了车钥匙出去,结果匆忙间把那汤给忘了。两人见面后赵惜月有点儿不自在,不好意思看对方的脸,只把钥匙递过去。

"学校里没车位了,我停在了校门口的路边。你仔细找找应该能找到。"

许哲神情淡淡的,十分镇定的模样。他把钥匙往兜里一揣,却并不马上走,而是问她:"还有呢?"

"还有什么?"

"我的汤。"

赵惜月一愣,有点儿不好意思。下午送去的时候还有那么点儿勇气,磨了几个小时一下子全没了。

她就说:"没有,汤我喝完了。"

许哲就没说话,定定地看着她。

长时间的沉默叫人难受,赵惜月忍不住抬头,和对方的视线撞在了一起。

然后就听许哲道:"我的汤,你为什么喝了?"

"那是我煮的。"

"不是说给我的吗?"

赵惜月好气又好笑,故意道:"汤里有肉你不能喝,我就喝了。"

"你怎么知道我不吃肉?"

"谢志说的。"

"他还和你说了什么?"

"说你这个人很龟毛,很难侍候。"

这倒是像谢志会说的话。许哲也没追究,想了想又道:"那好,今天不追究,你欠我一碗汤,下回补上。"

怎么绕到最后成她欠他的了。赵惜月心想她都不打算在他家干了,以后难不成还要巴巴地煮了送去医院?还不如今天给他算了。

于是她又改口:"我骗你的,我没喝,汤里也没肉,我现在拿来给你。"

说完她转身进宿舍,几分钟后小跑着出来,把保温瓶递给他:"还热着,你喝吧,喝完了把瓶还给我。"

"要我在这里喝?"

赵惜月看看四周,正是吃饭的点,宿舍门前很热闹。有吃完了结伴回来的女生,也有跟男朋友手挽手甜蜜蜜地往食堂走的。

那些人无一例外不在看他们,尤其是看许哲。路灯下许哲的轮廓清秀柔和,是那种看了就让人心头一暖的美男子。

于是她摇摇头:"你拿回车上去喝吧。"

"可我还没吃饭。你吃了吗?"

"没有,正准备去吃。"

"一起吧,我请你吃饭。"

理智告诉赵惜月应该拒绝,可身体却不由自主跟了上去。走在后面的她忍不住偷偷打量许哲的身影,想起有一回从他家出来看到电梯里的那个人。当时那个应该就是他吧。

那时候就觉得他是衣服架子,现在一看更这么认为,简直比她见过的那些走T台的男模更好看。

两个人晃到了食堂,赵惜月看看那些餐具,觉得有点儿委屈许哲,于是道:"要不换个地方吧,这里可能不太卫生。"

"学校里都一样。"他是有洁癖,但也不喜欢特立独行。当年七年医科念下来,他也忍着不适吃了七年的食堂。

见他不反对,赵惜月笑笑:"那就好,怕你不习惯。"

许哲就停下脚步回头看她:"我发现你对我似乎挺了解。知道我不吃肉,还知道我有洁癖。都是谢志跟你说的?谢志今天话未免有点儿多。"

赵惜月缩缩脖子没敢承认,走到某个窗口前看里面的菜。一般晚上的菜比中午差些,很多都是中午剩下的,也不太新鲜。

打饭的阿姨问她要什么,她就问人家:"有素菜吗,晚上刚炒的有吗?"

阿姨就笑:"小姑娘减肥啊。"

"不,他吃。"

赵惜月点点许哲,阿姨就笑得更欢了:"原来给男朋友问啊,这年头这样的女朋友少见哦。都是男生帮女生打饭讨好的多。"

听到这话,赵惜月和许哲同时脸一红。

打完饭后,许哲下意识地摸出钱包。

结果还没抽出钱来就听食堂阿姨道:"同学,我们不收现金。"

他看一眼赵惜月,对方默默掏出饭卡。许哲不客气地拿过去,刷卡付钱。

两人端盘子找地儿坐的时候赵惜月就想,亏大了,本来就不想吃他一顿饭的,结果倒好,成了她请他了。

坐下后许哲悠悠说了句:"吃过饭把钱还你。"

赵惜月总算明白了。这人还真是爱干净,嫌钱太脏吃饭不卫生。

这人到底怎么长大的,一般人从不会计较这些细节,偏他做起来十分自然,好像已养成多年的习惯。

吃饭的时候谁也没说话。赵惜月本来是个挺随意的人,结果对面坐着一位如标兵般的人物,害她也不自觉地认真起来。一顿饭吃得腰酸背痛,菜是什么味儿都没尝出来。

吃过饭后她准备走人,许哲终于掏出钱来,递了张一百给她。

"谢谢你替我保管这么久的车。"

赵惜月不客气地收了钱,没有还他的打算:"没事儿。我本来以为你不要了,正准备拿去卖掉呢。"

"是吗?那你还拎着汤来医院找我,是打算卖之前先给我灌碗迷魂汤?"

看着桌上摆的那个保温瓶,赵惜月觉得有点儿打脸。

她刚想伸手把汤要回来,许哲却已经在拧盖子。赵惜月就道:"你的手刚摸过钱,不洗一下吗?"

许哲不看她,悠闲地往碗里倒着汤:"我跟你一样,是正常人。"

赵惜月撇撇嘴,心想你才不正常呢。

许哲把汤倒在一个干净的碗里,舀了一勺搁嘴里一尝,视线瞬间定住。这汤看起来有点儿"面熟",尝起来也很熟悉,怎么跟赵阿姨做的有异曲同工之妙。

他看一眼赵惜月,跳过她刚才的问题,反问她:"你平时在家总做饭?"

"马马虎虎吧,我爸走得早,家里就我跟我妈,我就经常帮着她做点儿家务。只会做几道简单的。"一说起这个赵惜月的神情有点儿黯然。爸爸死的时候她还小,一切记忆都很模糊。后来只偶尔听妈妈和别人提起过,却也记不清细节。

年幼的她只记住了一个名字:弘逸集团。

所以这些年,她一直在搜集和这个集团有关的一切,即使并不知道这样做有什么用。

然后她想起许哲外套口袋里的那张名片,便有些坐不住。如果可以她真想直接问他,可问了也没用。她甚至没搞明白父亲的死和弘逸是不是有关,贸然做些不合时宜的举动,只会让自己陷入被动。

但交一个像许哲这样的朋友,却是一件有百利而无一害的事情。于是她果断忘了那天在车里的争吵,开始和他修补关系。

"汤好喝吗?"

"还不错。"

"你要喜欢的话,我下次再给你做。"

这话说的时候很顺溜，一说出口却觉得哪里不对。赵惜月赶紧心虚地解释："你的伤终究是为我受的，我有点儿过意不去。"

许哲也不知是故意的还是真的不懂男女之情，并没有什么太大的反应，只点头道："好，那就交给你。"

喝完汤后赵惜月收了保温瓶，准备回宿舍去了。结果许哲叫住她："陪我去拿车吧。"

本来想拒绝的，一想到要跟他搞好关系，赵惜月欣然同意了。

两个人顶着月光往校门口走，一路上又是长时间的沉默。赵惜月就想这男人当真有点儿闷骚，话少得够可以的。从前对他没想法，觉得他话多话少无所谓。现在有意同人交好，她就觉得闷葫芦不是件好事儿。

哪怕她有心追求他，可他这么高冷她也无从下手啊。

一路上走过的人还是有意无意往他们这里瞧，明明不长的一段路却走得叫人五味杂陈。好不容易到了校门口，找着了许哲的车，赵惜月总算松了一口气，便主动和对方道别。

结果刚说了"再见"两字，许哲就开了副驾驶的门，请她坐进去。

"干吗？"

"上车，我送你进去。"

"不用了，就在学校里没有危险。"

"你上次跟朋友们出去也以为没有危险，结果怎么样？"

一提起这个赵惜月心有余悸，于是乖乖上车。因为天色已晚，校门关了大半，许哲的车开不进去，停在了门卫那里。

赵惜月看他掏出什么证件给人一瞧，电动门便缓缓开了。

车子绕着校园慢慢往前开，赵惜月就问他后续的情况："那个人怎么样了，他有没有再……"

"没有，我的威胁他会放在心上的。"

"希望如此，那天我真有点儿被吓到了。"

"所以我早和你说，晚上待在学校里。以后酒吧那种地方能不去就别去，单身女性去那种地方没有好处，很容易吃亏。"

"我只是跟朋友去放松放松……"

"这一放松，差点儿连命都没了。人有很多休闲方式，不要选择一项对自己有危险的活动，得不偿失。"

他训起人来很严肃，跟学校辅导员似的。赵惜月就想这人怎么这么少年老成，简直无趣死了。

但再无趣也得努力搞好关系。

"嗯，我不会去了，我听你的。"

她这么听话，许哲心里高兴，一时口快来了句："乖。"

赵惜月不由得头疼起来，感觉两人差了一辈。她年幼失父，不知道她爸教训起人来什么样儿。但许哲这样子真让她觉得跟父亲差不多，就像长辈在教训晚辈。

赵惜月到底还年轻，有点儿受不了他的唠叨，等车子一开到宿舍门口便赶紧下车，冲他挥手道别："行了我知道了，叔叔。"

说完这话她冲许哲咯咯一笑，潇洒地摆摆手便进了宿舍大门。留下许哲一人坐在车里，还在琢磨她刚才的话。

她刚刚管他叫什么？叔叔，是嫌他唠叨吧。

其实许哲自己也有点儿意外。他虽从小就是个品行端正道德感极强的人，但他一般不跟人废话。他只喜欢做好自己，教育人的事情不归他管。有时候看到不好的事情，他会出手阻止，但一般不说教。他懒得教他们。

可面对赵惜月，他骨子里就忍不住，总想说她两句，把她从还不算太偏的路上拯救回来。他这是怎么了，同情心泛滥还是闲得无聊，居然开始关爱失足女青年了？

回家的路上他一直在想这个事儿。小的时候他有轻微的自闭症，几乎不说话。后来碰到某个小话痨之后，才被带得活泼一些。

那个话痨当真话很多，自打有一回将他从幼儿园的楼梯上推下去后，从此便缠上他了。每天在他耳边叽叽喳喳说无数的话，从今天午餐好不好吃说起，到哪个老师的裙子漂亮，哪个老师的头发太乱，还有隔壁班的谁谁谁请她吃东西，谁又总想掀她的裙子。

事无巨细一一道来。

那时候她最喜欢追在他的屁股后头，整天"许哲""许哲"地叫个没完。有段时间许哲一听她叫自己的名字，头就立马大了。

后来两个人就熟悉了，他就开始"管教"她。她是个过分活泼的女孩子，优越的家庭环境把她养得心无城府，单纯得冒傻气儿。有时候有些举止不合适，

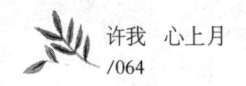

许哲就会纠正她。

比如夏天的时候她会旁若无人在他面前脱裙子,许哲总要先一步拦下来,以防她露出带猪尾巴的小内裤。有时候正说着话呢,她就凑过来亲他,哪儿都亲,亲完了还说:"许哲,你好香好甜哦,我真喜欢亲你。"

他又不是水蜜桃!

每次她有这种类似女色狼的不合宜举动时,许哲就会"教育"她:"你是女孩子,要矜持。"

她就一脸苦恼地问:"什么是矜持?许哲,你为什么总说很难的词,我都听不懂。"

于是他只能耐着性子解释:"就是叫你要知道害羞,在男孩子面前不可以这么做。"

"可是我喜欢你呀,喜欢你就要表示,不然你怎么会知道呢?"

许哲无奈地想翻白眼,但还是忍住了:"那你说就好了,不要做动作。"

"可是你真的好香好甜。"

许哲从小就是个智商超群的孩子,自认为没什么是搞不定的。可是碰上那个小话痨后他就投降了。果然这世上没有人是万能的,总有那么一两个人或是事儿,是让你感到棘手的。

那时候的许哲不像现在是个富二代,曾经的他就是个单亲家庭的孩子。而她却不一样,典型的白富美。虽说那时候还太小,白和富是有的,美嘛就不好说了。但他们两人就好比现实版的公主与平民,本不该有什么交集。

可她就是喜欢黏着他,久而久之许哲也对她越来越上心,关心她爱护她甚至教育她,对他来说成了理所当然的事情。

除了她,没有人能让他再这么操心过。

可如今他是怎么了,一个平淡无奇的赵惜月,竟打破了他坚持了十几年的原则。

可她明明不是她。

十月一眨眼就过去了,赵惜月每天忙得脚不沾地。

妈妈的身体恢复得很好,连医生都说这是很少见的事情,让她再留院观察几天就可以出院了。

于是赵惜月就满世界开始找房子。房子不用太大,主要给妈妈住,离学校要近,最好走路就能到。到时候她可以经常回家甚至就住家里,方便照顾妈妈。

许哲那边的钟点工她彻底辞了。不知怎的,自打知道他就是屋主后,她就特别不想给他干活。仿佛那样两人就处在不平等的地位上,总叫她觉得低人一等。

家政公司那边有新的工作介绍,但她一时也没时间立马去上班。从十月开始她的活儿便多了起来,双十一双十二加元旦,这段时间是各家淘宝店主抢着上新的时间,赵惜月的私活儿多得接不过来,也没时间去做钟点工。

等房子找好后又是一通收拾,那天齐娜正好有空,跟着她一起去。房子就租在学校对面的小区里,十几年的旧房子,空间不大地段却不错,生活十分方便。租金不算太贵,赵惜月为了妈妈一咬牙就定下了。

房子在二楼,老式的两居室。齐娜搬着东西进去的时候就跟她提议:"不如另一间租给我得了,有时候收工晚我都不想回宿舍,直接上这儿来住。房租算我一半。"

赵惜月知道她是仗义帮自己,笑着把钥匙递过去:"钱我就不收你的了,你想住就过来住,别太晚就好。有空帮着做饭打扫房间,就是对我最大的帮助了。"

"成。"齐娜收了钥匙,把盆绿植搬到窗台边上,"你还挺小资,弄什么花啊草啊的。"

"我妈喜欢,买了让她老人家高兴点儿。医生说了心情好病就好得快。"

齐娜就回头冲她笑,刚想说什么不知怎的手一抖,那盆绿植在窗台上晃了晃,竟掉了下去。

"啪嗒"一声响,花盆砸到了一楼地上,摔了个稀巴烂。

齐娜愣了,赵惜月也很意外,赶紧跑到窗台边往外看。齐娜在旁边小声嘀咕:"不会砸到人吧?"

结果话音刚落,就见一个男人抬起头来朝她们这边看。他一手抚着额头语气有点儿不高兴:"刚刚那花盆你砸的?"

齐娜也傻,直愣愣点头,点完了才后悔,赶紧改口:"不是我。"

谢志气得说不出话来。本来让个花盆擦了下也就流点儿血的事情,结果闯祸的人居然不承认,真没见过像她脸皮这么厚的。

谢志刚打算刺她两句,一眼看到旁边的赵惜月,到嘴的话又咽了回去。

赵惜月也认出他来,立马赔礼道歉:"对不起谢医生,你还好吧?"

谢志抬起手来，给她看手心里的血迹。这下子连齐娜也不好意思了，缩着脖子不说话。赵惜月想了想招呼对方："要不您上来，我给你处理一下。"

谢志没拒绝。他本来来这里是看个老朋友的，事情办完了正准备回去，没走几步从头上掉下个花盆来。饶是他身手不错也没躲过，花盆底擦着他的额角，破了一块皮。

于是他上了二楼，赵惜月请他进去，拿出药箱来替他上药。

齐娜就在一旁打下手，给他倒了杯水，顺便解释刚才的事情："我那是不小心，你别介意。伤口不大不要紧，应该不会留疤的。"

赵惜月就笑了，谢志也笑，不过是怪笑："我是医生，这方面我比你懂。"

齐娜觉得这人脾气怎么这么差，大男人斤斤计较，真不是玩意儿。于是她把水杯往茶几上一搁，理都不理对方，直接进房间收拾去了。

谢志也不想她待在这儿，走了更好。客厅里就剩他跟赵惜月两个，说起话来也方便点儿。他任由对方抹血擦药，随便找了个话题和她聊："听说你不在许哲家干了？"

"哦，最近太忙没时间，只能辞了。你怎么知道的？"

"你就是我给他去中介找的，你走了我就得再给他找一个。"

"他说什么了吗？"

"没有，他这个人对不在意的东西一向没话说，只让我赶紧再找个阿姨。"

听到这话赵惜月略感失望。本以为干了这么些天，两人多少有点儿感情了。谁知道在他心里一个赵阿姨和别的阿姨没有不同，走了就再找一个，日子还是照样过。

虽然他不知道那个人就是自己，可她还是难受，就好像一腔热血付诸东流一般。

白瞎她那些日子给他煲的汤了。

正给人处理大出血的许哲突然后背一凉，差点儿打个喷嚏。

那一边谢志还在和赵惜月闲聊。她和他离得很近，就这么站在他面前，他坐着她站着，一睁眼就能瞧见她胸前的风光。

刚进十一月还不算太冷，又是在室内，赵惜月就在衬衫外套了件薄薄的毛衣，看得谢志一时有些眼晕。

他不是没谈过恋爱的男人。他跟许哲不一样，在读医学院的时候就交了个女朋友，后来因为工作太忙才分手。平日里因他长得帅家境又好，不少女医生小护士都朝他抛橄榄枝。

要说受欢迎程度，他比许哲高多了。

许哲是块冰，别人只敢远远望着，稍微走近一点儿就被冻得半死。而他是一抹阳光，让人不自觉就想亲近。

所以谢志并不缺女性朋友。可不知为什么，明明和赵惜月没见过两次，近距离接触的时候却让人心神荡漾，仿佛心脏里灌着一汪水，来回不停地摇晃着。他想是因为头一回见的时候她湿淋淋的样子刻进他心里了吗？

所以他才一直没跟许哲说赵惜月就是他的阿姨。他嘴上说因为忙给忘了，其实潜意识里根本就不想告诉对方。

他对这姑娘上了心，所以不想有别的竞争对手。

赵惜月完全没留意到他的心思，拿了纱布盖他脑门儿上，边剪胶布边问："我是他家钟点工的事情，你说了吗？"

"没说，答应了你的事情怎么能不做到呢。"

话音刚落齐娜正好从屋里出来，听到这话浑身直起鸡皮疙瘩，轻轻吐槽一句："真够酸的。"

然后她看都不看谢志，直接冲赵惜月道："我先走啦，东西都给你摆好了。有需要就打我电话。"

赵惜月笑着目送她离开，又给谢志贴好纱布，总算是松了一口气。

谢志很懂分寸，没有死皮赖脸留着不走，客气了几句便告辞了。

赵惜月收拾完药箱后开始给屋子打扫卫生，忙碌的日子过得很快，一转眼的工夫妈妈就出院了。这个小小的两居室便热闹了起来，她苦难的生活终于结束，一切又回到了从前。

相比于赵惜月的平淡小日子，许哲这些天却不大好过。新请的阿姨不如原来那一个，沟通有点儿困难。说了不要买韭菜，结果下一回就给他买一把大蒜回来。害他仅有的那点儿时间都用来洗冰箱，恨不得扔掉再买一台。

衣服似乎也没前一个熨得好。这个阿姨给他一种很赶时间的感觉，他是那种很好说话的雇主，虽说每次说好三小时，一般人家两个小时干完他也不会说什么。

可这个阿姨大约见他总不在家就偷懒，匆匆忙忙干完活就去赶下一家。

于是他经常能在家里各个角落抹到灰尘，厨房里也显凌乱，用过的东西很少归位。冰箱里的菜更是没有归类，胡乱堆在一起。

这些许哲都能忍，大不了自己动手做一做，可有一件事情他却有点儿不习惯。

新来的阿姨也会煲汤，但味道不好。大约做惯了肉汤，蔬菜汤无论怎么做都一个味儿，寡淡得很。许哲前些天喝了赵阿姨做的，当真是有了比较，就看现在这一位有点儿不顺眼。

可赵阿姨辞职了，他也不能硬把人叫回来，于是这股无名火又发到了赵惜月身上。

上回在食堂吃饭她明明说了要给他再做的，结果那天一别之后就没消息了。他没她手机不能打电话，她就不会主动联系他吗？

不会处理男女关系的许哲一个人憋着不痛快了几天，某天值完夜班回家后有些忍不住，终于打电话给朋友打听赵惜月的电话号码。

他在学校里认识些重量级的人物，打听外语系一个女生的电话不是难事儿。

打听到了他就直接给人去电话。

赵惜月正在做午饭，接到电话不由得一愣，问他："什么事儿，你不上班吗？"

"晚上才上。你在干吗？"

"做饭啊。"

不说还好，一说许哲更来气，语气生硬道："答应我的事情忘了吗？"

赵惜月傻了："我答应过你什么事情？"

"汤，我的汤，只做一回就不干了？"

电话那头安静了几秒，然后他听到"扑哧"一声笑。

赵惜月确实笑了。她觉得这个男人真的很有趣。有着比实际年龄成熟得多的技术和果断以及心理承受能力，可一旦涉及生活，他似乎又有几分天真。

这年头智商高的人情商都不怎么样吧。

于是她哄着他道："这不正在做嘛，你想喝了？"

"嗯。你在学校吗？我去找你。"

"我不在，我在家呢。"

情商其实并不低的许哲立马道："你住哪里，我自己去取。"

赵惜月就想这人八辈子没喝过汤吗？她客气一句他还当真了。

但对方主动来找她让她很高兴，于是就报了家庭住址。

挂了电话后妈妈从里屋出来，一见她就问："什么事情这么高兴，你谈恋爱了？"

恋爱算不上，但赵惜月确实挺高兴的。

许哲到她家门口后给她打电话，她就下楼把汤给了他。两个人坐在车里有一搭没一搭地聊着，赵惜月突然想到个事情就问他："你怎么有我的电话？"

她想不会是谢志给他的吧。

结果许哲少见地冲她一笑，却不说话。

他笑起来真是好看，赵惜月觉得自己就快要沦陷了。难怪当年他在学校的时候，那么多学姐学妹为他疯狂，至今学校里还到处流传着关于他的传说。

男神就是男神。据说F大在许哲之前还从没有过这么风云的人物，他走了之后校草们的素质也是一年不如一年。于是他就成了所有女生心头的朱砂痣。

谁能想到这颗朱砂痣现在就坐在她身边，正冲着她笑呢。

于是接下来的几天，赵惜月心情都很好。

第六章
没谈过恋爱的许医生

许哲回家喝了汤后心情不错。洗干净的保温瓶本想还给她,却因为正好赶上医院里忙,他倒把这茬儿给耽搁了。

一连忙了四五天,许哲每天几乎只睡两三个小时,仗着年轻身体好,在急诊室里轮班倒,好让那些拖家带口上了年纪的同事多点儿休息时间。

但即便再年轻,这么忙下来也有点儿受不了。那天事情终于忙完后他倒在办公室的沙发里,不顾一切地睡了过去。

隐约间感觉有人走过,似乎围着他在做什么。他这人警惕性高,即使再困也立马睁开眼睛。

结果就看到同科室的程护士在给他盖毯子。

程护士年纪不大,比他小一岁,算是科室里有名的美人儿。

医院里追程护士的医生不少,偏偏她就喜欢许哲这个大冰块。

可惜妹有心郎无意,许哲对她没想法,立马起身道:"我该回去了,毯子你收起来吧。"

程护士看着他匆匆离开的背影,伤心得差点儿掉泪。听说那天有个年轻女生来找许医生,说是他朋友,这么说来他已经名花有主了?

程护士想到这些更难过了。

许哲走得太急,拐弯的时候不小心撞到了谢志。对方一把拉住他,冲他道:"总算忙完了,大家商量着过两天趁休息去烧烤,你去不去?"

许哲其实还挺困,也没听清他说什么,胡乱回了句:"去去。"

于是这事儿就算他一个。

到了放假的前一天,谢志来找他分配任务:"每个人都带点儿东西,肉你不吃不用你操心，蔬菜什么的也有人弄。酒和饮料归我管，你干什么呢？这样吧，你开辆大车出来帮我们装东西，顺便搭几个没车的同事。"

许哲一脸莫名其妙："你在说什么？"

"烧烤啊，那天你可答应了的，别又给我变卦。"

许哲心想我有吗？

"当然有，说过的话要算数，再说了你得跟同事们多亲近。最近这几天大家忙得脚不着地，好不容易连休两天，你要抓住机会跟大家搞好关系。"

许哲心想我又不想和人搞好关系，但话没出口谢志的机关枪又来了："机会难得别错过。我还邀了母校的几个学妹，就上回孟雪那朋友也去，我都跟她说你去了，你别不给我面子。"

谢志约了赵惜月，这点出乎许哲的意料。原本都打算拒绝的他，立马改口道："行，那就给你一回面子。"

赵惜月确实也去。正好是周末，谢志打电话邀请她，怕她推辞就说许哲也去，赵惜月就动心了。

谢志想的是多个她认识的朋友也好，总比她不去强。虽说许哲这人天生受女人欢迎，但大多数人对他都只是看看并不下手，像程护士那样敢直接追的还是少。

他觉得恋爱就得找像他这样的，从里到外都是正常人。许哲那样的，太极品也太奇葩。

赵惜月电话里和他说得好好的，又问能不能再带个人。毕竟她认识的两个都是男生，到时候一起玩可能会尴尬。她想带齐娜去。

齐娜是活泼好玩的人，有她在不用担心冷场。

谢志就问："是你同学？"

"嗯，就是上次在我家那个。"

"那你可让她小心点儿，别烤肉的时候把叉子扎人眼睛里。"

后来齐娜听说谢志这么说，气得要命，恨不得往他的鸡翅上浇汽油。

约定出发的那一天赵惜月起了个大早，和齐娜在校门口等着谢志来接她们。然后她就想起前一天说要出去时妈妈同她说的话。

妈妈说："小月你真的不是谈朋友了？"

"没有，只是学长，大家一起玩的，齐娜也去。"

赵母看她一眼，欲言又止，最后挤出一点儿笑意道："去玩吧，好好玩玩，这半年可把你累得够呛。"

看着女儿兴奋地出门，赵母不由得叹息一声。有些事情想和她说，却又怎么也开不了口。

谢志到得很准时，停好车后还主动给人开车门。齐娜看在这个分上对他脸色略好，但一路上还是不怎么和他说话。

开了十几分钟，车子停在一个小区门口，谢志说要等一下同事，顺便装东西上车。赵惜月就下车来准备帮忙，一抬眼就看到许哲从一辆黑色卡宴上下来，正和一个漂亮女生一起往车上搬东西。

她本来想上去打个招呼，一见这情景就退缩了。结果对方倒也看到她，搬完东西后主动走过来问她："刚刚为什么不过来？"

被他看出来了，赵惜月不好意思地吐吐舌头："看你身边有红颜知己，我识相地没有上来，怕打扰你们。"

许哲都想不起来刚才和他一起搬东西的是谁。看看周围同事觉得哪个都像，他转而又去看赵惜月："你是不是想多了？"

她也希望自己想多了。但女人直觉很准，不管许哲对那女生有没有意思，反正对方看他的眼神，绝不像普通同事。

但她做不出当众吃醋的事儿，只能顺着他的话头："嗯，大概真是想多了。"

那边齐娜凑过来一见许哲，笑得比花还灿烂："又是学长你啊，你跟我们惜月到底什么关系，老实交代哦。你们是不是在恋爱？"

赵惜月有点儿不好意思，许哲却一本正经道："没有，只是朋友。"

"当真？"

"如果真在恋爱，她怎么会坐谢志的车来。"

许哲其实有点儿不高兴，但为什么不高兴他自己也不明白，就是看到赵惜月从谢志的车上下来时，那股子不痛快就收不住了。

结果他直白的话却叫赵惜月误会了。她想果然是自己想多了，以为他问自己要一两回汤喝就是对自己有意思？这人就是个二愣子，有什么说什么，不喜欢她就直接跟齐娜说了，连点儿面子都不给。

气得她瞪许哲一眼，坐回了谢志车上。

人很快到齐，这么多人挤进三辆车里，浩浩荡荡往郊区的果园进发。

那果园是近几年新开发的,有农家乐有烧烤,也能自己进园子摘水果,城市里的年轻人累了就很喜欢去那里聚会。

谢志一早订了烧烤位,到了之后直接和同事拎着东西过去。每个烧烤位附近都有座椅,东西往上一放就算占了位子。

许哲是爱干净的人,又不吃肉,来这里纯粹是捧谢志的场。所以烤东西的事情不归他管,他只管高冷地拿着杯水坐在那里看别人忙活。

赵惜月却不像他这么不合群,跟着谢志忙前忙后。一会儿分肉串,一会儿给人倒饮料,又把各种零食拆分,细致地擦每一张凳子,干净了才请人坐,一副很会来事儿的样子。

许哲知道她在干网拍模特的事情,心想她大概习惯了跟一堆人一起。而且她性格不错,总喜欢笑,不多时就跟所有人打成一片。

除了程护士。

等到众人开始烤肉的时候,终于有人想起许哲来了,非拉着他一道围着烧烤炉坐下聊天。赵惜月知道他吃素,看看周围没什么他能吃的,就从包里拿出一早买的蔬菜沙拉。

沙拉一出手就有人笑道:"哎哟,还是小赵美女想得周到,要不我们许医生该饿肚子了。"

说者无心听者有意,一时间赵惜月、许哲、谢志,还有程护士全都有了想法。

赵惜月挺尴尬,多余地解释一句:"我怕大家吃多了油腻,不是特意为谁带的。"

众人就起哄地笑。

许哲看她一副局促的样子心头不悦。刚才明明和别人打得火热,这会儿一扯到自己身上她就不自在了?

没谈过恋爱的许医生,终究对女人不了解。

不过那盒沙拉引起了他的兴趣,他从赵惜月手里拿过来,挑出一些放进一次性的碟子里,慢慢吃起来。

赵惜月看他那么自然,心里说不上什么滋味,总觉得他好像对刚才的玩笑并没想法。这么说来他是真的对自己没意思了。

一想到这里,赵惜月连吃烤肉的心思都没了。

好在人多说说笑笑,没人注意到她那淡淡的落寞。玩了大约两个小时后,烧烤接近尾声,正有人提议要不要去后面果园摘水果时,天公不作美竟是下起

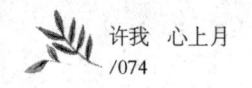

雨来。

　　豆大的雨点落下来，砸得众人赶紧四处跑。慌乱中赵惜月不小心撞着个人，一抬头就看到许哲清隽的眉目。

　　被雨水一浇，两个人都显得有些狼狈。
　　正当赵惜月不知如何进退的时候，被人从后面一拉，头顶上就多了把伞。
　　谢志打着伞催促她："赶紧往那边躲躲。许哲走啊，别傻站着。"
　　三个人挨挨挤挤冲进了旁边的遮雨亭里，谢志收了伞骂道："这什么鬼天气，昨天查了天气预报，没说要下雨啊。"
　　旁边有人接嘴："郊区，跟咱们市区不一样，一片云管一处地儿。"
　　突来的大雨搅了大伙儿的兴致，摘水果看来是去不成了。一时间众人抬头看天，脸上有难以掩饰的失望。
　　赵惜月也一样。她很久没出来玩了，今天玩得也算尽兴，认识了一些朋友。还有女生认出她和齐娜来，因为买了她们拍照的那几家淘宝店的衣服，开玩笑说要签名。
　　她本想着摘水果的时候能想办法跟许哲亲近一些，结果却让场大雨弄得泡了汤。
　　旁边谢志体贴地拿纸巾给她，甚至还帮她擦额头前的雨水。赵惜月顾着想心事一时就没推开他，任由他在自己脸上擦拭。
　　这一幕落在别人眼里，却有了更多的想法。
　　赵惜月是谢志带来的，很多人一开始就在猜测她和齐娜哪一个是谢志的追求目标。目前看来显然是赵惜月。
　　有些爱八卦的就在那儿窃窃私语，拿谢医生打趣儿。许哲坐在他们中间，很难听不到。
　　从那天谢志说赵惜月会来起，他就一直在想，这两人是不是在恋爱？
　　结果今天仔细一看，似乎真有那么点儿意思。谢志是他的好友，谢志恋爱他没什么不高兴的，可恋爱的对象出乎他的意料，而他的反应更让自己意外。
　　他居然有点儿看不顺眼。
　　他这个人从小到大就没什么顺眼不顺眼的事情。喜欢的东西执着追求，不喜欢的根本连关注都不会有。念书的时候同学间总有远近亲疏，只有他一视同仁。除了像谢志这样私交不错的朋友，其他人对他来说可有可无。

很多时候他只活在自己的世界里。

可赵惜月搅得他有点儿心神不宁。他想这感觉叫什么，传说中的嫉妒吗？什么时候这世上竟也有让他嫉妒的东西了。

结果心里想着这个，他也跟赵惜月一样走起神来。旁边程护士见他脸上有雨水，便递了纸巾给他。换作平常许哲一定会谢绝，但今天他竟接了，还冲对方道了声谢。

一时间所有的焦点又从谢志那儿转移到了许哲身上。

谢医生谈恋爱最多算是花边新闻，许医生谈恋爱却是国际新闻，并且在急诊科众人心里引起了巨大的震荡。

程护士追他不是一天两天了，从他刚进急诊科起对方就频频献殷勤，可永远没有一丝回应。

今天是怎么了？许医生当真变了。从不参加聚会的他居然来了，来了后又跟程护士有了互动。虽说只是一张纸巾，可产生的震动却像是引爆了原子弹。

本以为永远不会开窍的许医生，终于也要迎来爱情的春天了？

这所有人中最激动的当属程护士。她都努力这么些年了，说实话都到了快放弃的边缘，结果峰回路转又有了转机，不能不叫她激动。

她完全不知道许哲接纸巾的时候根本没留意对方是谁，不过是下意识的动作。

他的视线一直落在赵惜月身上，只是非常隐晦，以至于没人发现。

赵惜月也没发现，但她看到对方和程护士互动的全过程。那一刻她当真很不舒服，就跟自个儿的东西被人抢了一样。

可回头想想又觉得矫情，人家好不好跟她有什么关系。当真像齐娜说的认识几天就念念不忘了？

事实是，他们根本就不太熟。

还有香港那一晚以及前一回酒吧的事情，大约都给他留下了不好的印象。他是那种道德感极其强烈的人，眼睛和心都容不得沙子。否则他不会说那些指责的话，一个酒吧就把她给定性了，这样的人怎么可能爱上她？

这一刻赵惜月心灰意冷，旁边齐娜和她说什么也没听清。雨下了近一个小时，一开始大家都坐着枯等，后来就开始分发零食讲各种八卦。赵惜月叫冷风一吹有点儿冷，靠着齐娜话少了许多。

好不容易天放晴了,大家也没了再玩的劲头,纷纷打道回府。

谢志依旧送赵惜月和齐娜。

车子先开到F大宿舍门前,齐娜心领神会下车,不再做电灯泡。只是下车时齐娜意味深长地看一眼赵惜月,那眼神叫她心里毛毛的。

然后谢志又拐出学校,拐进了对面的小区。

车子停下后赵惜月还没下来,对方倒先下车来给她开车门。她笑着道了声谢,说道:"今天玩得很开心,谢谢你和你的同事们。"

"不用客气,我看他们都很喜欢你。"

"我这人没心没肺的,就跟大家一起瞎玩。我没说错话吧?"

"没有,你表现很好。"

赵惜月带着一脸笑意冲他摆手,示意他:"回去吧,一会儿该堵车了。"

谢志却不走,倚在车边直勾勾盯着她看。在赵惜月即将转身的一刹那,他突然开口道:"其实,不光我的同事喜欢你,我也喜欢你。"

赵惜月脸色一变,心里明白这意味着什么。两个喜欢的含义是不同的,他这是在跟她表白。

其实赵惜月不讨厌他,觉得他是个不错的朋友。她甚至想如果早几个月碰上他,他跟她表白的话搞不好她还会很高兴。

那时候的她无依无靠,母亲重病危在旦夕,很多时候她也想找个肩膀靠一靠。谢志这样的条件在曾经的她看来堪称完美。

可现在一切都变了。

她遇见了许哲,即使知道对方对她没意思,可她还是喜欢他。哪怕两人在一起不说话,哪怕听他教育自己,也会觉得是一种幸福。

因为有了许哲,她不得不拒绝谢志。

于是她故意装作没听明白的样子,表情自然道:"我知道啊,你和他们一样都喜欢我的傻啊。我妈说了,我这样的性格讨朋友喜欢。"

得到这样的答案谢志有点儿意外,但他没有步步紧逼。刚刚说那一句本来就是试水,既然对方没接招他也不想捅破。

反正来日方长,追女生本就是一件辛苦的事情。若轻易到手了反而无趣,那种追而未得的过程,其实也叫人享受。

于是他也冲对方笑笑,摆摆手道:"嗯,和你做朋友很好。上去吧,我走了,回家补觉去。"

"嗯，你小心开车。"赵惜月说完这话转身上楼，一直到走进自己的房间关上房门，这才松了一口气。

好悬哪，差点儿就说破了。要真说破两人的友谊恐怕要完蛋。

赵惜月在那儿醒神，大概十几分钟后齐娜的电话来了，一开口就是一通审问："赶紧老实交代，你到底跟哪一个看对眼了？"

"什么意思，我是去烧烤的，又不是去相亲的。"

"别跟我打马虎眼，一个姓谢的一个姓许的，你到底喜欢哪个？"

"姓许的？"赵惜月当真愣住了。

齐娜以为她不知道在说哪个，不由得提高嗓门儿："许哲啊，男神啊，你不会忘了他今天也有去吧。要我说呢这两人各有各的好，许哲不用说了，颜值高智商高家世好，属于三高族群。就是冷了点儿，话太少的人比较闷。那个姓谢的性格倒还行，就是各方面条件比许哲略差一些。看你怎么选啦，如果是我的话呢……"

"等一下。"赵惜月终于忍不住打断她，"你为什么说他们两个人都对我……有意思？"

"你是瞎子吗，谢志喜欢你谁都看得出来吧。至于许哲嘛，虽然他深藏不露，但依旧逃不开我这一双天眼。他老借故打量你，后来那女的给他递纸巾，他看都不看就接了过去。这完全不符合传说中的许男神该有的样子，很显然他因为你走神了。"

"也许人家跟那女生关系好。"

"完全没看出来，我看他连那女的是圆是扁都分不清。"

要说齐娜在这方面确实很有天赋，嗅觉比旁人灵敏无数倍，连许哲那样的高手都能被她看穿。

赵惜月知道她这本事，原本死了心在挂了电话后又胡思乱想起来。

真像齐娜说的那样，许哲一直在看她吗？所以说他其实对自己有意思？

这个想法叫她很无语。她用力拍拍脸颊，示意自己从花痴中醒过来。八辈子没见过男人吗，看见个模样出众的就恨不得占为己有。

外头天色渐渐暗了下来，她就想果然是天黑了，都到了该做梦的时间了。

进洗手间洗了个冷水脸，赵惜月想让自己清醒一些。

可越是这样那人的身影越是挥之不去，镜子里的自己仿佛都带了几分他的神情。

就在赵惜月云里雾里的时候,手机响了。她冲了出去,没看清是谁打来的就接起来。

结果许哲的声音就在对面响起来:"你在家吗?"

赵惜月停顿半天没说话。她想这是错觉吧,因为喜欢一个人以至于听别人的声音都以为是那个人的。

许哲等半天见她不说话,又道:"赵惜月,你在家吗?"

"哦,我在我在。什么事儿?"

"你能下来一下吗?我在你家楼下。"

赵惜月匆匆忙忙跑下楼,一头扎进了外头的夜色中。

小区太旧路灯坏了一片,赵惜月站在那里看了半天,也没找着许哲在哪里。

冷不防似乎有股气息贴着她过来,她心里一惊想避开,却听到对方在耳边道:"你饿吗?"

明明挺浪漫的开场,怎么一下子俗气起来了。可赵惜月真有点儿饿了,烧烤这东西一吃就饱却很容易饿。

她不争气地点点头:"有点儿。"

"我们去吃饭吧。"

"啊?"赵惜月看看二楼亮的灯光,"我妈还等我吃晚饭。"

"那我跟你一起上去,你分一碗给我。"

瞧这话说的,好像她一次得吃两碗似的。

赵惜月当然不能让许哲上去。妈妈本来就在怀疑她交男朋友,若贸然请他进门,肯定要误会。谢志也就算了,没感情让她瞎猜也没什么。可许哲不一样,不能在一起却总要被人误提及,就好像反复在割开心头的伤口似的。

于是她赶紧改口:"算了,我跟她说一声,我们出去吃吧。"

说完她给妈妈打了电话,说跟朋友有点儿事情。挂了电话后她上了许哲的车,两个人一路无言。

她就默默地看对方开车。许哲的手指修长漂亮,衬着黑色的方向盘更显白皙。无意间她看到了方向盘中间的那个保时捷标志,心里不由得想,他果然如传言中的那样,是个富二代。

先前看他开别克,以为传言有误,想不到人家深藏不露。

这车算不上顶级豪车，但对学生来说显然高不可攀。就算许哲工作了几年，以他在医院的收入也绝不可能买得起。

再看他住的那房子，那样一套一居室比这辆车还贵。这样的人简直就是上帝的宠儿，就像齐娜说的那样，是三高族群。

这样的人当朋友就很有压力，若是当恋人……

赵惜月立马甩甩头，扔掉这种不切实际的幻想。

许哲发现她在看自己，便问："怎么，想好吃什么没有？"

"啊，我以为你来找我，肯定已经想好了。"

"并没有。"

"那你怎么突然找我吃饭？"

这话问了后赵惜月有点儿紧张，偷偷打量对方。许哲一张脸四平八稳，看不出一丝情绪的波澜。

然后他说："太累不想做饭，家里换了个新阿姨，手艺不错但不对我胃口。"

这个答案叫赵惜月暗自窃喜，于是再次试探："那原来那个不错？"

"嗯挺好，是你的本家，煲汤技术比你更好。"

那一刻赵惜月几乎呼吸停滞，正巧车子开上了某个减速带，她身子微微一晃，下意识"哎哟"了一声。

许哲就道："不好意思，我开慢点儿。我妈的车，我不大开得惯。"

一听这话赵惜月面前立马浮现出一个中年贵妇的模样：盘着精致的头发，妆容考究细腻，全身上下皆是名牌，整日里开着车出去喝咖啡喝茶，顺便跟一群同样的女人聊天打发时间。

有些人命真的好。

再想想自己的妈妈，赵惜月有点儿神伤。

许哲发现她情绪不对，突然打个方向盘，把车停在马路边。然后他问："你怎么了，是不是累了？要不我送你回去吧。"

他来找她只是一时情绪上头，现在想想有点儿后悔，不该让她太累才对。

赵惜月赶紧摇摇头："没事儿，你开吧，难得吃你一顿饭，我得挑个好的。"

许哲就笑笑，重新将车驶入车流中。

许哲找了一家很有名的粤菜馆，停好车带赵惜月进去。结果今天来得不巧，大厅里座无虚席，认得他的经理上前来热情招呼，给他们开了个小包厢。

进了包厢后有点儿热，赵惜月就把外套给脱了。结果坐下来没多久就觉得还是热，一壶茶水她一个人喝了大半，却依旧渴得慌。

她想一定是跟许哲独处一室的原因。

许哲吃素，于是把菜单递给赵惜月，由她来点。

赵惜月觉得虽然对方财大气粗，可她也不能贪得无厌，于是只点了三菜一汤和两碗米饭，连饮料都没要。

这算是他们两个人真正意义上头一回单独一起吃饭。第一次在学校食堂，周围闹哄哄的全是人。今天白天也是一堆电灯泡。唯有此时包厢里灯光不甚明亮，许哲就坐在她左手边，安静吃饭的样子让人忍不住想多欣赏两眼。

这包厢不错，还配了电视。赵惜月觉得光吃饭不说话气氛有点儿僵，便做主开了电视看。电视里正播新闻，许哲也不介意，跟着一起看了半天。

吃饱饭后经理特意送了茶水过来，两个人谁也没说走的事情，就这么坐在沙发里继续看电视。新闻结束后演起了电视剧，拖拖拉拉吵吵闹闹，两个男的为一个女的争得面红耳赤。

许哲看了有感而发，想起现在自己面临的困境，便问赵惜月："你跟谢志在恋爱吗？"

赵惜月正准备换台，听到这话一愣："你怎么这么问？"

"我觉得他喜欢你。"

这人怎么这么直接，赵惜月心想。她好不容易跟谢志打马虎眼把事情掩了过去，他这是准备捅破窗户纸的节奏吗？

她有点儿不高兴："你谈过恋爱吗？"

"没有。"

"你都没有经验，凭什么说他喜欢我。不懂不要瞎猜，回头闹了误会可不好。"

许哲淡淡一笑："有些事情不一定非要有经验。我有眼睛也有智商，会看就行。"

"这事儿光有智商没用，得有情商。这东西你有吗？"

"你觉得我没有？"

"你自己应该也这么觉得吧。我几次看你跟同事聚餐，连点儿交流都没有，你平时工作的时候是不是也不跟人说话？"

"说，交接工作当然要说话。"

"那闲聊呢,肯定没有。"

"我们很忙,没时间闲聊,偶尔有点儿空也只顾着休息。"

这是实话,前一阵也不知怎么了,突然就忙了起来,许哲一连加班数天,某天回值班室的时候心脏有些不舒服,后来一查竟有些心脏早搏。按理说今天玩过之后他就该回家睡觉的,可不知怎么的突然就开车去找赵惜月,非要拉着她一起吃顿饭心里才安稳。

他什么时候也有了这种嫉妒心理,嫉妒谢志和赵惜月走得太近。这一点儿也不像从前的他。

赵惜月也有点儿嫉妒,因为突然想起下午他拿人纸巾那一幕。

她就改口说:"其实你也不完全是根木头。我看你下午跟你同事互动就挺好,果然美女待遇就是好。"

许哲有点儿迷茫:"你在说什么?"

"别装听不懂啊。你跟那个程护士什么关系,听说她一直在追你,你们好上了?"她故意装作轻松的口吻,把自己弄得跟个好打听八卦的无聊女生似的。

许哲听完就皱起眉头:"我跟她什么事也没有。我下午也没和她说过话。"

"可你拿了她的纸巾,不是吗?"

"有吗?"

赵惜月看他那样子不像撒谎,一时也有些糊涂:"难道你真不记得了?"

"确实不记得。一张纸巾而已,你准备衍生出多少故事来。同事间递张纸巾有什么大不了的?"

"可我听说,她喜欢你呀。"

"你也说了是她喜欢我,不是我喜欢她。那谢志喜欢你,你也喜欢他吗?"

怎么又绕回来了。

赵惜月简直头大,看许哲那样子跟个固执的小青年似的。学生时代她碰到过这样的人,当时就觉得难缠。想不到如今身边又有一个,而且属于高智商范畴,无论你怎么打马虎眼儿,他最后都能给你绕回来。

她赶紧假装换台,故意忽略这个问题。

许哲看在眼里却起了误会,只当她是喜欢人家不好意思。

他靠在沙发里,仔细看赵惜月的侧脸。她长得很白净,撇开那些浓妆艳抹的样子,她其实挺单纯挺天真。这样的女生配谢志也不错。谢志这人年轻有为又有幽默感，跟谁都能打成一片，和他恋爱一定不闷。

他想起有一天妹妹和他这么说："哥，因为你是我哥，我才这么喜欢你。你要是我男朋友的话，我一定会和你分手的。你这个人太闷了。"

相似的话不止妹妹说过，只是她说得最直接。从前许哲不在意这个，今天却想问问赵惜月："你觉得我这个人怎么样？"

赵惜月正在想他不会揪着刚才的问题不放吧，结果一眨眼的工夫他竟又抛出个更加重量级的问题来。

这要怎么说呢，他指的又是哪方面？

她回过头去，一脸疑惑地看对方。许哲想了想，又补充了一句："你觉得我这个人闷吗？"

要说闷是有一点儿，但并不会很严重。赵惜月觉得他是话少，但和他在一起似乎也不觉得闷。只要这么并肩坐着，哪怕不说话心里也满满的。

于是她笑道："你这个人话太少，闷嘛是有一点儿，不过还可以，有时候你也会唠叨个没完。我时常觉得你是二十岁的身体里住了个四十岁的人。数落起我来就跟我爸似的。你对别人也这样？"

许哲闭目养神，睡意渐渐袭来。听到赵惜月问，他含糊着答了一声："偶尔，对我妹会这样。"

"你还有妹妹，多大年纪了？"

"十九岁。"

"真好，还能有个妹妹，我小的时候特想有个哥哥。我妈妈那时候总说，我缠着她要哥哥。可哥哥哪里去找，也不能大街上随便拉一个。于是我就哭啊闹啊，吵得我妈头疼。"

说到这个赵惜月微微一笑，随即又觉得遗憾。儿时的事情其实她都不记得了，这些趣事都是妈妈同她说的。她有时候真恨自己，记性怎么这么差？

结果她还在那里纠结这个，肩膀上突然一重，像是什么东西靠了过来。她转头一看许哲的脸近在咫尺。

他居然靠在她身上睡着了。

第七章
他的心里
已经住了一个人

自打那一天后，赵惜月和许哲再没见过面。

谢志因为她婉转的拒绝放缓了追求的速度，赵惜月身边一下子又没有男人围着了。

突然没了两朵桃花，赵惜月竟有些不习惯。当然她主要还是想念许哲，想念他靠在自己身上睡觉的样子。

那天他们两个在包厢待了很久，她见许哲睡得香就没吵醒他，还把电视声音调到很小。后来电视里演了什么她根本记不得，满脑子全是许哲微温的呼吸精致的五官，看着看着竟有了吻他的冲动。

他就像是小时候自己心心念念想要的那个哥哥，一个可以保护她照顾她，给她温暖令她心情愉悦的哥哥。

只是这个哥哥意义非同一般。小的时候不懂男女之情，当时她或许只是想要个依靠。但现在她却清楚，自己那颗如花骨朵儿一般的心正在慢慢盛放，因为这个男人的出现，将花期给提前了。

也不知道许哲睡了多久，久到赵惜月因长久的坐姿而身体发僵。就在这个时候，对方的手机响了。被吵醒的许哲从她身上挪开，接了电话后回头看她一眼，竟什么也没解释，只说了一句："走吧，我送你回家。"

赵惜月也就没跟他"算账"，乖乖回到家里。一直到晚上睡觉的时候她才懊恼不已，暗骂自己没出息。这么好的机会居然没抓住，明明应该就坡下驴，缠着他要他负责的。

她很清楚若真爱上许哲，这恋爱的第一步必须要由自己主动出击。因为他那样的人绝不会向人表白，更不会追求女生。若她也矜持着不动，很可能就错过了。

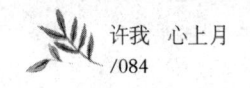

于是懊恼了几天后,她终于忍不住给对方打了个电话。

那时候大概是十二月中旬,临近圣诞,上映的电影便特别多。赵惜月挑中了一部爱情喜剧片,想约许哲一起去看。

打电话之前她斟酌了一番用词,找了个借口。她跟对方这么说:"齐娜买的票让我陪她,结果那天她有拍摄任务冲突了,你要不要去看?"

许哲是个从不看电影的人。

电影里的悲欢离合在他看来特别假。他自己就是一个极其有故事的人,把他的身世经历写出来,可以拍一部很精彩的电影。

别人只当他自小一帆风顺,是少见的天之骄子,可只有他自己知道他背负着什么。有时候他觉得自己是个不祥的人,虽然养父母对他特别好,可越是这样他越是不安。

他一出生就没有父亲,母亲后来被人杀死,他曾活在自己的世界里走不出来。后来好不容易有人将他拉了出来,可那个人因为他的缘故,如今生死不明。

他就是一个大灾星,凡是和他亲近的人总要倒霉。

这也是他从家里搬出来的主要原因,他怕对父母和妹妹不利。他不想和他们过分亲近,尤其是妹妹。她是父母真正有血缘关系的孩子,他很怕哪一天因为他妹妹会受到伤害。

有时候他也会想,他的人生就如一部狗血剧,再狗血的电影也比不上。

但赵惜月一约他看电影,他竟有了别的想法。

忘了电影里那些虚假到不忍直视的画面,也忘了独来独往不愿与人接近的真正原因,他开始犹豫起来。

他问对方:"什么电影,大片儿?"印象里谢志提过,最近有几部美国大片正在上映。

赵惜月有点儿不好意思,含糊道:"喜剧片,听说挺好玩的。你工作很累,我是想让你放松一下,没别的意思。你那天是不是要上班啊,那样的话就算了吧。"

唉,到最后还是没勇气,对方还没拒绝呢,她先给他找理由和台阶下了。

可许哲是个不懂圆滑的人,直接回道:"不,那天我上早班,六点应该能下班。你几点的场次?"

"晚上九点。"

"时间上是来得及，只不过……"

"什么？"

"我不爱看电影。"

赵惜月气得想摔电话。你不爱看你说没空不就行了，干吗给她希望又令她失望。而且这个理由比起加班更让她难受，加班是客观因素，而他这是主观原因。

他就是不想和她看电影。

她很不高兴地吐槽一句："早知道你不爱看就不打你电话了。算了，我找谢志好了，他说过他爱看电影。"

这话对许哲来说就是一个刺激。

他本来也没说不看。他是不爱看那玩意儿，但不介意陪赵惜月一个半小时。只是话还没说完，对方就炸了。

于是他接嘴道："谢志那天没空，他上夜班。"

"你骗人。"

"我没骗你，你可以自己打电话问。"

赵惜月一阵沉默，跟许哲讲话真的很费脑子，他的脑回路和别人太不一样了。

沉默间，就听对方又道："谢志没空我有空，我去看。"

"你不是说不喜欢吗？"

"是不喜欢，但你喜欢就去看。"

赵惜月的心跳突然急剧加速，她再蠢也听明白这话的意思了。许哲要陪她看电影，明明不喜欢可因为她的关系，他居然要去看。

这意味着什么？后来齐娜听说这个事儿点了点她的脑袋："傻瓜，这说明他喜欢你啊。"

因为这个事儿，赵惜月傻笑了一整天。

齐娜有点儿羡慕，酸溜溜道："看不出来你还挺抢手，这年头当医生的都喜欢你这样的？"

赵惜月心情好不跟她计较，还嘚瑟了一句："对啊，我这样的多好啊。"

齐娜翻个白眼，往她身边凑："唉，这么说来你跟那个谢医生没戏了？"

"我们本来就没什么，只是朋友。"

"这样啊，那你把他让给我得了。"

赵惜月还沉浸在狂喜中，半天才反应过来："你是说，你喜欢谢志？你不是不待见他吗？"

"没说喜欢，就是觉得条件不错，可以试一试。我打听过了，他家条件很好，父亲是做生意的母亲是机关干部，如今这种组合多吃香。虽说比不上许哲，配我还是够了。他长得也不赖，性格也还可以。虽说有时候看我的眼神有点儿讨厌，但男人嘛，漂亮女人一撒娇没有不动心的。我吃点儿亏主动追追他，应该没问题。"

赵惜月了解齐娜的个性，她不大害羞，喜欢什么就勇往直前。有时候这样也挺好。她也是受了齐娜的影响，才在许哲这个问题上这么放得开。

要搁从前，她非臊死不可。

只是她也有点儿担心："你要追求谢志没什么，但你打算跟他说你过往的情史吗？"

"说什么说，谁没点儿过去。他就没有女朋友没跟人上过床？他念大学的时候就交了个女朋友，当了医生身边全是女护士，真能把持得住？大家彼此彼此。"

赵惜月见她这样也就没再往下劝。别人的姻缘她不想瞎插手，成不成得看他们个人。而且她有那么点儿私心，觉得谢志跟齐娜好了也不错。至少可以解决她目前的小小困境。她答应不了谢志，看他和别人好心里也高兴。

于是她笑着鼓励齐娜，提前祝齐娜马到成功。

两个好友各自为爱情奋斗。

赵惜月约了许哲周六晚上看电影。那天她没课，大早上起来就开始捯饬自己。她先把衣服都拿出来挑挑拣拣一番，务必把便宜货穿出质感和美感来。

然后又是洗澡又是护肤，最后换好衣服又化了个淡妆，顺便把头发盘一盘，弄得更淑女一些。

按她对许哲的了解，道德感太强的人一般就喜欢这种风格的，太夸张的他们接受不了。她还特意挑了条及膝的裙子，配上黑丝袜和靴子，将自己包裹得严严实实，以表示自己改邪归正，再不像从前那么犯浑。

长这么大，赵惜月头一回这么想讨好一个人。

吃过晚饭后她就开始紧张，还不到七点就想出门。赵母以为她跟齐娜看电影，就拉住她："九点开场的电影这么早去干吗，外面风大。听说今天夜里要下雪，你穿这点儿够不够？"

赵惜月里面一件毛衣外头一件大衣，确实单薄了点儿。但这年头爱美的姑娘穿得都不多，再说电影院里人多会热，穿多了冒汗会糊妆。

于是她没再加衣服，又说要跟齐娜先去附近逛逛，好歹跟妈妈磨到了七点半出去搭公交车。

许哲本来说要来接她，她却说不用，让他下了班休息一会儿再去电影院。她觉得自己简直是这个世界上最体贴的人。

公交车晃晃悠悠到电影院的时候，才不过八点十分。赵惜月就这么开始了自己的等待之旅。电影院大厅挺暖和，她就四处逛逛，看看电影海报什么的，以缓解紧张的情绪。

她长这么大都没怎么紧张过，就算当年高考，也不过就是横下一条心闭着眼睛往前冲罢了。可今天她真像个情窦初开的少女一般，内心里住进了一头小鹿，正四处乱窜。

她等了二十分钟，终于忍不住给许哲发了条短信，说自己到了。

许哲那边一直加班到刚才，才处理完一个有心脏问题的病人，正打算走人。看到短信后他不由得微微一笑，然后回了一条："等我，我很快就到。"

短信发出后他刚要收起电话，手机振动起来。他接起来一听，是一直帮他找人的那个阿明。

阿明的声音有点儿激动也有点儿不安，一开口便道："少爷，人找着了，但情况不太好，您赶紧过来，我怕晚了恐怕……"

许哲觉得心里像是有颗雷突然炸开。他二话不说立马冲出急诊大楼，去到停车场取车，顺便问阿明要了地址。

阿明说了座城市的名字，又报了家医院的地址给他，催促道："您最好快一些，我觉得她不大好。"

许哲没说什么，一脚油门已然踩了出去，以从未有过的速度一路疾驰，往临近的云城赶去。他的脑海一片空白，除了年少时那个胖胖的身影，竟再装不下别的。

赵惜月还傻乎乎地站在电影院里等。等到九点都没见许哲来，打电话他又不接，她不由得有些担心，生怕这个看着聪明实际不大会照顾自己的男人找不着入口。

于是她走到外头，探头四处张望。冷风一阵阵吹来，灌进了她的脖子里，她开始后悔穿得太少出门。

等待是件漫长又孤单的事情,她一个人孤零零站在那里,看身边成双成对的人走过,最终却依旧形单影只。

也不知等了多久,就在她觉得身体快要僵硬时,一片薄薄的雪花落下来,打在她的头上。

于是她想,妈妈说得真对,今晚果然要下雪。

她转头看看身后电影院的大门,将手放到嘴边呵气。刚转回来面前突然一黑,两个高大的男人站在那里。

紧接着他们迅速出手,一左一右架着她,直接塞进了停在路边的一辆黑色轿车里。

车门"砰"一声关上,赵惜月脑海里警铃大作。

天黑得浓重,跟泼了墨似的。

云城第三人民医院门口的路上,稀稀拉拉见不到几个人影。

一辆别克突然出现在路口,以略快的速度驶向大门,转弯的时候没减速,直接开到了急诊大楼前。

许哲从车上下来,随手锁了门便冲了进去。阿明一早等在那里,见他过来便迎上来。两个人边走边谈。

许哲问:"确定是她?"

"不能百分百确定,但可能性很大。出生年月日对得上,曾用名孙月莹,现在叫吴霜。是收养她的老夫妻给改的。听他们说孩子六七岁的时候在路上捡垃圾叫他们瞧见了,于是带回家。老吴夫妻没自己的孩子,把她当作亲生女儿养。"

"其他呢?"

"血型也一致,就差验DNA,我已经叫人去做,结果最快后天早上出来。"

说话间两人走到一间病房前,阿明抢在前头开门,许哲便大步走了进去。

重症监护室里布满仪器。许哲上前几步,见病床上躺了个年轻女子,双眼紧闭脸色发白,全身插满医疗器械,确实情况不大好。

他转头问阿明:"怎么出的事儿?"

"是交通事故。她骑电瓶车上班,转弯时跟辆小汽车撞了。医生说救回来的希望不大,就算侥幸活了,也可能是……植物人。"

阿明声音越来越轻,最后几个字几乎听不见。

他悄悄抬头去看许哲的表情,意外发现他镇定如常。

他跟着对方的时间尚短,不知道许哲是个情况越坏越冷静的人。他找她这么多年,其实也做好了充分的心理准备。分开时她不过六岁,这样一个孩子若能活到二十多已是幸运。

只可惜人现在这么躺着,连开口对话的机会都没有。

阿明有点儿不死心,打量那人一眼:"看起来跟照片上不大像,照片上小姑娘是圆脸,她的脸挺长的。"

"年纪大了长相会变。"

"您觉得是吗?"

"我相信科学结果。"

阿明不再说什么,病房一时陷入沉默。许哲想了想冲他道:"你先去休息,明天早上再说。这边的事情先别跟我父母讲。"

阿明连连应是,轻手轻脚出了病房。

许哲就拉了张椅子坐下来,想多陪陪她。看着对方陌生的面容,他想到的却是从前的往事。

从小她就是个吃货,那时候许哲总想长大了她肯定会成为个大胖子。但一轮轮找下来,似乎每次找到的疑似对象都瘦瘦的。

于是他想大概女生长大了都爱美,再馋也会减肥。胖子要减瘦子更要减,他们医院里那些女医生女护士,一有点儿空闲时间就在那儿谈减肥的事儿。

上回谢志组织烧烤,在场的女生也是,个个嚷着怕胖怕胖,吃东西都哆嗦。倒是赵惜月,听说她在做网拍模特,应该是很要保持身材的那种,但几次和她吃饭她都吃得挺多,看起来是个幸运儿,光吃不长肉。

想到赵惜月,许哲神色一变,立马掏出手机给对方打电话。

刚才走得太急,忘了和她有约,一看时间都十一点了,她大概已经走了吧。手机上有几个未接来电,都是她打来的。他上班的时候手机不小心调成静音,后来忘了调回去。

结果电话打过去半天没人接,刚开始还响,后来再拨却是熟悉的女声:"对不起,您所拨打的电话已关机。"

许哲心里有了不好的念头,心想她是不是生气了?若只是生气还好办,就怕是别的。

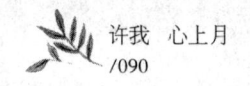

他不该让她一个人大晚上去电影院,万一碰上危险……

赵惜月这会儿确实有危险,一碰到莫杰西她就觉得自己没办法了。

这人简直强盗作风,在电影院门口碰上她,二话不说就让人把她塞进车里。上车后车子迅速驶离电影院,赵惜月看着越来越远的大门,紧张不已。

莫杰西一脸混账模样,似笑非笑冲她道:"赵小姐你放心,你乖乖合作我不伤你。"

赵惜月不说话,想开车门跳下去,却被对方一把抓住手腕:"我说了,我不伤你,你不要自找麻烦。"

然后她被强行带到了附近的茶室。进去后两人在角落的位子坐下,莫杰西打量她两眼,问:"大晚上的你在等谁?"

"一个朋友。"

"是男的吧。"

"跟你有关吗?"

"我来猜猜你等的是谁,是不是许哲?"

赵惜月捧着茶杯的手一抖,不小心泄露了心事。

莫杰西就笑起来:"就知道你在等他。他那个人约好的时间从不作数,你等他不过是白等。"

赵惜月瞪他一眼:"你找我过来就为说这个?"

"你了解许哲吗?知道他是个什么样的人吗?我看你一点儿不知道。"

莫杰西喝了口茶,皱眉道:"真他妈苦,早知道不来这里。我跟你说,他这个人是冷血动物,你追他没戏。我记得小的时候他说要带我去钓鱼,我好不容易从家里跑出来到河边等他,结果等了一下午他都没来。后来知道怎么回事儿,他又跑去找那女的了。"

赵惜月眼前一亮,好奇心被勾起:"哪个女的?"

"你连这都不知道,还跟人看什么电影,趁早收手吧。他从小有个相好的,后来不知怎么不见了,他就跟疯了一样,年年找月月找。人家亲生爹妈都不找了,他还不放弃。你说他是不是有病?你跟这种人没前途,你要喜欢钱找我啊,我也不比他差。"

赵惜月不由得气乐了。关于莫杰西,许哲跟她提过一次,十九岁的小屁孩儿,毛还没长齐。

"你才多大，跟我说这种话，别装得跟情场老手似的。"

"我年纪比你小经验比你多，你不试试？"

茶室幽暗的灯光里，莫杰西的脸显得有些狰狞。赵惜月不由得反胃，把头扭到一边。然后她想起什么："你说的那个女的，真有这么个人？"

"不信自己回头问他，也就认识一两年，搞得跟山盟海誓似的，让人腻味。"

莫杰西在那儿唠唠叨叨，赵惜月却一句没听进去。她的心情无比震撼，就跟被人扇了一巴掌似的。

原来真是她想多了。什么喜欢她，根本是没影的事儿。人家早有了青梅竹马，自小认识的感情哪里是她这个半路冲出来的过客可以比的。

所以他答应看电影又反悔了吧，是觉得她不是自己喜欢的那个不想浪费时间吗？

手机突然响了，赵惜月拿起来一看是许哲，正打算接莫杰西却直接出手，把手机抢了过去。

"哎，你还我。"

"哟，他还给你打电话。想告诉你不来了吧，我真替你不值，也有点儿可怜你。"

"关你屁事！"赵惜月终于怒了，忍不住骂了句脏话。

莫杰西倒没生气，拿着手机看了半天，眼见它响了又停停了又响，那表情竟有些陶醉。

大概来回三四次后，他终于没了耐心，直接出手关机，随后"啪"一下把手机砸桌上。

"你说他会不会担心你，以为你出事了？咱们打个赌，看他会不会给我打电话，他要打我就把你还给他，他要不打嘛……"

赵惜月咬唇不语，头一回觉得所谓的纨绔子弟让人这么厌恶。

云城那边许哲已经离开医院，重新开车往 S 市赶。他直觉要出事儿。

他边开车边打电话，打给莫杰西身边的一个手下，问他对方的行踪。那人畏惧他是弘逸的继承人，勉强说了个地址。许哲一听离电影院不远，心里便猜到了结果。

然后他又给莫杰西去了电话。

电话那头莫杰西笑得放肆："哟，我还以为你不会打呢。挺聪明啊，还不到十分钟就来了。"

"忘了我上回说过的话？"

"没忘，您说的话我哪敢忘。我可没对她做什么，请她喝杯茶而已。她也不是你什么人，我们正常朋友交往，你总不能找我麻烦吧。"

许哲懒得和他废话："把手机给她。"

莫杰西把手机递给赵惜月，颇为惋惜道："真没意思，本来想留着自己用的。"

赵惜月接电话的时候手有点儿哆嗦，那头许哲的声音温暖有力："你在哪儿，还好吗？"

"我没事儿，他没对我做什么。"

"那你等我，我很快就回来。"

"你在哪儿？"

"云城。"

"你怎么跑那儿去了？"

许哲一阵沉默，片刻后道："见面再告诉你。"

赵惜月还想说什么，莫杰西又把手机抢了过去："怎么样，我没骗你吧，我真没对她做什么。茶水钱还是我付的，她又不吃亏。总好过大雪天站电影院门口等你，冻得脸色发白。"

许哲心有愧疚，没想到赵惜月等了他这么久。

一路飞奔回S市，到茶室的时候都过十二点了。赵惜月一直坐在那里走不掉，其间她强行开机给妈妈打电话，撒谎说回宿舍睡了。挂了电话后，她无奈看着莫杰西。

"能放我走了吗？"

"那不行，得等他来才行。我得完璧归赵啊。"

赵惜月心想二流子还懂成语，真是讽刺。

两个人枯坐半天，就在赵惜月耐心快用完的时候，许哲推门而入，径直朝他们走来。

走到跟前他拿出张一百块，"啪"一下糊莫杰西脸上，然后拉起赵惜月，再次快速离开。

送赵惜月回去的路上，车里安静得让人心慌。

当车快开到小区的时候，赵惜月突然想起跟妈妈撒的那个谎，于是道："回学校吧，我妈睡了。"

许哲一打方向盘，到旁边的小路里掉个头，出来后就往学校开。

结果开到校门口又有了麻烦，保安说时间太晚，要出示学生证还要给辅导员打电话。赵惜月出来得急，又是看电影，学生证落家里没带。她就在那儿跟人解释，说能不能给同屋打个电话，让她出来做个证什么的。

偏偏那保安轴得很，或许也误会她大半夜坐男人车回来不是好人，死活不同意，只问她辅导员名字，要给人打电话，听起来像要告状。

许哲平时挺冷静一人，今天却有点儿烦躁，直接把赵惜月那边的玻璃一关，掉头开车走了。

赵惜月看他也不像送她回家的样子，不由得紧张起来："你干什么？"

"给你找个地方将就一晚。你放心，我不是莫杰西。"

赵惜月脸微微发烫，光顾着害羞也没看路，等车子拐进小区后才发现，许哲竟带她回家去了。

这地方她熟得很，从前一星期来好几回。自打辞职后她就没进过这里的大门，夜深人静透过车玻璃看周围的环境，竟有种亲切感。

许哲把车停在5号楼前面的车位里，带着她搭电梯。保安正打瞌睡，见到许哲一个激灵，看到他身后跟着的赵惜月更是眼前一亮。

这不他家从前小保姆吗？

赵惜月心虚地缩缩脑袋，快走几步去搭电梯。

许哲有点儿意外："你知道电梯在哪儿？"

"猜的，看结构应该在这儿啊。"

她收回摁电梯的手，尴尬地立在那儿。好在许哲没追究，电梯门开后两人进去直上十二楼。出来后赵惜月默默提醒自己，千万别条件反射去扫指纹。

许哲家还和从前一样，干净整洁东西摆得一丝不苟。看来新来的阿姨除了做菜不对他胃口，其他的还算过关。她哪里知道这全是许哲牺牲休息时间换来的结果。

赵惜月看看客厅里大得能躺两个人的沙发，喃喃道："借我条毯子吧，我在沙发上睡一晚。"

许哲却指了指房门："你睡那儿。你要不要洗个澡？"

赵惜月赶紧摇头。跟他回家已是不合适，再洗澡成什么了。可她又想许哲有洁癖，于是坚持要睡沙发。

"别把你的床单弄脏了。"

"弄脏了可以洗，我给你找身睡衣，你要觉得不舒服就去冲个澡，房门可以上锁。"

说着他带她进屋，开了衣柜找了套新睡衣出来。然后他又打开浴室门，把里面的日用品指给她看。

赵惜月看着那个后装上去的水龙头，不由得想到那天的事情。

幸好那天来的是谢志。

她这么想着，拿着睡衣站在浴室门口发呆，等回过神来时发现许哲已经出去，并且把门给她带上了。

好像从头到尾他的神情都很自然，没有一丝尴尬和不自在。赵惜月忍不住想歪，他是不是经常带女生回家过夜？

转念一想又觉得不可能，他这么爱干净的人，那时候也没天天让她换床单啊。

她在熟悉的屋子里踱一圈，习惯性伸手到处摸摸，看有没有灰尘。最后她停在门后，犹豫了半天还是把门锁上了。

安全为妙，她也不想两个人闹得不好看。

锁上门后她进浴室洗澡，冲完后正在那儿吹头发，听到外面有敲门的声音。

她就顶着半湿的脑袋去开门。许哲站在那里解释："我拿床被子。"

"哦，我给你拿。"说完她转身到柜子前，拉开最里面的一扇门。

她刚开门就觉得不对，赶紧解释一句："你拿睡衣的时候我看见了，上面有床被子。我拿不着，你来吧。"

许哲压下心里的一点疑问，进屋拿了被子。然后他打量赵惜月一眼，冲她道："吹干头发早点儿睡。"

赵惜月目送他离开，这才松一口气，回浴室继续吹头发。

等上了床她才想，许哲好像没洗澡，那他今晚怎么办，还能睡得着吗？

今晚真的太戏剧化了。请人看电影被放鸽子，在冷风里吹了好久；后来又被人"绑架"，跟个无赖磨了大半天；最后居然被许哲带回家来，还睡在了他的床上。

这算是高级待遇吧。以往给他打扫卫生的时候，她也不过摸摸罢了，谁能想到有一天她竟能睡在这张床上。

满脑子都是事情，赵惜月就没睡好，在床上烙了半天的饼子，拿出手机一看都快三点了。

屋子里开了暖气，待久了口干舌燥，她就索性爬起来去厨房倒水喝。

外面客厅里漆黑一片，只有一点儿月光洒进来。她没开灯，熟门熟路绕过所有障碍物进到厨房，开了油烟机上的小灯，只照出一点儿光来。

她轻手轻脚拿了个杯子，从冰箱里拿矿泉水出来倒。倒了之后又觉得太冰，正犹豫着要不要放微波炉里打一打时，听到客厅里传来轻微的哼哼声。

许哲睡在那里。赵惜月一下子紧张起来，借着一点儿微光走过去看他。他那床被子几乎盖住整个脑袋，声音从被子里传出来，显得闷闷的。

赵惜月忍不住，拿着杯子就往他那儿走。走近后她拉下被子细细看，发现许哲脸颊微红，呼吸有点儿急促。

她就去摸他的额头，有点儿烫手，不知是发烧还是焐出来的。

她就轻轻推推他："要不要喝水？"

许哲意识模糊，隐约间吐出两个字："不用。"

赵惜月就想去找个体温计来给他量量。结果刚站起来，对方突然出手抓住她的手腕，一个用力就把她扯进怀里。

沙发不算很宽，她跌进对方怀里，手里那半杯水直接泼在了被子上。然后她屁股撞在沙发边沿上，整个人没坐稳，一骨碌摔到了地上。

好在沙发下铺了地毯，这一倒不太疼。只是摔倒了不免心慌，她就挣扎着想起来。

可还没等爬起来，沙发上那人竟也是一个翻身，直接压到她身上。

这一下可就重了，许哲再瘦骨头也有不少分量，把赵惜月压得"哎哟"一声，差点儿没背过气去。

她深吸几口气，伸手去推对方。可许哲似乎睡得很沉，压她身上一动不动。

赵惜月慌了，难道就要这样跟他在沙发前的地毯上贴饼子睡一晚吗？

她只能又去拍对方的脸颊。许哲身子微微一动，眼睛睁开又合上，似乎并没看见她。然后他突然出手，紧紧抱住赵惜月，将头埋进了她的脖颈里。

赵惜月整个人动弹不得，身子微微发颤，只觉得对方贴着自己的皮肤烫得灼人，叫她既尴尬又担心。

许哲在睡梦里喃喃自语，反复说着一句话："你怎么还不回来，为什么还不回来。我一直找一直找，可你就是不回来。"

他的声音低沉含糊，带着浓浓的悲伤，赵惜月听了就鼻子发酸。一方面为他难过，另一方面也为自己。原来她真的搞错了，对方根本对她无意。他的心里已经住了一个人，久到她完全没办法撼动那个人的地位。

　　她不由得伸出手来，轻轻搂住他的身体，像安抚孩子那样轻抚他的背。大概过了几分钟，她听到对方轻轻说了句："谢谢你。"

　　那一刻赵惜月再次无语。所以他是清醒的，他知道自己抱着的是什么人。或许只是一时情绪上头，才想借由她发泄一下。

　　做了别人的替身，赵惜月很是伤感。

　　唯一庆幸的是许哲终于放开她，慢慢从地上爬起来，坐在沙发上抚着额头闭目养神。赵惜月尴尬得要命，慌慌张张爬起来，连掉在地上的杯子都没捡，就冲回了房里。

　　关门声有点儿响，许哲睁开眼睛往那个方向看了一眼，很快收回视线。捡杯子的时候他在想，自己这是怎么了，明明知道她不是她，却还是忍不住想抱抱她。好像把赵惜月抱在怀里，失去的她就能回来一样。

　　一个赵惜月，把他二十四年平静的心湖，搅得乱七八糟。

　　那一晚他们两个谁都没睡好，第二天起床后赵惜月在浴室找了把新牙刷刷牙，不敢用他的杯子只用手接水。然后她又胡乱洗个脸，拿纸巾擦干净水。

　　等她换好自己的衣服出去后，发现对方已经起了。

　　许哲吃了退烧药，人好了许多，就是脸色还有一点苍白。工作了一整天又在两座城市间打了个来回，他的身体也开始发出抗议。

　　听到动静他没转头，只和对方说："我在煮粥，你喝吗？"

　　赵惜月的肚子叫了一串声儿，她只能屈服道："喝。"

　　粥很快煮好端了上来，许哲又把炒好的两个配菜往赵惜月面前一放："家里没肉，你将就点儿。"

　　他看起来厨艺不错，虽说都是素的，倒叫人很有食欲。赵惜月冲着粥碗吹了两下，拿起筷子吃起来。

　　许哲解了围裙在她对面坐下，却没有立即动筷子。而是盯着赵惜月看了许久，他才开口道："昨晚的事情，不好意思。"

　　赵惜月一口粥差点儿喷出来。

　　他怎么还记得？他不是发着烧嘛，睡一觉应该忘了才对啊。

第八章
男神喜欢的姑娘，不一定都是女神

一想起那个事情，她就尴尬得无以复加，于是想也不想就否认。

"昨晚？你是说放我鸽子的事情吧，你是该好好同我道个歉，太过分了。我是被莫杰西硬塞进车里的，这全是你害的。"

许哲微微一笑，并不放过她："我指的不是这个。当然那件事我也会道歉，但你知道我指的是半夜里那桩事。"

赵惜月眨眨眼睛，决定装糊涂到底："半夜里怎么了？我睡得好好的，家里进贼了？"

"嗯，进了个女贼，还占我便宜。"

赵惜月气得一口气上不来，刚想骂明明是你占我便宜，转念一想这是个陷阱，于是立马改口："那你可亏了，对方劫色还劫财吗？"

"没有，就是个淫贼。"

心里说不出的郁闷，这是拐着弯骂她呢。赵惜月憋得差点儿吐血，偏偏还得忍着。

许哲难得起了点儿恶趣味，捉弄她几句后也就算了，开始一本正经讨论昨晚的问题："我被子上那摊水怎么回事儿，你给倒的？"

这他真不记得。

"我不知道，搞不好你半夜尿床，自己弄上去的。"

说时图嘴快，说完又后悔。在许哲这样高洁如明月一般的人面前谈什么尿床问题，太煞风景了。

许哲倒不生气，只是说："我当医生几年，倒不知道发个烧还有返祖现象。"

"那你还需要学习。"

"看来你经验丰富，你经常发烧，还是经常……"

到底那两字不雅，他最终还是没说。

但赵惜月听懂了，立马举手投降："吃饭的时候能不说这个吗？"

"是你说的，我没说。"

"好吧，算我错了。"

"不是算你错了，就是你错了。"

"行行行，我错了还不行。我就是多管闲事，早知道昨晚让你烧死算了。"

"所以你承认是你弄湿了被子？"

赵惜月瞪他一眼："是，我正倒水喝，听你有动静就过去看看。不小心把水倒你被子上了。"

许哲知道她故意隐瞒那事儿，也不戳穿，只点头道："好，那吃完早饭你收拾一下。"

"碗筷？"

"是被子。"

赵惜月有种被人讹上了的错觉。

吃过饭后，她乖乖给许哲收拾那条被子。被套拆下来扔洗衣机里，被子则抱到阳台上去晒。找两张椅子分开放，被子就往上一铺。

许哲家的阳台采光很好，玻璃折射进来照得人暖融融的，被子也晒得干。

忙完后她出去一看钟，都快十一点了。许哲又在厨房里忙开了，脱了的围裙再次穿上，看起来跟个家庭主男似的。

赵惜月就笑，问他："这么早就准备午饭？"

"几个菜，一个小时眨眼过。你喝粥很快会饿。"

这是要留她吃午饭了。

大概算是补偿吧。赵惜月这么想着，洗了手进厨房帮忙。许家的东西她都是用惯的，有些厨具搞不好她比许哲用得更多。

她想起他爱喝汤的事儿，就拿出萝卜、番茄和玉米，准备煮一个汤。

许哲负责打下手，洗番茄的时候随口就说了句："我真觉得你跟我从前的阿姨挺像的。"

"哪里像？"

"她头一回给我做的汤就是这个，你也爱做这个？你们是不是有什么关系？"

赵惜月没敢抬头,随口应付:"能有什么关系。"

"都姓赵,又都爱做这个汤。你们家里是不是有人在做钟点工?"

赵惜月看他一眼:"我老家不是这里的,就我妈在这儿。我妈不做钟点工。"

许哲以为她生气了,解释道:"我没那个意思,你别误会。也别觉得做钟点工有什么丢人的。"

"你当医生的,这算是同情弱者吗?"

"不是,就觉得大家都一样。当医生有什么了不起吗?每天弄那些血和排泄物,有一回我给人插管,刚掰开人嘴病人正好吐了,我凑得近被喷了一脸。还有一回给人吸痰,也是差不多的情况,弄我满身。你看电视里医生多潇洒,白大褂干干净净,其实我们最脏,我那衣服一天下来,就没有一处是干净的。"

赵惜月听着有点儿反胃,看许哲一脸白白净净的模样,想象他被喷一脸呕吐物和痰的情景,当真替他委屈。

"那干吗还当医生,还是急诊科的,没想过转专科或是直接辞职?"

"人生哪里都有坎,躲得过这个躲不过那个。干哪行都一样。"

话说得挺有道理。赵惜月心想她不也是这样。班里同学听说她当模特拍照,一个两个羡慕的,觉得她总有漂亮衣服穿。她心里想的却是,我顶着烈日在大太阳下暴晒的时候,你们在屋子里喝冰茶。我换衣服摆姿势累得手都抬不起来时,你们在讨论新出的剧哪部好看。

人都这样,只看得到别人的风光,却看不到苦楚。

她接过许哲递过来的洗好的番茄,开始挑刀下手。许哲拿了把切水果的给她,赵惜月摇摇头:"这把不好,手柄处打滑,得拿这把。"

说着她拿起把做菜专用的刀来。她一直用这把,习惯了。

许哲的眼睛又眯了起来,心里的疑问更大了。和赵惜月处得越久,越觉得她熟悉。尤其在他家的时候,好像这家里很多东西她比自己更熟。

赵惜月切完一个番茄伸手问他要另一个,对方却没动静,于是抬眼看他。这一看简直把自己吓死,许哲眼神锐利,盯在她身上一动不动,害她以为自己脸上长了花。

"怎么了?"

"你对我家还真是了解,连哪把刀好用都知道。"他都不知道,每次胡乱拿。

"你跟从前我们家那阿姨……"

赵惜月把刀一搁,神情有些慌张,随口扯了个谎:"好像我手机响了,我去接一下。"

进到卧室后她把门一关，那声音大得连许哲都吓一跳。

手机当然没有响，但她还是假装打了几分钟的电话，然后拿了自己的包出来跟许哲告辞："我妈找我有事儿，我得回去了，午饭你自己吃吧。谢谢你昨晚的收留。"

说完她匆匆换鞋，一阵风似的走了。

许哲拿着番茄沉思，他家有恶狗好咬人吗？

打那天起，赵惜月再不敢主动招惹许哲。怕被他发现身份只是小部分原因，最主要的还是莫杰西说的那番话起了效果。

本以为他单身一人，她就厚着脸皮先下手为强了。结果人家心里一直住着个青梅竹马，倒是她想多了。

她开始幻想许哲喜欢的那个女生到底什么样，是不是和自己同一个类型，所以许哲才对她有几分善意？

可她不见了，听莫杰西的意思，许哲找了她很多年。他的心里应该一直住着那个姑娘，他对她好，或许只是因为他对谁都很友善吧。

那样一个富家公子和一个谜一般的年轻女子，赵惜月觉得凭自己的想象力简直可以演化出无数催人泪下的故事。

只是这么多故事里，没有一个和她有关。

回忆那天晚上他抱着自己轻声抱怨的样子，像是要把这么多年来心头的苦闷一吐而快。

似乎过去了很多年，他还不能释怀。她有什么能力跟这样一个人竞争。

想到这里赵惜月心灰意冷，决定把那点儿刚冒头的绮思压下去。

许哲也没来找她。他是大忙人，急诊科里每天从早忙到晚，有时候连吃饭时间都没有。亲子鉴定很快就出来了，阿明打电话的时候松一口气："公子，搞错了，不是一个人，DNA对不上，您就放心吧。"

"人怎么样了？"

"走了，没挨过去。爹妈哭得跟什么似的，要跟那个开车的司机打官司。"

许哲想了想道："你拿十万块给人家，好歹打搅过别人，就说是一点心意。"

阿明自然应了，剩下的事情就交由他处理。

许哲依旧每天忙工作，空闲的时候想想孙月莹，但更多的时候却会想起赵惜月。那晚他爽约没去，害她被莫杰西劫了去，结果也没跟人解释一句。

都过去这么多天了，再解释会不会迟了？

元旦期间医院人人轮流值班，许哲本来有一天放假，结果科里有个主治医师孩子病了，他看不过去替人顶了一天，于是就半天休息也没了。

眼看着快要过新年，许哲不想把这个事儿闹到年后，于是主动联系赵惜月。结果手机打过去对方总不接，他就索性去学校找她。

可第一回去没见着人，倒碰见她那朋友齐娜。齐娜转头把这事儿跟赵惜月说了，得到的却是对方不咸不淡的回答："以后他找我你就说我不在。"

"什么情况，你们吵架了，电影不好看吗？"

"没有的事儿。"

"那什么情况？"

"别问了，是朋友就帮我这个忙。"

赵惜月铁了心不再见他。他这个人跟别人不一样，放了电自己都不知道，还当普通朋友交往。可她不行，她控制不住自己的心。他要再这么三番五次来撩拨她，她就该举手投降了。

于是许哲一连几次碰壁，不巧都没见着赵惜月。去她家也不大合适，怕碰上对方妈妈。

某一天他终于反应过来，觉得世上哪这么多巧合，对方分明在躲着他。

许哲是个一根筋的人。

从小到大想干成的事儿，就没有不成的。本来找赵惜月只是为了向她道个歉，结果她这么故意躲着他，倒激出了他身上的干劲儿。

他已经很久没有生出一种想干成一件事儿的冲动了。

一月学校放假，赵惜月也鲜在校园出没。他不想上她家去，以免吵着人家妈妈，于是就利用了点儿"富二代"的优势，叫阿明帮忙找出她最近的行踪。

最近这段日子，赵惜月一直在工作。也不知是真心热爱这工作还是缺钱花，一天到晚来回跑，每每收工都三更半夜。

许哲嘴上说职业不分贵贱，其实心里并不想她长久干这份活儿。生活不规律人际圈太复杂，一个年轻女孩儿身陷其中，很容易吃亏。

某天他正好下班早，听阿明说赵惜月在城南的一栋大楼里拍照，他就开车赶了过去。

他把车停在楼下，安静地等对方出来。大概六点多赵惜月收工，跟同事一道出来，刚走出大门就瞧见那辆熟悉的别克。

然后许哲从车上下来，径直朝她走过来。

旁边有好事的就开始起哄，赵惜月有点儿无奈，想起刚才结束时一个男同事约她吃晚饭，于是故意冲许哲道："我今天有约不好意思，得跟朋友去吃饭。"说着她往那个男同事身边靠了靠。

同行的几个女生不由得吸一口气，都觉得赵惜月脑子坏掉了。

那个男同事也是受宠若惊，她刚刚明明说累了想回家的，这会儿居然同意了。因为太兴奋以至于一时脑子打结，竟没看出来被人拿来当了挡箭牌。

许哲喜怒不形于色，竟是点点头，冲她道："好，你先吃。"

说完他走回车上，似乎在找钥匙准备开车。

赵惜月不敢看他，匆匆和那男同事一道去取车。走的时候心里还犯嘀咕，以前觉得这人挺轴的，有种不达目的不罢休的架势。怎么今天这么通情达理？

到底还是不喜欢她吧。

结果半个小时后，她就知道自己想错了。

许哲所谓的"你先吃"并不是今天放过她的意思，他就这么一路开着车，跟在他们车后面，然后停在同一个停车场里，又进了同一间餐厅，最后在他们不远处的位子坐下来，点了份素套餐悠闲地吃起来。

赵惜月这才知道，他那句话的真正含义是：等会儿再跟你算账。

本来这顿饭就是临时起意吃的，加上许哲跟个保镖似的在不远处盯梢，赵惜月简直食不知味。

但她还不是最惨的那一个。最倒霉的是那个男同事，本以为能跟喜欢的姑娘有所进展，却不料最后如芒在背，一顿饭吃得他满头大汗。

到最后上甜品的时候他实在崩不住了，抹了一把额头上的汗道："惜月，不如今天就这样吧，我先走了，你跟你男朋友好好聊聊。"说完那人脚底抹油溜了，连账都忘了结。

男同事走后，赵惜月一个人傻乎乎坐那儿，盯着面前的那份焦糖爆米花发呆。就在她犹豫要不要吃时，许哲居然坐过来了。

赵惜月轻叹一声，埋头吃东西不理他。

本以为这样他会尴尬，没承想这人也有脸皮厚的时候。男同事走的时候他那份西瓜蛋糕刚送上来，一口都没动。许哲居然拿起配套的勺子吃起来，一点儿不在意这儿曾经坐了另一个男人。

赵惜月看傻了，喃喃道："这是阿木的。"那是同事的小名，大家都这么叫。

许哲扫她一眼："他没动过。"想一想他又添一句，"跟个木头吃饭，有意思吗？"

赵惜月无语，从前觉得他才是木头，现在倒是误会了。这人只是深藏不露，对不感兴趣的事情懒得搭理罢了。

想想也是，十四岁就考上顶尖医学院的人，怎么也不会是个傻瓜。

两个人就这么安静地吃着自己的东西。许哲速度比较快，吃完之后就冲赵惜月道："行了，走吧。"

"我还没吃完。"

"那给你打包。"

"不用了。"

"甜食吃多不好，坏牙。"说着许哲拉起她，就跟拉一个犯了错的孩子似的。

赵惜月抗议："你自己也吃。"

"你要相信一个医生的判断，你吃那么点儿够了，再吃真对牙不好。"

"你又不是牙科的。"

"一通百通。"

两个人正纠缠着呢，服务生过来了，客气地冲他们笑："先生，麻烦请买单。"

许哲看赵惜月一眼，那目光明显在说，看你找了个什么样的人，吃顿饭还要你掏钱。赵惜月则想，还不是你跟门神一样坐在那里，害人家落荒而逃，哪里顾得上结账。

好在许哲大方，连同自己那桌一起结账了事。

两人走出餐厅取车，一路上吹了点儿冷风，彼此都冷静了一些。

坐进车里许哲问："想去哪儿？"

赵惜月知道他有话跟自己说，觉得去咖啡馆太拘束，想了想道："灯光球场。"

许哲一愣，随即启动车子。

球场离这儿不是太远，开车大概十五分钟。那是一个露天球场，外面用铁丝网围起来，进去得付费。球场四周立了无数大灯，照得里面一片白。

许哲从前很喜欢来这个地方。他自小喜欢篮球，四五岁的时候就总跟着

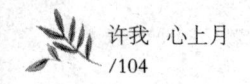

大人去看球,并且能看出里头的门道。

　　长大后他就自己打球,约三五个好友一起来,痛痛快快出身汗洗个澡,心里的那点儿烦闷就都没了。

　　当了医生后没时间,他已经很久没来了。

　　想不到赵惜月也知道这里。

　　两人买票进场,绕着球场外围慢慢走。许哲就问她:"你也常来这里?"

　　"也不是常来,只偶尔来。我们有时候会来这里取景,这里夜景特别棒,拍出来效果很好。"

　　"小时候来过吗?"

　　"没有,我不是本市人,我们家在云城,念大学考到这儿来的。现在我妈为了我也搬来这里了。"

　　许哲一听心念一动。怎么这么巧,她也是云城来的。那天放她鸽子他就是去了云城,本以为找到了,结果还是空欢喜一场。

　　赵惜月见他不说话就主动找话题:"我们云城没这么大的露天球场,你以前常来这里打球?"

　　"嗯,念书时常来,上班后太忙,没时间。"

　　"你们这个工作也真是,我听学校医学系的学长们抱怨,说一进急诊误终身,忙得饭都吃不上,更别说娶老婆了。"

　　"所以你在操心我的终身大事?"

　　"没有,随便聊聊。"赵惜月有点儿尴尬,正好那边球场有人进了个三分球,引起旁边几个围观女生的尖叫,她就借故看过去,转移话题,"技术还不错,你行吗?"

　　"不行的人不会来这儿。"

　　赵惜月就想这人还挺臭屁。看他斯斯文文白白净净的,居然还是个运动高手。

　　两人走出一段,在观众席找了个位子坐下。周围特别安静,一个人也没有,他们也不说话,空气里静谧的气息挠人得很。

　　两人默默地看了会儿球,还是许哲先开口:"那天晚上不好意思,害你等了很久。"

　　"没事儿,其实也没多久。"

　　"我后来问过莫杰西,他说他到影院门口的时候都十点多了,你就这么在外面冻了一个多小时。你不冷吗？"

"一开始没在外面，后来给你打电话你不接，我怕你找不到入口才去外面。没想到被他撞见了。"

许哲微微皱眉："我看起来这么笨，连影院的大门在哪儿都不知道？"

"你不笨，我们学校关于你的传说特别多。什么少年天才啦，年纪最小成绩最好，用智商碾压一干前辈，绩点高到吓死人，林林总总，要真说起来说到天亮也说不完。"

"你说的这些都是念书上的，跟生活没关系。你是不是觉得我是个生活不能完全自理的人？"

他问得直接，赵惜月答得却很不好意思："没有，你大概比较忙，又整天在医院待着。我想很多玩乐的事情你可能没尝试过，或许也不感兴趣。"

"上次你说我这人情商低，其实你没说错。我小的时候连话都不会说，常常一坐就是一整天，只忙自己的事儿，跟别人没一点儿交流。"

赵惜月打量他的侧脸："所以你小时候有自闭症？"

"亚斯伯格综合征，属于孤独症的一种，算是症状最轻的吧。"

"我听说过这个病，据说得这个病的人都特别聪明，难怪你成绩这么好。据说比尔·盖茨也有这毛病。"

"谢谢你安慰我。"

"真不是安慰。不过我看你现在挺正常的，你病好了？"

"算好了吧，但跟你们比还差点儿。我有时候在想，如果她一直在的话，可能我现在真的完全好了。"

赵惜月心头一紧，呼吸瞬间停住。她想总算要说到正题了，那个住在许哲心头的白月光到底是个什么样的人呢？

她屏住呼吸静待下文，本以为对方一定会说些溢美之词。没想到他一开口就来一句："她小时候很胖，特别馋，又很闹腾，属于那种让人头痛的小孩子。"

原来男神喜欢的姑娘，不一定都是女神。

"所以你和她做朋友，是为了改造她，或者说是挽救她？"

许哲看她一眼："我只挽救过一个失足少女。"

赵惜月赶紧撇开头不理他，但很快好奇心又起来了："你们到底怎么做的朋友?"

"我们上一个幼儿园,我是转校生,她是幼儿园一霸。刚去的时候有一回她不小心把我推下楼梯,被她妈押着来我家道歉,后来慢慢就熟了。"

"初恋吧?"

"五岁的孩子懂什么情情爱爱的,你初恋这么早?"

赵惜月吐吐舌头,心想当然没有。她还没恋过呢,一眨眼的工夫都二十多了。

"我们只是好朋友。她这人闹腾又外向,偏偏爱缠着不说话的我。我有时候没办法,被她缠得烦了,就说两句应付应付。好像就是这样,我的话就开始慢慢地多起来,人也活泼了些。当然我那时候也有接受系统的治疗,功劳不全是她的。"

赵惜月眼前出现一幅画面,一个话痨的五岁小女孩儿,整天追在一个冷面小男孩屁股后头,"许哲""许哲"地叫着。小男孩不理她她也不气馁,无论对方怎么冷待她,她依旧热情如火。

这画面竟让她有种熟悉感,她想大概是许哲描述能力太强了。

"那后来你们怎么分开了?"

"大概六岁的时候,刚上小学没多久,有一回学校排演节目。演完之后我准备换衣服,她却硬把我拖进更衣室,说要跟我换衣服。我那时演王子她演只蜜蜂,她穿了我的衣服后拉我跑出去乱逛,后来就不见了。我那时候太小,记不清事情怎么发生的,只是隐约觉得如果不换衣服的话,可能失踪的那个会是我。"

"所以你一直很自责,很想把她找回来?"

"是,她是在我手上丢的,我得负责把她找回来,给她父母一个交代。"

赵惜月有点儿失落,既为那个女孩子难过,也替许哲难过。从六岁起背负一个不必要的责任这么多年,他这日子到底怎么过的?

"如果找回来了你打算怎么办,和她结婚吗?"

"我没想那么远,但就目前的情况来看,一天不把她找回来,我就没办法开始新的生活。那天和你约了看电影,结果我接到个电话,说在云城找到她了。于是我就赶了过去,不小心把你给忘了。这些天我一直想找机会跟你说清楚,可你总是躲着我。你是不是还生气?"

"有点儿,那天下雪啊,我冻得要命你却没出现,多少有些不高兴。可听了你这么哀婉凄凉的爱情故事，我又释怀了，想想还是原谅你算了。"

"谢谢你。"许哲想了想又添一句，"但这不是爱情故事。"

"那是什么？"

"是责任。"

"所以你打算担负这个责任多久，是不是一天不找着她，你就不恋爱也不结婚，永远不开始自己的生活？"

听她说这个许哲转过头来，意味深长地盯着她看，突然冒出一句："你是不是喜欢我？"

赵惜月差点儿被自己的口水噎着，紧张得连连摆手："你胡说什么，我没那个意思。"

"那你约我看电影？"

"都说了是齐娜没空才约的你。我本来要约谢志的，可你说他那天上班。"

"所以说你其实喜欢的是谢志？"

赵惜月又开始咳嗽："没、没有。我谁也不喜欢，我就是找个人陪着看场电影而已，你不要想太多。"

许哲伸手拍拍她的背："没有就没有，不用这么紧张。"

他不说还好，一说赵惜月更想咳，怎么听都有种欲盖弥彰的感觉。

她赶紧换话题："那你找到的那个人是她吗？"

"不是，只是有些情况碰巧相同而已。"

"也是，要真是她你现在肯定没空陪我在这儿看球。"

许哲扫她一眼："应该让你多咳两下。"

"小气鬼，开个玩笑都不行。你这人是不是一直这么较真儿，你吃素也是为了她吗？你信佛，想靠宗教的力量找到她，所以才不吃肉？"

"我小的时候吃肉，高考结束的时候我妈带我去庙里烧香，碰到个老和尚。他说话很玄，有些东西我没听明白，但有一点我懂了，他说我心里有业障要消，如果想消的话不要吃肉。所以从那个时候起，我就不吃肉了。"

"就为了老和尚一句话？"

"是，我这个人较真啊。"

拿她说过的话堵她的嘴，赵惜月真服了他。

"你不觉得这样的人生少了很多乐趣？"

"其实没什么差别。我刚开始吃素还有一个原因，就是觉得学校食堂的菜不卫生,蔬菜好点儿,肉总觉得有味儿,所以索性就不吃了。你整天吃学校的菜,不觉得难吃吗?"

"本来没有,被你这么一说真有了。"

"你大四了吧,今年就毕业了,想好去哪儿工作没?学外语的,想做翻译吗?"

"不行,我这水平当不了翻译。四年没好好念,也没考翻译证,有点儿时间都拍照去了。"

"所以你喜欢拍照?"

"是,刚开始为生计才去的,后来发现真心喜欢。你是不是特瞧不上我的工作?"

"没有,就是觉得不太规律,而且不安全。"

许哲说着站起身来,看着远处奔来跑去的年轻人,扭头问赵惜月:"你只会看,会打吗?"

"不会,你别指望跟我来一局,我细胳膊细腿跑不过你,再说你穿着皮鞋呢。"

许哲就没逼她,走过她身边道:"那回去吧,下次再说。"

赵惜月有点儿郁闷,今晚这事儿真叫人不痛快。听喜欢的人讲述他自小的情史,又被他逼着有可能要陪着打球,都是她不喜欢的事儿。

好不容易活到二十三岁,有了一个心动的男人,可没开始就夭折了。许哲的意思很明白,一天不找着他那小青梅,他连恋爱都不会谈。

为了她他吃素十年,还敢说这不是爱情。这人果然情商低,或许都分不出什么是心动的滋味。

走出球场的那一刻,赵惜月彻底放弃追求他的想法。

爱情没了生活还得继续,就像许哲说的,她都大四了也该找工作了。但在找什么工作上,她和妈妈发生了分歧。

赵母是传统女性,当然更希望自己女儿有份稳定的工作。她学校不错,专业虽说不是很出挑,但大城市里对口的工作并不难找。她希望女儿找个公司职员的职位,每天朝九晚五就好。

可赵惜月有自己的想法。她从进大学开始在齐娜的介绍下进入模特这一行,虽说干的是最底层的小模特儿,但四年下来经验人脉都累积了不少。

说放弃就放弃她有点儿舍不得。

如果进公司的话,拍摄时间将大大减少,可能慢慢地也就接不到类似的活儿了。所以她想转做全职,放弃本科的专业。

一方面赚得多些,另一方面时间也更灵活。

这一提议却遭到赵母的严词反对。她的理由很简单,赵惜月不过就是给网店小杂志拍拍照片的小人物,能混出什么名堂来?这一行多乱她一个外人都知道,从前小打小闹没什么,真要当成事业来做,她要付出的可不止时间青春这么简单。

想要往上爬,年轻姑娘总要吃点儿亏。有时候吃亏了也未必能有机会,白让人占便宜罢了。

所以她坚决反对女儿进这个圈子,一心催促她赶紧参加各种企业招聘会,争取一开春就把工作定下来。

母女俩为了这个事儿还吵了几句嘴,最后还是赵惜月妥协,不敢惹妈妈生气,乖乖上网递简历,也在学校的招聘会上试了几次。

结果就在她一心一意往大公司挤,想找个稳定又高薪的职业时,一个天大的机会突然落到了她头上。

某天她接到个电话,对方自称是弘逸集团旗下所属模特经纪公司的经纪人妮娜,说在某本杂志上看过她的照片,希望她能去面试。

这就跟天上掉了个大馅饼似的,差点儿没把赵惜月砸死。她一路晕晕乎乎到了面试的地方,又稀里糊涂拍了几套样片,最后被妮娜叫进办公室,直接把份合同砸在她面前。

妮娜是那种典型的职场精英型人才,和赵惜月从前接触的圈子里乱七八糟的经纪人完全不一样。她看着赵惜月,和赵惜月解释合同内容。

原来他们模特公司最近想培养一批新人,为弘逸新出的几个年轻化品牌培养新鲜血液。合同内容很简单,赵惜月与公司签订五年合约,这五年里公司会从各方面训练打造她,到时候除了给公司旗下各类品牌出镜外,也会把她推向市场接各种工作,包括进军影视圈。

妮娜同她说:"有问题吗,有问题现在提,签了之后再说什么就没用了。你这年纪也不小了,跟你竞争的都是十几岁的小姑娘,你自己心里要有底儿。再说你身高不够,走T台恐怕不行,专心往其他方面发展更好。你对自己的职业有规划吗?"

她一连问了数个问题,赵惜月却是一个劲儿地摇头。

到这会儿赵惜月才发现自己从前太天真,以为混混网拍圈就能吃一辈子,真正进入高规格的经纪公司,她一下子就被打回原形。

妮娜特别强调一点:"还有一件事,公司不许私下接活,我不管你从前做什么乱七八糟的活儿,从签约那天起,你再不许碰那些东西。别把自己搞得那么廉价。"

第九章
女生就是用来宠的

从经纪公司出来时，赵惜月的包里多了份签好的合同。

新人约其实算不上待遇多好，每个月有一定的底薪，但并不多。头几个月主要是进行密集的训练，方方面面都要顾到。妮娜说起她从前的工作总是不屑一顾，就好像专业出片歌手谈起酒吧驻唱一样，觉得那是两个世界。

妮娜说开头几个月会比较辛苦，每天忙到深更半夜，除了上学其他时间都必须听从公司安排。等过了培训期会给她安排工作，收入按工作多少来定，但不会比她从前瞎胡闹挣得少。

最后妮娜送她出门时又说了一句："你这是走了狗屎运，要珍惜。别人给你铺了道，你要学会走下去。"

这话似乎意有所指，赵惜月回到家就开始琢磨其中的深意。听妮娜的意思好像她进公司是有人在背后帮忙的。可她哪里认识这么重量级的人物，有这么大的能耐把她送进弘逸旗下的经纪公司？

要知道这可是全国乃至世界都有名的经纪公司。

听说弘逸这几年开拓海外市场，经纪公司在世界各地都有分支，手里外国名模一抓一大把，挣钱的同时也靠着他们将弘逸的品牌在世界打响知名度。

她做梦也想不到，自己有一天也能成为其中一员。

然后她就想，到底谁在后面给她开了这个后门。现如今这道门是打开了，可以后她又要怎么走下去？

一头雾水的赵惜月什么准备也没有，唯有闭上眼睛向前冲。

她回家又把合同仔细研究了一遍，虽然条条框框和限制很多，但机会也不少。看完后她随手往床头柜一扔，蒙头睡大觉。

第二天一早赵母进来给她收拾房间，一下子就发现了那份合同。

于是母女俩免不了坐下来长谈一番。赵惜月本来担心妈妈生气，准备把这公司好好夸耀一番，没想到赵母什么也没说，只把合同塞还给她，又同她说："既然签了合约就好好干，总要干出一点儿成绩来，别让人家觉得白培养了你。当然你也要注意身体，你如今还上着学，文凭总要拿到。以后就算不干这一行，也得有一技之长。这个他们知道吗？"

"知道，他们的意思是除了上课，其余大部分时间都要去培训。我倒没什么，就是有点儿担心你……"

"不用操心我，我自己能照顾自己。除了定期去复查，我也不干别的，每天煮两道菜喂饱你就行了。"

赵惜月一歪脑袋："妈，我怎么觉得你像在说喂猪啊。"

"你不就是头猪嘛。"

过几天赵惜月正式去公司报到，才发现自己还真就是头猪。她这身高体重在一般女孩堆里算瘦的，纤细骨感穿什么都好看。

结果一进弘逸才发现，那里的人简直不是瘦，根本就是一堆堆行走的骨头。

都说模特就得是一副骷髅骨架，衣服穿身上飘飘荡荡，人就跟会移动的衣架一样。

赵惜月就想自己要不要减肥，结果妮娜又过来了，叮嘱她说先不忙减肥的事儿，把基本功练好最重要。

"反正你也不走T台，一米七还差点儿，你也走不了秀。平面不需要太瘦，但也不能更胖了。"说完这话她又拿先前那种眼神看了赵惜月一眼，看得赵惜月心里直打鼓。

到底是何方神圣在背后撑腰？

她忍不住找齐娜吐槽这个事儿。齐娜对她走的狗屎运也相当好奇，帮着一起分析。

"最近追你的人里有什么来头大的？"

"根本没人追我。"

"好吧，那最近有没有人欠你钱？"

"我根本没钱，我还欠着你钱呢。再说欠我的钱的人有什么能耐送我进弘逸。"

"也是。那最近有没有人做了对不起你的事儿，想要补偿你？"

这话一下子提醒了赵惜月。她好像不久前才会错意，以为某人喜欢她，结果一圈闹下来尴尬又无奈。

但许哲有这个本事吗？

想起从前在他外套里发现的那张弘逸董事长的名片，赵惜月有点儿犹豫不定。

但她没直接找人对质，只是绝口不提。公司安排的训练非常紧张，强度大到超乎她的想象。才不过一个月她就累得脱了形，所谓的不减肥也成了一句空话。

当你一整天吃不了二两饭却要完成铁人三项运动员需要完成的运动量时，消瘦就成了一种必然的趋势。

变瘦还能忍受，可长时间强度大的训练真叫她受不了。偏偏她觉得自己是走后门进去的，半句抱怨也不敢有，每每总要比旁人更加认真，好不叫人小瞧了去。

这样一来她就更累了。

整个春节她都没好好过，别人忙着大吃大喝穿衣打扮的时候，她却像活在地狱里一般。

刚开春的某天晚上，赵惜月又是练到七八点。从公司出来的时候外套没系上，冻得她直哆嗦。她就想去扣扣子，可冻僵了的手指怎么也不听使唤，系了几下都没好。急得她一时火气上涌，一用劲就把扣子扯掉了。

扣子掉在地上，一下滚出几米远。赵惜月站在空旷的公司广场前，突然悲从心起，疲倦和委屈同时袭来，竟一屁股坐台阶上哭起来。

但凡言情小说里这个时候，总有风度翩翩多金帅气的男主出来拯救水深火热中的女主。可赵惜月哭了许久才发现，搞半天自己就是个悲情女配。什么男主，连个保安大叔都没有。

她有点儿气不过，掏出手机给许哲打电话。

许哲那天正好放假，吃过晚饭正打算洗澡，接起电话刚"喂"了一声，赵惜月的抱怨便席卷而来。

"我真是恨死你了，好端端干吗给我介绍这份工作？"

"怎么，不喜欢？"

这个回答间接证明了赵惜月的猜测，于是她火就更大了。对着手机噼里啪啦一通骂，毫无章法乱七八糟，一听就是憋久了想找个释放的渠道。

许哲也不打断她，任由她发泄。

大概十分钟后，赵惜月骂累了，住了嘴不住喘粗气。

她现在才发现，原来骂人也是一件很消耗体力的事情。

她这边一停那边许哲带着笑意的声音就传过来："怎么，消气了？"

"没有。"

"你在哪儿？"

"公司门口。"

"吃饭了吗？"

"还没！"

"那你等我一下，我很快过来。"

说完他挂了电话，赵惜月拿着手机傻笑，觉得能敲人一顿晚饭也不错。

很久以前许哲听谢志说过，人在生气或是沮丧的时候，如果能多多摄取优质蛋白质，会起到事半功倍的效果。

于是那天晚上，他把赵惜月带去了一家烤肉馆，点了两大盘拼盘，堆在她面前由她吃。

那一刻赵惜月热泪盈眶，庆幸没因为电影事件和他闹翻。当不成情侣当个饭友也是很不错的。

她也不顾忌许哲吃素，端起一盘呼啦啦就把肉全倒在了烤炉上。许哲在旁边拿夹子给她翻肉，顺便"教育"她："你这样容易烤不熟。吃不熟的肉容易得病，万一拉肚子或是食物中毒，还得上医院看病。"

赵惜月没空理他，扒拉着刚上的石锅拌饭。那边许哲专心烤肉，每烤好一片都仔细检查两遍，才放进赵惜月的碟子里。

两个人互相配合，一个烤一个吃，很快就把面前的东西消灭了七八成。

赵惜月摸着滚圆的肚子满意地准备打个饱嗝儿，看对面许哲眉眼如画跟个烤肉西施似的，又强行把那嗝儿咽了下去。

许哲却还不停手，把剩下的肉也一并烤了，并且诚意满满地堆在赵惜月面前，一副要她吃光的架势。

赵惜月刚开始还勉强着吃，到后来实在受不住，不由得连连摆手："不行了，我真吃不下了。"

"我不吃肉，就该浪费了。你再努力一把。"

"肚子就这么大，真没办法了。我最近大概饿久了，胃都变小了，以前两大盘没问题啊。"

她完全忘了那时候是跟齐娜一起来的，当然没问题，可能还不够。

许哲却在这时发挥了他执着的个性，依旧在那里劝说："吃吧，努力努力，也许可以。"

他那淡然的表情配上精致的五官，和他所做的举动形成了鲜明的对比。明明长得不错，他却非要干这种可恶的事情。

赵惜月一搁筷子，举手投降："真不行了，你饶了我吧。要不我打包？"

"这东西凉了不好吃。"

"不好吃我也吃，我明天当早饭成吗？"

许哲看她这个样子，终于放下夹子，面无表情道："还生气吗？"

"不了，撑饱了没空生气了。"

"那就好。以后你冲我莫名其妙发脾气，我就请你吃肉，吃到你吐为止。"

赵惜月这才明白，他刚才一副唐僧模样逼她吃肉，根本就是故意的。

这人心眼儿实在太多太坏了。

赵惜月默默流了一把眼泪。

许哲见她情绪恢复了大半，这才提起刚才的电话："你那时怎么了，受委屈了还是累着了？"

"一半一半，主要还是累了。"

"所以拿我当出气筒？"

"大家朋友一场，偶尔一回你别介意，就多多包涵吧。"

许哲心里想的却是，他还从没对哪个冲他大呼小叫的朋友这么和颜悦色过。难道真如谢志所说，女生就是用来宠的？

有了许哲那顿肉，赵惜月总算熬过了最初的三个月。

三个月的密集训练后，她的生活算是有了阶段性的改善。一方面训练课程减少许多，妮娜开始叫手下人安排一些零碎的小活儿给她练习和壮胆；另一方面她的身体也几乎适应了这种生活，体能得到大幅度提高。

齐娜看她这样不由得羡慕道："你这真是天上掉馅饼，那个许哲当真对你没意思？"

"没有，人家有青梅竹马。"

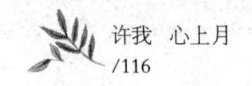

"你说他到底什么背景，还能往弘逸里插人？"

关于这个赵惜月也问过他，但他没细说，只说是家里的关系，三言两语就带了过去。

赵惜月不能问太多，只得作罢。

许哲还同她道："不用有心理负担，就当是对你的补偿。"

人家都把话说到这份上了，她若再抱有幻想未免不识好歹。

好在生活节奏很快，她根本没时间伤春悲秋，眼看大四下半学期都过半了，身边大部分同学都签了合同，连齐娜都规规矩矩在外贸公司找了份工作，准备当个朝九晚五的上班族。

对此赵惜月很是意外，齐娜却有自己的想法。网拍的工作还会兼着，她人脉比赵惜月广，靠业余时间接点儿活儿不成问题。至于别的工作，她暂时不打算再接。

用她的话说："从前趁着年轻放纵一回，现在年纪大了也该从良了。"

赵惜月看得出来，齐娜也想正正经经找个男人结婚生子了，再不像以前那样只顾挥霍自己的青春。

她真心为齐娜感到高兴。那种工作做久了会消磨人的斗志，趁现在陷得不深拔出来，总好过以后万劫不复。

齐娜这些年攒了一笔钱，赵惜月本以为她会想办法买套小房子。结果人家还是比她洒脱，房子且租着，倒是先花几万块买了辆国产小车。

她说："挤公交地铁太累，妆会花。"

看她那嘚瑟的小样儿，赵惜月毫不怀疑她一进公司就能引起年轻男员工的围追堵截。

没想到齐娜这车才买了没多久，开上路半个月就跟人撞了。撞的不是别人，而是谢志。

赵惜月接到齐娜的电话时，整个人都傻了，半天才想起来问对方好不好。齐娜在电话里没好气道："我没事儿，擦破点儿皮。他断了腿送医院了，应该死不了。"

赵惜月就赶去医院看他俩。齐娜伤得真不重，擦点儿药就好。赵惜月到的时候她正在病房叉着腰跟谢志吵架，为车祸到底谁该负主要责任争论不休。

许哲负责谢志的治疗，看他这样淡淡说了句："你明天出院回家养着吧，也不用转骨科了，中气十足精力旺盛。"

齐娜就在那儿笑。没想到许哲看她一眼，来了句："你的责任比他大。"

"怎么说？"

"你俩相对行驶，你左转他右转，按规定你得让他。"

"我这儿绿灯他闯红灯。"

"可你开到他的道上去了。"

齐娜语塞，她刚拿驾照没多久，确实开得不熟练。

谢志见状不免得意："看看没话说了吧，你这驾照是买来的吧。有你这么开车的吗？"

许哲拿笔敲敲他脑袋："闯红灯，你这罪也不小，腿断了算你活该。"

赵惜月推门进来时正好听到这一段，当下就觉得许哲这人简直残暴。

见她进来三人都止住话头，赵惜月先询问齐娜的伤势，见她只是额头擦伤一小片便放下心来。然后她又问许哲谢志的情况。许哲扫她一眼，见她流露满满的关心，突然就不想告诉她了。

旁边那两人不知怎么了，一言不合竟又争了起来，许哲索性把赵惜月叫到外头，上下打量她一番。

他们最近这段时间几乎没见面，赵惜月看起来比上一回清瘦一些，但精神状态很好，不见丝毫疲态。

他问她："工作还适应吗？"

"挺好的，已经不像之前那么忙了，也接了一些小工作，正在进行中。"

许哲拉她在走廊的椅子上坐下，认真道："看你能适应我就放心了。本来给你介绍这个工作，就怕好心做坏事。万一你熬不下来倒成了我的错，现在看来还好。"

"我这人本来就能吃苦。"

"那还大半夜打我电话抱怨，非得吃了肉才能恢复正常。"

"哪里大半夜，正好吃饭点。"

"所以你只是想打我钱包的主意，是吧？"

赵惜月就掩着嘴咯咯笑，她到底年轻，笑起来自有一股婉转的味道，青春气息浓烈逼人。那种女性特有的荷尔蒙传到许哲身上，倒像是唤醒了他身体里潜在的情绪。

她身上有淡淡的香味儿，像是洗发水又像是沐浴露，带着点儿果香，并不叫人讨厌。

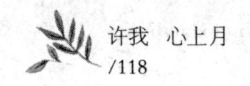

赵惜月来之前刚洗完澡,头发才吹干,那股子清新味儿正浓郁着。她坐在那里想谢志的伤势,完全没留意到身边这个以自律出名的男人,竟有了点儿心思浮动的味道。

她转过头来想问点儿什么,一见许哲那严肃的模样,不由得失笑:"你看什么呢,我脸上有脏东西?"

"没有。"许哲少见地有些不好意思,收回目光后又成了那个严谨自持的大夫。

"谢志的伤问题不大,不过要躺一段时间,大概三个月后可以拆石膏。"

"这么久,那他的工作?"

"只能先暂停。"

赵惜月不由得一声叹息,开始心疼许哲。急诊科的工作量出了名的大,许哲经常一忙起来就没觉睡。现在谢志伤了急诊科少一员大将,少不得他就要更累了。

她这边为人家着想,那边许哲听到叹息却误会了。

"你别担心,谢志的伤不会有后遗症。今天晚了,明天等骨科的专家上班,我亲自联系他们进行个会诊,保证他拆了石膏后行动一如从前。"

赵惜月想说我不是这个意思,话到嘴边又咽下了。关心的话她说不出口,说出来怕对方误会,既然决定放手做回朋友,就不能再搞暧昧。

正巧这时齐娜从病房里出来,她就和许哲道别,挽着齐娜的手先走了。

两个人边走边聊,齐娜连连跟赵惜月抱怨谢志这个人难搞,听得后者不由得好奇:"你怎么一见他就吵,好歹也是你撞了他呀。"

"你没听许医生说吗,他那是活该,谁让他闯红灯的。"

"那你也别把人说得太狠了。他因为你得在床上躺三个月,遭老大罪了。"

"太好了,看他受苦我就高兴。"

"你前一阵不还说要追他吗?"

齐娜翻个白眼:"不追了,命盘不合硬追也没意思,给你算了。反正你跟许哲也没戏,你就当可怜可怜谢志,凑合过吧。"

赵惜月笑着打她两下,心里觉得肯定没那么简单。果然不出所料,过几天齐娜跟她打电话的时候就说漏嘴,说公司有一个高层对她有意思,频频向她放电。

原来是找着更好的了,难怪看不上谢志了。

医生虽好但太忙,比不得高管年薪高有风度,还懂得玩浪漫。

赵惜月嗤笑了她两声,就扯开去聊别的了。

过了两天谢志出院,因他不是本地人,在医院附近买了套两居室。出院那天许哲开车,赵惜月硬拉了齐娜过来给人收拾东西,还小声劝她:"人家挺不错的,交警都说你责任更大,可他连医药费都没问你要。"

齐娜不以为然:"本院职工,各项费用都能减免,他能花几个钱。"

话虽这么说,但她到底还是给人好好收拾一番,又坐许哲的车到了谢志家,扶着他上楼休息。

赵惜月也跟着忙活,趁齐娜在房间里扶谢志上床的当口,把他家里好好收拾了一遍。许哲大少爷脾气发作,就这么双手叉腰靠在窗边看她做事,越看越觉得她手脚麻利动作熟练,就跟常干这活儿似的。

赵惜月擦桌子收杂志忙活了一通,一抬头见许哲若有所思盯着自己瞧,便问他:"你看什么呢?"

"我看你干得不错,以前常干?"

"那是,我这是熟练工。"

"你干过这活儿?"

赵惜月刚要承认,一想不对赶紧否认:"我妈身体不好,家务我干得比较多。这就叫穷人家的孩子早当家,你们这种富二代是不会明白的。"

"你怎么知道我是富二代?"

"学校里传的,大家都这么说,说你是某企业的二世祖。还有上回看你开那车,虽说是你妈的,但也知你家里条件不错。那车一百多万,普通工薪阶层怎么买得起。"

许哲对"二世祖"这个称呼不太满意:"我每天忙成这样,跟二世祖不沾边儿。"

"行行,那你就是富二代中的精英。难怪学校里满世界你的传言,那些学妹们一说起你就脸红,有一回我听一个姑娘说,她在食堂碰见你,紧张得手一松,饭盒都掉地上了。"

许哲就笑:"难怪上回你一见我,就把饭盆扣人脑袋上。你这也是紧张的吧?"

赵惜月知道他说秦轩那事儿,也跟着一起笑,边笑边擦他身边的窗台。

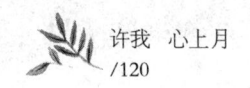

齐娜从房里走出来见他们说笑的样子，不由得酸了一句："哎哟真是的，还没到七夕呢就在这儿虐狗了。"

许哲不常上网，不知道虐单身狗的典故。

赵惜月就跟他解释，拉拉杂杂说了一通。她说的时候眼角眉梢都带着笑意，整个人显得神采飞扬。许哲又是一脸温和的表情，视线一直落她身上没移开过，看得齐娜那叫一个羡慕嫉妒恨。

"说你们虐狗还来劲儿了。行了行了，要腻回家腻去，里头的病号发话了，说饿了要吃饭。我做菜水平太差，惜月你来吧，顺便也让我们沾沾光，我也没吃呢。许医生你呢？"

许哲本来有点儿不满齐娜使唤赵惜月，但一想到她的手艺，便改了口："我也饿了，一起做吧，你炖汤。"

赵惜月只能卷起袖子洗手做菜。齐娜有意给他们制造机会，借口说厨房太小，倒了水进去给谢志喝。

那两人跟从前在许哲家一样，一个洗菜一个切菜炒菜。许哲不吃肉，但赵惜月觉得他是医生刀工肯定很好，就把切肉的活儿交给他。

看对方熟练拿刀切肉片的样子，就跟精细技术似的，那一丝不苟的样子，仿佛在做手术。

都说认真的男人最迷人，赵惜月十分认同这句话。

因许哲在边上，她的发挥有些失常，总分神去看他。炒菜的时候不是油加多了就是翻炒得厉害，把油花溅手上了。还有一回她开了水龙头洗焯过水的肉，洗了很久也没停，害得许哲出手，关了水龙头抬手摸她的额头。

"你是不是最近太累了，为什么总走神？"

因为切菜洗手的关系，他的手指冰冰的。那冰凉的感觉一下子就把赵惜月带回现实里，她赶紧低头，找了个借口掩饰："我是在想排骨汤你不能喝，要不要再多做个别的。"

"不用，我不是伤病员。"

正说着谢志从里屋出来了，拄着根拐杖一脸不高兴，冲赵惜月道："你这个朋友我算是服了，她是不是存心跟我作对？"

后面齐娜也跟出来："你别不识好人心，我见你手笨才喂你喝水，你自己一动泼在身上，这也要怪我啊？"

赵惜月一见他们两个吵就头疼，看谢志身前一片水渍，赶紧让许哲进屋替他找衣服换。

齐娜把杯子往厨房里一放，恨恨道："狗咬吕洞宾。"

"我说你是怎么了，你挺好相处的一个人，怎么总跟他过不去啊？"

"是他针对我。"

"我觉得你也不对，好像总憋着股劲和他吵似的。这样不大好。"

齐娜笑着往她身边凑："我吵我的你好你的呗，是不是刚才我们出来打扰到你们了？要是的话我去替许大夫，你们继续默契合作啊。"

"做个菜也能叫你说这么多话，我真有点儿同情谢志。你这张嘴哟……"

"谢志的事情先摆一边，我看这个许大夫……"她边说边往身后瞧，怕许哲突然出来，"你真觉得他对你没意思？"

"真没意思，都说了人家心里有人了，像白月光一样的人物。"

"得了吧，有些人也就是迷恋那种感觉，得不到的最好，等真得到了也就那样了。我看你们做菜的样子真是般配。"

"这年头做菜样子看着顺眼就要在一起了？"

"他不是还给你安排工作了嘛。"

"那是补偿。他害我差点儿被人绑架，心里过意不去。他这个人道德感极强，其实没别的意思。"

齐娜依旧不信，一个人在那里叨叨半天。她这么说不要紧，赵惜月听了心里却不是滋味儿。本来已经没什么了，可齐娜老把许哲对她的好一次次提起，害她又有点儿想入非非。

只得趁着清醒的时候不停给自己打预防针，以免一个不小心又跌进从前的大坑里。

那天的晚餐成果还算丰硕，没了许哲在旁边干扰，赵惜月发挥稳定，一口气做了四菜一汤。最后四个人吃得精光，连汤都没剩下。

谢志直夸赵惜月手艺好，要不是现场还有另外两人在，搞不好他就要告白了。

自打那天之后赵惜月就常去他家。大部分时间都是谢志给她打电话，聊着聊着就会说到做饭的事情，谢志说自己手脚不便不能下厨，总叫外卖吃。赵惜月一想觉得好朋友闯的祸有点儿歉疚，就拉着齐娜一起去给人做饭。

齐娜一眼看出谢志醉翁之意不在酒，不愿做那三千瓦的大灯泡，几次去了没多久就借口有事儿走人，给他俩制造独处的机会。她自己现在跟那个高管打得火热，当然也希望赵惜月赶紧脱单。甭管是许医生还是谢医生，抓着一个是一个。

许哲偶尔有空也会去看谢志，就这么在他家撞见过赵惜月好几回。头一回齐娜在他也没多想，可后面几次总见他们单独相处，他就品出点儿味儿来了。

有一天他故意待到很晚，等赵惜月走了才问谢志："你这是认真了？"

谢志知道他指什么，点头道："非常认真。"

"准备娶回家当老婆？"

"有可能的话当然好，不过你也看到了，她目前对我好像兴趣不大。我之前总觉得她对你有点儿意思，你们之间……"

"没开始就结束了。"

他就把去年十二月看电影那事儿说了。谢志听了无语又同情："你这痴情劲儿我真是服了，你要一辈子找不到她，还打一世光棍不成？"

"不会找不到，时间问题。"

"算了，我也说服不了你，你就继续找吧。不过也多亏你痴情，要不你先我一步下手，我倒不好挖你墙脚了。赵惜月这样的女生不可多得。"

"好在哪里？"

"清纯漂亮性格不错，厨艺又好说话也挺有意思，反正没什么不好的。比她那个朋友强，齐娜一看就是个不正经的。"

许哲不由得露出一丝笑意，他想他还没跟谢志说赵惜月曾经在香港和戴宏才那种花花公子混在一起，闹到大半夜回不了酒店的事情呢。

他本来觉得她就是那种很随便的女人，但观察了大半年觉得似乎不是，也不知那一次是不是有什么隐情，总之现在的她看起来很好，跟所有的良家妇女没有差别。

既然如此他也不说人坏话，只叫谢志加油，既然要追就认真点儿，别跟人玩玩伤害她伤心。

谢志躺在阳台的躺椅上，借着月光打量许哲的侧脸，好半天才问出一句："你是不是其实也有点儿动心？"

许哲没马上回答，非常认真地思考了片刻，才回他："有过那么一点儿，但都过去了。就像你说的，我这个人无情无欲最好，不打扰别人也不想让人打扰。我暂时不想改变现在的生活。"

谢志又想到个事儿："你家阿姨现在怎么样，煲汤技术有所改进？"

"一般般，我也不叫她做，打扫卫生就好。"

"你是不是还是觉得从前的赵阿姨好？"

许哲脑子里灵光一闪，想起赵惜月从前的表现。汤煲得好，打扫卫生有一手，除了年纪不像做钟点工的，其他竟都符合。

"你上回去我家见过赵阿姨，忘了问你她是什么样的人？"

谢志有点儿心虚，把头撇开随意道："就是个中年妇女呗。"

"长得怎么样？"

"你还管阿姨长得好不好看，口味也太重了。"

"问你话，别转移话题。"

"一般吧，挺和气一个人，就是出了事儿有点儿手足无措，傻傻的。"

他说这话时心里想的却是那天赵惜月被水淋湿时的模样，虽然傻而呆，却因为长得好看又年轻，缺点也成了优点。

许哲听了他的话暗笑自己傻，赵惜月怎么可能是他的钟点工呢。就像她自己说的，不过是因为家境缘故做这些事才熟练，生活所迫罢了。

从谢志家出来，许哲没回家，反倒是开车去了从前的母校F大。时间尚早大门还没关，保安看了他的特别出入证件后痛快放行，他就把车子开进校园，找了个访客停车位停下。

然后他下车来，漫无目地在校园里闲逛。

他也不知道自己为什么来这里，是为了看赵惜月吗？可她早就不在这里住了，自打和弘逸签了约后，她经常早出晚归，除了偶尔回来上课写写论文外，整天泡在校外。

听她的意思她现在总回家住，和妈妈在一起。所以这个时间点她要么还在忙，要么已经回家休息了。

他无论走多少圈，似乎都不可能遇上她。

天气还没完全转暖，晚上的校园很安静，只偶尔有人从身边走过。他双手插裤子口袋里，走得既慢且闲适，就跟在逛公园似的。有女生下晚自习结伴而行，路过他身边时总会忍不住回头偷看几眼。

许哲从小接受了太多这样的目光，已经显得有些麻木。但他想起有几次赵惜月这么看他时自己的心情，似乎真的不太一样。

人一旦对某个人留了意,她的一举一动都能激起心头的水花。

许哲走了很长一段路,最后绕过图书馆走到了后面的操场。这个时间点想来没人锻炼了,他本以为操场上该空空荡荡的,结果一进去就见一个单薄的身影正在塑胶跑道上慢慢地挪动着。

她从他的面前跑过,许哲一眼就认出来,那是赵惜月。

第十章
原来暗恋一个人是这种感觉

赵惜月正在那儿呼哧呼哧地跑,冷不防后面追上来一个人。

她回头看那人却没看清,长长的刘海儿被汗水浸透,全都粘在眼睛上了。

直到许哲开口:"这么晚还跑步?"

"是你啊,吓我一跳。"

"你以为是谁?"

"我当是哪个爱慕我的小学弟,准备趁机表白呢。"

两个人都笑,许哲穿着皮鞋跑不快,不紧不慢跟在赵惜月身边。对方看他一身和跑步不搭的装束,便把他往旁边赶:"你就算了,跑什么步啊,身材够好了。你这会儿一跑,回头各个宿舍的小姑娘全都睡不着,跑操场上来围观你可怎么办?"

"那你也别跑了,咱俩一块儿走,省得你那些爱慕者组团参观你。"

赵惜月累得够呛,听到这话立马自我放松,停下来喘粗气:"看在你的面子上,我今天就到这里。"

许哲没戳穿她的小心思,点头认下:"是,全是我的错,否则你肯定还能再跑三圈。"

赵惜月走到边上的休息区拿水瓶,一连喝了大半瓶才缓过劲儿来。许哲拿起她的运动外套,招呼道:"走吧,刚跑完不能站,得走一段儿。"

两个人一前一后离开操场,许哲问她:"你回哪儿,回家吗?"

"不,回宿舍,怕吵着我妈。"说着她往食堂的方向遥遥一望,"学校食堂怎么关这么早,我还想吃口宵夜呢,真没劲儿。"

"你才跑完就吃东西,这肥算是白减了。"

"我不是减肥,妮娜说我体能不行,应付不了长时间的拍摄,让我长跑

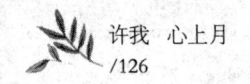

练耐力。要不我也不会大晚上来这儿跑步,真是自虐啊。"

许哲想到她刚才说的话,便提议:"出去吃吧,在附近找个地方。"

"你开车来的?"

"嗯。"

赵惜月眼前一亮,刚跑完真是饿得慌,她觉得自己现在能吃三碗饭。可看身上这一身臭汗,立马又断了这个心思。

"算了,我满身汗,回头把你车弄脏了。"

"你宿舍有换洗衣服吗?"

"有啊。"

"那你回去冲个凉换身衣服,我等你。"

赵惜月心头一动,不为那口吃的,只为许哲这个人。他这么秀色可餐,她真有点儿放不下。

于是她一路小跑着回宿舍,进宿舍大门的时候还回头叮嘱他:"等我一下啊,很快的。你要无聊去旁边小超市逛逛。"

许哲冲她笑笑,摆手示意她进去。他就这么站在路灯下等对方,灯光把他的影子照得老长,下自习的女生们一路走来,那些眼睛全粘在他身上,跟强力胶似的。

许哲还是头一回这么晚在女生宿舍门前等一个人。上一回来拿车天还亮着,他也没等多久。但今天情况不一样,他今天什么也不拿,只为等一个女生,并且想要掏钱请她吃饭。

他在F大念了七年医科,从没有过这样的举动。从前他是班里最小的一个,和同学们玩不到一块儿。他总是独来独往,念书吃饭自习,也就跟谢志走得近些。

但谢志那时候有女朋友,经常撇下他满世界约会,还总劝他:"你也找一个啊。只要你点头,咱们学校的校花系花班花还不随你挑。"

可他一个也看不上,宁愿独自生活。

想不到有朝一日他也跟谢志一样,傻傻等在女生宿舍门前,期盼着一个熟悉的身影从里面出来。

他突然有点儿负罪感,觉得对不起谢志,好像趁他腿脚不方便挖他墙脚似的。

正这么想着赵惜月出来了,刚冲完澡的她身上有股子香味儿,就跟那天在医院走廊里闻到的一样。

许哲心里那点儿负罪感立马就没了。

两人坐上车离开学校,许哲边开车边问她:"想吃什么?"
"唔,吃小龙虾,就上回你救孟雪那地方。"
天气渐渐热了,夜排档的生意又红火了起来。一想到那些美味,赵惜月直流口水。
许哲却道:"不卫生,吃点儿别的吧。"
"不不,我就要吃小龙虾。其实饭店都一样,不比大排档干净多少。在外面吃饭就不要想那些东西,想得越多负担越重,那多没意思,平白辜负了大好美食。"
许哲拗不过她,反正他也不吃,索性随她的意。他们到的时候大约十点,夜排档生意正红火,老板夫妻两个几乎忙不过来,好不容易才找着张空位坐下。
赵惜月跟上回一样,要了两斤小龙虾几瓶啤酒,又问许哲要什么。见对方摇头她又道:"你能喝酒吗?"
"我不爱喝酒。"
"还真当和尚啊,不吃肉不喝酒,你是不是也不抽烟?"
"嗯。"
"那你的人生还有什么乐趣?"
"乐趣有很多。比如救回一个病人,看一本好书,这些都是乐趣。"
还有和你坐在大排档里看你吃小龙虾。这话许哲没说出口,总觉得太暧昧。
老板先把啤酒拿过来,许哲虽不喝却很绅士地帮赵惜月开酒瓶子,边倒酒边劝她:"少喝点儿,这东西对身体没好处。"
"难得我高兴嘛。"
"什么事儿这么高兴?"
"见到你啊。"赵惜月一时嘴快说漏嘴,赶紧补一句,"想起你给我介绍那工作,我打心眼儿里感激你。妮娜姐派了个经纪人给我,头两个工作都完成了,出片效果特别好,我简直喜欢死了。"
两人边吃边聊,赵惜月戴着手套剥龙虾壳,吃得满头冒汗,感觉那澡又白洗了。头发很快耷拉下来,弄在眼睛里很不舒服。她手脏不能弄头发,就用手腕去蹭,蹭了几下都不行,不免有些着急。
正当她上火的时候,许哲突然伸手,将她那一绺头发夹在耳朵后面,细

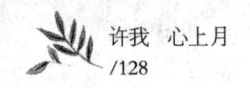

心地固定好。

他指尖的温度传到赵惜月皮肤上,害她起了一阵战栗。心扑通扑通跳得厉害,她却要强自镇定,生怕叫对方看出端倪来。

原来暗恋一个人是这种感觉,她突然有些同情从前那些不被她接受的学长学弟了。

为缓解尴尬的心情,她故意找话题和他聊:"你怎么会想当医生呢?我看你这条件当模特儿管够,你多高?"

"一八一,走台不够。"

"那就走平面,要不上媒体,或者演戏也很不错。你这身高演男主角正合适,肯定爆红,当个医生可惜了。"

"我不觉得可惜,医生治病救人意义更大,演戏谁都行,多我一个不多。"

赵惜月觉得有道理,重重点点头,可还是觉得遗憾:"要不你偶尔客串拍几组照片也行,典型的衣服架子,我听说弘逸男装做得也很不错,有个创立了很多年的品牌,专走高档定制路线,你去拍太合适了。你听说过那个牌子吗?"

"嗯,知道。"那是他妈和莫叔叔年轻的时候合创的品牌,现如今也成了弘逸的主打品牌之一。

想起小时候的光景,他和赵惜月说:"其实我拍过这种,不过是童装。"

赵惜月酒喝多了,头有点儿发晕,眯着眼睛一脸不解地看他。

"小的时候拍过,那时我妈是设计师,搞了个童装品牌,因为没钱请不起小模特,就拉我上阵。"

"原来你妈这么有才华,她就光设计男童装?"

"不,那品牌女童装也有。"

"那小模特找了谁?"

许哲话头一顿,沉默片刻才道:"是她。"

"她?"赵惜月脑子犯浑,反应慢了半拍,"哦,是你那青梅竹马是吧。"

说到这个,刚才不错的气氛一下子冷了下来。赵惜月眼睛酸酸的,恨自己太不争气。她用力一吸鼻子,抬手重重拍了许哲的肩膀两下:"没事儿,别灰心,你一定会找到她的。等哪天找到了你们结婚,记得请我喝喜酒。我要好好看看新娘子。"

许哲却回头看看自己油乎乎的肩膀,心想这衣服该怎么洗才能洗干净。要不索性不要了吧。

接下来赵惜月的话明显少了很多,埋头喝酒吃肉,两斤小龙虾其实没多少,很快她面前就堆起一堆虾壳,啤酒也瓶瓶见底,她还犹自拿着酒瓶在那儿倒。

结完账回来的许哲见这情景不由得失笑,给她摘了一次性手套,扶着她往停车的地方走。赵惜月是真醉了,说话都大舌头,含含糊糊听不清她究竟在说什么。

许哲竖起耳朵很认真听了半晌,最后还是放弃。

一直到许多年后他才想起问赵惜月:"你当时嘀咕什么呢?"

赵惜月洗完澡一身清凉坐床上翻杂志,想想才道:"哦,我说你丫怎么这么死心眼儿,我这么好你居然不要。"

把赵惜月弄上车后,许哲就往她家开。结果开到小区楼下他才发现她已经睡着了。他抬手看表都快十二点了,这会儿把个醉醺醺的人送上去不妥。

他又开回学校,给齐娜打电话让她出来接人。结果齐娜说她不在宿舍,嘱咐他好好照顾赵惜月。

许哲一下陷入尴尬的境地。副驾驶上一股浓烈的酒味儿,赵惜月睡得死死的,根本推不醒。学校他进不去,男生不能进女生宿舍,再说都这么晚了,他要这么把人送回去,让人看见影响不好。

思来想去他重新启动车子,一踩油门往自己家的方向开了过去。

赵惜月第二天早上醒来,发现自己睡在一个既熟悉又陌生的地方。

宿醉的脑袋一团糨糊,她就觉得头顶的天花板异常熟悉,连同那盏吸顶灯也同样眼熟。

她费劲地翻个身,正好看到大衣柜镶的镜子里,自己那略显浮肿的脸。她当时就想,这女人谁啊,怎么这么丑。

三秒钟后她意识那是自己,惊得尖叫一声,立马从床上蹿起来。

蹿得太猛供血不足,她一阵头晕又坐回到床上。

许哲在外面听到动静,在那儿敲门:"出什么事了?"

听到对方的声音,赵惜月情绪更加混乱,两只手都不知该往哪里放。

外头许哲得不到回应,又敲两下门:"你没事儿吧,我进来了?"

"别别,你别进来!"赵惜月赶紧冲过去把门锁上,贴在门板上喊,"我、我还没起床。"

"好,那你赶紧收拾,弄好了出来吃早餐。"

"知道了。"

赵惜月蔫蔫地应一声,感觉许哲应该走了,这才起身在屋里来回踱起步来。

进入六月天气已十分炎热,许哲家照例开着空调,她正好走在出风口,冻得人直哆嗦。然后她低头看自己的装束,就是昨天洗完澡换的那身运动装,总算放下半颗心来。

按许哲的脾气,应该不会趁她醉了占便宜才是。可也不一定,不说男人都是狼嘛,万一他兽性大发……

昨晚该不会是满月吧?

赵惜月敲敲痛得要炸开的脑袋,琢磨着这事儿该怎么收场。她思来想去似乎只有先拾掇好出去,从他嘴里套话这一条路了。

于是她一头钻进洗手间,刷牙洗脸一通忙活,最后揣着一颗不安的心走出房间。出房门前她还特意看了看那张床,双人床乱得一塌糊涂,上面全是被人睡过的痕迹。也看不出是她一个人造成的,还是两人一起完成的。

唯一庆幸的是床单上没有血,应该不会有事儿。可转念一想有些女的第一次不会流血,又或者许哲完事后龟毛地换了床单。

她越想越不安,走进餐厅的时候五官纠结在一起,看得许哲想笑。

"怎么,醉酒的感觉不好受?我早劝你不要喝,你偏不听我的。"

赵惜月冲他敷衍地笑笑,鼻子里闻着点儿香味:"你做什么呢?"

"鸡丝粥。"

"你们家有鸡肉?"

"没有,一大早去市场买的。"

"那你吃吗?"

"我有别的,你吃就好。"

赵惜月看看钟大概九点,也就是说许哲至少七点就起了,跑去菜市场买了只鸡,回家给她熬粥。

干吗没事儿对她这么好,害她小小感动了一把。

鸡丝粥果然香,比从前那白粥好多了。她接过对方递来的碗,捧着坐到桌边慢慢吃。要不怎么说聪明的人做什么都出色呢,瞧瞧这粥煮得多好,他一口没尝却能把味道调得恰到好处,可见他这人有多厉害。

那边许哲端了面包牛奶过来,随便对付着吃了。吃完后他就安静地坐那里看赵惜月喝粥。

赵惜月觉得自己脸皮还算厚，可大清早让个帅哥这么瞧着，心里还是有些别扭。

"你瞧我的粥干吗，你想吃自己去盛一碗啊。"她故意这么说。

许哲却再次发挥他"实在"的本性："我不是看粥，我看你。"

"我有什么好看的。"

"确实不大好看，醉酒后的人都丑。"

赵惜月摸摸脸颊："嫌不好看就别看。"

许哲只笑不说话，更显得她恼羞成怒。

"你昨晚干吗把我带我家来，你是不是想干坏事？"

"我要想干用得着耍这么下流的手段？你不是说很多女生喜欢我，我直接挑一个就是了。"

"那你怎么不送我回家？"

"夜里十二点，送你回家肯定吵醒你妈，而且还得解释你这一身酒味儿。"

"那你送我回宿舍呀，我记得你有齐娜手机号的。"

"打了，她人不在，把你托付给我。"

赵惜月暗骂这个有异性没人性的女人，怎么偏偏昨晚就不在。她转念一想按齐娜那唯恐天下不乱的德行，就算在也会说不在。

"所以你看，我只有把你带回来了。"

"那你带我回来后，有没有……做什么？"

"能做什么？你一身酒臭，还指望我占你便宜？我把你扶上床盖上被子就走了，在沙发上窝了一晚。"

赵惜月下意识去闻身上的味儿，好像不臭啊。但脸还是不自觉红了。

"你就该拦着我，干吗让我喝这么多？"

"酒是你点的，我拦着你说我怕花钱。我劝你少喝点儿，你又嫌我啰唆。喝的时候只顾高兴，这会儿倒晓得来怪我了。我跟你什么仇什么怨。"

赵惜月一口粥含在嘴里，差点儿没喷出来。

"别这么看我，真当我什么都不懂。"

赵惜月依旧震惊："你居然会说这个？"

"谢志最近天天说，每次谈到齐娜必提这句话，我就拿来用用。"

赵惜月一想起那两个人也是满脑袋的包，上辈子的冤家说的就是他们俩吧。

吃过饭赵惜月乖乖洗碗,还把许哲的牛奶杯和碟子也一并洗了。洗完后她想回房拿东西走人,却被对方叫住了。

"还有个活儿你得干一下。"他说着不知从哪里变出件衬衫来,塞赵惜月手里。

"这是你的衣服,干吗叫我洗?"

许哲翻出被她一手拍油的肩膀:"你的杰作。洗衣房有洗涤剂,你随便用哪种,想办法洗干净就成。"

赵惜月头上的包更多了。

这一摊油渍不大好洗,应该刚沾上的时候就拿洗衣液抹上,放几个小时再搓才有效。这都过了一晚上了,还能洗干净吗?

可因为理屈,她只能默默照办。

看她走进洗衣房的身影,许哲心情意外的好。一件本来要扔掉的衬衣,现在倒有了新的用途。

他顺手打了个电话,打完后就进洗衣房做"监工"。赵惜月还在为昨晚的事情耿耿于怀。

"我妈肯定急了,你把我手机拿过来我给她打个电话,一晚上没回家,她非打死我不可。"

"不用,我叫齐娜打过电话了,说你喝了点儿酒在学校睡。"

"你干吗提我喝酒的事儿啊?"

"这样显得真实。要不你妈会以为你跟哪个男人干坏事去了。"

赵惜月心里想,那个男人不就是你吗?

"那齐娜知道我上你这儿来的事了?"

"就是她让我带你回家的。"

"这个浑蛋。"

"别管她了,认真洗衣服,要洗得没有一点儿油渍才行。"

赵惜月搓得手都红了,还是不行。她立马求饶:"我赔你件新的吧,什么牌子的,多贵?"

"没牌子,我妈给设计找人做的,全球独此一件。你要赔也行,去找我妈拿原稿,再找制衣师傅裁一件。我妈看我面子上应该会给你打个折,那老师傅就不好说了,你准备个一两万应该够了。"

赵惜月赶紧把衬衣摁进水里,拼命揉搓起来。心里不免想,都是贪吃惹的祸!

她费了半天的劲儿,总算把那油渍洗得一点儿不剩。赵惜月去阳台上晾的时候拿这东西对着阳光看,觉得自己真像电视广告里的全能家庭主妇。

给心爱的男生洗衣服,竟是件挺让人高兴的事儿。她把衣服套衣架上,没找着晾衣竿,又不会用许哲家的升降晾衣架,只能冲他喊:"许哲,你出来帮我一下。"

许哲踩着拖鞋出来,把衣架给她放下,又教她怎么用,两个人就这晾衣架讨论了好几分钟,最后同时抬头看那件衬衣。

那一刻赵惜月当真觉得,这怎么跟小夫妻俩过日子似的。

许哲也有相同的感觉,他觉得自己一直以来树立的良好道德观正在慢慢崩塌。所谓朋友妻不可欺,他却一而再再而三和赵惜月有亲密的举动。

昨晚带她回来的时候,他扶着她下车进电梯又进房间,这一路她明明酒味很重,可他一点儿不介意,甚至有点儿不想放开。

后来把她扶上床后他又盯着她瞧了老半天,并不是像先前说的那么轻松。什么扔下就走完全是骗她的。

两个人站在阳台上各怀心事,沉默良久后才想起来回屋去。赵惜月不敢再待下去,借口还有事儿拿起包就走。许哲因为晚上要上班也没留她,两人就此道别。

接下来几天,赵惜月那边工作忙得跟陀螺似的,还要照顾妈妈,有时候还被齐娜拉着出去吃饭逛街,事情一多就想不到许哲。

许哲比她更忙,他的职称考试已经结束,顺利考核后当上了主治医师。谢志因腿伤没赶上考试,不免愤愤不平:"你小子当真运气好,要不是我伤了,这回升谁还不一定。不过你怎么连住院总医师都没当,就直接升主治医师啊,你想气死我啊。"

这事儿许哲也说不好,医院里确实有这个传统,但并没有写进规章制度里。所谓规矩是死的人是活的,上面看他家的背景故意照顾他,他也不能直愣愣地跟人去吵去闹。

有时候他只是懒得理一些事情,并不是真的不懂人情世故。

反正当什么都无所谓,好好治病救人才是正理儿。

整个六月是赵惜月最忙的一个月。

毕业论文答辩结束后,大学生涯也就算堪堪画上了句号。一年前她以为自己根本熬不到毕业。那时妈妈重病,她被钱逼得山穷水尽,差点儿就走上了歪路。

想不到现在她竟安然站在这里,跟同学们说说笑笑,穿着学士服人模狗样地拍毕业照,俨然一副新时代五好青年的样子。

那天天气特别好,太阳晒得人眼晕。厚厚的学士服穿在身上,闷得人出了一头汗。赵惜月素面朝天倒还好,齐娜这两天爆痘,化了浓浓的妆来,一轮拍下来那脸就跟遭了灾似的,只得拉着赵惜月到旁边的树荫下去卸妆。

两人正忙活着,齐娜突然手一顿,抬起那张卸了一半的面孔冲赵惜月诡异地笑。

赵惜月被她这样子吓一跳,问:"怎么了,抽筋了?"

"不是我抽筋,是有人抽风。"

"谁啊?"

齐娜冲她努努嘴,赵惜月一转头,就看到许哲手插口袋慢慢朝这里走过来,显然是冲着她来的。

热得满身汗的赵惜月赶紧拿张湿巾,背过身去擦,再次庆幸自己今天没化妆。

齐娜在那里推搡她:"行了别擦了,挺漂亮的。都去过他家了,他还能不知道你长什么样儿。"

话音刚落许哲已经走到跟前,他先跟齐娜打招呼:"是不是很热?"

齐娜没料到他这么问,随即见他抬手指指她的脸,厚脸皮的齐娜也是脸上一烧,赶紧借口告辞去擦脸。

然后许哲才拍赵惜月的肩膀:"结束了吗?"

"嗯,合照拍完了,不过要跟几个朋友拍单人照。得等等齐娜,她那脸毁了。"说到这里,她打量许哲,"你怎么来了,又是母校一日游?"

"来找老教授谈点事儿,听说今天拍毕业照就来看看学弟学妹们。"

原来不是特意来看她的,赵惜月有点儿小失望。

"那看完了吗?"

"还没,有人不说要跟朋友合照吗?"

正说着几个跟赵惜月关系不错的女生拥了过来,一边拉她去拍照一边偷看许哲,边看还边笑,就跟发现什么了不得的奸情似的。

赵惜月真想跟她们说不是她们想的那样,可那些人哪给她开口的机会,一个两个我们了解我们明白的神情,倒叫她无从说起。

最后照片拍了一箩筐,半个小时眨眼就过。

这半个小时里许哲就站在刚才的树荫下,一直看着赵惜月。外语系的拍照安排在下午,这会儿过了最热的时候,四点多的阳光没那么灼人,只斜斜地照在他的腿上。

许哲安静靠在树上的模样,被许多学弟学妹偷拍,搞到最后不是拍毕业照,倒像是拍他个人的写真集似的。

有些胆大的还凑过去表白,问:"师兄,你有女朋友吗?"

许哲不爱撒谎,直接道:"没有。"

"那我可以追你吗?"

"不行。"

"为什么?"

"因为我有喜欢的人了。"

赵惜月拍完照片摘帽子的时候,听到两个女生走过身边,大声地谈笑道:"许师兄说有喜欢的人了,被他喜欢的女生会是什么样的啊,真是太好奇了。"

赵惜月心想你们还是不要好奇了,因为是你们绝对想不到的类型。谁能想到不食人间烟火的许哲,喜欢的竟是个吃货呢。

几次下来她对这样的事情多少有点儿免疫,人家喜欢谁是人家的事儿,她只管喜欢自己的。哪怕不能在一起呢。

她就走过去找许哲,问他一会儿有什么安排。

许哲看看表:"快到吃晚饭的时间了。"

"你今天休息?"

"难得。"在这之前他刚加完三十六个小时的班,昨晚八点到家,睡到中午才起来。

赵惜月刚想约他吃饭,那边齐娜过来笑道:"许师兄今天运气不错,咱班有人请吃散伙饭,你一道儿去吧。"

赵惜月班上有个土豪男同学,家里开厂的,临毕业前豪气一把,说要请全班同学吃饭。本着有饭不吃白不吃的心理,大家呼朋唤友不放过一张能吃的嘴。

许哲不想凑他们的热闹,刚想拒绝齐娜又道:"女生搞不好今天要被灌酒了。许师兄你去给我们壮壮胆,回头真要喝醉了,也能送送我们啊。"

她那嘴真是厉害,一下说得许哲改变主意。

土豪同学一见风云人物来捧场,激动不已。听说他是赵惜月的朋友又有点儿不安,瞅着个机会拉过齐娜来问:"许师兄是小赵的男朋友?"

齐娜心想什么小赵啊,叫得这么亲热。她眼珠子一转,"老实"回答:"不是啊,他们只是朋友,我跟许师兄也是朋友。"

这下土豪放心了,暗暗握了把拳。

他这动作没逃过齐娜的眼睛,对方微微一笑,觉得今晚大概有好戏看了。

因为人太多,酒店一下子订不到这么多桌,聚会的地点就改在土豪父母朋友开的一家KTV里。开了个最大的包厢,据说能容纳一百多人,这么多人坐进去倒还挺宽敞。

KTV有自助式的配餐,土豪大手一挥,什么香的辣的都端了上来,食物饮料还有酒,反正是管够。

赵惜月其实并不爱凑热闹,别人在那里笑啊闹的,她就只安静地吃东西。知道许哲不吃肉,还特意给他拌了份蔬菜面,塞到他手里。

即将离别,大家的情绪有点儿复杂,有些人就借机发泄,抢着唱歌搂搂抱抱,把平时压抑的感情都释放了出来。

土豪酝酿了半天的情绪,又让人送了一大束红玫瑰进来,壮壮胆就往赵惜月那边走过去。他暗恋人家四年,一直不敢开口,觉得今天再不说就真没机会了。

赵惜月完全没料到他会来这么一出,当玫瑰递到眼前时,她整个人惊呆了。就算这时候许哲突然跟她表白,都不能让她更为震惊。

土豪居然喜欢她,她从前咋一点儿不知道?

其他人见状也停止打闹,关了音乐屏住呼吸等待结果。土豪一番表白说得有些磕巴,因为紧张额头直冒汗,略显发福的身体横肉微抖,跪在那里摇摇欲坠。

赵惜月尴尬得要命,一束灯光就打在她坐的附近,明明不大亮的光却烤得她浑身发热。

早知道就不来了,土豪这是不鸣则已,一鸣惊人啊。

她脑子里一团糟，想不出该怎么拒绝对方又不伤人，正在踌躇之际又有看热闹不嫌事儿多的，开始学电视里那样，嚷着"答应他"之类的话。

以前看别人似乎挺萌的，自己一遇上怎么这么别扭，真想塞住他们的嘴巴啊。

齐娜坐她另一边，这会儿冷眼旁观，一直盯着许哲的表情。早看出这男人对她们家惜月不一般，偏偏端着架子就是不肯低头，土豪今天这事儿干得棒，也该逼得他出手才是。

她这么想着，许哲竟真的出手，接过了那捧红玫瑰。然后他看了土豪一眼，说了句："谢谢。不过我有喜欢的人了。"

全场所有人都蒙了，齐娜第一个反应过来。

刚才土豪表白的时候没叫赵惜月的名字，就这么往她面前一跪。跪还没跪准，跪在了她和许哲的中间。而他那番表白则说得很含糊，结巴之下谁也没听清他到底说了啥。

虽然人人都知道他是向赵惜月表白，但许哲要揽下这事儿也说得过去。他那样的有个男人表白也不稀奇。

关键是他接花的姿势太帅太自然，那红色的阴影投在他脸上，更衬得他肤白如玉。一时间男生女生全看呆，好像也没人记得赵惜月那档子事儿了。

土豪本就是个胆子小的人，要不也不会喜欢人家四年都没下手。原本靠别人壮胆才出的手，现在叫人一打击，立马又被打回原形，灰溜溜地起来，缩到另一个角落不敢说话了。

很快他那些朋友就拥过去，围着他说笑起来。

不知是谁又开了音乐，震耳欲聋的声音里，那点儿尴尬很快消弭于无形，那番表白也就成了毕业前的最后一场闹剧。

聚会结束后，许哲送赵惜月回家。KTV前面不好停车，他那车停到了两百米开外的地方。

这会儿夜风习习星斗密布，正适合两人散步消食。

许哲手里还捧着那束花，也不给旁边女伴，惹得路人纷纷侧目，觉得这两人的搭配真是奇怪。

赵惜月也看得别扭："你刚刚干吗接这花？"

"我要不接你就得接，你想接吗？"

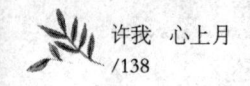

"不想。"

"既然如此我就当一回恶人。反正我拒绝他也在情理之中,你那些同学总不会逼我接受他。"

"可这样你有点儿吃亏啊。"

"吃什么亏,平白无故得束花我还不掉一块肉,哪里吃亏?"

赵惜月想说你让人占便宜我心里不爽,结果话还没出口那束花就塞到了她怀里:"还是你收着吧,终究是给你的。你们同学一场他喜欢了你四年,其实是个不错的人。"

"我真没想到啊,他平时连话都没跟我说过几句。"

"越是喜欢越是小心翼翼,这世上就有这么一类人,他们或许不够大胆,但对待感情是很认真的。这样的人远比那些嘴上说着甜言蜜语,过几天就把你忘了的人强。"

话说完正好走到车边,赵惜月盯着他使劲儿瞧,突然来了句:"师兄,我怎么觉得你像个情场高手啊。你以前的样子是不是装出来骗人的?"

第十一章
水花轻溅，
刹那温柔

毕业之后，赵惜月开始全身心投入到工作中。

这一忙，跟许哲就没了见面的机会。想想对方肯定也忙，她就连电话都不敢给他打。

结果她跟许哲没什么进展，那边腿伤好了的谢志又对她展开了热烈的追求。

谢志从许哲那里知道赵惜月如今在弘逸旗下的经纪公司工作，于是下了班就到门口等她。

那天收工赵惜月正巧跟妮娜同路，两人出公司的时候同时看见谢志的银色奔驰停在那里，妮娜不由得脸色微变。

赵惜月却没留意到对方的变化，很自然地走过去跟谢志打招呼。妮娜站在旁边没有立马走，少见地做了一回电灯泡。

赵惜月就有点儿意外。眼见着两人打了招呼，妮娜从前永远一本正经的脸上居然有了几丝笑意，赵惜月就觉得自己像是发现了新大陆。

然后她就被谢志带去吃饭。

吃饭的时候她忍不住八卦他和妮娜的关系。谢志倒是很大方，直接承认："大学里同学，我念医科她念商科。"

"那你们还能做朋友，看来关系不一般。"

"她以前喜欢我，追过我。"

赵惜月露出一脸了然的表情："那我惨了，今天和你来吃饭，回头妮娜姐肯定要打击报复了。"

"没事儿，她要下手太狠你同我说，我去给你求情，基本上我说的话她还是听的。"

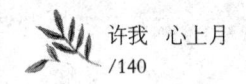

这话有点儿恃宠而骄的味道，赵惜月就划拉着咖啡不住地笑。还没笑两下又听谢志道："以后你做了我女朋友，我总不能让你被人欺负了。"

幸好赵惜月没吃东西，要不然肯定喷他一脸。

"那什么，这个事儿……"

"我看得出来，你现在还没喜欢上我，不过没关系，我们可以慢慢发展。"

"这不是时间的问题。"

"怎么，你有喜欢的人了？"

谢志这话问得轻松，其实心里也在打鼓。他隐约觉得赵惜月喜欢的是许哲，但看他们两个也没什么进展的样子，有时候又会觉得他想多了。

他对答案既期待又害怕。

赵惜月也在琢磨该怎么回答。她确实喜欢许哲，可好像没什么用，人家也有喜欢的人，跟她走不到一块儿。既然如此又何必嚷嚷得满世界都知道，更何况谢志是许哲的好友，告诉他只会更尴尬。

于是她摇摇头："没有。"

"既然如此，我们为什么不能试试？"

"我现在不想谈恋爱。"

"因为什么，工作原因？"

"是，刚开始工作我不想分心，妮娜姐挺严格的，因为恋爱耽误工作有点儿不值得。"

谢志一抬眼："看不出来你是事业心这么强的人。"

"在你眼里，我是不是那种一谈恋爱就深陷其中的蠢女人啊？"

她歪着脑袋说了这话，眼角眉梢还带着笑意，看得谢志怦然心动。从头一回在许哲家看她满身是水可怜兮兮的模样时，他大概已经喜欢上她了。

因为喜欢，对她的拒绝也就不在意了。

"没关系，你可以全力以赴在工作上，偶尔分点儿时间给我就行。咱们不当情侣当个朋友总可以，你也总需要有点儿社交活动吧。"

赵惜月想想："当朋友还是可以的，改天我们找齐娜一起吃饭。"

一听这话谢志立马变了脸色："哦不，能不能不找她，我一看到她就头痛。"

"别这么说，齐娜人挺好的，又仗义。"

"简直就是个女魔头，我真担心她嫁不出去。"

"那你倒是多虑了，她最近新交了男朋友，感情生活稳定，搞不好会结婚呢。"

　　谢志撇撇嘴："就她那样，能找到个什么好的。"

　　赵惜月没说话，这个话题就此打住。其实她心里也有点儿没底儿，齐娜那个男朋友她没见过，但听齐娜的描述似乎挺神秘，两人谈个恋爱搞得跟特务接头似的。赵惜月就想这里面肯定有问题，只是不好意思多问。

　　她跟谢志就有一搭没一搭聊别的，一顿饭吃得波澜不惊。

　　临了对方送她回去，赵惜月看时间晚了也没叫他上去坐坐，划清界限的意味比较明显。

　　谢志倒是不在意，先从朋友做起，慢慢攻破她的心房。本来追求这种事情就该男生主动，一追一个准的那是情圣，细水长流未必不好，感情基础还更牢靠些。

　　于是接下来的一个月里，他又约了赵惜月好几回。

　　这期间齐娜也出席过两次，三人行的格局有点儿奇怪，其中两个又是一见面就吵架的主儿，倒把赵惜月闹得很尴尬，成了居间调停的主要人物。

　　谢志见赵惜月没拒绝自己，心情就不错，整天在急诊室里哼着小曲儿，工作再累都笑眯眯的样子，好几次那笑容都晃着了许哲的眼睛。

　　有一回小李按捺不住问谢志："谢医生，你这是怎么了，恋爱了？"

　　谢志看他一眼，意味深长回了句："快了。"

　　说者无意听者有心，正在那儿打报告的许哲听到后，嘴角不自觉地扯了扯。

　　赵惜月哪里知道谢志这么"放肆"，自己一点儿没同意，到他嘴里却成了"快了"。她这段时间焦头烂额，一方面工作繁重压身，因压力过大夜夜睡不好觉；另一方面又总被齐娜占据仅有的那点儿时间，陪她去给男朋友买礼物。

　　原来七夕快到了，齐娜的男朋友又正好八月里生日，两桩事情撞在一起，叫她这个小女朋友很是重视。

　　这可苦了赵惜月，白天工作，经常一拍片就是一整天，累得四肢僵硬。晚上收了工还得陪好友轧马路，不闹到十点十一点都回不了家。

　　偏偏齐娜最近作得很。以前挺豪爽的一个人，这次为买个礼物绞尽脑汁，挑三拣四得厉害。

　　赵惜月给她出主意说送钱包领带，她嫌没新意。赵惜月说那送袖扣，她又嫌东西太小拿不出手。好不容易挑中瓶香水吧，造型价格都不错，结果她闻了一下说味儿太冲,怕会勾搭狐狸精。

赵惜月真是败给她了。

"亲爱的,你到底想怎么样?"

两人坐在商场的椅子上休息,赵惜月喝饮料的时候手都在抖。

"我也不想怎么样,就想挑个合心意的礼物。"

"要不这样你把自己打上蝴蝶结,给他送去不就得了。"

"这我也想过。可这招儿这几年都让人用滥了,也没意思。"

"那这样,你给他挑个别的女生,打上蝴蝶结送去如何?"

齐娜抬手就打她,两个人闹成一团。

正说着齐娜突然问她:"你要不要也买一样?"

"我买了干吗,又没人收。"

"真没有吗?"最近谢志不是挺积极嘛,当她是眼瞎看不出来啊。

赵惜月却想到了别人身上:"我也不知道送什么,不如不送了。"

"送钱包呗,你之前自己说的,实用。"

确实很实用,可一想到他那个价值十万的钱包,赵惜月哪里送得出手。她也没土豪到这地步,挣的都是辛苦钱。

于是她摇头:"他的钱包很贵,我送不起。"

齐娜想想谢志开的那车,觉得有道理。

"领带总行了吧。"

"他工作穿制服,没什么系领带的机会。"

齐娜想起谢志的职业,也觉得有道理。

"那袖扣也不行,他们医生不用这种东西。香水吧,我看他挺骚包的,应该会喜欢。"

"他这人很内敛,从来不用这种东西。他连韭菜这种有味儿的蔬菜都不吃。"

这下齐娜疑惑了,她觉得赵惜月不像在说谢志。谁说谢志不吃韭菜的,上回去吃饺子,韭菜鸡蛋馅的,就数他吃得最欢。

她盯着赵惜月瞧:"亲爱的,你这说的谁啊?"

"许哲啊。"

赵惜月脱口而出,随即立马捂住嘴巴。怎么回事儿,居然说出来了?

齐娜一脸发现新大陆的表情:"许哲,居然是许哲。原来你还喜欢他啊,你们不是没戏吗？上回散伙饭吃完我问你来着，你当时怎么说的，你说他有喜欢的人了。你怎么还惦记他啊？"

"这我也控制不住啊。"

齐娜就有些发晕："真不明白你们这是搞什么，生生要弄出个三角恋来吗？"

"没有的事儿，我跟他俩都只是朋友。"

"朋友，自欺欺人，谢志追你追得这么紧，你还只当人家是朋友。"

"他要追我也没办法，但我肯定不会答应他。算了，以后我也不见他了，省得欠下一屁股人情债。"

齐娜就笑她，又把她拉起来继续逛。最后逛到了商场外的一条小弄堂里，找到了一家很富有艺术人文气息的小店。

店主是个年轻女生，不到三十的样子，本身是搞设计的，小店里所有的东西均出自她的设计。从富有童趣的咖啡杯垫，到奇形怪状的鼠标，也摆了一些自己设计的衣服，多是棉麻质地，很有文艺女青年的风范。

赵惜月很喜欢这家店的风格，在一堆东西里挑挑拣拣，最后看中个钥匙扣。她拿着那东西正准备问店主价格，就听门口挂着的风铃一阵乱响。

店门被人推开，一个男人走了进来。

居然是许哲，三人面面相觑，表情各异。

不大的小店里暗流涌动，总叫人觉得尴尬。

店主很机灵，一眼瞧出端倪来，于是立马隐身，缩在电脑后面假装自己不存在。

齐娜则是在两个人脸上瞧来瞧去，总觉得很有意思。

她跟着参加过几回赵惜月和谢志的饭局，可从没见过这样的情景。以她多年在情场摸爬滚打的经验来看，这回的事情绝不是赵惜月一个人一厢情愿。

身为好友，此时不出手还算是人吗？

于是她假装没看见许哲，故意拿手肘推推赵惜月："哎，你挑的这钥匙扣不错，谢志肯定喜欢。"

真是唯恐天下不乱。

赵惜月瞪她一眼，轻声道："不是给他的。"

齐娜继续火上浇油："别不好意思，刚刚商场逛那么一大圈，这也不成那也不行的,原来你喜欢这样的。放心买吧,谢志肯定高兴。他这人又没什么品位,只要是你送的,他都会喜欢的。"

要不是地方太小施展不开,赵惜月真想揍齐娜一顿。她丫故意的吧。

那边许哲倒是一脸淡定,就跟没听到齐娜的浑话似的。他走过来跟赵惜月打招呼,还没说几句又被齐娜抢了话头:"许师兄,你也来买东西。你给谁买,女朋友吗?"

赵惜月突然觉得,今天齐娜的脑壳一定是坏掉了。

"不是,给我妈妈买。她是设计师,喜欢这些特别的东西。"

两个女生彼此对视一眼,眼里各有表情。

不管怎么说,排除了许哲买东西讨好女生的嫌疑,赵惜月还是挺高兴的,可她又烦齐娜说的那几句话。

这钥匙扣明明是她给许哲挑的,被她这么一挑拨倒害许哲误会了。这要怎么跟人解释呢?

这会儿一直隐身的店主终于探出头来,冲赵惜月笑道:"那个很不错,我就做了这一个,今天刚出的货,下手要快哦。"

"多少钱?"

"七百八。"

一个钥匙扣这么贵,赵惜月有点儿发蒙。连齐娜也在边上咂舌,缠着店主求她便宜一些。对方笑得有点儿无奈:"这东西造价不便宜,用料都是最好的。我就做了一个,成本太高了。你要成心要七百五,不能再便宜了。"

赵惜月倒不是掏不出这些钱,只是觉得有点儿浪费。想了想她问许哲:"好看吗?"

"不错。"

有他这句话就够了,赵惜月立马二话不说掏钱买下,喜滋滋地将包装好的盒子放进包里。

于是那天晚上倒是她有了一点儿收获,至于齐娜,她忙着搞破坏,屁东西也没买着。

许哲给母亲挑了一条手工挑染的丝巾,付了钱跟赵惜月她们一道出门。

齐娜是个天生厚脸皮,一口一个师兄地叫着,就这么顺理成章地搭了人家的顺风车。她上车就上车,嘴巴还不停,一路上不停介绍她们此行的目的。

什么七夕快到了,要给男朋友准备礼物啦。礼物要仔细挑选,绝对要有特色还要有诚意。好几次赵惜月都想拿东西塞住她的嘴。

许哲先送齐娜,转过头来送赵惜月回家。到她家楼下的时候,车子停下,两人坐那里有短暂的沉默。也不知怎么了,赵惜月突然脑抽似的来了一句:"那个钥匙扣,真不是买给谢志的。"

"没事儿,我不会和他说的。"

"不是因为这个。"

"那是因为什么?"

赵惜月转头看他,正巧路灯透过玻璃打在许哲脸上,衬得他更加翩翩公子。

她一下子想起灯光球场那一回的谈话,于是话锋一转,把到嘴的表白咽了回去。

"没什么,就是不想你和他误会。"

说完她赶紧下车,一阵风似的跑上楼去,就跟后头有狗追似的。

许哲不由得失笑,车子转了个方向,回家去了。

到家后先把丝巾给妈妈,得了好大一通表扬。妹妹霍羽心在旁边看得直撇嘴:"在哥哥心里,只有妈妈是最重要的,什么时候有过我这个妹妹啊。"

许哲回她一句:"你有那些整天跟在屁股后头的小年轻喜欢就行了。"

这话一出立马惊起千层浪,许母抓住女儿开始追问她的恋情,把她问得苦不堪言。

于是霍羽心再次明白一个道理,跟谁斗也不要跟哥哥斗啊。

那边霍子彦叫了儿子去楼下客厅喝茶,顺便谢谢他的孝心:"你妈就喜欢这种东西,你这礼物挑得很用心。"

许哲有些心不在焉,想起买丝巾时碰到的事情,心里少见地有些不是滋味儿。他还是头一回因为别人的事情影响情绪呢。

霍子彦敏锐地察觉到了儿子的异样,直截了当道:"怎么,有心事?"

"有点儿。"

"那跟爸爸说说。"

许哲和父亲属于半路父子,虽没有血缘关系,但意外地相当投缘。很多时候不愿意跟妈妈讲的事情,他反倒愿意跟父亲吐露。因为在他看来,男人有时候需要男人来开解,女人未必懂他的心思。

他想了想,把今晚发生的事情一一说了。霍子彦认真听着,等他讲完后

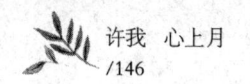

才问:"所以你喜欢那个女生?"

"不知道。"

"不讨厌吧。"

"嗯。"

"那就是喜欢了。让你不讨厌也是件挺困难的事情,你仔细想想你有对什么人或事这么上心过吗?别人买个钥匙扣关你什么事,又不花你钱,你却惦记这么久,很能说明点儿问题。"

许哲认真点头:"我也觉得是,但我不知道该怎么办。"

"儿子啊。"霍子彦微微叹了口气,"你从小就聪明,什么数学物理看一眼就会,高科技也是一玩一个准。但人无完人,你也有犯蠢的地方。追女生就是你的软肋,要不改天找你李默叔叔出来,叫他传授你几招。"

"不用了,他的都是馊主意,我不想用。"

"也是。"霍子彦附和着点头,害得十几公里外的李默在家里打了个大大的喷嚏。

然后许哲就向他讨教。霍子彦在这方面也不算太出色,毕竟一辈子就恋爱了一回,但比起儿子来还是强了许多。

他给许哲出主意:"要是确定不了自己的心意,不妨约她出去几次,慢慢相处看看。"

"去哪儿?"

"去你常去的地方。"

"不是应该去她喜欢的地方吗?"

"对一般人是这样的,但这招在你身上行不通。恋爱不是一朝一夕的事情,你那么闷,你得叫姑娘知道你这脾气。所以没确立关系前就要叫她体会一番,如果她能接受,证明你们有缘。如果接受不了……"

"我可以尝试着去改变一下。"

霍子彦眼前一亮,显然对儿子的反应十分满意。曾几何时这孩子固执到令他也头痛的地步,比如在寻找孙月莹这件事情上。想不到现在一个年轻的女孩儿,竟能叫他轻易妥协。这姑娘不简单。

许哲和父亲谈过之后,回屋躺床上计划行程。因为工作的关系他很少出门,偶尔出去会看球赛或是钓鱼。

球赛太闹,还是钓鱼更好。

许哲只是不喜欢在这方面动脑筋,但并不代表他傻。他也知道挑一个风景优美人烟稀少的地方,和喜欢的女生沿河边散步钓鱼,是有很多种可能性会发生的。

第二天霍子彦找机会问他的安排,听说去钓鱼后欣慰地点头。所以说男人追女人是身体本能的反应,大概一出生就被写进基因里了吧。

赵惜月完全没料到许哲会约她去钓鱼。

那天的钥匙扣事件实在太尴尬,让她忍不住第二天找齐娜好一通抱怨。结果对方丝毫没有悔改之心,反倒拿手指戳她的额头,一脸恨铁不成钢:"你是不是傻啊,我还不是为了你好。"

"没看出来。"

"可许哲看出来了,你没见他当时的反应,多好玩。"

赵惜月用力想了想:"他很正常啊,没什么不对的。"

"所以说你傻,不懂得察言观色。许师兄什么样的人你也清楚,闷葫芦一个,你要什么都不做指望他来倒追你,比登天还难。就得叫他着急让他心焦,得让他有危机感才行。谢志这个靶子不错,至少可以刺激到他。"

"万一他没受刺激反倒误会了呢?"

"一个男人要是误会这么点儿事就裹足不前的话,我劝你还是趁早丢了吧,要不以后恋爱会累死你。他要真对你有意思,肯定会有所行动。你就等着瞧吧,哪天真成了记得好好谢谢我,请她喝酒啊。"

赵惜月真是服了她,黑的都叫她说成白的了。

但齐娜当真有两下子,因为没过几天许哲真的来约她了。

他给她打的电话,说自己轮休想要去钓鱼,问她感不感兴趣。

八月上旬天气还很热,一想到湖边微凉的风,赵惜月就觉得很舒服,更何况还有许哲陪着。

她觉得后者才是重点,前者不过是点缀。于是她压抑住狂喜的心情,淡淡地答应了下来。

那天是周末,天气不错,气温不算太高。赵惜月换了身清凉的裙子带了遮阳帽和一些防暑药品,背着包就出门去了。

临走前她从抽屉里拿了那个钥匙扣,决定找个机会送给对方。

但她无论如何也想不到,那天到最后居然会发生那样的事情。

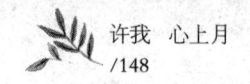

许哲开车来接赵惜月,车后摆了一堆钓鱼用具。

赵惜月头一回去钓鱼觉得很新鲜,拿着钓鱼竿研究了半天,觉得跟自己想的那种一根竹竿一只钩子的差太多了。

S市往南的城郊有一片淡水湖,因为远离市中心,来的人不算太多。许哲却是熟门熟路,一路上连导航都没开。

到了后他跟赵惜月解释:"那一片有家医院,我念大学时在那儿实习过一阵子。有时候下了班就来这里钓鱼,早上空气很好,上了一天夜班的人在这儿待一两个小时,很快就精神了。"

赵惜月初听觉得那画面挺美好,想了想忍不住笑出来。

许哲就看她:"怎么了?"

"没事没事。"

"是不是觉得我生活得特别像个老头子?"

赵惜月笑得更欢了。

许哲看着她的笑颜出神。她笑起来和孙月莹很像,眉眼弯弯特别甜的样子。小时候孙月莹爱笑,一笑就停不下来,脸上的肥肉挤成一团,把眼睛都给挤没了。

他那时候也曾劝她少吃点儿,以免越来越胖把衣服撑破。她怎么回答来着:"许哲,我就喜欢吃东西,我都没有别的要求的。你是不是觉得我太能吃了,以后要赚很多钱养我呀?"

当时的他翻了个白眼,觉得她真是想太多,现在想想却觉得如果真是那样也不错。

这会儿看到赵惜月他又有了别的想法,如果她真的听了他的话减肥的话,现在是不是也跟赵惜月一个样儿。瘦瘦的纤细的姑娘,仿佛风一吹就会倒,让人平添几分保护的欲望。

把东西从车子后备厢拿出来后,许哲开始调试鱼竿,寻找最佳的落点。赵惜月跟在他屁股后头空忙,帮着把折叠椅拿出来摆好,又铺了餐布将许哲准备的饮料食物摆放到位。

许哲边往钩上挂饵边道:"我买了两种色拉,海鲜那个是给你的。"

"你真不吃吗?"

"不吃,我怕吃了会拉肚子。"

赵惜月郁闷地看着他,突然见许哲笑了笑,才明白他在捉弄自己。

和他在一起的感觉真是太棒了,哪怕是闷死人的钓鱼活动,她只消坐在草地上看着他的侧脸,就能好好地打发无聊的时间。

许哲当真如他自己说的那样,从前常在这儿钓,不过半个小时已经收获了一条五六寸的肥鱼。他把鱼从钩上拿下来,扔进带来的小桶里,继续往湖里投竿。

赵惜月蹲在桶边,看着那条肥溜溜的鱼,开始流口水。许哲带的色拉虽然不错,可惜是冰的,她很想吃点儿热乎乎的东西,比如烤鱼。

于是她问:"你会搭架子生火吗?"

"会。"

"会烤鱼吗?"

"会。"

"所以……"

"你要是愿意杀鱼的话,我可以教你烤。"

赵惜月一脸苦相:"我哪里会杀鱼啊,你会啊,你是医生。"

"我不爱杀生。"

这下烤鱼似乎吃不成了,赵惜月十分郁闷。她还有点儿不死心,尝试着去桶里捞鱼,结果那鱼滑溜得很,一下子从手心里钻出去,反倒溅了她一脸水。于是她想还是算了,抓都抓不住,怎么可能杀得了呢?

一想到没得吃她又有点儿百无聊赖,许哲俊美的容颜似乎也少了点儿吸引力。她从草地上爬起来开始四周乱转悠。

这里就如许哲说的,相当偏僻。湖边有一小片灌木丛,绕过去之后是另一片草地,看起来荒废已久,杂草长得很高,里面还夹杂了各种不知名的花草,风一吹跟麦浪似的往一边儿倒。

草地外面还围了一圈铁栅栏,有一扇生了锈的铁门,上面绞着一圈铁链子。赵惜月想伸手推那门,看到上面倒挂的尖刺还是打消了这个念头。

于是她沿原路返回,正巧许哲又钓上一条更大的鱼,她正准备帮着去将鱼解下来,突然听到小树林的对面传来一声惊叫。

两人同时一愣,随即反应过来。许哲把赵惜月拦在身后:"你别去,在这儿等我。"

赵惜月想说点儿什么,又听那边有人大叫救命,是一个女人的声音,听起来倒不像是遇劫的感觉。

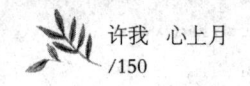

"我会保护好自己,一起去吧。"

许哲想想她的身手,点头同意。两人一前一后穿过小树林,还没走出去就看到不远处的草坪上,有个人似乎躺在那里。他身边跪着个年轻女人,正在那儿号啕大哭。

又走近几步才发现是个孩子,不过四五岁的样子,头上戴着骑车用的小头盔,脖子里一道长长的伤口,从一头割到另一头,血正汩汩往外冒。

赵惜月头一回见这么血腥的场面,吓得人一激灵。

相比之下许哲镇定许多,立马冲过去查看孩子的伤势。

赵惜月愣了两秒随即跟上,蹲到了孩子的另一侧。她忍着恐惧去看孩子的伤势,那像是被什么利器割开的,伤口很宽皮肉外翻,能清楚地看到里面的肌肉和气管。

气管已经被割开,伤口极为狰狞。

许哲伸手解下孩子的头盔,试图与他说话。但孩子这时已发不出声音,只能通过脖子里的那个洞艰难地呼吸。

许哲起身往回跑,像是回车里拿药箱。孩子母亲在一旁哭得不成人形,不停地说着胡话。从她散乱的话里,赵惜月拼出了个大概的情节。

这孩子是跟母亲来这里郊游的,本来在草地上骑小电动车,不知怎么的撞上了围栏上的铁门,被上面带刺的倒钩割断了脖子。

赵惜月回头看那铁门和铁链,上面满是触目惊心的鲜血,可见当时情况的惨烈。

她又回头看那男孩,发现他两眼上翻似乎要晕过去,大约是缺氧所致。也不知哪儿来的勇气,赵惜月突然俯下身去,对着孩子的气管处吹了几回气。孩子挥舞了几下手,似乎重新可以呼吸了。

就在这时许哲赶了回来,把药箱往地上一搁,打开后拿了一截导管出来。他把手伸进孩子的脖子里,将气管撑开,用导管吸出里面积聚的血液。

这一切不过几分钟的过程,却让赵惜月感觉像是过了几个小时般漫长。这期间孩子一直保持清醒的意识,并没有因此昏倒。他甚至还打着手势与他们交流,坚强得叫人动容。

简单的处理过后,树林那一头传来救护车的声音。那是许哲刚才往回跑的时候打的附近医院的急救电话。

急救人员很快抬了担架过来,将小男孩儿抬上去,送往旁边的医院救治。

许哲随车前往，赵惜月则陪着孩子的母亲，开了许哲的车往医院赶。等他们停好车到达的时候，孩子已经进了手术室。

那一刻孩子母亲突然瘫倒在地，怎么都扶不起来。

赵惜月也是心有余悸，看着手上身上的血迹，脸色有些发白。

许哲也不比她好到哪里去，两只手的血还没干透。他走上前来拿手腕用力将赵惜月搂进怀里，贴在她的耳边轻声安慰："好了，没事儿了。"

那声音温厚又沉稳，叫人内心平静。

赵惜月喃喃问他："能救回来吗？"

许哲还没说话，手术室大门被人推开，两个医生走出来，上来同许哲说话。赵惜月就在旁边听，将情况听了个大概。

原来这家医院条件不够，做不了这么复杂的手术。目前他们只能在孩子的气管里插一根管子令他保持呼吸通畅，需要紧急将他送往市区大医院进行手术。

赵惜月原本放下一半的心又重新提了起来。

听这几个医生的意思，离这儿最近的就是许哲工作的省一院，所以他们希望许哲能随救护车前往，并且能帮着跟省一院一起沟通。毕竟他是参与抢救的第一拨医护人员，对孩子的情况比较熟悉。

许哲责无旁贷，安抚了赵惜月几句，怕她不能开车想让她打的。

这个时候赵惜月骨子里坚强的一面又表现了出来。她看了一眼瘫坐一旁的孩子妈妈，冲许哲笑笑："没事儿，你赶紧去忙，我开车送孩子妈妈去医院。你们一路小心。"

许哲低头看着她的脸，感觉她双眼里流露出亮亮的神采，有种叫人感动的温暖。他一时没忍住，凑过去轻轻吻了吻她的额头，低声道："好，你开车也要小心。"

赵惜月简直叫他给吻蒙了，于是凭着这股子劲儿，硬是一路开车把孩子妈妈顺利送到省一院，并且路上不停安慰她给她打气，叫她不要放弃希望。

她这么说："你看那么偏僻的地方，平时都没人去的。结果今天我们去了，我朋友还是急救医生，这就说明老天爷想叫你孩子活着，他一定会平安无事的。"

孩子妈妈就不停冲她道谢："赵小姐，回头小喆好了，我一定让他给你们磕头。"

赵惜月一愣："你孩子叫什么名字？"

"姓徐,叫徐喆,陶喆的喆。"

赵惜月心想真是太有缘了,连名字都差不多,这个孩子是老天爷派来,特意让他们救的吧。

那一刻,连她自己都生出几分信心来,觉得这孩子一定会吉人天相逢凶化吉。

第十二章
没送出的钥匙扣
与被藏起来的白衬衫

小喆的手术持续了好几个小时,其间赵惜月一直陪在小喆妈妈身边。

两个人坐在手术室前枯等,赵惜月忙前忙后,又买吃的又买饮料,好说歹说劝她吃下了一些。

至于许哲则一起跟着进了手术室。他这样的级别做这么大的手术当主刀不合适,当个助手没问题。

赵惜月想象着他穿着手术服戴着口罩一脸严肃认真的模样,心里就安心许多,觉得小喆一定没问题。

手术结束的时候,外头天色都有些暗了。赵惜月撑了一天实在有些累,却第一时间跳起来奔向许哲,向他询问情况。

许哲摘下口罩向孩子妈妈解释现在的情况。手术还算顺利,他们缝合了小喆的气管和食道,还有声带以及肌肉。目前因麻药的关系他还处于昏迷当中,暂时没有生命危险。但很难说会不会产生其他的并发症,许哲要她做好充分的思想准备。

"接下来可能还有别的情况发生,请一定要坚强,相信我们,也相信孩子。"

小喆妈妈哭成泪人儿,嘴里还在说着抱怨自己的话。突然她双膝一软,冲着许哲就跪了下来,把在场所有人吓了一跳。

许哲赶紧弯腰去扶她,对方却边哭边道:"许医生,真的是谢谢你,谢谢你们。你一定不记得我了,可我还记得你。当年小喆他爸就是在这里没的,那时候你给我们很大的帮助,今天又救了孩子的命,我真不知道该说什么好。"

原来是认识的,许哲细细打量她的长相,记忆瞬间浮上心头。

"你是徐海东的老婆?"

"是我,孩子他爸狂犬病发作,送到这里来就是您给接手的。他发病的

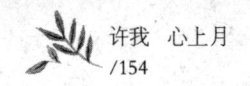

时候差点儿咬了您，想不到您还记得我们。"

"当年没能救回徐海东，我很抱歉。"

"这也不怨你，是我们自己不小心，没有打疫苗。这病一发作就没得治，您也尽力了。后来孩子不高兴，一直在那儿哭，您就给他买了吃的和喝的，还哄了他很久。我打心眼里感激您。"

孩子妈妈絮絮叨叨说了一堆，最后因为体力不支差点儿晕过去，还是护士们过来扶起她，送到一旁休息去了。

许哲就看一眼赵惜月，用口型示意她："等我。"说完他转身回手术室，不多时换好衣服出来，人虽有点儿疲惫眼睛却很有神。

赵惜月累了一天，这会儿有些撑不住，等许哲的时候就靠在椅背上闭目养神，这一下就没熬过去，不小心睡着了。

许哲出来的时候看她这样有些心疼，坐到旁边的椅子里犹豫着要不要叫醒她。本来今天想带她出去散散心的，没想到最后是这样的结果。

幸好孩子还是救回来了。

他记得那个孩子，叫徐喆，名字和他很像，人很机灵懂事。他爸爸走的时候他才两岁多，坐在走廊的椅子里木然着一张脸，没有了往常的生气。

许哲自认是个挺冷血的人，可看到小喆这样却很同情，于是破天荒地主动和他攀谈，想尽办法开解他的心结。

孩子离开医院的时候脸上有了笑意，还特意和他挥手道别，最后送了他一个飞吻。

想不到两年之后，两人居然会以这样的方式重新见面。

想了一会儿他起身，轻轻去拍赵惜月的脸。知道她累，可这里开着空调不适合睡觉，他怕她感冒。

赵惜月睡得正沉，被人吵醒有点儿不高兴，嘟囔着抱怨了几句，就跟小孩子似的，许哲看了不由得笑起来。

最后他伸手把她扶起来，就像在扶病人。

刚走出两步就听"啪嗒"一声，许哲低头一看，见脚边躺着个小盒子。盒子掉地上的时候盖子开了，里面跌出个钥匙扣来。这东西有些眼熟，似乎是赵惜月买来送给谢志的那一个。

她没送出去，还随身带着？这么看来似乎有问题。若真是给谢志的，她今天跟自己出去，不应该带着这东西才是。

许哲目光一黯,觉得自己抓到了什么。他弯下腰捡起钥匙扣和盒子,重新塞回赵惜月的提包里。

结果走出大门的时候迎面来了辆平车,他就搂着人往旁边让了让。他一抬头只见谢志的脸从眼前滑过,很快就闪进了大门里。

不知道谢志刚刚有没有看到自己?

来不及多想,他把迷迷糊糊的赵惜月带上车,直接往她家开去。

车子开到楼下的时候,赵惜月终于醒了,一脸茫然地望着对方:"这是哪里?"

"你家。"

"你送我回来的?"

许哲抬起两手的食指,轻轻敲了敲方向盘,就算是回答。

赵惜月觉得自己问得有点儿傻,就敲敲自己脑袋:"刚睡醒,脑容量不够用,你别介意。"

"不会。其实该抱歉的是我,本来想带你出去散散心,结果搞得你这么紧张。"

"这也不是你造成的,意外而已。更何况能救到一个小朋友,我觉得特别高兴。只是跟你一比我太菜鸟了,紧张得都忘了打电话叫救护车。"

"你没经历过这些,这样的反应已属不错,你其实帮了很大的忙。"

许哲的肯定叫赵惜月心花怒放,上楼的时候都哼着小曲儿,进门撞见妈妈,对方一见她这样就笑:"你这丫头肯定是谈恋爱了,整天这么高兴。"

话音刚落她就看到赵惜月身上的血迹,立马又担心起来。

赵惜月没办法,只能解释了今天发生的事情,末了加了一句:"我一想到孩子的性命保住了,我就特别高兴。"

说得特伟大似的,仿佛不屑于男女之情这种小情小爱,更热衷于人类生命这种无言的大爱。

她被自己酸到了,进屋换衣服洗澡。

接下来的几天赵惜月忙晕了头,一直到第四天才抽出时间去医院看望小喆。结果一去她就听到一个令她震惊的消息。

原来小喆的颈动脉受伤,里头因此形成一个血块。他现在的伤势太重,没办法使用稀释血液的药物,所以血块转移到了他的大脑,引发了中风。

她到的时候小喆被推进手术室手术去了,他妈妈刘凤玲担心得不得了,一见到赵惜月就跟见到救命稻草似的,不住地问她该怎么办。

赵惜月除了安慰她也没有别的办法,说的还是那样一番话。老天爷既然叫他被救了,就不会再带走他。现在只是一点儿磨难而已,孩子以后会好的。

她十分理解刘凤玲的心情,因为不久以前她也曾经受过同样的折磨。妈妈突然查出白血病,家里既没钱又没人,生活的重担几乎将她压垮。

还记得妈妈手术前一天的晚上,她紧张得一夜没睡着。最累的时候她甚至想过,要是得这个病的人是她就好了。这样就不用那么辛苦为钱发愁,如果真的不行,她就结束自己的生命,走得干干净净。

好在她终于挺过来了,所以她相信小喆一定也可以。

手术很复杂也有一定的危险性,医院出动了脑科方面最顶尖的专家来为小喆做这场手术,持续几个小时的手术时间叫人等得心焦,好在最终的结果依旧不错。

手术很成功,只是孩子一直昏迷,需要在重症监护室里持续观察。刘凤玲一边担心孩子一边还要筹集医药费。赵惜月听她的意思,她已经准备卖车卖房了。

提起那辆车刘凤玲就无比痛恨,这车买了没多久,就因为有了车,孩子才吵着要出远门,否则他们也不会去到郊区。

现在面对巨额医药费,她必须卖车。如果不够房子也得卖掉。她一个人辛苦几年攒下的家业,一夜之间几乎损失殆尽。

赵惜月实在同情她,中午吃饭的时候悄悄去银行提了五千块出来,包在信封里塞到刘凤玲包里。

她如今差不多快还清齐娜那边的欠款,日子过得有了些许富余。看到和自己同样惨的人,她就忍不住想要帮一把。

要知道当初妈妈生病的时候,她多希望别人也帮她一把。幸好病友的姐姐信守承诺,最终还是捐了骨髓。

虽然她给了钱,但她始终觉得人家帮了她。

和刘凤玲分开后,赵惜月一个人往医院外走。走出几步她听到身后有汽车喇叭声,一扭头就见许哲摇下车窗冲她打招呼。

"上车吧。"

赵惜月没推辞，顶着毒辣的太阳钻进车子，人立马凉快起来。

许哲知道她来看小喆，就把对方的情况说了一遍："……目前看来还好，但得等他醒了做进一步观察。"

"会有后遗症吗？"

许哲抿了下嘴："有瘫痪的可能，但也不一定。像这样的情况即便真的暂时瘫痪，通过复健也有可能恢复正常，你别太担心。"

说不担心是假，但许哲的话给了她很大的信心。

随即两人又聊起了别的话题。许哲问赵惜月工作的情况，她都报喜不报忧地说了。末了她还神秘兮兮地笑："你知道吗，妮娜姐以前追过谢志。"

"想不到你还挺八卦。"

"只是好奇嘛。你那时候跟谢志同学走得近，应该知道点儿什么吧？"

"所以你是想向我打听他们的情况，好确定妮娜是不是你的情敌？"

赵惜月脸一红："不是这个意思。"

"那你什么意思？"许哲踩了一脚刹车，将车稳稳停在赵家楼下，"赵惜月，那个钥匙扣真是买给谢志的吗？"

赵惜月进屋关上门的一刹那，听到自己的心怦怦直跳。

许哲这个人太难搞了，在他面前简直无所遁形。

早知道就不该买那钥匙扣，害她花了近八百大洋，却搞了个烫手山芋回来。

本来是想送给他来着，可惜气氛还没培养好，那边小喆就出事了。

勇气好像也随之跑掉。果然她也不是个脸皮够厚的人，要换了齐娜，搞不好直接就上了。

她从包里掏出那个小盒子，拿出钥匙扣默默看了两眼。突然她烦躁起来，把东西往盒子里一塞，拉开抽屉扔进去，又"砰"一声关上，那声音大得连自己都一个激灵。

睡觉睡觉，她决定把许哲暂时抛到脑后去。

结果第二天早上醒来，躺那儿发呆的时候才想起另一桩事情来。

那天在医院他似乎占自己便宜来着，先是抱了自己，后来居然还吻了她的额头。虽然当时只有小喆妈妈在，可那也太……

她居然忘了找他算账！

可她转念一想又不妥当，就这么上去质问，若他真有意思也就罢了，

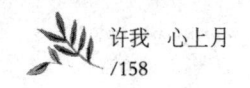

万一人家只是一时情绪激动做出的意外之举,她这么直接问反倒像是表露心意似的。

听说许哲小时候在国外待过,他这人情商又低,做出来的事情不能以常理推断。拿一般男人的举止去套他,大概会死得很难看。

于是赵惜月只能咽下这口气,假装什么也没发生。凭什么要她主动?她已经主动过一回了,这种事情可一不可再,她不想让人看不起。

于是八月就这么安静地滑了过去。

这期间赵惜月去看过小喆两回,都没撞见许哲。

小喆手术后昏迷了一个多星期,醒来后左半边身子就如许哲预料的那样,暂时瘫痪了。脖子里缠着厚厚的纱布,头部有些水肿,脸看起来就比同龄的孩子大了一圈。

他一见到赵惜月就冲她挥手,脸上露出甜甜的笑意。虽然还不能说话,但他却能打着手势同她交流。他还喜欢听故事,拉着赵惜月要她坐下,一个又一个地给他讲书本上的小故事。

刘凤玲对赵惜月特别感激,每次见她都是谢了又谢。而且她发现了赵惜月给她的那五千块钱,非要拿出来还赵惜月。两个人在那儿推搡半天,最后还是赵惜月胜。

第二次看完小喆离开的时候,赵惜月在楼下大厅碰到了谢志。他当时没穿白大褂,看起来刚下班的样子,一撞见她也有点儿意外,但立马又上来打招呼。

说起来他们也很久没见了,似乎钓鱼事件之后就没见过。不知是因为他忙还是有别的原因。

谢志提出请赵惜月吃饭,却被她拒绝了。

"还是我请吧,吃了你好几回,有两次还带着齐娜,我该回请你的。"

谢志就笑:"请你心甘情愿,至于齐娜,她也太能吃了吧。下回别带她,都把我吃穷了。"

气氛一下子变得很好,两人就在医院附近随便找了家环境幽雅的小餐厅用餐。

吃饭的时候他们聊起小喆的情况,谢志连连咂嘴,表示这绝对是个奇迹。伤成这样一般来说人当场就会失血性休克,甚至直接死亡。而他不仅清醒着,还顽强地活了下来。

他当医生好几年,这是见过的最惊险的一次。

赵惜月也不住地附和:"幸好当时我们在附近钓鱼,要不然恐怕真不行。我看他妈妈当时整个人都傻了,连电话都不会打。"

这个话题给了谢志一个契机,他顺势就问:"你怎么跟许哲钓鱼去了,你们在约会?"

"没有,就是去郊外走走。我还跟你吃饭呢,难道我们也在约会?"

"我倒是想呢,可惜你不同意。"

"你就开玩笑吧,反正我脸皮厚,随便开。"

其实她脸皮有时候也薄,对着许哲的时候尤其薄。

谢志仔细观察她的表情,发现既坦荡又自然,也就相信了。但他不相信许哲会无缘无故找赵惜月去钓鱼。

他俩相识多年,许哲是那种不到万不得已绝对不跟女生有任何牵扯的人。以前念书时上课两两搭档做练习,有一回他们几个男生使坏,故意把许哲排除在外,一个男生也不同他搭。结果他居然撇下一众眼冒星光的女生,去找教授做练习对象。

那天的练习是什么来着他不记得了,隐约记得似乎很私密。可怜教授近七十的人了,叫许哲来回摸了个遍。

事后他赏了他们一人一记白眼,一个星期不肯借出自己整理的课堂笔记,害他们苦不堪言。

这样的人,有点儿时间肯定窝家里看书,就算钓鱼也是一个人去。他找赵惜月,是不是意味着他对她有点儿意思?

谢志一下子紧张起来,本来赵惜月就难追,要再加入个强劲的竞争对手,他还有戏吗?

结果两人正吃着饭呢,齐娜突然打电话过来。赵惜月接起来一听就觉得不对,电话背景非常嘈杂,似乎有很多人在吵闹,夹杂着辱骂声和砸东西的声音。

男人在怒吼,女人在尖叫,齐娜的声音有些发抖,说着说着突然叫了一声,像是被人给打了。

赵惜月吓坏了,赶紧挂了电话要走。谢志问明了情况也要跟着一起去,他不放心赵惜月一个女生去冒险。

两人开车赶到齐娜现在租住的地方,车刚停在楼下就瞧出阵仗来了。

楼下停了好几辆车,歪七扭八一看就像赶时间的样子。一走进楼道里吵闹的声音就传了过来，越往上走声音越响，到齐娜住的那一层时迎面飞来一个东西，谢志眼疾手快拉开赵惜月，定下神来一看发现居然是只高跟鞋。

赵惜月心想这是怎么了？

齐娜家的门开着，对面邻居家门口坐了几个人，正探头探脑看好戏。谢志就跟他们打听，结果他们七嘴八舌说开了。

"哎呀，大老婆打上门来了。"

"原来对门住着的是个小三啊，看着挺漂亮的，没想到是这种人。"

"漂亮才会有人包养啊，长你这样谁要。"

"有啥了不起的，还不是叫人打个半死。今天那个姘头也在，大老婆捉奸在床，弄得难看死了。"

"听说那男的也被打了，大老婆十分厉害的，带了这么多人来，估计屋子里的东西全给砸了。"

赵惜月听得目瞪口呆。齐娜那个男朋友是有家室的，她怎么一直没跟自己说啊？

再说了，她怎么跟了这种人！

旁边谢志也是脸色铁青，他让赵惜月在门口等着，自己上前去跟人交涉。

说来也奇怪，谢志真有点儿手段，原本里面吵翻了天，一副要拆房子的架势，他进去没多久就偃旗息鼓安静下来。再过一会儿里面走出来几个男人和两个女人，年轻的大概就是那男人的老婆，年纪大的想来是丈母娘。两个人还余怒未消的样子，倒是其中一个男的跟谢志点头哈腰，一副挺恭敬的模样。

等这些人一出来，赵惜月赶紧冲进屋子里查看情况。

客厅里跟遭了灾似的，满地的碎玻璃碴儿。杂志、鞋子还有各种摆设扔得到处都是，叫赵惜月有些无处下脚。

客厅里站着个男人，原先长得应该还可以，就是这会儿脸上像被猫爪子挠过似的，狼狈得不成样子。

赵惜月心想这个应该就是姘夫了。她问他："齐娜人呢？"

"在房里。"

赵惜月就往房间走，那男人也一并跟了过来。

房里情况也好不到哪儿去，碎玻璃没外头多，但衣服裤子满天飞。齐娜坐在床上双手抱着膝盖，一听见有动静就抬起头来。

她见着赵惜月忍不住撇撇嘴想哭，结果一看到身后那男人，立即怒不可遏，抓起个枕头就往他身上砸："冯建康,你他妈给我滚,以后别让我再见到你!"

那男的一脸为难："小娜,你听我解释。"

"听个屁,你要不滚我今天就拿菜刀把你剁了!"

正说着谢志也来了,厌恶地看了那个姓冯的一眼,示意他马上离开。姓冯的眼看没办法,只能灰溜溜先走。

他前脚刚走,后脚齐娜就号啕大哭,扑进赵惜月怀里哭得上气不接下气。

赵惜月想安慰她几句,旁边谢志冷冷开口："有什么好哭的,人家还算手下留情了。做这种事情就要付出代价。"

"我做什么事情了!"

"人家有老婆的,你凑什么热闹。"

"我哪知道他有老婆。公司里都当他单身,他瞒得跟铁桶似的,我怎么会知道?"

谢志没料到是这个结果,表情有些尴尬："那你也该留个心眼儿。同事不知道是因为接触不多,你们都谈恋爱了,整天在一起也没觉察出什么不对劲儿来?"

齐娜不说话了。要说一点儿没察觉也说不过去,连赵惜月都觉得不大妥当。可女人一旦陷入爱河就很麻木,她那时候想着他大概就是脚踩两条船,还有一个女朋友罢了。毕竟公司里所有人都说他没老婆。

没想到他不仅有,老婆还这么凶悍。她那些家里人一看就是混混,身上还有文身。真不知道冯建康怎么会娶这样一个老婆,他看起来挺斯文一人,原来也是禽兽。

齐娜越想越气,哭得也越发大声了。

家里搞成这样,今晚肯定是不能住了。

赵惜月就带齐娜回自己家。想到房子的事情,她又问："这屋子谁给租的,那男的?"

"哪啊,我自己租的。我算是看透了,什么高级主管全是狗屁,小气得要命。算我瞎了眼!"

赵惜月跟着叹气,想不到齐娜一回正经谈恋爱,居然碰到个极品渣男。

回到家里妈妈还没睡,赵惜月也没多讲,只说齐娜家水管爆了没法儿住,要上这儿挤两天。赵母连连点头,还关心对方有没有吃晚饭。

进了房间，齐娜不住地摇头叹息："一世英名全毁了。我自认为对男人有点儿了解，想不到阴沟里翻船，被那种人给骗了。好死不死还叫谢志看到，我以后真没脸跟他吵了。"

"今天多亏有他。他怎么把人劝走的，你听到了吗？"

"我当时在房里听到一些，谢志他们家好像有人在公安系统做事，来头似乎挺大。我就听他报了个名字，那几个流氓立马没声了。这些人进派出所跟进自个儿家似的，对这方面的大人物比我们清楚。"

赵惜月就想这个谢志，来头也不小啊。

两个人洗了澡挤在一张床上睡觉，齐娜一晚上都在同她讲自己跟冯建康的那点儿破事。说着说着她又伤感起来。

"唉，平心而论，他对我还算不错，不管是公司里还是私底下，没那么多臭毛病，有点儿绅士风度。可打死我也想不到，他居然有老婆。他年纪也不大啊，还不到三十。我们都当他是黄金单身汉，公司里追他的小女生不要太多。这样的人娶那样一个老婆，我真是无语。你看到他老婆了吧？"

"看到了。"

赵惜月仔细想了想，撇开别的不谈，冯建康和他老婆从外形和气质上来说确实不太搭。不过那又怎么样，人家结婚了，是受法律保护的，说其他的都没用。

"你以后别跟他再联系了，这种事情沾上了对你没好处，吃亏的只有你。你今天挨打了吗？"

"还没，那个浑蛋还算有良心，拦着人不让他们打我。他大概也是理亏，知道我是上当受骗的。我他妈要知道他有老婆，死也不会跟他。公司里又不是没有人追我！"

"算了算了，幸好没受伤。就当被狗咬了，以后小心点儿。"

"我真是越想越生气，窝囊死了。明天我就去辞职，再不要见到他。"

齐娜说得咬牙切齿，又把冯建康祖宗十八代问候了一遍，这才裹着被子睡着了。

赵惜月却了无睡意，想到今天的情景，真有点儿触目惊心。

她们两个果然是难姐难妹，感情路都一样坎坷。

齐娜说干就干，第二天就去公司辞职，两天后又托朋友找到了新的工作，工作地方变近了，连工资都涨了一点儿。

赵惜月就安慰她塞翁失马，眼下这情形也算因祸得福了。

齐娜租的那个家乱七八糟，收拾起来得有一阵子。她刚失恋情绪不佳，也没空去理会，就一直住在赵惜月家。

赵母对她很是热情，总叫她不要见外。

"你从前帮了我们小月那么多，你们感情又好，你就在家里住下吧，想住多久都行。"

齐娜就有点儿眼眶湿润，回头跟赵惜月开玩笑："阿姨太煽情了，搞得我控制不住。"哭过后又是笑，她神神道道站床上做大跃进姿势，一副要告别过去迎接新生活的姿态。

"哎月儿，咱们办个生日派对吧。"

赵惜月忍不住一哆嗦："你能好好叫我的名字吗？"

"好的，月儿，这个月我生日啊，咱们办个生日派对吧。"

"怎么办，请人吃饭吗？"

"对，就在家里吃，我们来下厨，请几个朋友来。我想想请谁，那些酒肉朋友不要，一看我现在这个样子肯定笑话我，嘴巴太碎了。就请许师兄谢师兄吧。"

赵惜月正喝水，差点喷儿出来："你确定？"

她不才跟谢志吵过。

"确定啊，许师兄长得帅，就算什么也不干，往那儿一坐就是一幅漂亮的风景画，养养眼也好。谢师兄嘛，嘴巴毒了点儿，可他毕竟帮了我，就当谢谢他吧。我才不想欠他人情呢。"

赵惜月有那么点儿心动，可又不大想许哲来家里。跟他家一比，她家就太寒酸了。

"要不在外面吃吧，家里太小了。"

"才四个人，小什么小啊，阿姨也来吧，叫她见见许师兄。"

"见什么见啊，你又打什么歪主意。"

"你不是喜欢人家嘛，正好让丈母娘见见，给把把关啊。"

"谁说我喜欢他了。"

"那还给人买那么贵的钥匙扣，我都肉痛死了。话说你送给他他什么反应？"

赵惜月有点无奈："我没送。"

"什么，没送？你也忒种了吧，我怎么交了你这么没用的朋友？行了行了，那这回他来了你找机会送啊，当着谢志的面送，气死他！"

"你也太毒了，人家才刚帮过你。"

"我在他面前那么尴尬，我得扳回一局啊。亲爱的，全靠你了。"

生日派对的事情就这么莫名其妙敲定了。

约人的电话还是齐娜打的，她难得淑女一回，在那儿一口一个师兄地叫。先请了谢志壮壮胆，然后又给许哲拨电话，想拿谢志"诱惑"他。

结果出乎她意料，许哲答应得非常爽快，几乎没有犹豫。这下子可把她美的，以为自己的魅力又上升了好几级段数。

到了约定的那一天，赵母却突然有事儿，被个老朋友叫去家里吃饭。她走的时候说："正好我走了，你们年轻人才能放得开。今天小娜生日，你们随便玩，不要喝醉就好。"

齐娜立马冲她行个军礼："阿姨您放心，我们保证完成任务。"

送走赵母后她们两个就在厨房忙开了。两人都是从小就自立的孩子，做菜这种小事儿难不倒她们。

齐娜还给两人做了分工，她主烧肉菜赵惜月则负责蔬菜部分。

为此她特意解释："许师兄吃素，他的部分就归你了。让他好好尝尝你的手艺啊，搞不好抓住了他的胃，人也很快就抓住了。"

厨房里热火朝天，两个女生都干劲十足。

大约十二点的时候，谢志接了许哲一道儿过来。这两人难得一起放假，也算是老天爷给齐娜面子。

两个人还算懂礼数，没有空手来。谢志拿了个包装得挺漂亮的礼盒进来，许哲则是捧了束花。

当许哲把花递给齐娜时，齐娜一脸不好意思："哎哟，我怎么抢在惜月前头收许师兄的花了呢？回头她一定会掐死我的。"

赵惜月立马踩她一脚，脸红得跟什么似的。

许哲就说："花是谢志买的，没关系。"

言下之意他生命里的头一次送花机会还在。

赵惜月更尴尬了，赶紧找了个别的话题扯开了去。几人坐下来拆谢志拿来的礼盒，拆开包装一看，里面精美的盒子里装着的居然是一整套的百科全书。

看到这个齐娜的脸瞬间绿了。她最讨厌看书了,尤其是这种书。当年考大学是拼着一股劲儿,不愿叫亲戚朋友小瞧。一上大学她就开始混日子,现在毕业了更是一个字也不想再看了。

谢志在旁边笑:"这才是许师兄挑的,瞧人家多么用心良苦,知道你肚子里墨水少,叫你多多补充知识。"

"你还真神,连我肚子里墨水多少都知道。我没这个本事,不过我可以揍你一顿,把你肚子里的东西揍出来,好好瞧瞧是什么。"

四个人笑闹成一团,破天荒的是许哲脸上一直维持着笑意,偶尔也插嘴说几句调节气氛的话,冷幽默式的风格逗得大家哈哈大笑。

菜炒得差不多了,齐娜和赵惜月就一道道往桌上摆。

齐娜特意买了红酒,一上来就给大家一人倒一杯,豪气地说了句"我干杯你们随意",仰头就把酒喝了。

这一杯下去,就跟打开了闸门似的,再也收不住。她心里那点儿不痛快还没退去,这会儿借酒浇愁,很快就三杯下肚。

赵惜月看她喝得有点儿猛就劝她,结果反被她支使着去厨房里看汤炖好没有。

结果赵惜月一走她又立马满上,一伸手就往许哲跟前递,似乎是要敬他酒。

可她没掌握好力道,酒倒得太满从杯子里飞了出来,泼了许哲一身。白色的衬衫被染红一片,显得有些刺眼。

齐娜的酒醒了一半,赶紧同他道歉,又拿纸巾给他擦。可红酒哪里擦得掉,许哲胸前就跟受了重伤似的,一大片酒渍十分搞笑。

齐娜见擦不掉灵机一动,立马跳了起来,冲进赵惜月的房间。片刻后,她拿了件男式白衬衫出来,边走边说:"我在惜月衣柜里找到件衬衫,许师兄你进去换一下吧。看样子挺合身的,你穿正合适。"

正巧赵惜月从厨房里端了汤出来,看到那衬衫眼睛瞬间瞪大,两手一软几乎端不住那锅汤。

还是许哲眼疾手快,赶紧过去从她手里接下锅子,还关心地问她:"没事儿吧?"

第十三章
她怎么就那么想见他一面

这话像是语带双关,听得赵惜月愈加不安。她眼看许哲把汤锅放下,接过齐娜手里的衬衫,转身拐进了洗手间。

早知道该把衬衫扔掉才是,留下就成了祸害。

她恨恨地看了齐娜一眼,那个罪魁祸首却在那儿咯咯傻笑,显然已经醉了。

大概五分钟后许哲换好衣服出来,手里还拿了那件染了红酒的脏衣服。他问赵惜月:"有没有袋子给我一个。"

赵惜月手里那两只厚厚的棉手套还没脱,听到这话转身进厨房找。她找了一会儿觉得怎么这么别扭,一抬手看到防烫手套,自己先笑起来。

怎么这么蠢啊,一对上那个男人,智商就跟跳闸似的。

她找了个前几天齐娜买衣服的袋子给许哲,眼看他把脏衣服放进去,然后自然地坐下来吃东西,似乎一点儿没发现那件衬衫的端倪。

可他真发现不了吗?

自己的东西,哪怕是马路上千篇一律的白衬衣,总也有点儿感觉吧。

而且这衣服穿上这么合身。

赵惜月坐立难安,老是偷偷往许哲身上瞟。说实话,他穿白的真的好看,纯情如少年一般,那种干净通透的味道,就好像燥热的天气里一壶清泉涌过喉头的感觉。

她记得在网上看到过一句话,说有人天生自带光圈,说的就是他这样的吧。

看了几下后许哲似乎感受到了她的目光,不经意往她这儿一瞥。

赵惜月赶紧装没事儿人,把视线落到了旁边。

那边是谢志,他也正在看自己。两人目光一触到,就读懂了对方的意思。谢志是知道这件衣服的由来的,却一直瞒着许哲不说。万一这小子看出来了,以许哲"阴险狡诈""睚眦必报"的性格,自己回头会有好果子吃?

于是他用目光责备赵惜月:怎么不藏好呢?就应该扔了啊。

赵惜月无奈地低下头去,接受了这无声的谴责。

于是这顿饭四个人吃得心情各异。

齐娜是情场失意借酒浇愁愁更愁,一个人灌了一整瓶红酒,最后醉得跟条死鱼似的,只知道趴在床上打呼噜。

赵惜月和谢志是做贼心虚,生怕被人看出自己的秘密,东西吃到嘴里都不知什么味儿。有一回谢志犯浑,还把筷子伸进了齐娜的碗里,被她一记豪气的巴掌拍在后背上,震得他差点儿吐血。

只有许哲,从头到尾安静地吃着饭,还时不时夸奖赵惜月几句。

这个菜不错,味道很清淡。那个选料好,新鲜又爽口。整得跟美厨比赛似的,他一个人在那儿当评委,底下坐着两个战战兢兢等结果的参赛选手。

太煎熬了!

许评委对此相当满意,冷眼看着这一切。

这两人肯定有事儿瞒着自己,居然敢暗度陈仓联起手来对付他,看他回头怎么收拾他们。

一顿饭吃到下午三点才散。安顿好齐娜后,赵惜月送两位男士出门。

谢志转头看一眼赵惜月,趁许哲不注意给了她一记自求多福的眼神。结果赵惜月回望他一眼,那意思明显是在说,你才应该烧烧香吧,待会儿回去的路上千万挺住啊。

谢志一脸灰心丧气,默默跟着许哲下楼。

车子是谢志的,他得负责送许哲回家。

到了许家楼下,谢志终于松了口气。但很快那颗心又提了起来,因为许哲淡淡同他说:"上来喝杯茶吧。"

许哲以前从不主动请他去家里的,这会儿突然献殷勤,绝对有问题。

谢志想起赵惜月的嘱托,决定死扛到底。

可理想很丰满现实却总是特别骨感。他才刚进许哲家三分钟就感受到了一个残酷的事实:他斗不过这个男人。

明明年纪比自己小,长得也很斯文,可瞧瞧他办的那些个事儿。他还算是人吗？

谢志走出许哲家的时候，心里不住地骂：简直禽兽！

居然拿刀威胁他，谢志气得七窍生烟，立马一个电话打给赵惜月，将许哲的"暴行"痛斥一番，末了抱歉地道："对不起惜月，我没能顶住，辜负了党和人民对我的期望。"

赵惜月算算时间才不过一个小时，这家伙在许哲的"淫威"下居然只坚持了六十分钟！

于是她幽怨地道："那你就自绝于党和人民吧。"

挂了电话后，她开始琢磨这事儿该怎么办。其实她也没做错什么，工作按时完成保质保量，不做了也提前打招呼，既没多拿他钱也没偷懒耍滑，其实她是一个很合格的阿姨。

于是她又想，那她为什么要心虚呢？她就应该挺直腰板和他平视才是啊。

赵惜月回到房里，看到睡得不省人事的齐娜，心里忍不住抱怨了她几句。全是她多事惹出来的，干吗非得拿那件衬衫啊？

接下来的几个小时，赵惜月一直处在矛盾的心理当中。一方面怕许哲找上门来质问她；另一方面又抱着一种我又没欠他何必要听他训的无赖心态，左右摇摆了很长时间。

可许哲真是个浑蛋，居然一点儿动静都没有，连个电话也没打。就这么把她晾在那儿，任由她内心苦苦煎熬了无数个夜晚。

就这么过了一星期，许哲都没消息。赵惜月就想他是不是把这事儿给忘了？

其实不是许哲忘了，而是他太忙了。那天谢志离开后没多久他就接到医院电话，把他急召回去加班。这一忙就忙了一整个星期。

过去的七天他体力严重透支，每天只睡两三个小时，最后那两天他连续工作四十八个小时，最后在办公室里倒水的时候心脏又开始抽痛起来。

他知道情况不妙，立马跟主任请假。主任一想到他这些天连轴转的辛苦，又见他脸色不好，吓得赶紧叫他回家休息。

许哲换了衣服去拿车钥匙，还没离开桌子心脏又揪在一起疼。他撑着桌子做了几个深呼吸想缓解一下，没想到眼前一阵发黑，还没反应过来人就往下倒。

他倒下的时候不小心撞到桌角，"砰"的一下更叫他天旋地转。他只听到周围有东西哗啦啦掉地上的声音，似乎还有椅子翻倒的响声，接下来的事情就不太清楚了。

隐约是小李在叫，旁边就有人过来扶他，稀里糊涂间已是上了病床。温热黏稠的液体流到了眼睛里，他勉强眨了两下眼，却没能睁开。

过了一会儿似乎是主任来了，仔细研究了他额头上的伤口后，说要缝针。

许哲慢慢清醒过来，心口的疼已经过去。他伸手一摸脑袋，一手的血。

但他依旧镇定，倒是谢志在旁边有些担心，一个劲儿地问主任："伤口不太深，应该不会留疤吧？"

主任倒很实在，摇摇头："不好说。"说完他自己心里也很懊恼，怎么就让许哲一连工作这么多天呢？大财团的继承人差点儿叫他累死，要是还留个疤，回头怎么跟人父母交代？

缝合由主任亲自做，不少下了班的护士医生都挤在那儿看着，生怕男神受一丁点儿疼。

另一边关于许医生受伤的消息也是不胫而走，连住院部的护士们都在暗中嘀咕。刘凤玲打水经过护士站的时候听到一耳朵，想起许医生人不错，赶紧向她们打听。

听说伤了脑袋，心脏也不太好，伤口还有可能留疤，她就一阵惋惜。

到了黄昏时分赵惜月正好打电话来问小喆的情况，刘凤玲就问她知不知道这个事儿。

电话那头安静了三秒钟，才听她道："哦，我知道了。"

刘凤玲就纳闷，听起来赵小姐不知道啊。可她不是许医生的女朋友吗？

那一头赵惜月挂了电话后有些郁闷。她本以为自己还算是许哲的朋友，但现在看来其实什么也不是。

他明明知道自己曾经是他家的保姆，可对此只字不提。现在缝针住院他也不说一声，看来是她自作多情了。

幸好她没把那个吻当回事儿。

她暗骂自己矫情，晚饭的时候拿了个脸盆大的碗装了满满一碗饭菜，一口气全给吃了。

吃完后她才觉得吃撑了，心想没事儿学什么韩剧女主角，当什么饭桶啊。

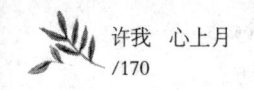

因为太撑她就下楼去散步消食。小区里环境不太好，她就走到外面沿着马路边的绿化带一直往前走。

就这么走了半个小时，等她回过神来时，已经离家很远了。

原本这个时候她就应该往回走才是，她突然发现这是去省一院的路。她想起许哲和他头上那道伤，心里萌生了一个想法。

她正好走到公交车站台的时候，一辆驶往省一院的公交车停到面前。她一摸口袋里有几个钢镚儿，眼一闭心一横就上去了。

她怎么就那么想见他一面呢？

赶到医院的时候，许哲正在病房里睡觉。

他两天两夜没睡，这会儿累到极致，几乎一沾枕头就睡着了。

赵惜月进病房前敲过门，许哲完全没听到。她在门口等了一会儿见没反应，这才轻轻开门走进去。

病房是普通的单人间，并不很豪奢，里面东西不多，摆放整齐干净。许哲穿一身病号服躺在那里，素净又漂亮，长得好果然怎么穿都好看。

赵惜月上前去看他的脸，额头上贴了厚厚的纱布，除此之外并无其他伤口。刘凤玲在电话里说得也不清楚，只说许医生受伤住院，还缝了针之类的。

看完脸部她又去看露在外面的胳膊，同样没有问题，于是她就想看腿。

可腿在被子里。她有点儿做贼的感觉，悄悄走到床尾，掀开被子正准备看，就听许哲轻轻问她："你干什么？"

吓得她一哆嗦，赶紧把被子盖回去。

"没什么，给你盖盖严实。"

许哲刚醒，人还有些虚。他冲赵惜月招手："你坐，想吃什么自己拿，有水果。"

"不用了，我就是来看看你。"

"我没事儿，除了头上有处伤之外，其他都没事儿。"

"听说是上班的时候摔倒了，还好情况不太严重吧？心脏没事吗？"

"没事，运气比较好，没有当场归天。你是不是有点儿遗憾，觉得我伤得太轻了？"

话有点儿指责的意味，可许哲说得很柔和，脸上还带着浅浅的笑意，看着就没有杀伤力。

赵惜月就笑:"是啊,总要少点儿什么才行。"

"你不会难过吗?"

赵惜月不敢看他的脸,半天才憋出一句:"才不会。"

"其实真少了点儿什么也没关系。你从前做家务是一把好手,我要残了就再雇你去我家,给我料理家务。"

果然还是谈到这个问题了。赵惜月觉得避不过,索性实话实说:"其实一开始我也不知道那是你家。"

"后来怎么知道的?"

"几次和你接触觉得有点儿像,后来又问了谢志。对了,听说你威胁他来着?"

"他是怎么说的?"

"说、说你拿刀威胁他。"

许哲逗完她又道:"其实我只是想切个橙子给他吃,结果他心里有鬼自己吓自己,我还什么都没问,他就招了。"

居然有反转。赵惜月本来觉得那句自绝于人民有点儿狠,现在还觉得说轻了。明明都是男人,谢志替齐娜赶走那些混混的时候也是很男人的,结果一见到许哲居然萎了。

事情就走到了现在这一步。

说开后似乎也没那么难过,赵惜月大大方方做自我"检讨":"……还是我太小肚鸡肠了,自尊心太强又觉得自卑。我们也算相识,结果我却给你当保姆,我心里过不了这道坎儿。你别介意。"

"我没有,其实我也没把你看得低人一等。无论做什么,只要不违法不违反道德,其实都一样。还记得以前我同你说过的吗,做医生也没你们想的那么光鲜。你那时候不过整天跟灰尘打交道,我却是跟血分泌物排泄物打交道。这么一比你就不会自卑了。"

"还是会啊。你们家那么漂亮,我每次打扫的时候就在想,这家的主人一年挣多少啊。"

"那是父母给的,不是我挣的,我自己每年未必比你挣得多。"

"那也是你会投胎。"

许哲笑笑没说话,想起从前的一些事儿。那时他还年少,其实记得不大清楚了。只记得外公外婆家那阴暗的木质小楼,无论怎么小心地板总是嘎吱响。

房子很旧，各种设施也都老化了，洗澡的时候有时候会不出水或者只出冷水。楼梯上有一块踏板松了，他有一次从上面踏空摔下来，跌破了好几处地方。

许多细节不一而足，仔细想想还真是一箩筐。他其实也不是一出生就过好日子的。

当然他过的苦日子时间不长，养母带着他嫁给父亲后，他的物质生活就好起来了。可他生命里那点阳光又突然没了。孙月莹不见了，他的精神生活一直空虚到现在。

直到赵惜月的出现，似乎慢慢又被填补起来。

他没同她说自己的身世，将话题转到了别处。

他看她空着两只手便问："你怎么过来的，怎么包都不带？很少见你穿运动装。"

"我其实是晚饭吃多了散步消食而已，走着走着就到这里来了。"

"走过来的？"

"是啊，我是不是很厉害？"

"是，吹牛很厉害。"

从赵惜月家到医院，走路至少一个多小时，她来的时候一滴汗没流，这样的天气里她肯定不是走着来的。

被戳穿的赵惜月吐吐舌头："骗你的，刚开始半小时是走的，后来就搭车了。幸好我带了钱，要不真来不了。"

她能来，许哲挺高兴的。

"一会儿我让人送你回去吧。"

"不用不用，我还有零钱。"她边说边把手伸进口袋里，拨弄那几枚硬币，发出哗啦啦的响声给许哲听。

许哲觉得她这个样子特别可爱，一点儿不物质，和在香港时化着浓妆跟戴宏才混在一起的样子，根本大相径庭。

想到她曾给他做过钟点工，许哲问："你那时候家里是不是有困难？"

"是有点儿，我妈生了场大病，不过已经好了。就在你们医院治好的，她现在在家休养。"

"所以在香港那回，你想拿我的钱包换医药费？"

"算是吧，不过现在都好了，你又帮我介绍了工作，我其实挣得还可以，搞不好真比你当医生多。"

她边说边笑,那笑容开朗从容。许哲想起她曾经经历过的一切,心头不由得一动。

是同情还是怜悯?似乎都不是,大约是心疼吧。

赵惜月是真忘了那时候的事儿,都快一年了谁还记那么清楚。她问许哲:"你要不要吃水果?"

"好。"

于是赵惜月拿了两个苹果去洗手间里洗,出来的时候轻轻地甩着手上的水渍。

"我真是佩服你,那天你是怎么发现衬衣是你的。明明就是白衬衣,谁都有啊。"

"你房间里有男人的衬衫,似乎不大合适。"

"我爸的嘛。"

"以你父亲的年纪,应该不会穿这样的款式。其实是因为我妈的缘故,我说过她是设计师,我的很多衣服都是她设计定制的,基本都只有一件。你可能看不出来,但我能看出细节上的不同,而且你没发现这衣服连水洗标都没有吗?"

所以说还是她太疏忽了,就像谢志说的那样,她就该把衣服收起来,或者不挂起来就好了,又或者齐娜不住她家也行。

所以绕了一圈,得怪到冯建康头上才是。

赵惜月郁闷地削着苹果,手一滑又差点儿削到手指头。

许哲见状便接了过去,默默把剩下的半个削完。削好后他递到她嘴边,看着她咬了一口。

赵惜月没想到最后是许哲给她削了苹果,原本味道普通的苹果,一下子变得又甜又脆起来。

"想不到你削苹果手艺这么好,当初给你做阿姨太委屈你了,你得找个更能干的。"

"我觉得你挺好的,做事认真负责,基本不出差错。请你做的事情也都能一一完成,还煲得一手好汤。说起那汤,我还曾怀疑过你就是那个赵阿姨。"

现在怀疑成了事实,赵惜月再次就这个事情向他道歉。

"骗了你是我不应该,女生嘛,总有点儿小小的虚荣心。"

许哲本来想说"没有,你挺好的",结果突然话锋一转,点头道:"确实不大好,因为你突然离开,我临时找了个阿姨顶上。可太仓促了,并不能叫我满意,于是我又换了一个。"

事实是因为那个阿姨儿媳妇怀上了,她回老家准备带孙子去了。

赵惜月哪里知道他会骗她,傻乎乎全信了。

"我的错,全是我的错。"

"你要不要补偿我一下?"

"你要什么?"

"钥匙扣给我吧。"

赵惜月一脸没听懂的样子。

许哲就解释:"那天你在那家小店里买的钥匙扣,七百五那个。"

"你也知道那个要七百五,怎么能随随便便给你?你喜欢吗?"

"还不错。"

"那我卖给你好了。"

"这样就没有补偿的意义了,你得有点儿诚意才行。"

"可是,那个真的有点儿贵。"

"既然是补偿,总要割点肉出点儿血。"

"那哪是割肉啊,都是挖我心肝了。要不便宜点儿卖你?"

许哲固执地摇头:"不,就送给我吧。"

不花钱才有价值,他不缺那几百块,缺的是赵惜月的心意。

赵惜月也有点儿怪,明明就是买给他的,现在他要了又舍不得了。两个人就在那里展开了长时间的拉锯战。

许哲本来有点儿困,和她闹了一阵反倒清醒起来了。眼见赵惜月始终不松口,他终于祭出了自己的大招。

"你买那东西,原本就是要送给我的,不是吗?"

赵惜月咳嗽两声,差点儿没叫自己的口水呛死。

赵惜月头摇得跟拨浪鼓似的。

她当时就想,打死也不能承认。

许哲盯着她看了半天,突然收回目光笑道:"不管是不是吧,总之现在你把它给我,咱俩的事儿就算两清了。"

"可我没带在身上啊。"谁出门散步带那个啊。

"那过两天我去你那儿取,顺便可以拜访一下阿姨。上回没见着,有点儿遗憾。"

"你见我妈干吗?"

"作为朋友,晚辈拜见长辈是应当的,你总不会想到别的地方去吧。"

她从前怎么会觉得这个男人单纯呢?男人该有的坏心眼儿,他一点儿不少啊。赵惜月很无力,觉得自己今天算是自投罗网。

"你还要住几天吗?"

"明天如果没什么大碍就出院了。你明天有空吗?"

"没有,我得上班。怎么了?"

"没事儿。"

想找她接自己出院,这下找别人吧。

许哲看看外头天色:"回去吧,挺晚的了。我叫人送你。"

"不用了,都说了我有钱。"

"好几块大洋是吧。那更要小心,万一遇上劫匪,人家不要色只要财,你损失也不小。"

赵惜月伸手点他的额头:"活该你破相。"居然敢说她没人劫色,就她这姿色……

许哲满不在乎:"没关系,留条疤也好,哪天走散了也比较容易找回来。"

"真会留疤吗?"

"不好说。"

这下子赵惜月又心疼了,盯着那块纱布猛瞧。

"就没有办法去掉吗?你家那么有钱,整容行不行?"

"可以,不过我不喜欢。头发一遮就看不见了,没必要整容。"

赵惜月还是觉得可惜,挺好的一张脸上留了道疤,多遗憾哪。

那边许哲早就不理这个话题了:"我给司机打了电话,他一会儿就来。女孩子晚上不要一个人随便出门,不安全。"

"除了工作我一般不单独出门。你放心,就我这身手,一两个男人近不了我的身。"

"我知道,中国功夫吗,你挺厉害的。"

"我觉得你更厉害呢。上回在红日酒吧,你跟莫杰西那么瞪眼睛,身手不差吧。要不改天我们切磋一下？"

许哲越来越觉得她有点儿与众不同。

一般女生跟男生相处，说得最多的无非是，改天我们一起吃饭吧，我们去哪里玩吧，我们一起逛街吧。她倒好，一开口就是，改天我们打一架吧。

是因为父亲早逝母亲体弱，需要她来撑起一个家的缘故吗？

司机很快就来了，到了医院门口打许哲电话。许哲亲自送赵惜月下楼，看着她上了自家的车，这才转身回病房。

赵惜月隔着玻璃看他清瘦的身影，突然有点儿小感动。他那么绅士，那钥匙扣就给他吧。

然后她又想起刚才许哲说过的话："现在你把它给我，咱俩的事儿就算两清了。"

两清什么啊，说得好像她真欠了他什么似的。

跟许哲谈话，一不小心就叫他带沟里去了。

许哲家的司机很安静，虽对这姑娘很好奇，一路上却没搭话。

车子平稳地开在路上，赵惜月舒服地靠在后排座椅上，渐渐地竟有了几分睡意。

于是她没有留意到，车子在某个路口转弯时，一个从便利店走出来的男人目光一闪，盯住了他们的车。

第十四章
来自混世魔王笨拙的追求

莫杰西今天本来是跟朋友出来玩，结果来了个扫兴的人，他嫌烦扔下一堆人先出来，一个人踱到旁边的便利店买烟。

他出来时正在那儿点烟，看到前面许哲家的车一闪而过，当时就皱起了眉头。

那是专为许哲准备的车，平日里他不坐就不开。今天他这是要去哪儿？

莫杰西跳上路边自己的跑车，一路尾随着那辆车，直到进入一个有点儿老旧的小区，眼看着赵惜月从车里走下来，他便也跟着下车。

赵惜月正弯下腰跟许哲的司机道谢，冷不防旁边蹿出个人来，一把抓住她的胳膊，扯得她一个趔趄。

身体立马做出自然反应，赵惜月下意识就去拧他手腕，不料对方身手在她之上，力气也远胜于她，她非但没能挣脱，反倒被钳制得更紧。

于是她心里大叫不妙。

司机一见这情形就下车来，结果突然愣住了："莫少爷？"

赵惜月一抬头，也认出是莫杰西，当下就头痛起来。怎么又碰上这个混世魔王了，他属牛皮糖的吗？

莫杰西皮笑肉不笑，冲司机道："你回去吧，我找赵小姐有点儿事情。你要不放心就跟姓许的说，不过他现在在住院，要为这事儿跑出医院，回头霍先生霍太太肯定不高兴。"

这是在威胁司机了。

赵惜月心想这人简直无耻到家了。她趁对方不注意用力踩了他的脚，然后狠狠将他推开，转身就要上楼。

莫杰西也不追，悠悠说了句："原来你家住这儿啊。"

赵惜月脚步一滞，心里十分懊恼。怎么就被他缠上了呢，他到底想干吗？

她重新走回来，忍着怒意道："莫先生，你有事儿吗？"

"有事儿，不过不大。你让他回去我就跟你说。"说着他指指那司机。

赵惜月无奈，只能冲司机笑笑："你先回去吧，挺晚了。"

"赵小姐，你一个人不安全。"

"你留下也没有用，他对付我们两个绰绰有余。他不会对我怎么样的，要真怎么样你也拦不住，回去吧。"

她本能地觉得莫杰西不会伤她。以他那样的势力背景，要真想朝她下手，许哲得派专业保镖来才行。

上回在电影院门口掳走了她，也就请她喝点儿东西。大概是红日酒吧那一次的警告起了作用，大半年了他没再胡来。

司机有点儿犹豫，最后在莫杰西的逼视下上了车。不过他还算有良心，挣扎了半天到底还是给许哲去了个电话，不过那已经是一个小时后的事情了。

许哲接到电话后没说什么，只回了一句"知道了"。

然后许哲坐在病房里想，莫杰西这是要干什么？他这样子特别像冲动的青少年，正用笨拙又粗鲁的方式追求自己喜欢的女孩子。

所以莫杰西喜欢上了赵惜月？

这一点莫杰西自己也没意识到，他以前觉得自己不可能喜欢上这样的。年纪比他大，长得也就那样，小清纯有点儿姿色，但身材太平坦，远不如那些前凸后翘的有意思。

可就是这么一个女人，他就老想招惹她，他觉得一定是因为许哲的关系。凡是许哲喜欢的他都要抢过来，哪怕到手后就扔掉。

他跟赵惜月对视了片刻，对方目光凌厉，不像一般柔弱的少女。在这样的情况下她居然没哭也没躲，跟只进入战斗状态的小野兽似的。莫杰西觉得有点儿意思。

"你这是打哪儿来，怎么坐了许哲的车？"

"你跟踪我就为打听这个？"

"没想跟踪你，我不知道你在车上。"

"那你是要跟踪许哲？你想干什么，上回得的教训还不够？"

莫杰西脸色一沉，换了别的女人早一巴掌上去了。可对着赵惜月的脸他有点儿下不去手，自己在那里纠结了一会儿，又释然了。

"拜赵小姐所赐啊，你这么关照我后台这么硬，我怎么能忘呢？这不得记一辈子才行。"

"是你自己先挑的事儿，你不绑架我，后面的事也不会发生。"

"所以你想说我这是自找的，是不是？"

是！但赵惜月没说出来，怕刺激到他。

莫杰西却突然笑了起来："没错，我还真是自找的。不过没关系，我身上伤多，再多一处也不在乎。"

赵惜月有点儿不信他的话。一个养尊处优的少爷，身上怎么可能会有伤，蒙鬼呢。

她把头撇向一边，看得莫杰西很不舒服。他就伸出手来想捏她下巴。

赵惜月赶紧往旁边躲，声音里带了几分怒意："你到底想干吗？"

"喝了我一杯茶，总得有点儿表示吧。大冷天的我请你喝茶，总好过你在外头吹冷风淋雪，许哲无情无义，我可比他仗义多了。"

赵惜月觉得这人还真是无聊透顶，看他那样子也不像缺那点儿钱，一杯茶而已，更何况是他硬带她去的，她也根本没喝。可他现在摆明了找她麻烦，跟到她家门口，轻易甩不掉。这会儿要掉头就走，回头他三天两头来找麻烦，她是不是还得找地方搬家？

真是惹了个大麻烦。

她只能放软声音："那你想怎么样？"

"这样吧，你请我喝杯咖啡，咱们的事儿也就两清了。"

这话怎么这么耳熟？今天什么日子，怎么净有人追着她要债啊。

"你要喝咖啡我给你钱，一百块够不够？要不给你两百。"

"你打发叫花子呢？有点儿诚意好不好赵小姐，至少得陪我喝一杯才行。"

"上次不是喝过了。"

"你喝了吗？半道儿就跟许哲走了，以为我傻是不是？"

赵惜月心想你看起来还真有点儿傻。不到二十岁的毛头小子，长得虽然不错，穿得也挺好，可骨子里跟个傻小子没什么两样。

她想了想没办法，冲莫杰西道："那你等我一下，我马上回来。"

说完她小跑几步进了旁边的超市，莫杰西紧随其后也跟了过来，边走边问："你要干吗？"

赵惜月不理他，连购物篮都不拿就进去了。

莫杰西望着她的背影，突然翻了个白眼。

他随手推了辆推车，也一起进了超市，穿梭于各个货架间。

赵惜月目标很明确，找到了盒装咖啡那一片儿，随手拿了两盒，一转身看到推车的莫杰西吓一跳："你拿车干吗，就买两盒东西。"

莫杰西瞪她："你就请老子喝这个啊？"

"爱喝不喝，不喝拉倒。"

这种立乐包装的咖啡价格不便宜，一盒十多块。平时她都舍不得买，不管是训练还是工作一律喝水。

请他喝这个就不错了。

莫杰西眼珠子瞪得溜圆，自个儿在那儿气了半天，最终只能无奈地接受这个结果。

他发现他居然搞不定赵惜月。

面前的大推车显得有点儿讽刺，他一抬手扫下半个货架的东西，哗啦啦全进了车子。

这么大动静引得旁人纷纷侧目，赵惜月尴尬地上前阻止："你干什么？"

"买东西啊。"

"买这么多？"

"老子有钱不行吗？这家店还会不卖不成。"

说完他高傲地仰头，推着车子往收银台走去。

赵惜月跟在后面一头黑线，觉得就跟带了个不成熟的大孩子出来似的。

他爹妈到底怎么教的他，仗着家里有钱有势横行霸道，这样的脾气迟早要吃亏。事实上他在许哲手里，就讨不到便宜。

可她拦不住他，在去收银台的路上莫杰西又扫了好几个货架，把个推车装得满满当当。收银员扫了二十多分钟才把购物车里的东西扫空，正准备报价，莫杰西拿过赵惜月手里的咖啡，一并搁到收银台上。

"还有这两个。"

结果还是他付的钱，赵惜月心想他这么大方，那就随他吧。

一车东西花了他近两千，刷卡的时候莫少爷眼睛都没眨一下，可等到拿东西的时候却傻眼了。

这么多东西，装了足有十来袋，莫杰西再厉害也就两只手，拎了六袋后实在不行了。

于是他冲赵惜月眨眨眼。

"干吗，你不会让我一个弱女子拿吧？"

"你哪里弱了，拧我手腕劲儿那么大，赶紧拿上！"

赵惜月没办法，孬种地拿起塑料袋跟着他走出超市，边走边骂他："简直脑子有病，买这么多东西干吗，办年货啊！"

"爷高兴。"

"有本事自己全拿着，别使唤女人！"

"我说你这人怎么这么啰唆啊？"

"嫌我啰唆你就不要来找我，又不是我请你来的。"

莫杰西突然停下脚步，后面赵惜月没留意，差点儿撞上他。

"怎么不走了？"

莫杰西居高临下看她，表情十分严肃。看得赵惜月心里毛毛的，她刚刚好像太嚣张了，一时忘了这是个什么主儿了。

她以为莫杰西在生气，其实对方只是在思考一个问题，他干吗非要找她啊，确实有点儿说不通。

既然想不通索性不想了，他冲赵惜月一抬下巴："你家在几楼？"

"干吗？"

"把东西给你拿上去啊。"

"我不要，你拿回去吧。"

"我拿这些干吗。你们这个低档小区超市里卖的东西，难道我会用吗？"

既然不用买那么多干吗？！

赵惜月真觉得他脑子有洞，原来有钱人家的孩子也不都跟许哲似的那么天资聪颖啊。这个莫杰西，从小到大吃的牛排肯定都用三聚氰胺泡过！

她哪里会让他上楼，到了楼下就开始赶人："你的东西我不要，你要不要就都扔了。咖啡我请过你了，喝不喝随你，我要上去了。"说着她就把袋子往莫杰西怀里扔。

莫杰西平时放肆惯了，今天却是完全吃瘪。他手里拎那么多东西，想揍赵惜月两下都腾不出手来，只能费劲巴拉地搂着那堆东西，眼睁睁看她上楼去。

他现在连走路都困难。

眼看赵惜月的身影在楼道口消失，莫杰西郁闷地骂了一句："KAO！"

她骂得太对了，他今天真他妈脑子有病！

赵惜月累得手发酸，进了家门后还心有余悸，悄悄溜到厨房里躲在窗户后头看楼下的情景。莫杰西十分狼狈但也很有毅力，居然真的又拿又抱艰难地挪到车子边，最后全都放进了后备厢里。

一直到他开车离开，赵惜月才松了一口气。

这时候手机突然响了，她接起来一听是许哲的声音。

"你还好吗？"

"挺好的。"

"听声音心情不错。"

"是啊，刚刚赶跑了一条疯狗，心情当然好啦。"

许哲在电话那头满脸黑线，那毕竟是他亲弟弟。

"杰西年纪还小，又是被宠大的，有时候做事比较夸张。"

赵惜月心想他哪里是夸张啊，根本就是太夸张了。她冲许哲呵呵两下，嘲笑意味十足。

许哲并不生气，声音依旧温和，说出来的话却叫人吐血三升："既然心情不错，赶紧把钥匙扣找出来，我急着要用呢。"

那一刻赵惜月真想冲着手机大喊：你们都是讨债鬼！

许哲的伤好了之后，请赵惜月吃了顿饭，顺便拿走了那个钥匙扣。那天他们去的是家海鲜餐厅，赵惜月放开肚皮狂吃一通，像是要把钥匙扣的本钱都给吃回来似的。

结果吃得太多，一夜过去长了两斤，第二天被妮娜姐拿着小尺子满世界追着打，哭得那叫一个惨。

她哭不是因为被打疼了，而是妮娜姐规定她接下来的一周都不许吃饭。

"每天一个苹果，做得到你就继续干，做不到你就滚。"

她说这话的时候，赵惜月真觉得十足女王范儿。

女王说的话自然要听，于是接下来的日子，赵惜月饿了个七荤八素。到最后一天上仪态课的时候，她身子虚得腿肚子直打战，连站都站不稳。

从以后她再不敢暴饮暴食，将体重管理当作革命事业来做。对此齐娜连连摇头，背地里将妮娜骂了个狗血淋头。

进入十月，赵惜月的工作量陡然增加。妮娜姐见她瘦了下来，便给她安排了一系列的拍摄任务。赵惜月在各个摄影棚里连轴转,慢慢找着了点儿感觉。

现在她才发现,自己以前拍的那些都叫什么啊,真就跟个人形布景板差不多。那些照片既没张力也没表现力,什么衣服套她身上都一个效果。

以前她觉得那叫风格统一,现在才明白根本就是不会拍照,不懂得根据作品的特点调整自己的状态和情绪,完全是过家家式的小打小闹。

妮娜姐狠虽狠,对她的帮助还是很大的。

某一天,赵惜月跟摄影团出远门,去隔壁云城取景拍摄。外景结束转战摄影棚的时候,来了位不速之客。

自打咖啡事件后,赵惜月一个来月没见过莫杰西了,想不到他会不请自来。

一开始赵惜月没发现他来,她那会儿正跟个男搭档斗智斗勇。那就是个流氓,借着拍摄的机会在她身上乱揩油。赵惜月一边躲一边还要对着镜头摆出各种表情和姿势,累得都快虚脱了。

正在那儿烦恼的时候,她突然听到有人怒骂一句:"去把那小子的手给我剁了!"

话音刚落那个男模特就被人从她身边拉走,就跟拉个破麻袋似的。

紧接着莫杰西凑了过来,冲她笑道:"那个浑蛋吃你豆腐,我替你收拾他。"

"你打算怎么收拾?"

"卸他一只胳膊。"

赵惜月觉得这一点儿不过分,流氓就该受点儿教训。不过她嘴上还是说:"那样不太好,打一顿就算了。"

"好,那就打一顿。"

他直起身子,冲手下道:"拖下去给我打,我叫他这辈子都碰不了女人。"

旁边妮娜姐脸色发青,却也不敢惹这个主儿,只得上前来赔笑:"莫少今天怎么有空过来?"

"听说惜月在这儿拍照片,我过来瞧瞧,结果我瞧见了什么。没你们这么糟践人的,你们看不到他占人便宜吗,一个两个都不说话,成心恶心人是吧?"

妮娜姐笑得有些尴尬,她确实看见了,顾忌那个男模特的面子她就没说话。毕竟这人级别比赵惜月高许多,也算是正当红。

结果莫杰西一句话,这人这辈子算是毁了。

"您别生气,过来喝杯茶消消气。"

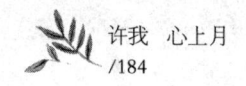

"没空儿,把他那衣服拿来我试试,我跟小赵拍两张。"

赵惜月连连后退,一副不愿意的样子。谁跟他拍啊,那岂不是更要被占便宜了。

那边妮娜姐脸上闪过一抹得意,笑得越发欢了:"哦哟,这恐怕不行了。下一组照片的男模已经准备好了,这会儿就过来了。"

"那就叫他走呗。"

"那可不行,我没这权力啊。"

莫杰西并不真傻,他从妮娜的脸上读出了不一样的讯息。顺着对方的目光他转头看去,就见许哲一身白色休闲西装走了过来,看他的眼睛里透露出几分警告的味道。

莫杰西当场石化,心想今天这是怎么了,冤家路窄啊!

他又去看赵惜月,对方也是一脸震惊的模样,显然事先并不知情。他眼睁睁地看着许哲走到赵惜月身边,双手插兜里直直地望着赵惜月,就跟王子看公主似的。

于是他觉得,自己刚刚那英雄救美的举动,也太糙老爷们儿了。

赵惜月一时找不回自己的声音。她茫然地看着许哲,好半天才挤出一句话来:"你怎么来了?"

"来工作。"

"医院不做了?"

"做,明天接着做。"

"哦,那你这是兼职哦?"

"是,赚点儿零花钱。"

莫杰西站在边上,将这一番奇葩的对话全都听进了耳朵里。然后他就很想暴走。什么时候许哲这个闷葫芦居然会调戏女人了,而赵惜月居然跟他一唱一和。

她当初对自己是什么嘴脸啊!

简直不能更气人。

那气氛实在浓烈得腻死人,莫杰西一个箭步上前正准备将他俩分开,许哲突然转过身来,看一眼旁边莫杰西带来的几个男人,轻飘飘吩咐一句:"照顾好你们少爷。"

那几人心领神会，冒着被少爷打死的危险，好说歹说劝住他。有一个甚至打起了温情牌："少爷，咱们要支持赵小姐的工作，这样的男人最帅了。"

莫杰西瞪他一眼，心想当老子是个傻瓜蛋吗？但最终还是忍住了上前抢人的冲动，全程坐在边上黑着脸看这两人"秀恩爱"。

许哲天生衣服架子，穿什么都好看，气质也很出众，一个眼神甩出来，连久经沙场的摄影师都一个哆嗦。更别提旁边的赵惜月，跟个人形木偶似的任他摆布，时不时还花痴地看两眼。

他真的只是小时候客串过模特吗？

一连拍了近两个小时，摄影棚里除了摄影师和两位模特沟通的声音外，几乎听不到其他的杂音。连莫杰西到最后都不得不承认，这个姓许的还是一如既往惹人讨厌。

他怎么做什么都这么出色，总能压他一头！

拍摄结束的时候，所有人都松了一口气。

两尊大佛立在那儿，总算没有硝烟四起。

收工后没人敢招惹这几位爷，全都识相地收拾东西走人。赵惜月去换衣服卸妆，出来的时候发现许哲和莫杰西并肩站在那里等她。

她突然觉得这两人也挺般配的。

时间不早，莫杰西提出去吃饭，赵惜月没回话，默默看许哲。

许哲点头同意，带着赵惜月走在前面，剩下莫杰西一个人跟在后头十分郁闷。

明明是他提议的啊。

一顿饭吃下来他就更郁闷了。

许哲这个人不喜欢献殷勤，吃饭的时候也很自然。可他就是怎么瞧怎么不顺眼，总觉得赵惜月那一双眼睛就挂在许哲身上了，根本没瞅自己一眼。

吃过饭后，赵惜月回房休息。他们一行人在这里有两天的拍摄任务，住在离拍摄地不远的度假酒店。

她走了之后，许哲也要走，莫杰西却叫住许哲。

"哥，咱们谈谈吧。"

看在这声"哥"的份上，许哲勉强点头，和他一道散步往后头的酒店别墅走去。

莫杰西是个直肠子,一上来就问:"你是不是喜欢赵惜月?"

"这话应该我问你吧?"

"是,我是喜欢她。"

"你真变态。"

莫杰西一愣:"什么意思?"

"她比你大好几岁,我没想到你喜欢成熟型的。"

"她哪里成熟,看那身材跟没发育的中学生似的。"

"所以你才更变态,喜欢中学生。"

"咱们能不能好好说话?"

"这不正说着吗?我倒是有点儿好奇,你怎么会突然喜欢上她?上回你不是想欺负她来着?难道这就是你的喜欢?"

莫杰西有点儿尴尬:"那不一时冲动嘛,想到你跟她有关系。"

"我跟她什么关系,也都跟你没关系。"

"话不能这么说,我那时候也是关心你。"

"谢了。"许哲停下脚步,深邃的目光扫了过来,"别打她的主意,我警告过你。"

"我不伤她,追她总可以吧。你们恋爱了吗?"

"还没有。"

"那不就成了。男未婚女未嫁,我追她也不犯法。你管那么宽做什么。"

"随你便。"

一拳头打出去落在棉花堆上,莫杰西有点儿无趣。他想了想又放软声音:"哥,你真要跟我争啊?"

"没跟你争,本来就是我的。"

"什么你的啊,你不是有小孙了嘛,你不要她啦?"

"你不也有这个莺那个燕的,放弃环肥燕瘦去追中学生,不觉得委屈?"

莫杰西龇牙:"哥,我发现你是真毒舌。"

"我也发现,你是真愚蠢。"

要不是打不过,莫杰西真想揍他。

谈话进行不下去,两人不欢而散。莫杰西咽不下这口气,转回酒吧喝酒去了。结果那夜他喝得烂醉如泥,跑赵惜月房门口耍酒疯去了。

赵惜月正巧一个人住,他大半夜发神经,别人也不敢管,剩她站在那里束手无策,只能给许哲打电话。

许哲赶过来一瞧这情形,一只手就把这无赖从地上拉起来,就近送进了赵惜月的房间。

莫杰西还真是无耻,一下扑到赵惜月的双人床上,赖着不起了。

满屋子的酒气醺得人难受,赵惜月真想揍他。然后她就想,她今晚要怎么睡?

许哲站旁边略一思索,一本正经道:"这么晚去敲妮娜的门另安排房间不大好,你去我那儿挤挤吧。"

赵惜月眨眨眼。

"你可以睡客厅沙发。"

激动的情绪一下子就泻了。

不过诱惑还是有的,赵惜月没能拒绝,看看床上死狗一样的莫杰西,突然觉得他跟齐娜挺般配的。

她收拾了几件随身的衣物,跟许哲去到后面的别墅区。两个人终于有了独处的时间,赵惜月不免要问:"你今天为什么会来?"

"听说杰西要过来,怕他一时冲动,所以来看看。"

"你怕他对付我?"

许哲推门进去,开了客厅的灯:"不,我怕他一时把持不住,占你便宜。"

"怎么会呢?"

"如果我今天来晚一步,他应该已经得逞了。"

"他这个人这么难缠吗?"

"自小被宠大的孩子,没什么不顺心的。他既然看上你了,就会想办法弄到手。"

"我不会答应他的。"

"你现在不会,以后也不会吗?"

赵惜月不明白他的意思。

"他这回和从前不一样,挺认真的。其实从根上说他没什么不好的,除了比你小几岁外。对了,你多大?"

"刚满二十四。"

许哲就想比自己小一岁,看起来却跟二十似的,跟莫杰西站在一起也不

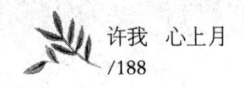

显得老。

难怪他会喜欢。他们俩兄弟大概随父亲,都喜欢这种样子的女生。

许哲就继续:"他长得不丑,个子也高,手里又有钱。要是绞尽脑汁向你献殷勤,你未必不会动心。"

这是大实话。赵惜月仔细思考一番觉得有道理。如果没有先遇到许哲,要是碰到个莫杰西这样霸道又有钱的男孩子,整天痴汉似的追着她跑,她真能一点儿不动心?

可现在说什么都没意义了,她已经有喜欢的人了。

第十五章
那个浅尝辄止的吻，
让他一夜不能安睡

许哲还算讲义气，没真让她住客厅。别墅里不止一间房，许哲把她带到客房前，示意她随意就好。

赵惜月就拿了衣服去洗澡，出来时头发吹了半干，上头一股洗发水的香味儿，身上一条不长的睡裙，露着白白的大腿。

她站在镜子前看了几眼，觉得有点儿不妥。

早知道该带睡裤的，谁也想不到她会跟许哲住一个屋檐下啊。

于是她想要不就别出去了，可刚这么想着就听外头许哲在敲门。

她不能不开，把裙子往下扯了扯，轻轻拉开一条门缝。

"有事儿吗？"

许哲看她一副谨慎的样子不由得失笑："想问你要不要吃点儿宵夜，刚刚晚饭你吃得不多。"

确实不多，莫杰西在旁边跟狼似的瞪着她瞧，她哪里吃得下。

于是这会儿肚子就唱起了空城计。

"嗯，吃点儿吧。"

为了美食她只能豁出去。

等她将门全部打开，许哲才明白过来。

这裙子还真是够短的，太短不好，容易着凉。

像是为了回应他的猜想，赵惜月没走出几步就连打两个喷嚏。

"我拿条裤子给你。"

说完许哲转身进屋，很快拿了条睡裤出来。赵惜月躲起来套上，立马觉得自在多了。

两人坐下来吃东西。桌上摆了七八个碟子，中式西式餐点都有。赵惜月想起听来的传言,就问他:"听说你小时候在国外待过?"

"嗯,在法国住过几年,后来回来了。"

"为什么回来?"

"因为国外物价太高,我妈负担不起。"

完全是撒谎啊,可他说起来面色平静。

赵惜月听出弦外之音,想打听几句,又觉得挖人隐私不好。结果许哲自己倒先开口说了:"我妈带我回来后碰上我爸,嫁给他之后我们家日子就好过多了。"

"你不会真的是富二代吧?"

"你看着像吗?"

"挺像的。这一间不便宜,一晚上万吧。"

许哲笑笑没说话。世叔家的酒店,对别人要收一万,对他免费。

"你这么有钱干吗当医生呢,这么累。那天还累得昏倒,你额头上的伤还好吗,真有留疤?"

"留了,一时半会儿消不掉。"

赵惜月就去掀他的额发。此时伤口还很狰狞,和他的脸一点儿不相称。

"可惜了。"

"没什么,这也不是第一次。我小的时候叫人从楼梯上推下来,额头上也缝了几针。"

"谁干的?"

"孙月莹。"

赵惜月听到这个名字有点儿过敏,讪讪把手收了回去。

这名字就像根刺似的,不仅扎在他心上,现在也扎到她胸口来了。

许哲见她表情不自然,便道:"如果你介意,以后我可以不提。"

"没关系,我哪有介意。我就在想你这个朋友还是很厉害的,把你打得满头包。"

"我那时候刚转去那个幼儿园,我是新人她是地头蛇,而且我也没料到一个女生这么厉害。说起来,你也很厉害,你这一身功夫哪儿学的?"

"中学的时候我们班有几个男生总欺负我,我打不过他们郁闷得很。后来我拿压岁钱找了个武馆的师父,他有点儿真本事,就教了我不少。时间一长我们都成朋友了,他就不收我钱。每年寒暑假我都跟他学,直到后来我妈生病搬来这里,我才没再回过老家。"

"老家还有人吗?"

"还有几个亲戚,不过来往不太多。我妈得了这个病他们借了钱给我,后来我把钱还清了就想,以后别再麻烦人家了。逢年过节走动走动就是,去得频繁了怕他们有心理负担。"说到这里,她摇摇头,"穷人的悲哀啊,都不敢生病。你能不能让我劫个富?"

"你可以去劫莫杰西,他也有钱。"

"算了算了,他是脑残儿童欢乐多,我可不想招惹他。"

正在赵惜月床上呼呼大睡的莫杰西,睡梦中打了个冷战。

想起莫杰西喝得酩酊大醉的样子,赵惜月不由得感慨:"酒大概真是个好东西,这么多人都喜欢。"

"你也喜欢?"

"偶尔喝点儿不错,多了不行。你有酒吗?"

良辰美景,她突然想喝一杯,还能跟许哲多待一会儿。

许哲起身到酒柜里拿了瓶香槟过来,给赵惜月倒了半杯:"就喝这么点儿,有助于睡眠。"

赵惜月拿起杯子喝得挺快,一会儿工夫就见底了。香槟不怎么厉害,半杯下去跟没喝一样。她就缠着许哲又倒了半杯。

这一回她喝得比较慢,时间一长喝下去的酒开始上头,她就有点儿云里雾里起来。

"你这个人什么都好,就是太重感情。"

"重感情不好吗?"

"也不能说不好,得分什么事儿吧。"

许哲发现她有了几分醉意,就故意逗她说话:"你给具体说说?"

"好比说孙月莹吧,她肯定喜欢你这么重感情。十几年如一日地找她,你说她知道了得多感动啊。可这事儿搁我身上吧就觉得不好。"

"哪里不好?"

"当然不好,你整天惦记着别人,叫我们这些人哪里还有机会接近你。你整天嘴巴吃素不说,连身体也素得不行。哎你跟我说实话,你最近碰过女人吗?"

果然酒壮怂人胆,这种话都敢问。

许哲一脸淡然:"没有。"

"我就知道。清心寡欲的男人,太无趣了。"

"所以你不喜欢我这样的?"

"我喜欢,可你太冷了,一靠近你就被冻得半死。我这么瘦,肉这么少,经不起你冻的,三两下我就冻僵了。"

"那你多吃点吃胖点儿。"

"不行啊,一吃多就挨打。妮娜姐跟女霸王似的,那天吃你一顿海鲜大餐,转头第二天被她打个半死。我不能多吃,吃多了就胖。身体是赚钱的本钱,得好好爱护。"

"所以你是易胖体质。"

"是,喝水都胖的那种。我小时候一直挺胖的,有一阵还被同学嘲笑来着。后来跟着师父练武,人才瘦了下来,可是太瘦也不好。"

"哪里不好?"

"没有胸,平平的。"

赵惜月一边说还一边自己伸手去摸。她那脸上带了点儿稚气的表情,做这样的动作并不让人觉得下流,反倒冒了点儿傻气。

许哲的眼神随着她的手上下起伏,心里便想,还真挺平的。

摸完后赵惜月吐出一口气,转身去拿酒瓶子。

许哲就拦她:"行了,不能再喝了。"

"就一点儿?"

"喝酒会胖,回头妮娜打死你。"

赵惜月一哆嗦,还真放开了瓶子。

许哲就扶她回房休息。扶的时候他掂量了一下,发现确实比从前轻了一些。再看自己那条裤子,穿她身上特别肥大,简直能把两条腿塞一个裤管里。

于是他就想要不要和妮娜说说,不要逼得太紧。模特儿瘦是应该的,但未必人人都要瘦成骷髅。赵惜月是走平面路线的,不上T台的话可以适当放宽要求。

思考的当口已经到了房门口,他正准备松手,赵惜月倒是转过身来盯着他瞧个不停。

"你看什么?"

"看你啊。"

"我有什么好看的?"

"哪哪儿都挺好看的。许哲,有人说过你长得好看吗?应该不少吧。"

确实有,但他听过就忘了。

"我有说过吗?"

"似乎没有。"

"那好,那我今天郑重跟你说,许哲啊,你长得真好看,你身上怎么有股子香味儿,让我忍不住想要亲你。"

话音刚落,她突然踮起脚尖,冲着许哲的唇就贴了过去。

浅浅的一个吻,只是皮肤相触而已,却在许哲心里引爆了一颗原子弹。

他怔怔地站在那里,看着赵惜月笑着和自己挥手道晚安,门关上的一刹那,他突然很想伸手拦下她。

那样的话那样的举动,都是他再熟悉不过的。

睡觉的时候他一直在想那个吻,进而又开始想赵惜月的情况。

他也曾有过几回刹那间的恍神,觉得从前那个小胖子又回来了。她们笑起来一样甜,但因年纪相差许多,从长相上看不出太多相似之处。

她们的性格中也都有豪爽的一面,甚至"武力值"按年龄比例来算也是相当的。

最重要的一点是,她们两个都让他有不一样的感觉。

对孙月莹是朦胧的友情,愿意和她亲近,忍受她的坏脾气。

而对赵惜月,更多的则是男女之情。如果不喜欢她,他就不会每次想到她和戴宏才混在一起都那么不舒服。

可认识越久对她了解越多,他越觉得她们不可能是同一个人。

首先年纪不对,算起来赵惜月比孙月莹小一岁;其次人家有父母,虽父亲早逝母亲总还健在;最后她不记得他,以孙月莹当年对他的热情,他相信即便过去很多年,她依旧会记得他。

所有的一切都说明赵惜月只是一个普通的年轻女生而已,而他却对这个女生动了心。

那个浅尝辄止的吻,让他一夜不能安睡。

第二天早上起来,罪魁祸首却跟没事儿人似的,依旧穿着他那条过长过

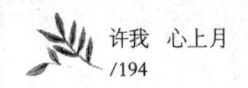

肥的裤子冲他打招呼。看起来她似乎忘了昨天的一切,还有心思在那儿做早餐。

"我在煮面,你吃吗?"

许哲点头:"麻烦你了,赵阿姨。"

说完他迅速回房,关门的时候听到赵惜月在那儿抱怨连连。

等他打完几个电话出来时,面已经煮好了。别墅厨房里的东西备得不多,她做得却很用心。

意面上浇了红红的酱,闻着味道不错。

"没有放肉,因为也没有肉。我看有洋葱就切了点儿,搁番茄酱炒了炒。做法不太正宗,法国来的少爷千万不要嫌弃啊。"

许哲看她,心想这也是个有仇必报的嘛。

吃饭的时候客房里赵惜月的手机响个不停,许哲就问她要不要接。结果赵惜月连连摇头:"是莫杰西,烦死了,一大早酒醒了就找我吵架。他怎么有我号码的,你给的?"

"不是,但他总有办法的。"

"搞得我头大,想睡懒觉都不成。要不是怕妮娜姐找,我真想关机。"

"你一会儿直接去棚里?"

"嗯,妮娜姐说她来接。"

"那我就不送你了。医院还有事儿,我得回去了。你放心,走的时候我会把杰西一起带走。"

这真是天大的好消息,赵惜月现在简直不想跟他打照面。这男人头一个电话打过来就跟她嚷嚷,质问她为什么昨晚把他一个人留在房间里。

赵惜月就想冷笑,心想先生,我们什么关系哪,难道我还要留下来侍候你不成?给你张床睡就不错了。

后来许哲说到做到,不知用了什么办法,总之顺利地把莫杰西带走,没叫他吵着她。

赵惜月全身心投入工作,忙到黄昏时分才搭同事的车回S市。

快到市区的时候收到许哲的短信,问她在哪儿,她就报了个地址。对方便说叫她在那儿等,他一会儿就过来。

见着许哲的时候他身上还有淡淡的消毒水味儿,赵惜月就问他:"你今天这么早下班?"

"不早了,都快八点了。不过最近医院还行,不是太忙。"

更何况男人想要见女人，再忙也能挤出时间来。

哪怕不睡觉呢。

知道她还没吃饭，许哲就带她进了附近一间餐厅，要了个小包厢。

进去后坐下倒茶点菜，两人顺便说点闲话儿。说起许哲怎么劝走莫杰西，许哲只轻描淡写来了句："我的话他不会不听。"

不是不会，是不敢吧。

就这么聊了许多，原本一切都好好的，许哲却突然开口道："其实我今天找你来，是想谈谈昨晚的事儿。"

赵惜月一脸茫然："什么事儿？"

"关于你不打招呼，自作主张吻我的那事儿。"

赵惜月第一反应就是否认，她觍着脸笑："这哪能呢。"

"我本来也以为不可能，没想到……"

许哲脸上露出为难尴尬的表情，活脱脱一个演技帝，把赵惜月唬得一愣一愣的。

看他这样子，自己好像当真做了什么十恶不赦的事儿，倒叫他受尽委屈。

可真有这回事儿吗？

赵惜月绞尽脑汁地想，记忆里只有穿了许哲的睡裤和他一起吃宵夜的场景。后来自己好像喝了点儿香槟，再后来就是醒来后躺床上的画面了。

这中间有断层，可恶的是她竟想不起来。

她心虚地瞅瞅旁边的男人，内心颇为纠结。

"你不会不承认吧？"

"这个……我真不记得了。你不会……讹诈我吧？"

许哲立马翻脸，沉着一张脸道："我有什么理由讹你？"

也是，无论是长相、家世还是聪明才智，他都碾压她十条街，没必要把这种事赖她身上。

赵惜月颇为头痛："我真亲了啊？"

"嗯。"

"那你该拦着我的呀。"

"事发突然，你也没打招呼，我没料到。"

听听听听，她怎么就成了强占"花姑娘"便宜的"臭流氓"了呢？男神再好她也不能这么把持不住啊。

所以说喝酒误事，都是莫杰西给害的。

已经到家正泡澡的莫杰西要是知道这事儿，肯定得气出一口老血来。

"那，你想怎么办？"

"你要补偿我？"

"我跟你道个歉吧。喝醉了占了你便宜，我怪不好意思的。"

这一点赵惜月和单纯的女大学生不同。她到底在职场摸爬滚打了几年，脸皮练得厚一些，加上最近被妮娜姐疯狂"折磨"，身心得到了极大的锻炼。只要没把许哲给睡了，她都有信心把这事儿当小概率事件给抹过去。

但许哲显然不同意："道歉太没诚意了。"

"那怎么办，我再买份礼物给你？"

"还想拿个钥匙扣打发我？"

什么叫打发他呀。那钥匙扣明明是他自个儿要去的，她还舍不得呢。

"那你想要点儿什么别的？你说吧，只要我买得起的，我都给你买。"

于是许哲顺利拿到张空头支票。

他一手支着下巴，望着餐厅的落地玻璃出神，优雅得如同电影胶片中的人物一般。

片刻后，他开口："我想想，回头告诉你。"

赵惜月瞬间觉得日月无光。

许哲拿公筷给她夹了一筷子鱼肉，示意她："多吃点儿，要不撑不住。"

还真撑不住，身体和心灵都受到了非人的虐待。赵惜月看看那鱼片，想想妮娜姐挥舞的大棒子，无奈道："我还是和你一样，吃素吧。"

"不要委屈自己，要对自己好点儿。"

"那你还那么对我！"

"那是因为你先那么对我了。"

正巧一个男侍应走过，听到他俩这对话虎躯一震，立马衍生出无数少儿不宜的画面来。

这段时间对赵惜月来说，唯一的好消息就是关于小喆的了。

进入十一月后，在病床上躺了近三个月的小喆终于被准许出院了。刘凤玲卖了房子和车，在省一院附近租了一个两居室，每天陪伴在儿子身边。

为此她只能辞了工作，靠卖房剩下的积蓄暂时度日。因为小喆还有后续治疗要做，除了手术移除还留在他气管里的管子外，他还要定期回医院接受复健训练。

　　因为声带受损，他目前无法说话，医生也说不好将来他还能不能说话。

　　刘凤玲却总是说着感激的话。作为一个单亲妈妈，孩子是她全部的希望，他现在能顺利活下来，对她来说已是最大的安慰。

　　小喆出院那天赵惜月休息，一大早就赶到医院帮忙。把孩子带回家后，她还帮着收拾屋子打扫卫生，忙完后又陪小喆一起玩。

　　小喆爱听她讲故事，每次都安静地坐她身边，听得聚精会神。赵惜月手里拿着一沓小人书，讲到最后口干舌燥，小喆就递杯子给她喝水。

　　因左半边身子还没完全恢复，他拿杯子的时候只有右半边能发力，显得特别艰难。赵惜月赶紧去接，拿在手上喝了大半杯。

　　喝完后一低头，发现小喆拿着自己的小书包，正在拉拉链，赵惜月又伸手帮忙，从里面拿出两幅画来。

　　画上的图案歪七扭八，几乎辨不出来是什么。但小喆能分得清，他把一幅递给赵惜月，打手势说是给她的。另一幅他则比画了半天，赵惜月才明白是送给许哲的。

　　这孩子真是太贴心了。

　　赵惜月感动得想要抱抱他，却突然听到外头传来"轰隆"一声响，紧接着又是打碎玻璃的声音，令她心头一凛。

　　小喆眼里露出焦急的神情，赵惜月赶紧安抚他："可能是妈妈打碎杯子了，姐姐去看看，你别着急好吗？"

　　小喆信任地点点头，赵惜月冲他微微一笑，转身出了房门。

　　进到厨房看到的景象却叫她大吃一惊。刘凤玲晕倒在厨房地面上，旁边是打碎的玻璃杯。赵惜月伸手轻拍她的脸叫了她几声，对方一点儿反应也没有。

　　她赶紧起身去找手机，给省一院的急救中心打电话。原本他们刚刚从医院回来，一转眼的工夫却又回去了。

　　小喆离不了人，赵惜月只能把孩子一并带上。去到急诊中心后她又给许哲打电话，待见到他人的时候，她已经累得快虚脱了。

　　刘凤玲被送进了抢救室，许哲给小喆找了处休息室，让他暂时待在里面。并叫赵惜月陪着他，说一有进展会第一时间告诉她。

小喆受了惊吓情绪有些不稳,赵惜月哄了半天才把他哄着,让他在自己怀里好好睡一觉。大概两个小时后许哲过来找她,把刘凤玲的情况简单做了个说明。

"是轻微脑溢血,情况不算太严重。"

脑溢血?赵惜月十分意外,印象里这种病不是老年人才会得的吗?

"她还那么年轻。"

"确实比较少见,但也偶有发生。她应该是最近照顾儿子太累,心理压力太大所致。"

"会有后遗症吗?"

"目前不能肯定。但从症状来说情况比较轻微,如果好好治疗完全恢复的可能性比较大。"

赵惜月发现,许哲说话很注意措辞,绝不会大包大揽,也不会拍胸脯保证什么。他通常选择比较平和的词,并且留有很大的进退余地。

但以她对他的了解,他既然敢这么说,刘凤玲的情况就是相当乐观的。

一口气终于松下来。

"孩子怎么办?刘凤玲得住院观察吧。"

"确实。他有没有别的亲戚长辈?"

"好像没有。他住院这么多天,全是刘凤玲一个人在操持。我听她说起过家里的事情,说她父母早亡,亲戚朋友也不怎么走动了。上回狂犬病去世那个是她第二任丈夫,不是小喆的亲爹。至于她那前前夫,吃喝嫖赌无一不精,是不可能管她和孩子的死活的。当初那套房子要不是她的婚前财产,早被那男人抢走了。她也怪不容易的,一个人挣钱养家,还能买房买车,本来过得好好的,结果飞来横祸。"

这和她曾经的境遇有点儿像,只不过她运气略好一些罢了。

刘凤玲的突然发病,把重伤未愈的小喆推入了尴尬的境地。赵惜月想了想,喃喃道:"要不我先带他回我家?我妈在家,能帮着搭把手。"

"不行,你妈妈手术不过一年,不能太累。"

许哲突然掏出手机,去到外头打了个电话,回来后冲赵惜月道:"送我家去吧,我和阿姨打了招呼,将她从钟点工改成全职保姆,先让她照顾小喆几天。"

"住你家啊,那你住哪儿?"

"我住书房,地方太小打地铺就行。"

"那你得破费了啊。"

阿姨本来兼几家的活,为了他得推了别人家的,这里面的损失他要付。以后阿姨全职再转钟点工,找工作的时间耽搁的损失也得他付。一项项加起来可是不少钱。

许哲却不以为然:"能用钱解决的事情,都不是什么大事儿。"

于是当天小喆就被送进了许哲家。小喆现在身体行动不便,每天大部分时间躺在床上,只需要阿姨时时留意就好。另外就是定期送他去医院复健,还要带他去病房看妈妈。

刘凤玲刚醒的时候语言功能没完全恢复,只能抓着儿子的手不停地流眼泪,对赵惜月和许哲是谢了又谢,那手势打得叫人眼花缭乱。

赵惜月看她这样很是难过,走出医院的时候看看头顶那一片蓝天,就自我安慰地想,一切都会好起来的,终究都会好起来的。

因小喆住进了许哲家,赵惜月这些天一有空就往他家跑,帮着照顾孩子。一来二去阿姨就跟她熟了,话里话外就拿她开玩笑。

"小赵啊,许医生帅伐?"

"挺帅的。"

"侬喜欢伐?"

"这个嘛……"

"哎哟不要不好意思嘛,小姑娘年纪轻轻的,喜欢就要追呀。"

"阿姨,您这么说,我无言以对呢。"

"有什么好对不对的,看上了要提早下手的,不然被人抢跑了怎么办?"

赵惜月忍不住脸红起来,支支吾吾不知道该怎么回答。

这时候外头门开了,许哲走了进来,一见这情景就问:"怎么了?"

阿姨嘴快,立马接上:"我在问小赵是不是喜欢你,她不好意思了。我跟她说,喜欢了就要出手,出手晚了就没有了。"

许哲站在门口换拖鞋,末了一本正经点头:"我觉得您说得有道理。"

赵惜月差点儿厥倒。

阿姨姓童,不是她走后接替的那个。那一位时间太赶,每次在许哲这里三小时的活压缩成一小时干,害他好几回穿着没洗干净的衬衫就去上班。

有一回叫谢志瞧出来了，对方就笑他："怎么了，最近没给阿姨工资啊？"

正巧那一位要回家带孙子，许哲赶紧又招了这一位。

阿姨是临近城市的小镇上来的人，很热情很风趣，在 S 市时间久了，讲话喜欢故意带点儿方言味道，调节下气氛。

许哲和她关系不错，也不介意她偶尔开开玩笑。

赵惜月就吃不消了。当众被人这么调戏，她很是郁闷，瞪许哲一眼，转身进房陪小喆去了。

客厅里就剩童阿姨跟许哲两个。

阿姨先给许哲倒了杯水，又说了点儿晚上吃什么之类无关紧要的话，最后才旁敲侧击问他："许医生，小赵姑娘人挺好的吧。"

"嗯。"

"那你不要欺负她呀。"

"我没有。"

"你刚刚把她弄得下不了台，躲房间里去了，肯定是害羞了。"

许哲差点儿被水噎着："话不是您说的吗？"

"我说的时候她好好的，你一附和就出问题了。症结还在你身上呀，你要不要进去哄哄？"

许哲真想给童阿姨竖大拇指，所谓颠倒黑白入无人之境，说的就是阿姨这样的吧。

童阿姨还在旁边催他："去呀去呀，小姑娘脸皮薄，要哄的，不然以后不理你了。"

许哲心想，她不理你才是真的吧。

不过他还是进房去了。房里赵惜月正给小喆擦脸擦手，见他进来也没说话。

倒是小喆冲他笑笑，招呼他过去坐。

许哲坐到床边，没话找话："这一天要擦几遍？"

"不知道，白天都是阿姨擦，我就这会儿过来帮把手。"

"你一会儿留下吃饭吧。"

赵惜月心想我本来就要在你家吃饭的，跑过来干活难道还不给饭吃？哪里就那么倒贴了。

她嘴上却道："我喜欢吃肉的。"

"叫阿姨做。你不吃小喆也要吃，小喆不吃阿姨也要吃的。"

"所以现在这个家里,就你一个人吃素?"

"是的。"

"那是不是很麻烦,盛过肉的碟子都不能用来盛蔬菜,还有炒菜锅也得分开?"

"我没那么龟毛。饭店里都是混着装的,难道我也要叫人分开?"

赵惜月觉得后半句说得有道理,至于前半句嘛……他哪里不龟毛了,简直龟毛透了。

许哲想想又道:"刚刚阿姨开玩笑的,你别介意。"

"不会不会,我这人听过就忘了。"

"是吗?不会晚上想得睡不着觉吧。"

"哪能啊,我这人睡眠一向挺好的。"

"也是,最多也就喝醉的时候做事出格点儿。"

这是旧事重提了,赵惜月扫他一眼。

"回头搞不好你喝一瓶下去,就有勇气给我打电话了。"

"那我从此滴酒不沾。"

"人生岂不少一乐趣。"

"那也得忍着,万一我喝大发了跑你家来,把你大卸八块那可怎么办?"

许哲握拳捂嘴轻咳两声:"当着孩子的面,不要这么暴力。"

赵惜月就摸摸小喆的脸:"不好意思啊,姐姐以后不说这种话了。"

小喆说不出话来,可脑子还是好使的。快五岁的孩子已经能听懂一些成年人间的打情骂俏,所以这会儿就忍不住笑,伸手指指许哲,又指指赵惜月,意思是他俩天生一对。

赵惜月赶紧纠正:"不要胡说哦,叔叔会不高兴的。"

这话乍一听没什么,细品之下就觉出不对来了。

那天晚些时候吃过饭,阿姨给小喆擦身,他们两人在厨房里洗碗。许哲就开始追究这个事儿:"小喆管你叫姐姐,管我叫叔叔,这不合适吧。"

"有什么不合适的,你比他大那么多,当他爸爸也没什么。"

"说得你有多小似的,你这年纪生孩子的也不少。我们医院前两天收了个急诊,十几岁的姑娘怀孕生子,到临产了才知道,之前一直以为自己只是胖了。"

"父母呢？"

"离异了，她跟爷爷过。爷爷年纪大又是男的，不会留意孙女身材的变化和例假的规律，最后搞成这样。"

"你说这些人生孩子干什么，生了又不好好养。"

"这年头这样的人不少，生了又不养，转手扔给别人。最后被人找到了也不愿要回去，巴不得别人替她养一辈子。"

他说这话的时候神情有些严肃，不像刚才那么轻松。赵惜月直觉他话里有话，却不好意思问他。

万一戳到人家的伤心处呢？

许哲确实在说自己的事情，他是父母一夜情的产物。他妈生他的时候连他爸是谁都没搞清楚，后来养到两三岁没钱了，把他扔给同屋的室友自己跑了。

那个室友就是他现在的养母。养母把他养大，四岁的时候带他回国，和养父走到一起后，他才成了真正有父有母的人。

外面的人看他光鲜亮丽，却很少有人知道他有这么复杂的身世背景。

这也是为什么养父对他很好，他却一直没改姓霍的原因。尽管他们都说他将来要继承弘逸，可他自己却一点儿这个意思也没有。

他只要做许哲就够了，治病救人过普通的生活，财团的事情他不感兴趣。可父亲不这么想，总是理所当然就把他当作未来的接班人。有一回许哲很无奈地冲他道："要不你和我妈再生个儿子吧，养大了把弘逸交给他？"

"那得等到什么时候？你爹我白胡子一大把了还得送小儿子上大学。养得好也就罢了，养得不好跟杰西似的，家里不得乱套。还是你最好。"

这是他目前最大的烦心事儿。

洗完碗许哲给赵惜月泡茶，水还没烧开赵惜月的手机响了。她接起来甜甜叫了声："妈……"

听得出来，母女感情很好。

只是电话那头赵母的情绪似乎不大好，赵惜月一连问了几句"怎么了"，情绪也变得焦急起来。

许哲就问："出事了？"

"好像是家里来亲戚了，我妈叫我赶紧回去。"

赵惜月收起手机就去换鞋，许哲转身进房间和阿姨说了句什么，随即出来道："我送你。"

两人一路无言回到赵惜月家的小区。

许哲不方便上楼,只同她说:"要有事儿你就给我打电话,要没事儿晚点也给我打一个。"

"嗯,应该不会有事儿,是我舅舅他们。"

她冲许哲笑笑,关上车门上楼去了。

许哲在楼下等了十几分钟,见楼上没大的动静,这才开车离开。

他并不知道这会儿在赵家小小的两居室里,正上演着怎样的一场闹剧。

第十六章
命运仿佛进入了一个轮回，如此相似

来的人是赵母的弟弟，叫陈明，除此之外还有他的老婆和儿子。原本他们过来赵母挺高兴的，以为是小弟一家特意过来瞧她的。

说起来她手术也做了一年多了，跟他们还是头一回见。

结果他们坐下来没聊两句，倒聊出大事来了。

陈明是个嘴比较笨的男人，他老婆桂虹却是个能说会道的，先是跟赵母一通问好，又拉了几句家长，话里话外抱怨这几年厂里效益不好，家里日子不好过。儿子又是一天天大了，眼看也到结婚的年纪了。

赵母当时就想，是不是来找她借钱啊？可应该不会啊，家里人都知道她和惜月是个什么境况，没道理找她借钱。

结果她还是想得天真了。桂虹不是来借钱，是来讨债的。

她拿出一张借条来，落款时间是去年八月中旬，借款人是赵惜月。借款内容大致是说赵惜月问舅舅借三万块，每年百分之八的利息。还款日期定在两年后，如若不还就要重新打借条。

赵母一看这借条就蒙了，仔细看那个签名，认出来是女儿的笔迹。

她原先也问过女儿借亲戚朋友钱的事儿，她说已经都还清了。没想到这丫头欠了舅舅三万块也不同她说，现在叫人上门来要，未免有伤和气。

所以她赶紧打电话把女儿叫了回来，想问个清楚。该不会是丫头太忙忘了吧？

赵惜月到家后气还没喘匀，就被妈妈拉到一边问借条的事儿。这下子轮到赵惜月发蒙了。

钱她早就还了，舅舅家因为有个厉害的舅妈，她还是特意第一个还的。按百分之八的利息和借钱月数算了本金和利息，一分不少全还给他们了。

还的那天她记得挺清楚,自己拎了东西去的,舅妈对她特别热情,见她掏出钱来还一个劲儿地假客气,后来数钱的时候眼睛眯成一条缝。

怎么现在他们又来讨钱了?

她拿着那张借条看了好几眼,确定是当初自己签的那一张,一时想不明白。

钱还回去之后,舅妈当场拿出欠条来,当着她的面撕了扔进了垃圾桶。就算后来她捡起来再拼上,借条也该有痕迹才是。

可是这张借条是完整的。借条本身是舅舅起草的,最后由她签了名字,怎么也瞧不出破绽来。

真是神了,难道他们还有超能力?

可要真有也不需要上门来讹诈了。

赵惜月捏着欠条不说话,眼神有些冰冷。

陈明跟儿子缩在一边不说话,只让老婆桂虹打冲锋。

要说赵惜月的这个舅妈也是个不要脸的,谎话说多了自己都认为是真的了,还没等赵惜月想明白这里面的猫腻,就迫不及待上前哭诉来了。

她看赵惜月不好惹,眼神里透着凶光,就转而拉赵母诉苦:"姐姐你也知道我的,我这个人良心最好了。当初小月求上门来借钱,我二话不说就借了,我做事情还是很地道的吧。今天上门来其实也挺不好意思的,可我们家的情况你也知道,你弟弟老实一辈子,靠我一个人也攒不下多少钱来。这不前些时候小栋谈了个女朋友,大家都挺满意的,就想替他们赶紧把婚事办了。趁着我年轻给他们带带孩子,也好让他们轻松点儿不是。"

赵母也跟弟弟一样老实,面对弟媳妇唯有点头的份儿。

"可这结婚花销大啊,酒席彩礼四大金刚一个都不能少的,要不然人家女孩子哪里肯进我们家门。房子是早些年买的一套小户型,装修一下给他们小两口住。小栋说公司离家远要买辆车,我们就算再苦也得咬牙给他买。所以才想着你们能不能把这钱先还给我们。等以后哪天我们手头宽裕了,再借也是可以的。"

赵惜月真觉得她说得比唱得好听。她那表哥陈栋初中毕业就在离家不远的厂子里打工,她早些年还去厂里看过他,骑个自行车也就十五分钟的距离,有必要买车吗?

辛苦是假,虚荣才是真吧。

这是别人家的事儿，她管不着。可那钱她确实是还了，再叫她掏三万块却是不可能的。

趁着桂虹还在那里叨叨，她仔细回忆那天的情景。当时舅妈把她拉到沙发里坐下，让表哥陪她说话，然后自己进屋去拿借条。

印象里那天一向木讷的表哥还挺活络的，跟她说了不少话。两兄妹从前感情还可以，赵惜月也就跟他聊得很兴起。

后来舅妈把欠条拿出来了，没交到她手上，只是展开了冲她抖一抖，说了句："你看，是这张吧。"

当时她觉得是，现在想想却知道肯定不是。

那张应该是后来舅舅重新写的借条，她的签名是别人代签的。如果细看肯定能看出来，可她当时哪想到亲戚会骗她啊，一看字迹是舅舅的，自己的签名也没细细看。

关键是舅母手法奇快，那纸在她面前晃了两下就拿了回去，没几下又给撕了个稀巴烂，显得十分仗义的样子。要知道那时候她可连钱都没数呢。

当时赵惜月觉得她是豪爽，现在才发现根本是自己愚蠢，让人摆了一道。

他们撕了假借条收了她的钱，现在跑来拿真借条让她再还三万块。而且还要算上一年多的利息，这不是讹诈是什么。

那边舅妈还在自我标榜："其实上半年家里就琢磨着办婚礼的事情，就是钱不够。当时我想小月还没毕业，不好找上门来给你们添乱的。现在她毕业了也工作了，我们才厚着脸皮来的。"

还挺聪明的，等她找到工作再来要，否则家里没钱，撕破脸又要不到钱，岂不白跑一趟。

他们以为S市遍地是黄金，她才工作几个月就能挣大钱，就能随便被敲诈了？

赵惜月去看舅舅和表哥，见他们低头坐在那里，跟两尊石像似的，想来心中有愧，都不敢抬头和她对视。

只有她那个舅妈，一张嘴叨叨个没完，吵得她脑瓜疼。

说到最后赵母有点儿吃不消了，说要坐下来休息一下。赵惜月以此为借口送母亲回房，刚一出来就被舅妈拉住了。

"小月，现在你家你做主，这个钱的事儿舅妈就问你的态度了。"

赵惜月也不跟她翻脸，反倒客气笑笑："您让我想想吧。"

"怎么，你不是不想还吧？"

这话一出大家都挺尴尬。陈明赶紧站起来劝老婆："你不要这么说，小月刚回来，你让她休息休息。"

桂虹瞪着眼睛还要说什么，赵惜月又道："舅妈你们住哪儿？"

"就在这附近有个招待所，我们就住那儿。"

"那你们先回去吧，我妈身体不好我也不能送你们了。钱的事情你别着急，三万块也不是小数目，我才刚工作没多久，你说是吧。"

言下之意就算要还钱，也要想想办法。

桂虹一听有道理，也不愿意把人逼急了。这终归是飞来横财，逼急了鸡飞蛋打多不划算。

于是几个人便告辞离开。

他们一走，赵惜月整个人跟被抽去骨头似的，默默坐在客厅里发呆。

后来赵母出来问她要不要紧，赵惜月冲她挤出个苦笑："没事儿妈，这事我来解决。"

"小月，要真欠了你舅舅的，要不就……"

"妈，钱我已经还了，多余的我一分也不会给。您别管这事儿了，我会有办法的。"

具体办法还没想出来，但总不能什么都不做就叫他们如意。

哄妈妈回房之后，赵惜月回房给许哲打了个电话。

她也不遮遮掩掩，一开口就把家里发生的事儿给对方说了，末了她问："你有没有认识的厉害律师，我想咨询一下。"

"怎么，想打官司？"

"总要做好几手准备。我舅妈这个人不好搞，他们手里又握着真的借条，到时候上法庭我很被动。我得找律师问问，有没有办法证明我还了钱借条可以作废了。三万块我是有，可我不想就这么给出去。"

"你想要什么级别的律师？"

"这还分档次？"

"当然，大部分情况下收费越高本事越大。我给你介绍的肯定不是骗钱的，但如果你要好的，收费确实不便宜，光咨询一趟可能就要……"

"没事儿，你给我介绍最好的。我宁愿拿这三万块去打官司，也不给贪得无厌的人。"

　　本来舅舅一家借钱给她她是很感激的,如果今天舅舅找上门来问她借钱的话,她肯定会借,毕竟他们在她最困难的时候帮过她。

　　可现在他们玩这一手,让她觉得受到了侮辱。显然他们一开始就合计好了要骗她的钱。

　　既然别人不拿她当亲戚,她也就不客气了。

　　先把三万块这个事儿搞定,以后的事儿以后再说吧。

　　许哲听出她语气不大痛快,便安慰她:"别担心,会没事儿的。"

　　"我知道,有你帮忙问题不大。我就是觉得有点儿窝囊,我当初怎么那么傻呢?"

　　"这事儿不怨你,换了谁在当时那样的情况下也都是同样的反应。你舅妈三两下撕了借条,你总不能当着人家的面从垃圾桶里翻出来拼好仔细看。她是长辈,她存心不叫你看,你也不好同她争。她就是算准了这一点,才会这么肆无忌惮。"

　　"许哲……"赵惜月轻轻唤了声他的名字,"还是你人好。"

　　"我确实是好人,你也不坏。"

　　"要是每个人都跟你一样多好。我从没想过害人,只想别人也别来害我,没想到……"

　　"这世上的人形形色色。你如今刚进社会,以后会遇到更多的坎儿。就当提前操练了,以后遇事多留个心眼儿,别对人掏心掏肺的。"

　　"一定不会了。以前齐娜说进入社会的人会变复杂我还不信,现在我是信了。果然学生时代认识的朋友才比较好。"

　　"听你的意思,我似乎也在不被信任的行列里。"

　　"为什么?"

　　"我已经进入社会几年了。"

　　"那倒是,你这人又聪明,论耍心眼儿我可玩不过你。改天你把我卖了我都不见得知道,还帮你数钱呢。"

　　"我有那么坏吗?"

　　"不好说,知人知面不知心啊。"

　　"赵惜月!"许哲突然提高音量叫她的名字,把她吓一跳。

　　"干……吗?"

"你这么看我,我会伤心的。"

"不会吧,我开玩笑的。"

"我听着是真心的。我们做了这么久的朋友,你还不知道我的为人?"

"我知道,知道的,你这人最好不过了。对朋友特别仗义,你还把小喆接回家了呢。又给我找律师,你人真是太好了。"

"这会儿拍马屁迟了。"

"那你要怎么办?"

电话那头许哲停顿片刻,来了句:"来点儿补偿吧。"

赵惜月差点儿晕倒,这人拿空头支票拿出瘾来了。

随即电话里响起轻微的笑声,赵惜月就知道他在开玩笑逗自己了,一时感动袭上心头。

"许哲,你对我真好。"

"现在才知道?"

"如果你能帮我把律师费付了,就更好了。"

许哲一口回绝:"这个没得商量,自己付,你现在月收入比我高。"

"……"赵惜月想,要真追上他了,怎么有种包养小白脸的错觉啊。

两个人就这么胡乱闲聊几句,最后许哲以第二天要上早班为由挂了电话。

赵惜月一个人躺床上盯着手机屏幕看,都快九点了,他是该睡了。那她呢,今天晚上还能睡得着吗?

她甩甩头拿了睡衣裤进浴室洗澡,刚洗完还没吹头发,就听到手机在响。于是她赶紧去接,就听许哲的声音在另一头响起:"你睡了吗?"

"还没有。"

"那你下楼一趟吧,我在楼下。"

赵惜月吃惊不小:"在楼下干吗?"

"下来你就知道了。"

"可我洗完澡了。"这话一出她又有点儿后悔,倒是许哲很聪明。

"你穿着睡衣?"

"嗯。"

"那也下来吧,这会儿小区没人,没关系。"

对方都到家楼下了,又是自己喜欢的,赵惜月哪里抗拒得了,来不及换

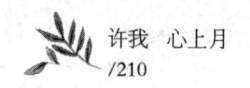

衣服只拿了手机钥匙就一路小跑着下楼去了。

到了楼下一看,路灯下一个长而挺拔的身影,正站在那里冲自己笑。

他手里拎个纸袋,一下子吸引了赵惜月的注意力。

"什么东西?"

许哲把纸袋递她鼻子底下:"闻闻?"

"小龙虾!"

赵惜月十分激动,一把夺了过来,显然很不客气地把这东西当成了自己的所有物。

"太客气了,来就来嘛,还带东西。"

"我要空着手把你叫下来,你该揍我吧。"

"哪能啊。"

"知道你喜欢,我会跟妮娜说,让她放你一马,允许你吃这顿。"

"你到底什么人啊,这么神,妮娜姐也得听你的。"

许哲只是笑。

赵惜月抱着袋子,浓郁的香味直往鼻子里钻,连男神都有些黯然失色的感觉。许哲将她的馋相看在眼里,点头道:"上去吧,下面风凉,回屋慢慢吃。"

"谢谢你了。你怎么突然想到给我买这个了?"

"听你电话里心情不大好,怕你想不开,所以……"

"不会不会,我这人不会自杀的。"

"我是怕你出手太重,把你舅舅舅母给打了。"

看在小龙虾的分上,赵惜月决定忽略他的话。

许哲冲她摆摆手:"上去吧,明天把律师的联系方式给你,我会事先打好招呼,你去就好。"

赵惜月更加感动,恨不得扑他怀里把眼泪鼻涕全往他身上抹。

回家后她坐在客厅里,慢慢把一整盒小龙虾拿出来,搁在茶几上看了半天,竟有点儿舍不得吃。

正好这时赵母出来了,见状就问她:"哪儿来的?"

"别人给的。"

"这时候?谁三更半夜给你送这个?男朋友?"

赵惜月去拿小龙虾,听到这话手一抖,叫壳给刺了一下。她赶紧摇头:"不是不是，齐娜给的，她买多了请我吃。"

"说起来齐娜家水管全修好了，不会再漏了吧？"

"不会，她换了个房子，这次水管是好的。"

齐娜确实换了个住处，一来是房子被砸得不像话，有些地方还得重新装修；二来也是怕冯建康的老婆再带人找上门来。

赵惜月就问她赔偿金的事儿。把房子搞成这样，人房东估计得跟她急，整修起来要花不少钱。

结果齐娜有点儿不好意思，再三逼问下才说："冯建康掏的钱，跟我没关系。"

"你怎么还跟他联系啊？"

"这是他惹出来的事情，凭什么我出钱啊。我被骗了一场，难道贴人还得贴钱？不得叫他出出血，我都没问他要精神损失费！"

这话也有道理，赵惜月就没再管，低头的时候没看到齐娜脸上露出松口气的表情，就跟过了一关似的。

顾不得想齐娜的事情，赵惜月第二天中午从许哲处拿到了律师的电话，就跟人敲定了见面的时间。

晚上下班后她直奔律师事务所，找到了许哲介绍的林律师。

林律师四十来岁的样子，长相十分儒雅，没有人们印象里对律师常有的犀利与尖锐。他把赵惜月请进办公室，还叫秘书上了茶。

赵惜月就把昨天发生的事情仔仔细细同他说了。林律师听得很认真，并不打断她，只拿笔在纸上不停地记着什么。等听完后他才就某些点提出问题，待赵惜月补充完整后，他才开口分析情况。

"赵小姐，你能肯定那张借条确实是最原始的那张？上面的签名也是你本人的？"

"这个我能肯定，应该不会错。"

"好，那撇开造假的可能，在这张借条真实的情况下，我们来分析这个案子。首先你给他们的钱是现金是吧？"

"是的。"早知道该转账的，她哪里想到那么多。当时打电话去舅舅家，舅妈接了电话，听说她要还钱就热情地邀请她去家里坐坐。她想着不能跟人太生分，这才取了现金去的。

当面给更有诚意嘛，谁知道别人给她下圈套。

"请问你是什么时候取的这笔钱，在哪里取的，分几次取？"

"就在还钱的前一天，因为ATM机一天最多取两万，我懒得预约，就分两天取了。前一天两万，第二天又取一万多，因为有利息。"

"这一点很好。时间隔得很近，跟你去你舅舅家几乎是同时。那你那天去的时候有碰到什么别的人吗，比如说邻居？"

赵惜月想了想："碰到了楼下的张大爷，他认得我的。后来我出来的时候，还碰到对面的李大娘。我小时候经常去我舅舅家，他们都认得我。"

"这又是一个有利点。但光有这些还不够，如果你舅舅收到你的钱后短期内，比如说一两天内就去银行把这个钱存进去，那到时候在法庭上就比较说得通了。因为你说过，你舅舅舅母都是普通工人，表哥也在工厂工作。这样一个家庭，是很难突然多出这么一大笔钱的。上庭时可以抓住这一点来打，但现在最关键的是，他们是不是很快就把钱存起来了？你也知道有些年纪大的人，喜欢把现金藏家里，若是这样就比较麻烦了。"

确实很麻烦，惹上这样的事情，她头痛得夜里都没睡好。

多亏了许哲的那斤小龙虾，才让她稍微好过点儿。

一个不谨慎把事情搞成这样，她有点儿自责。那天的画面就一直在脑海里播放，一些原本没想起来的东西经林律师一提醒，立马变得清晰起来。

"那天吃饭的时候我好像听我舅妈提了一下，说要把钱存银行。说他们小区那段时间不安全，常有小偷入室行窃。"

"若真如此，我觉得这官司或许都不用打。"

"怎么，您有办法让他们不起诉？"

"改天约个时间我和他们见一面，最好不上庭就把这事儿给你解决了。你是霍少爷介绍来的人，我也不会坑你，用最短的时间最少的金钱解决麻烦，比什么都好。"

赵惜月刚想要谢他，听到这话一愣："霍少爷，你是说许哲吧？"

"是是，是许少爷。"

林律师似乎自知失言，赶紧挑起别的话题掩饰过去。

赵惜月却记在了心上。她一早就怀疑许哲跟弘逸集团有关，也曾想过他会不会是霍子彦的儿子。算算年纪差不多，可姓氏又不一样。

弘逸家大业大，没道理自己的孩子不跟父姓。

她满肚子的疑问，后来的谈话就有些走神。但总体来说见面的结果令她挺满意，若真像林律师说的那样能不闹上法庭，至少能保留双方的一丝颜面。

　　离开的时候对方一算时间，收了她两千块。赵惜月心里不由得咂舌，还真盼着不要上庭的好。这么一谈都得两千，真打官司，律师费都不少。

　　回家后她开始上网，查跟弘逸有关的一切。以前她也查过，但没往霍子彦的夫人身上查。如今从许哲口中得知了一些他母亲的基本信息，她查起来便有了方向。

　　即便如此她也花了好几个小时，第二天才在某个不起眼的小网站的一篇报道里，找到了"许烟雨"这个名字。

　　结合之前查到的信息，她基本确定这人是霍子彦的太太。

　　原来霍太太姓许，那么许哲真有可能是霍家的孩子。至于他为何随母姓，她一时还想不通。

　　在弄清这一点后，赵惜月竟有点儿隐隐的兴奋。是庆幸许哲确实是有钱人家的公子，还是觉得可以利用他的身份进入弘逸内部？

　　她想不明白，而且一往深了想就头疼，反倒不高兴起来。

　　她不想利用许哲，他干干净净一个人，把她当朋友看待，她要是算计他，是不是太不是个东西了？

　　可爸爸的死怎么办，就这么随它去了？妈妈又总是什么都不说，搞得她愈加觉得里头有猫腻。

　　她只能暂时先不想这事儿，把舅母对付过去再说。

　　林律师说到做到，过了一天真的和她约了时间，去招待所找陈氏夫妇谈。

　　陈明和桂虹说到底都是小老百姓，一辈子没跟律师打过交道。他们原本只想着拿张借条吓唬吓唬外甥女，逼她吐点儿钱出来罢了。

　　结果没想到她出手这么狠，直接带了律师过来，一副要跟他们对簿公堂的架势。而且那律师能说会道，把他们说得哑口无言。想想那些已经存进银行的钱，到时候法官问这钱的来路，他们还真说不出来。

　　陈栋常看港片，待律师走了后说道："妈，这个叫巨额财产来源不明罪，要是说不清楚，是要坐牢的。"

　　桂虹也不懂这些，吓得脸都白了。

　　旁边陈明就唉声叹气："我早说了这样不好，我姐她们孤儿寡母的，我们这不是欺负人家嘛。"

"当初写假借条的时候你不是挺来劲儿的嘛,这会儿倒怪起我来了。要不是你没用,儿子也不至于连辆车都买不起。回头儿媳妇跑了,我看你怎么办?"

陈明不住地拍大腿:"就算这样也不能坑自己人啊,到底是一家人。"

"谁跟她们一家人,小月那孩子就没一点儿像你姐和姐夫的。你也看到了,她多厉害啊,都知道请律师了。我看她就跟她亲爹妈妈像了,果然不是亲生的就是不一样。"

欠条的事情就这么揭过去了。

林律师出面的第二天,陈明一家人就从招待所退了房间,灰溜溜回云城去了,连声招呼都没打。

还是赵惜月打电话去招待所前台问,才知道了这个事儿。

过了几天赵惜月收到一封邮件,里面是那张借条,还附了一封信,是舅舅写的。舅舅在信里和她还有她妈妈说抱歉,希望她们不要介意。

一场亲戚间的闹剧,就此结束。

赵惜月心情大好,打电话给许哲。正巧许哲在做手术,到了下半夜才发现有她的未接来电。

他那天上夜班,早上七点才交班,下了班在医院门口的早餐店里买了汤包,开车去找赵惜月。

当他把车停在她家门口,招呼准备赶公交车的她进车里,并把汤包递上的时候,赵惜月感动得要哭了。

"师兄,你再这么喂下去,我的肥又白减了。"

为了报答许哲的"喂养"之恩,赵惜月去他家帮忙的频率更高了。

妈妈经过一年的休整身体已恢复大半,平时在家稍微做点儿家务,定期到医院检查,各项指标都很完美。让赵惜月有种她似乎从没病过的错觉。

妈妈听说小喆的遭遇后对这孩子十分同情,于是也整天催她去帮忙。几番因素一凑合,赵惜月就顺理成章成了许哲家的常客。

童阿姨有一回就问她:"小赵啊,我听说你是当明星的,你们当明星的也这么闲吗,不用整天飞来飞去?"

赵惜月笑弯了腰:"阿姨,我算什么明星啊,我只是个模特,还是不出名的。

公司刚给我培训好,如今正接点儿小活儿做,不是每天都很忙的。有拍摄任务呢就加班,没有的话上完培训课就可以回家了。"

她一边说一边和阿姨扶着小喆上轮椅,准备推他到外头小公园走走。

童阿姨有点儿感慨:"这年头像你跟许医生这么好的人不多啰。他妈妈怎么样了?"

"正在恢复呢,过不了多久就能出院了。"

"医院里谁照应着?"

"请了个护工。"

"唉,也是怪可怜的,孤儿寡母一个接一个遇到事儿,幸好碰到你们两个好心人。"

赵惜月被她夸得不好意思,打着哈哈出了门坐电梯。

小区附近有一个小公园,占地面积不大环境却很好,附近小区的住户常带孩子们来玩,有些老年人也会在这儿散步。

赵惜月一路推着小喆慢慢走,边走边同他说话。小喆现在左半边身子渐渐恢复,可以两只手一起打手势同她交流。

一大一小在公园里还有些打眼,不过大家的目光多是善意的,小喆也喜欢看别人玩。

赵惜月挑了条长凳坐下,正给孩子掖小毯子呢,许哲就打电话来了。

"你在哪儿?"

"在公园呢,带小喆呼吸新鲜空气。"

"那你等我,我过来。"

挂了电话没多久,果然就见许哲一手插口袋里慢慢走过来。

那样子真是惹眼啊,原本注意小喆的那些人,一下子就将目光落到了他身上。

赵惜月冲他招手,等他走近些便道:"你下班了?"

"嗯,回家没见着你跟小喆,阿姨说你带孩子出来遛弯儿。"

两个人就并肩坐着看夕阳下孩子们欢快的身影,偶尔有人走过在那儿窃窃私语。

"哟,这小两口挺登对的,男的帅女的俊。"

"看着都很年轻啊,居然有这么大的孩子了。"

"现在有些年轻人想得开,大学里就结婚了。"

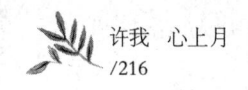

"过两年孩子大了走出去,人家还以为是姐弟和兄弟呢。"

赵惜月忍不住"扑哧"笑出声来,冲许哲道:"我是姐姐,你是叔叔。"

许哲扫她一眼,来了句:"那叫声叔叔来听听。"

赵惜月一噎,有种偷鸡不成蚀把米的感觉。学霸果真是老奸巨猾啊。

两人正说笑着,不远处一个穿运动衫戴遮阳帽,正绕着公园疾走锻炼的中年妇女来回朝他们脸上瞧,似乎认识他们似的。

赵惜月拉拉许哲的衣袖,正要跟他说这个情况,许哲家楼下的小姑娘跑了过来,冲她笑道:"小月阿姨,我们好几天没见了。"

"是啊,这两天忙,你还好吗?"

"我挺好的。小月阿姨,你要跟许医生结婚吗?"

旁边小姑娘的妈妈赶紧上来捂她的嘴巴,讪笑着把孩子带走了。

这下子只留赵惜月一个人在那儿尴尬。

许哲沉默片刻,悠悠来了句:"看,在孩子眼里你也是阿姨。别欺负小喆不会说话,就以姐姐自居。"

"关你什么事儿!"

"作为你的叔叔,关心你是应该的。"

真是一句话两头骂,什么便宜都让他占尽了。

因为这个插曲,赵惜月就忘了那个在他们面前来回走个不停的中年妇女。结果不多时那人主动走了过来,和他们打招呼。

她先冲许哲道:"你是许哲吧?"

"是我,您好。"

许哲很有涵养,立马起身和对方说话,显得极为绅士。

那中年妇女就笑了:"我姓江,以前在圣安娜私立幼儿园当老师的。我记得你好像是我班上的学生吧。"

许哲立马上前一步点头:"原来是江老师,不好意思,刚才没认出来。"

"没事没事,这都多少年了,老师也老了啊。"

"不,您和当年没什么变化,刚刚因为戴了帽子我才没认出来。我记得那时候,您最喜欢带我们唱歌跳舞。而我每次总是有点儿抗拒,您就一直鼓励我。"

江老师被赞得合不拢嘴:"你还记得哦。你那时候什么都好,就是不怎么爱说话,也不爱唱歌跳舞。小的时候就很聪明,我刚刚听人家管你叫医生,你现在在哪儿工作?"

"在省一院。"

"果然聪明,那时候就看出来你是个机灵的孩子,老师没看走眼。"

江老师和许哲说了两句,目光自然而然就落到了赵惜月身上。想起人家叫她的名字,下意识就问:"这是孙月莹吧?你们俩小时候最好了,哎呀女大十八变。许哲跟小时候差不多,月莹就完全不一样了。瘦了,漂亮了。"

一听这话,赵惜月十分尴尬,正欲解释却被许哲一把拉起来,推到江老师面前:"嗯,最近说要减肥,确实太瘦了,性格没变,一样顽皮。"

江老师就笑得很高兴,又说了两句突然有人给她打电话,她就借机告辞了。

送走江老师后赵惜月重新坐下来,问许哲:"刚才干吗不否认?"

"多年前认识的长辈,撒个谎能让她高兴一下,不好吗?"

"你也没征询我的意见。"

"你为人一向和善,我以为你不会介意的。不好意思,我也是怕解释多了反而会叫你尴尬。"

他这么坦荡赵惜月也不好再发脾气,转头一看小喆正捂着嘴咯咯笑,那笑容很有感染力,她便也跟着一起笑了。

一场尴尬消弭于无形。

晚上回家躺床上的时候,赵惜月不自觉又想起这个事儿来。当时她觉得不好意思,过后细品却有种温暖的感觉。

听江老师回忆过往的那些事情,并不叫人讨厌。她不自觉就有种想要继续的意愿,哪怕听的是别人的故事。

这感觉有点儿奇怪,就仿佛她身体里被硬生生塞进了别人的经历,她却不排斥一般。

长这么大,这是头一回。

她被这情绪困扰了半个小时,然后困意袭来,想起妮娜姐那张阎王般的脸,赶紧闭眼睡觉养精神。

天气渐渐转冷,她每天的进食却没增加多少,只能靠睡眠来补充能量。

进入十二月,拍摄就成了一件苦差事。

冬天拍春季新刊是理所当然的事儿。别人看着光鲜亮丽，内里的苦只有他们自己知道。每当在寒风中冻成狗的时候，赵惜月就十分希望自己能有一身肥肉。

至少能御寒啊。

妮娜姐并没有因为许哲的关系对她格外优待，最多每次拍完让人递杯热咖啡给她。回头一上场她又是一副高标准严要求的样子。

有时赵惜月就想，妮娜果然不适合谢志。那样一个整天乐呵呵的男人，哪受得了一个灭绝师太啊。

十二月中旬的某天妮娜姐安排赵惜月去香港一趟，为某杂志拍摄内页，顺便参加个时尚派对。

香港是赵惜月的噩梦，上回去了之后惹出一连串的后续问题，简直叫人头疼。

结果她正在那儿纠结呢，那个噩梦的男主角竟给她打来电话。

许哲在电话里问："你过几天去香港是不是？"

"你怎么知道？"

"妮娜说的，我也去。"

"你又客串？"

"有个医学研讨会，代表医院出席。应该有时间能和你见个面，你有空吗？"

听他这口气似乎有事儿。

"想找我帮忙？"

"欠我的情也该还了，好几个月了。"

时间太久，赵惜月完全想不起来了。

许哲就提醒她："在云城某家酒店，某个夜晚你喝了点儿酒，我送你回房的途中被你偷袭，让你……"

"行行，打住，我记起来了。"

不就是一个吻嘛，怎么还记得啊？

看来那张空头支票，到了兑现的时候了。

世界说小不小，说大也不大。

赵惜月搭飞机去香港的时候，在机场撞见了许哲。

一对登机牌才发现,他们竟坐同一班飞机。

只是她在经济舱,许哲却是头等舱。

赵惜月一副羡慕嫉妒恨的样子:"果然是富二代。"

"医院给买的,这算福利。"

赵惜月就更嫉妒了,她的票也是公司给买的,不过以她的人气,头等舱还轮不上。

许哲就鼓励她:"继续努力,没准哪天瞎猫碰着死耗子,你就红了。"

这话当时听是一句戏言,两人都没想到过了几天这话能成真。

上了飞机两人分道扬镳,下了飞机也没机会多说话,各自回酒店休息。

赵惜月头几天的工作安排得满满当当,连喘息的机会都没有。一直到第三天下午她才拨出半天时间来,陪许哲去逛街。

这是事先说好的。许哲要她做自己的服装顾问,陪他买几身衣服。

赵惜月有点儿想不通,他有个当设计师的妈,有必要拉她作陪吗?

许哲却说:"我妈很忙,大部分时间要陪我爸,没时间管我。"

"怎么有点儿酸味儿?"

"我爸和我说,羡慕嫉妒恨都没用,有本事自己也找个老婆去。"

"你爸这话说得有理,我突然很想跟叔叔见个面,我觉得我们会有共同语言的。"

许哲买衣服其实不怎么挑,选的都是基本款,颜色都是纯色的,没什么花里胡哨的喜好。赵惜月买着买着突然意识到,这根本不用她陪着来买,他自己也可以啊。

好像不知从什么时候起,她和许哲就进入了一种那样的状态,像是朋友又似乎不只是朋友。他们彼此都融入了对方的生活,互相帮忙照应,也互相安慰鼓劲儿。许哲比她细心,对她的关照更多一些,甚至会有一些十分体贴的举动。

这些举动每次都能叫她窝心好久,真像是被人追求一般。可一转身他似乎又恢复如常,在她看来极为暖心的事情,他却像是习以为常。

是不是他对朋友都这样?

赵惜月不止一次怀疑他对她的感情,却又很快被接下来的相处打消不切实际的念头。这么来来回回几次后,她自己都蒙了。

今天气氛不错,买完衣服后许哲说要谢她,提出请她吃冰激凌。

赵惜月怕胖摆手拒绝,许哲却道:"没关系,妮娜不会骂你。我和她打过招呼了。你今天可以随便吃,只要不胖得过分,她以后不会太苛待你。"

"你也觉得那是苛待吧?"

"其实是为你好,除非你选择放弃这份工作。我也可以帮你找别的行业,只是要从头做起,你想不想找个专业对口的工作?"

搞外语吗?赵惜月不是没想过,但目前没这打算。

"再坚持试试吧,我已经快习惯了。如果不是你时不时诱惑我的话。"

这话有双重含义,她是故意这么说的,想看看许哲能不能反应过来。

结果好死不死就轮到他们了,冰激凌店的女服务生一个劲儿地冲许哲放电,用甜腻腻的声音介绍各种味道,最后在她的软磨硬泡之下,许哲要了份最大的。

赵惜月既高兴又伤心,她想刚才那个问题许哲肯定不会回答了,没想到他把冰激凌递上后并没走,就这么认真地盯着她瞧。

"你看什么?"

"看你准备怎么吃?我这么看着你,你会不会觉得我又……"

话音未落,商场广播响起。

"孙月莹小姐,孙月莹小姐,听到广播后请到一楼广播台,听到广播后请到一楼广播台。您的母亲正在寻找您。"

原本嘈杂的商场一下子安静下来,似乎所有人都在驻足听这段话。

赵惜月甚至忘了吃冰激凌,就跟白日里头顶炸了个响雷似的。

广播里还在重复刚才的寻人启事,面前的许哲却已经消失不见。她转身的时候,只看到对方快速离开的背影。

不知怎的,她觉得手里的冰激凌格外凉。

后来赵惜月是一个人回的酒店,商场离酒店不远,她走回去的路上似乎听到手机响。可她没去接,边走边吃冰激凌,吃到最后胃难受得要死,还剩一半死活吃不下,只能扔进垃圾桶。

回到酒店后碰到妮娜姐,对方兜头把她骂一顿:"给你打电话为什么不回?晚上要参加派对,你赶紧准备准备。"说完扬长而去。

赵惜月皱起眉头,只觉得胃更难受了。

原来电话是妮娜姐打的,她还以为……

她回房后找出事先准备好的礼服,洗澡后换上,又精心化了妆。同屋的女生看着镜子里的她问："你脸色怎么这么差，不舒服吗？"

"没有，我挺好的。"

她趁人不注意拿了两片止痛药进浴室，出来的时候也不知是不是心理作用，就觉得舒服多了。

晚上的时尚派对参加的人不少，她和室友属于最低级别的那种，基本可以忽略不计。

大明星、名媛，还有各种时尚界宠儿依次亮相，从打扮到气质无一不精，将赵惜月他们甩出好几条街去。

往日里赵惜月很珍惜这样的机会，觉得能学到点儿什么。但今天她胃痛得厉害，止痛药吃了一点儿用也没有。

室友本来说要陪她，她不好意思耽误人家机会，推说自己没事儿，叫她忙自己的去。待室友走后她找了个偏僻的角落坐下来，一个人生生挨着。

派对也就几个小时，等结束了就好了。

她猫着身子窝在那里，也没心思看别人戴着面具长袖善舞地"表演"。只冷不丁抬头间，却看到许哲穿着白日里自己给挑的衬衣走了进来，一派闲适的风光。

明明也不是多高级的衣服，可穿在他身上就显出气质来了。

他一进场就吸引了众多目光，尤其是许多女人的目光。

他怎么会来这种地方？

许哲也不想来，但他为了找人不得不来。今天下午听到广播后撇下赵惜月跑到一楼，却没能找到孙月莹和她母亲，于是他只得上这里来碰碰运气。

以他的身份不必出示入场券，刷脸就能进。进来后他也不与人攀谈，只在人群里不停搜索着。

孙月莹的母亲连翘楚就是所谓的名媛，多年来热衷于参加这种活动。她和自己家是朋友关系，今天这场派对有弘逸的赞助，如果她人真在香港，应该会过来。

一圈寻找下来，凭着精准的眼力，他终于把视线定格在了某位手持香槟的中年丽人身上。

于是他快步上前，和对方打招呼："连阿姨，好久不见。"

连翘楚一见许哲很是意外："是许哲啊，你怎么会……"

"我特意过来,找您有点儿事。"

连翘楚微微一笑,正要说什么,却听旁边人群里传来细微的惊呼声。

"小姐,小姐你怎么了?"

"小姐你没事吧,要不要替你叫医生?"

人群自动往旁边散开,许哲顺着声音望过去,一眼瞧见赵惜月脸色惨白坐在那里,手撑在旁边的椅子上,一副摇摇欲坠的模样。

她冲关心的人摆了摆手,一副逞强的模样。

许哲冲连翘楚说了声抱歉,赶紧上前扶她。

赵惜月没料到他会过来,这会儿胃痛得几乎要晕过去,表情有些狰狞,十分不好看。

她不想叫对方瞧见,可一点儿力气也没有,伸手推了他一把,软绵绵的,倒跟撒娇似的。

许哲抬手把她抱了起来,走侧门将她带出派对现场。一到外头他便直奔自己的车,给她找医院看急诊。

"什么时候发作的,突然来的?"

"下午……就有点儿了。"

"那我买冰激凌,你怎么不阻止我?"

"那时候没有,是后来……吃、吃坏了。"

一阵绞痛袭来,赵惜月忍不住呻吟一声,满头满脑的汗水滴下来。她觉得不好意思,赶紧咬住唇。

许哲不忍心再说她,只安抚道:"没关系,在我面前不用掩饰。"

赵惜月疼得说不出话来,一路喘着粗气熬到了医院。很快被推进急诊室,许哲跟着进去。虽是专业人士却并不插嘴,只在精神上鼓励赵惜月。

一通检查做下来,等到疼痛止住时,已过了两三个小时。夜深人静,赵惜月被安排住进病房,挂生理盐水观察,暂时不许进食。

赵惜月十分虚弱,拉着许哲的手问:"他们是不是要给我手术?"

"目前只是怀疑,依我的经验不需要。你好好睡一觉,别太担心。"

因运气好分到了单人病房,许哲就留下来陪她。

本以为赵惜月很快就会睡着,却不料她睁着眼睛老半天,一直没困意。

"早点儿睡,你现在需要休息。"

"我也想睡,可我睡不着。"

"为什么,是不是还在生我的气?"

赵惜月没说话,病房里是长久的沉默。

这不是许哲第一次因为孙月莹把她丢下。第一回是去年冬天,差不多的时间,她在电影院门口等了好久,淋了雪还被莫杰西"绑架"。

第二回就是今天下午。

命运仿佛进入了一个轮回,年年都如此相似。她和许哲是不是逃不开这个魔咒?

第十七章
你出现了，我就乱了

许哲出去问护士要了条毯子，回来后往沙发上一躺。

"你不回去吗？"

"你在生气，我要是这会儿回去了，你的气性就更大了。"

赵惜月苍白的脸露出一点儿红晕，拿被子盖着自己脑袋。被子太闷，一会儿又放下来大口呼吸，她还不忘嘴硬："谁生气了。"

"那还不接我电话？总不会是冰激凌太好吃，没空接吧。"

"你有给我打电话？"

"你没看手机吗？打了至少有十个。"

"那你干吗不来找我？"

"我又不傻，你正在气头上，我跑过来也就吃点儿枪火，倒不如等你气消了。"

赵惜月彻底服了："你这个人算得也太精了。"然后心里又浮起一点儿甜蜜。原来那些电话不全是妮娜姐打的。是她先入为主胡乱揣测，后来因为胃痛也没顾得上查看未接来电。

可是他还是抛下她了。

"许哲……"

"嗯？"

没有回应，似乎在思考什么。

许哲就道："是不是要我道歉？对不起，今天是我不好，不该给你买那么冰的东西。"

"还有呢？"

"不打招呼就走，是我不对。"

"就不能不走吗？"

哪怕打了招呼走，她也还是会心塞啊。她总有种无论怎么努力，前面那座大山死也挪不走的憋屈感。

这回换许哲沉默。

赵惜月有点儿失落，只能强打起精神关心道："那你后来找着人了吗？"

"没有，我到的时候人已经走了。"

"真有那么个人吗？"

"似乎有。广播台的人说后来是两个女的一起走的。"

"你就那么肯定是她，万一同名同姓？"

"确实有可能。但叫孙月莹这名字的人也不算多。"

赵惜月更郁闷了。万一正主儿真来了，她就彻底没戏了。

她只能拼命地想许哲对自己的好，好让那颗不停往下沉的心，稍微被托起一些。

"所以你后来来派对，是来找我的？"

"不是，为了找连阿姨，孙月莹的母亲。"

"许哲，你就不能说点儿好话哄哄我吗？好歹我也是病人，不要这么冷血无情！"

许哲看她一眼，十分平静："回头被你拆穿了只会更难过，我也是为你的身体考虑。"

"烦死了，那你找到那个连阿姨了吗？"

"找到了。"

赵惜月一下子紧张起来，说话声都带了颤音："那你问清楚了吗，是她吗？"

"没来得及问，光顾着你了。"

峰回路转，就跟人已经到了绝望的谷底，偏偏又突然升起希望来。

赵惜月觉得自己就像是在坐过山车。

"许哲，你是不是喜欢我？"

趁着这个当口，她一鼓作气把心里的疑问问了出来。因为再不问，或许以后都不会有机会了。

许哲没有犹豫，立即点头："有一点儿。"

"一点儿是多少。"

"比你的可能少一点儿。"

太诚实的男人，哪怕说了不那么叫人满意的话，却也让人无法怪罪他。

"其实我也察觉到了，不过以前我总想没关系啊。你比较呆就换我主动点儿好了，反正只要结果是好的，谁追谁也没那么重要。可你总让我有种抓不住的感觉。你总是对我很好，却没什么进展，停在某个关卡就过不去了。我们难道要一直这样吗？"

"你是不是不喜欢这样？"

"我不安心。因为你不真正属于我，我总觉得一转身或许就把你丢了。我要听你的实话，既然喜欢我，为什么不追求我，也不接受我的追求？"

"我和你说过她是怎么丢的吧。"

赵惜月点头。

"如果不是换了衣服，我们的人生或许也换了。她依旧当她的千金小姐，从小锦衣玉食长大，不会受一点儿委屈。但现在我过了她那样的生活，她却不知道怎么活着。或许……都没有再活着了。"

这话听得人心头发酸，眼睛也发酸。

"那你想怎么样，就一直这么拖下去？"

"我也不想拖，这些年我一直在找她。"

"若找到了呢，你要娶她吗？"

"不一定，得看她过得怎么样。如果她过得幸福，或许我也可以心安理得地抽身。可她要是过得不好，我希望尽我所能去补偿她。当然不一定非要结婚，因为就算我肯，她也未必肯吧。"

"你这是自己给自己制造了沉重的枷锁。"

"算是吧，但这个事儿总要有个了结。以前我觉得这不是什么大不了的事儿，反正我一直孑然一身，她出现了我就倾其所有去对她好就行了。可后来你出现了，我就乱了。"

"乱什么，怕在我们两个之间不好选择？"

"是，这也是我一直没跟你表白的原因。我怕万一找到她，而她也需要我的话，我要怎么向你交代。所以我裹足不前，想要放手却又舍不得。这样真的不好，总是不停伤害你。"

"或许在别人看来我是活该呢，是我自己巴巴贴上你的。"

"不是这样的，我对你的喜欢是真心的，不是你的一厢情愿。可是喜欢未必能在一起，与其最后分开，不如不要开始。"

赵惜月的眼泪终于忍不住流了下来，因为她发现，她又开始胃痛了。

不仅胃痛，头也痛心也痛，浑身哪哪儿都痛，她恨不得扑进许哲的怀里，放声大哭一场。

果然是太贱了。人家都说得这么明白了，自己还是不想放下。

原来深爱一个人，就是这么放不下呢。

她赶紧转过身去，把被子拉过头顶，闷闷说了句："我要睡了，你别再说了。"

"好。"

许哲轻轻回了一声，也闭上眼睛。可是那一晚，两个人谁也没能睡着。

因赵惜月的病，许哲帮她向妮娜姐请假，改了行程。

回去的时候两人搭一班飞机，许哲掏钱替她买了头等舱的票。

赵惜月拿着登机牌扇风，说话十分欠揍："哎呀，没想到这么快就碰到死耗子了。"然后她又心疼钱，"你还真是大款啊，半个月工资没了吧。"

"全没了。这个月剩下的日子就靠你了，记得多买点儿菜回来，小喆和阿姨也要吃。"

赵惜月假装没听见，在头等舱宽敞的座位里窝着，脚舒服地搁起来，微眯着眼睛唱小曲儿，一副小人得志的模样。

许哲就喜欢她这个样儿，朝气蓬勃，不像生病的时候蔫蔫的模样，仿佛一碰就会碎了。

回了S市后得知一个消息，刘凤玲的病已经完全好了。她坚持要出院，并且把小喆接回家了。

童阿姨有些不放心，反正许哲也不在，就跟着去了刘家。等许哲回来后，几个人坐下来一合计，童阿姨改换门庭，辞了许哲这边的钟点工，一心一意到刘家照顾小喆了。

赵惜月就感叹："这世上好人真多呀。"

"目前看来去刘家或许比在我这儿钱拿得少些，长远来看还是不错的。小喆一走她就要重新做回钟点工，还得再找几家。她跑来跑去也累，倒不如在一家做，侍候母子两个也不累。刘凤玲你别看她这样，以前也是能干的人，有了童阿姨她可以再找工作，日子会好起来的。"

小喆那边情况更好，身体偏瘫的情况得到极大改善，已经可以走路了。

前一阵气管里的管子也拔除了，如今他正在做声带恢复训练，可以发简单含糊的音。医生的意思是即便恢复不到从前，讲话交流应该没有问题。

赵惜月看看身边人都是好消息，这么一对比倒显得自己十分凄惨了。

屋漏偏逢连夜雨，倒霉的事情还不止这一桩。

从香港回来没几天，有一天早上她刚进公司，就被妮娜姐手下的助手拉了过去，一把给推进了她的办公室。

赵惜月觉得这么跟紫薇被带进皇后那儿，等着挨容嬷嬷针扎似的。

她有种不祥的预感。

妮娜姐脸色如常，只推了份杂志给她看。

那是香港的一份八卦杂志，翻开那一页上全是小图和豆腐干大小的文章。其中一张她只扫了一眼，便愣住了。

"妮娜姐，这是怎么回事儿？"

"这事儿得问你，你入行多久了，被人偷拍都不知道？"

她真没留意什么时候被人拍了下来。看照片和文字应该是在机场拍的，照片上她跟许哲拎着行李箱站在候机大厅，似乎准备去换登机牌。

照片不大，看起来很模糊，文章里只点出了她的名字，前面的头衔还是"新晋小模特儿"。至于许哲则被称作神秘男子，照片里全程只有侧面。除非是亲近的熟人，否则没人认得出他来。

赵惜月真没想到，自己才工作几天，居然都有绯闻了。

这记者是有多缺稿子啊，连她这样的蚊子肉也要。

"妮娜姐，现在怎么办？"

"能怎么办，以后小心点儿。当然了，你要是想故意炒一炒也随便你。不过这事儿最好别闹大，你跟别人炒行，跟他，不行。"

妮娜姐的话斩钉截铁，表情略严肃。

"我没跟他炒新闻，我真不知道。"

"现在知道也不迟。"

"那我以后都不能见男的了？"

"当然可以，但最近要小心，过阵子再说。"

赵惜月点头答应，正准备出去又听妮娜姐在后头问："你们……不会真在恋爱吧？"

"没有，只是朋友而已。"

妮娜姐欲言又止，最后却只是挥挥手，示意她出去。

赵惜月有些莫名其妙，拿着那本杂志研究了老半天，总觉得这么小的文章应该不会有人留意，估计连看都不会有人看。

结果事情才过几天就迅速发酵，还是那本杂志，这回给了更大的版面，还在首页略显眼的位置配了个标题。

照片里还是赵惜月和许哲两个人，只是这回又多了个人物：小喆。

赵惜月一看就怒了。

这是刚从香港回来那两天，她带小喆去许哲家玩，后来三人出门的情景。看来一早就有人盯上他们，拍了不止一组照片。先前那条新闻不起眼，是用来试水的。这杂志是周刊，也许那条报道引起了小小的关注，让他们觉得有利可图，于是下一周的新刊上就把剩下的照片也给登了出来。

登就登吧，偏偏还加上一大堆自己的臆测，把许哲猜测成她的另一半，把小喆猜成是两人的孩子。

这下子赵惜月真是不能忍，YY大人还不算，连孩子也不放过，这些人还有没有一点儿职业道德？

许哲听了她的抱怨，拿起杂志扫两眼："这种人只图钱，你指望他们有道德，有点儿天真。"

"你不生气吗？"

"你既然进了这一行，这种事情就避免不了。你以前圈子小也没名气，觉得每天只要拍好照就行。现在你该知道，往后除了拍摄外，你还有更多东西要应付。"

赵惜月一身武装趴在私人会所的包厢里，有点儿郁闷。

许哲却想得更多："我早问过你要不要过这样的生活，现在抽身还来得及，再往后即便我愿意帮忙，你也未必走得掉了。"

"现在走，算不算认输？"

"人只要对自己负责就好，你喜欢怎样就怎样。"

赵惜月很是犹豫。平心而论她喜欢这个工作，很有挑战也有意思。另外赚的钱也不少，妮娜姐虽凶接活方面却对她很不错，她现在一个月赚的可比做个白领多多了。

权衡再三，她都不愿为一篇报道打退堂鼓。

"既然如此，就索性继续干下去。你要不喜欢这报道我可以找人处理，但以后别的事儿，我没办法——替你摆平，你总要适应才行。"

"我倒是没关系，就是觉得对小喆不好，孩子才多大就被人这么乱写。"

"刘凤玲她们不看这种东西，估计没人知道。"

"那你呢，你多委屈啊，拿你来配我，档次差太多了。"

"想不到你对自己评价这么低。"

"我只是随口捧捧你罢了。"

许哲就笑，把热牛奶往她面前推："喝点儿吧，喝饱了就不这么生气了。我发现女人真是不能饿，一饿脾气就大。"

还真是这样。她发现身边同事似乎都有点儿火暴脾气，温言细语的少。难道真是因为吃得少的缘故？

她捧着杯子喝了两口奶，想起许哲对自己的好，突然出了个馊主意："要不这样吧，你我联手炒绯闻怎么样？"

"怎么，想借此爆红？"

"这只是一方面，主要是为你考虑。那天江老师怎么说来着，你跟小时候变化不大。要是把你炒红了，搞不好孙月莹就瞧见了，回头就找你来了，岂不一举两得？"

许哲但笑不语，笑容温暖如玉。

"我是说真的，我觉得这提议挺不错的。话说你后来有找你那个连阿姨问清楚吗？"

"问了，不是她。"

不知怎的，赵惜月竟松了一口气。定时炸弹的危机暂时解除，叫她胃口也开了不少。

离开会所的时候她又戴上帽子，把大衣领子竖得高高的，还用围巾绕了两圈，一副全副武装的模样。

许哲劝她："没必要，这里他们进不来。"

而且他的车子停在底下私人停车库，一车一间，上车后直接从后门出去，什么也拍不到。

就算有人在出口处守着，也不会料到这辆小破别克里坐着的就是他们的目标。

帮赵惜月进弘逸是为了补偿她，现在他却开始犹豫，不知这决定是对还是错。

绯闻的事情不用他出手,暗地里就被人摆平了。

听说跟踪赵惜月的记者在香港被人打了,打得跟猪头似的住进了医院。

警察去问话,却什么也问不出来。对方死咬着不松口,非说没看到打他的人是谁。

大家心知肚明,这是叫人下了封口令。他要想活命就不能多说一个字,否则只有死路一条。

至于那家小杂志社,过了没两个月直接倒闭,负责人被查出涉嫌商业犯罪,直接被押进牢里吃牢饭去了。

赵惜月后知后觉,一直到莫杰西找上门来才知道这些事儿。

赵惜月现在只要见着个雄的就紧张。

莫杰西又很招摇,直接把车开到她家楼下。他那车全城也没几辆,造型夸张得要命,停在那里五分钟,就有好几个阿姨探头探脑看热闹。

赵惜月鄙视地看他一眼,拉他到旁边:"你又来干什么,酒醒了?"

"你还有脸说这个,把我扔酒店里自己跑了,还叫许哲来对付我。你可真够意思。"

"都把床借你睡了还想怎么样。再说许哲对你做什么了,你就乖乖走了,说给我听听?"

莫杰西脸色一沉,撇嘴道:"都过去这么久了,还提这个干什么?"

恐怕是觉得丢脸吧。赵惜月真觉得他像个孩子,也就不计较了。

"那你来干什么,就为抱怨我一通?"

"我是来问你,你跟许哲到底什么关系?"

"关你什么事儿?"

莫杰西火气上头,真想一拳头挥上去揍她一顿。这个女人浑身长刺,偏偏他还喜欢上了,真是作孽。他上辈子一定欠她很多钱。

他强压下怒气:"许哲算我哥,我打听打听他的情史不可以吗?"

"那你该去问他啊。"

"赵惜月,你别蹬鼻子上脸啊。老子好歹替你摆平了这个事儿,连句谢谢都得不着,还得被你刺?看我怎么教训你。"

赵惜月自动忽略他的威胁:"你摆平的?摆平什么了?"

"那个什么八卦周刊。你放心,以后不会有人再做这种事情,那个小破杂志社,回头我叫人端了。"

"你还真是霸王作风。"

"欺负我的女人,我就叫他们生不如死。"

什么他的女人,这人还真是自来熟。

赵惜月翻个白眼:"行行,那我谢谢你,可以了吧?"

"光谢谢怎么够,好歹要有表示啊。"

"那请你喝咖啡,小卖部走起?"

莫杰西赏了她一记大大的白眼,拉起她就往前走。趁她没反应过来,他走到车前将车门打开,直接将她塞进副驾驶。

然后,他"砰"的一声关上车门,用眼神威胁着她:你要敢出来,老子弄死你!

赵惜月于是一路臭着脸,理都不理他。

莫杰西还一脸莫名:"我怎么你了,请你吃顿饭还要看你脸色,嫌我这车坐得不舒服?"

"挤死了,一点儿不舒服。"

这车比许哲那辆贵几百倍,可就是坐着不舒服,因为身边的人不对。

莫杰西想想:"行,下次换辆。"

吃饭的时候赵惜月问他:"你把那记者怎么了?"

"剥皮拆骨大卸八块,"他把手里的羊排骨一扔,"就跟这似的。"

赵惜月忍不住笑出声来:"我发现了,你这个人就爱装狠,其实……"

"爷其实也挺狠。"

"哪里狠?小屁孩儿一个,整天爷来爷去的,一看就还没断奶。"

"我说你一句话不挤对我会死是不是?"

"你自找的,真想叫许哲把你手剁了啊。"

莫杰西气得咬牙:"总有一天把你关起来好好揍一顿。"

"那不关我的事儿,是你自个儿……"

"行了行了,这事儿以后别提了,太丢份儿。长这么大头一回因为个女人栽大跟头,我都不好意思同人说。"

两人边斗嘴边吃,赵惜月就没能控制住,加上莫杰西点的都是重口味的菜,十分对她胃口,害她边吃边惭愧:"死定了,明天去公司一称体重,肯定要被吊打。"

"什么人这么狠?"

"妮娜姐啊。"

"那个女魔头啊,正常正常。谁的面子都不给,连未来老板也一样。就算看在许哲的面子上,也不会让你太好过。要不你找谢志出面,你认得谢志吧,许哲同事,以前跟妮娜大概好过。"

"嗯,我知道。"

"他们的事儿你也知道,许哲连这事也跟你说?"

"不是,是谢志说的。"

莫杰西听声辨音,立马明白过来:"谢志跟你说这个干吗,想追你是吧?"

赵惜月塞了一嘴巴东西,含糊着点点头。

"你还真是招蜂引蝶啊,怎么什么男人跟你都有一腿?"

"胡说什么,你懂个……"

"你看你,当着许哲的面装得跟个纯良少女似的,在我面前这么豪放。我说错了吗?许哲、谢志还有我,这就三个了。还有别人没?"

"谁跟你有一腿,自作多情。"

"那我们现在在干吗?"

"一起吃顿饭就叫有一腿,那我浑身上下不得挂满腿。你要不痛快这顿我请好了。"

"成,回头我叫人送账单过来,不多不多,也就一两万吧。"

"你唬我吧,这么点儿东西上万!"

"既然你请,我就叫人上几瓶酒,要来瓶好的,搞不好就要小十万了。"

赵惜月彻底投降,原来莫杰西也不是个蠢蛋啊。

她不敢继续这个话题,想起刚才他说起妮娜时隐约提过的一句话,便故意试探他:"许哲这样的,妮娜姐都不放在眼里,我这样的就更惨了。今天这顿饭彻底吃坏了。"

"我替你说去。"

"弘逸小开亲自去都没用,何况是你?算了,我自己解决吧。"

莫杰西撇撇嘴,给她倒了杯水。

赵惜月见他没说话,心里便明白了。她果然赌对了,现在她可以百分百肯定,许哲是弘逸的继承人。

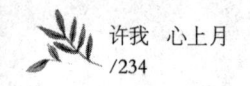

只是这个消息,并不叫人多高兴。如果当年父亲的死真跟弘逸有关的话,她和许哲是不是就结仇了?那他们就更不可能了。

其实他们现在也不可能。

她有点儿郁闷,想起那个神秘莫测的孙月莹,突然想喝酒。

于是她大手一拍:"成,赶紧让人上酒,我今天就请你喝一杯。"

却轮到莫杰西摆手:"不必不必,跟你喝不痛快。"

两人最终只吃了饭,莫杰西送赵惜月回家的时候,都快九点了。

到了楼下他坚持要送对方上去。

"天黑,万一有流氓。"

赵惜月心想你不就是一个嘛。

但大少爷脾气大推不掉,只能由着他的性子。

刚到门口准备掏钥匙,正碰上妈妈出来倒垃圾,母女两个撞了个正着。

赵母一见莫杰西,当场就愣住了。

莫杰西浑归浑,这会儿倒挺懂事,主动自我介绍,还礼貌地跟赵母打了招呼。那人模狗样的派头,看得赵惜月直摇头。

赵母老实人,也跟对方客气了两句。倒叫莫杰西十分高兴,觉得自己也是可以讨人喜欢的。他哼着小曲儿下楼,上车的时候不由得想,回头就把这车换了。换辆大的 SUV,再不行换辆房车,看她还敢嫌小不。

赵惜月睡了个安稳觉,结果第二天一早起来才发现事情大条了。

首先赵母就她单身女子深夜被吊儿郎当陌生青年送回家的事情进行了严肃的批评。

赵惜月自知有错,洗干净耳朵听训,一句不敢反驳。只是对深夜这个定义她略有微词:"妈,其实那时候才九点,不算深夜。"

"哦,所以你以后还打算半夜十二点才回来?要不就跟五楼小陈他们家儿子一样,索性玩到天亮?你是个姑娘,这才刚工作几天啊,就这么放纵自己,以后怎么得了。"

赵母从前是人民教师,道德感比较强,也比较爱说教。赵惜月都听习惯了。

于是她又闭嘴,手里一刻不停忙家务,扫地拖地洗碗叠衣服,就当身边妈妈的唠叨是背景音乐吧。

赵母絮叨了半天,发现女儿根本没听进去,不由得恨铁不成钢:"我教过那么多学生,都没一个像你这么厚脸皮的。"

"妈,您那是教小学生,那个年代的小学生脸皮都薄。您要教现在的试试,全跟我一样。"

赵母被她气得直摇头。

赵惜月就想,得想个法子哄哄老妈才行,要不然以后哪里还有好日子过。

赵惜月自己没招儿,就跟齐娜讨方法。

齐娜就给她出主意:"去泡温泉吧,大冬天的泡泡暖和点儿,对身体也好。你过年放假吗?"

"应该会放几天,妮娜姐说过,有个三四天假吧。"

"那行啊,找个近点儿的地方去泡,找你们家许医生一起去。"

"他就算了,过年正是最忙的时候。"

再说他们关系也没定,不过就是朋友,哪能公然带着他和妈妈一起去旅行呢。

不过这个主意不错。温泉她熟,老家云城郊区有个度假村,那里就有温泉。从前觉得那地方消费太高,一直没敢去。这次为了妈妈,多少钱她都豁出去了。

因为临近过年,订温泉还颇费了一番周章。她托了从前在云城的小伙伴,找了熟人才给订上的。一共三天,来场短途又闲适的旅游,想来很是惬意。

因她没有车,齐娜就提出当司机,送她们过去。

到了出发那天,赵惜月一看齐娜那车,眼睛立马眯了起来。

那不是她原来自己买的小破车,档次提高了不少。

赵惜月的好奇心立马大涨,趁着妈妈在后排打盹儿的当口,她悄悄"审"齐娜:"你这车哪儿来的,借的?"

"什么借的,这是我的。"

"你又买车了?"

才工作不到一年,她就有钱买这样的车?

"不是我买的,别人送的。"

"谁送的,不会是冯建康吧。"赵惜月急了,"你怎么又跟他搅和到一块儿去了,还嫌上回闹得不够大啊。"

"不是他,你急什么?怎么跟婆婆似的唠叨啊?"

"那是谁送的?新男朋友。又是新公司的同事?不对啊,出手这么大方,这人非富即贵。齐娜你老实同我说,你是不是又攀上别的有妇之夫了?"

齐娜那小眼刀实在厉害,像是一眼就能挖下赵惜月一块肉来似的。

"要不是看在咱俩多年的情分上,就冲你刚刚那句话,我非弄死你不可。我是那样的人吗,吃一堑还不知道长一智。就算当初我也是被骗的好不好。"

"那你倒是说啊,是谁?"

"瞧把你急的,我就喜欢看你这个样儿,这世上也就你真心对我好了。行了不瞒你了,送我车那人没老婆,大小伙子,单身,职业正当家境优渥,你别替我担心。"

"是吗,改天领出来瞧瞧,我给你把把关。"

"行啊,不过把关就不用了,让他请吃饭吧。大家都是朋友,别客气。"

赵惜月敏锐地嗅到了问题的关键。

"这人我认识?"

齐娜眨巴两下眼睛,一脸得意地点头。

赵惜月想了想,突然瞪大眼睛:"不会是谢志吧?"

还真就是谢志。

齐娜就跟赵惜月叨叨了两人的情史。

"我那会儿禁不住诱惑又跟冯建康搞到一块儿去了。有一回好死不死叫谢志撞上了,他恨铁不成钢,当即就指着我的鼻子骂。我也气得不行,抄起高跟鞋就打他,把他头打破了。要说这个冯建康真不是个男人,居然一溜烟儿跑了。还得我把人扶上车送医院,当牛做马侍候他。"

"所以当天晚上你们就好上了?"

"哪那么快,我们像这么不要脸的人嘛。这不过了几天,反正他生病我探病,来来去去说说多了话。有一回他非要喝酒,我就陪他喝呗。没想到喝完后他就把我给那个了。"

赵惜月怎么觉得这么假啊,就算喝醉了,也该是齐娜把谢志那个才对啊。这两人的狂野程度,不在一个水平线上啊。

齐娜吐槽她:"你那什么表情啊,那么鄙夷,信不信我揍你。"

"谢志知道你这么暴力吗?"

"知道,头一回在床上就知道了。这王八蛋下手太狠,弄得我疼死了,我就把他揍一顿。后来我拧着他的肉扑他怀里哭,他才来哄我,总算还有得救。"

"这种少儿不宜的东西就不要说给我听了,回头我要得中耳炎的。"

"装什么装,你跟许医生也早就好上了吧,别装得跟纯情少女似的。"

赵惜月推她:"别说我,我可不像你们这么开放。我们都是正经人,正常朋友关系。哪像你们,又拧又打的。"

"行行,改天你们真忙活起来自个儿看吧。行了改天我给谢志打电话,咱们一块儿吃饭啊。"

赵惜月忍不住吐舌头。

齐娜和谢志,果然最近太阳真是打西边出来了。

第十八章
为了喜欢的女生，他开始做回一个正常人

S市到云城不远，开到郊区度假村也就两个小时。为免劳累她们九点多才出发，开到度假村刚好中午，收拾收拾就能吃午饭。

赵母是节俭了一辈子的人，知道这里消费高，开始就想买两个面包对付了事。赵惜月哪能让她这么委屈自己，非拉她去餐厅点菜。

她还找了个借口："齐娜开一早上车了，肯定累了。咱们得请她吃饭啊，她这一趟油钱都花了不少。"

赵母对自己节俭，对别人可不抠门儿。当下挑了度假村里最好的餐厅，倒害齐娜不好意思："阿姨，别太破费了，随便吃点儿就可以了。"

"没事儿，小月如今挣得不少，你别给她省钱。"

赵惜月龇龇牙，有种不是亲生的错觉。

因为来得略早，餐厅里人还不多。她们找了靠窗的位子坐下，正看菜单呢，外头进来几个人。

赵惜月下意识抬头扫一眼那几个人，发现是一家子。一对夫妻带一个男孩子，两男一女长得挺精神，一看之下赏心悦目。

她在那儿看人家的时候，那一家子似乎也注意到了她。

几个人的目光都在她脸上划过，那个十来岁的小男孩儿最不在意，自顾自地玩手机。当妈的那个看她久一些，甚至还微微皱了皱眉。

她这举动叫赵惜月疑惑，难道她们认识不成？

看那中年贵妇容貌精致穿着考究，像是大有来头，不该是她认识的人才对。

于是她把头一低，继续假装看菜单。

于是她没发现，那个做父亲的男人看她的时间最长最久，这一路眼神就钉在她身上没离开过。一直到上了楼梯他还忍不住看，被妻子狠狠拽了一下，这才收回目光。

眼见这群人去了楼上包厢,赵惜月这才松了一口气,专心点起菜来。

倒是齐娜比较敏感,似乎察觉到了什么,悄悄跟她咬耳朵:"怎么,刚刚那些人你认识?"

"不认识,没见过。"

"我看他们一直在看你。"

"搞不好是在看你,你多漂亮啊。"

齐娜笑得合不拢嘴,冲她竖起大拇指,夸她有眼光。

赵惜月也跟着笑,一时心情不错。

正在这时门口又进来一批人,看样子也是一家子。两男两女的组合,全是生面孔,除了那个年轻男子。

那是许哲,他站那里脸上没什么表情,一手插在裤子口袋里,一转头正好对上她的视线,脸上便扬起笑意来。

于是这顿饭赵惜月吃得心神荡漾。

齐娜没留意到许哲,一抬头只扫到了个背影。眼见朋友面露花痴相,她忍不住问:"怎么了,看见帅哥了?"

"嗯。"

"多帅?"

"特别帅。"

齐娜就笑,还当她开玩笑。赵惜月没说破,揣着一颗乱跳的心默默吃东西。

这还真是缘分,谁能想到跑这儿来了,居然还能碰上许哲。她觉得自己现在的心态有点儿人家准女朋友的意思,要让他知道会不会笑话她?

心里这么想着,别的事儿她就注意不到了。一直到吃完饭回房休息,赵惜月才发现妈妈的脸色似乎不大好。

她以为是累着了,便取消了下午去泡温泉的计划,催着妈妈上床休息。

母女两个进房的时候,赵惜月有点儿不放心,一个劲儿地追问着:"妈,您是不是哪里不舒服,要不要找医生?"

赵母却只是摆手,微皱的眉头渐渐松开,露出一丝勉强的笑意:"没有,我挺好的,你跟小娜玩去吧,别管我。"

"我就在房里陪您,哪儿也不去。"

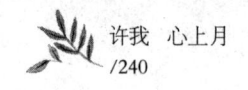

"我没事儿。"

听到妈妈这么说,赵惜月更加疑惑了。她仔细观察对方的脸色,倒觉得不像是生病。那是怎么了,明明早上出门的时候还好好的。

赵惜月被妈妈赶出房间,无奈只能去隔壁房找齐娜。她同齐娜说起这个事情,齐娜听了后眼前微微一亮,若有所思道:"我觉得阿姨不像生病了,倒像是不大高兴。"

"不高兴?刚才吃饭的时候我们说什么话惹她生气了吗?"

"好像没有,刚开始好好的,后来我就觉得阿姨有点儿不对劲儿。"

"怎么不对劲儿?"

"走神,心思不在饭菜上。我好几次跟她说话她要么没答上来,要么答非所问。"

赵惜月愣了。她一点没发现,果真是女生外向,心思全放许哲身上了。

"那你注意到没有,她什么时候开始不高兴了?"

"唔,好像就是从那一家子走进来的时候。"

"一家子?"赵惜月想到的是那一家三口。

齐娜却一拍脑门儿,突然叫起来:"就是许哲他们进来之后嘛,我看阿姨脸色就不大好。"

赵惜月心里不由得咯噔一下。

赵惜月愁眉苦脸了一下午,到晚餐的时候还不忘出门去给妈妈和齐娜买东西。

度假村各类餐厅应有尽有,赵惜月都想试试,无奈囊中羞涩,中午那一顿饭有些小贵,晚餐就要计划着来买。

路过某家饮料店前,听人说后头有家中式餐厅不错,属物美价廉型的,赵惜月就想去试试。

从这儿往后走会路过一片人工湖,冬日里的傍晚凉气袭人,人工湖上却是白烟袅袅,就跟那温泉池子似的。

赵惜月绕着旁边的石子路往前走,没走几步听到有人在吵架,不由得停下步子。

三四米开外站着一男一女,女的靠在树上,男的站她面前,两人为点儿破事儿争得面红耳赤。

原本遇到这事儿走开就是了,但绕湖走的就这么一条路,要往回走还得多走不少路。赵惜月就想咬咬牙过去算了。

可没走两步她又停下了。

那姑娘声音高,又尖又细,声泪俱下控诉男朋友的恶行。从抽烟喝酒打女人,到飙车包小三,那一长串说下来,真叫人大开眼界。

赵惜月就想人有这么坏吗?他这么坏你还跟他过,你是不是也有病啊。

正这么想着,那男的一抬头看见她了,露出一脸匪气,拿手指指着她骂:"你丫看个屁,关你什么事儿。"

那男人口气十分不善,但赵惜月心想自个儿确实听了他的丑事,他要发泄也属正常。

当下她抬手做抱歉的手势,转身要走。

可那人不依不饶,居然冲过来想打她。

赵惜月一个闪身避过,心想要不要给他点儿颜色瞧瞧。正想着呢,那男的两眼放光,跟突然充了电似的,语气也客气起来:"哎哟,不好意思啊,没看清你。小姑娘长得挺漂亮的,也过来泡温泉?刚刚吓着你了吧,要不我请你去泡一汤,算我的。"

这唱的哪一出,刚才还一副要宰了她的样子,怎么一转眼又换嘴脸了?是瞧她长得还行吧。

那女的本就在哭,追上来一听这个还得了,气得揪着男的又踢又打。

那男的是个二十四K纯金的王八蛋,反手一推那女的,还踹了她一脚:"赶紧给我滚,老子多看你一眼都嫌恶心。"

女生当众被羞辱,咽不下这口气,一骨碌从地上爬起来,恨恨骂了句"你别后悔"。随即她转身快跑几步,扑通一下跳水里了。

赵惜月没料到买个晚饭能出这样大的事儿,眼见旁边那男的一脸猥琐相,心想又是个秦轩。也顾不得骂他,自个儿脱了外套和鞋子,也跟着跳进水里。

那水有人工加热不算太凉,赵惜月三两下划出去好几米,伸手去抓那姑娘。

姑娘不会游泳,尽在水里乱扑腾,一抓着赵惜月就跟抓着救命稻草似的,拼命把她身子往水里扯,想借力往水面上浮。

赵惜月游泳还行,可架不住让人这么拉扯,救个人累得半死,好不容易才连拖带拉地把人弄到湖边。

岸上已围了一些看热闹的人,赵惜月正想请人搭把手,一只手已经伸了过来，紧紧握住她伸出的右手。

慌乱中赵惜月看到了许哲的脸，就跟看到救星似的。

她示意他："你别管我先拉她，赶紧拉上去，沉死了。"

许哲一个用力，抓住轻生姑娘的肩膀，将人提上去半截儿。随即他又抓住手臂，冲那有点儿发愣的男的道："过来！"

简短两个字，却是掷地有声。

渣男用残存的一点儿良心把女朋友拉上来。那边赵惜月借了许哲的力，轻松上岸，满身的水不停地往下滴。

渣男眼看人多起来，又换了副嘴脸开始跟女朋友说软话：说什么还是爱她，心里只有她，跟别人都只是朋友而已。要她相信他，再给他一次机会云云。

赵惜月简直大开眼界。这人的脸皮绝对是钻石级别的，他是不是死过一回了，他忘了刚刚调戏她请她去泡汤的事儿了？

"姑娘你别听他的，他就是个浑蛋，你别原谅他。这种人不值得……"

"跟你有什么关系？"

被救起的女生刚缓过神来，非但没句谢谢，反倒冲赵惜月呼喝起来："我们俩的事情要你掺和，要不是你突然冒出来，我们谈得好好的。"

这下赵惜月不只是吃惊，根本是天地变色啊。就刚刚那样吵翻天的样子叫谈得好好的？这姑娘平时说话就跟吵架一样啊。

算她多管闲事儿。这年头女人要犯贱你拦都拦不住。你为她好她当驴肝肺，回头被骗财又骗色，也只能叹一句活该了。

渣男也在边上帮腔，骂赵惜月偷听他们讲话，还把女生落水的事情推她身上。

要不是围观群众太多，赵惜月真想挥拳头揍人。

她极力忍耐，旁边许哲却不打算忍。他径直上前一把将那男的拎起来，沉声道："本来该把你女朋友重新扔回去的，既然你这么情深义重，那就扔你吧。"

渣男被许哲的气质吓得腿软，赶紧求饶："大哥大哥，有话好好说，别动手啊。"

女生吓得只会哭，听得渣男心烦，回头吼她一句："你给我闭嘴，丧门星！"

话音刚落，许哲挥手把他一扔，直接扔到赵惜月脚边。

"给人道歉，要不就滚水里去。"

渣男吓得屁滚尿流，跪那儿后直接先磕仨响头，随后又是一通自我检讨，跟刚才那模样判若两人。

赵惜月当真佩服他的演技。所谓能屈能伸的人才，说的就是这样的吧。

她一身是水懒得陪他们在这儿玩，冲许哲摇摇头："算了，让他们走吧。也别太狠了，回头闹出人命来……"

这话是故意吓渣男的。

许哲嘴角微扬，拿起旁边赵惜月的大衣，过来拉她的手："走吧，破壶配破盖，以后这种事儿别管。"

"成，听你的。"

总算出了一口恶气，赵惜月又恢复成小女生的样子，贴着许哲的手臂甜蜜地走了。

还得多谢那俩神经病，让她有额外的福利拿。

两人并肩走出一段路，赵惜月才想起自己身上还是湿的，赶紧跳开去。可她忘了手还被人牵着，于是对方一用力，又把她拉了回来。

刚刚气势如虹的小赵姑娘，有点儿不好意思。

许哲却是大大方方："你现在要回去吗？"

"是啊，我出来买晚餐的，我妈和齐娜还等我呢。"

"你这样也进不了餐厅，我叫人给她们送去。"

"那我怎么办？"

"你想这么湿淋淋回去？"

赵惜月连连摇头，万一叫妈妈知道了肯定要担心。她小的时候学游泳出过事儿，教练没看住，害她差点儿没命。

自那以后妈妈就不太让她碰水，这回来泡温泉还是好说歹说才说通的。她甚至上网查了温泉的规格，拿数据证明那池子浅得都没她的身高高，这才打消了妈妈的顾虑。

被妈妈知道自己下水救人……

赵惜月一哆嗦："能不能找个地方，让我把衣服烘干？"

"可以，上我那儿去，有烘干机。"

"我先打个电话，要不我妈着急。"

说着她从大衣里掏出手机，跟妈妈撒了个谎，说是碰到个朋友。

"是是，同事来着。我们正在餐厅吃饭，我怕你们等着急，先叫人送回去了。钱我已经付了，你们收到直接吃就行。"

挂了电话她一抬头，发现许哲正看她。

赵惜月叫他那目光搞得有点儿不好意思，催促着他快走。走出几步她又觉得不够矜持，怎么上人家房间这么猴急啊。

许哲跟父母住一楼，为避免打扰他们的二人世界，兄妹二人各有一间独立的房间。他这间位置很好，依山傍水景色宜人，这会儿夕阳斜照，透过窗户给房间抹上了一层金色的光圈。

赵惜月进屋后有些局促，走路小心翼翼，生怕滴下来的水把地板和地毯弄湿了。

许哲却拉她进浴室，把她往里一推："先把湿衣服换下来，一会儿我给你烘干。"

赵惜月关上浴室门开始脱衣服，几乎快脱光了才想起一件事儿来。

她没带换洗的衣服，这会儿要怎么出去？

看看浴室，除了一条浴巾外也没别的，只能咬牙先裹上。

她刚裹好就听许哲在外头敲门："我忘了给你拿浴袍，你这会儿方便开下门吗？"

赵惜月脸红得跟猴屁股似的，轻轻拉开一条门缝，伸出一截白玉般的手臂来。

"给我吧。"

女人美丽的身体，每个生理正常的男人看了，都会有绮思。

许哲正经了这么多年，却被赵惜月给破了功。

赵惜月的手在空中甩了两下："给我吧，冷。"

许哲反应过来，浴袍往她手里一放，转身走了。

隔着门板赵惜月没觉出不妥来，拿了浴袍赶紧披上，又忍着羞涩开始洗内衣。这些东西不好意思交给许哲，她就先洗了拿吹风机吹，勉强吹个半干就穿上了。

等出来的时候夕阳已经散去，夜色席卷而来。

许哲站在窗边，笔直的身材很是利落。他听见动静转头看她："好了？"

"嗯。"说着她把湿衣服递了过去。

许哲接过进洗衣房,不一会儿就听里面传来机器运转的轰隆声。

出来后他冲赵惜月招手:"没吃晚饭吧,过来吃点儿。"

赵惜月的肚子配合地叫一声,她自嘲地笑笑。

吃过饭衣服也差不多烘干了,赵惜月跟他进洗衣房拿。突然她想起刚才的偶遇,便问他:"你刚刚去哪儿,我是不是耽误你时间了?"

"没有,随便走走而已。"

"一个人?"

"不可以吗?"

"倒不是这个意思,就是觉得有点儿奇怪。你怎么不跟家里人一起,你们全家都来了吧。中午在餐厅我看到了,那个女生是你妹妹?"

"是,叫羽心,改天介绍你们俩认识。"

赵惜月玩心大起,开始追问:"老实说,我跟你妹谁更漂亮?"

"不好说,年纪不一样,羽心比你小好几岁。"

"不用这么伤人吧,我也不是很老啊。不过说实话,你妹挺漂亮的,应该比我强。"

"我倒不觉得。"

"真的?"

"假的。我眼睛有问题,就喜欢你这样的。"

"我这样是什么样的?"

"前凸后翘,火辣身材。"

"你……"赵惜月突然忍不住笑起来。许哲这人看似正经,该耍的流氓真是一点儿不少耍。

"又是从谢志那儿学来的?"

"上网学的,无师自通。"

为了她,最近的许哲可谓是突飞猛进。

从前上网只看新闻,如今却也开始刷主流论坛,会上微博,也会刷微信。那些以前不屑一顾的东西,现在却一一刻进了他的脑海里。他想要为赵惜月改变,想要跟上她的脚步,想要一开口不再只是成年人式的教训,也可以多一点年轻人之间的调侃和情趣。他飞快地学着吸收着这一切,并且终于明白念书时老师常说的一句话的真正含义。

兴趣是最好的老师。

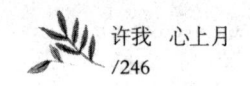

许学霸的人生终于摆脱了前二十四年只为知识不求兴趣的模式。为了喜欢的女生，他开始做回一个正常人。

他盯着赵惜月看，从眉毛看到眼睛，再从鼻尖看到嘴唇，最后把厚脸皮的赵惜月都给看化了，不得不起身告辞。

许哲也不挽留，只亲自送她出去。

走到门口的时候对面房门打开，孙晋扬从里面出来，看到他们两个不由得一愣。

两个年轻人不免尴尬，倒是孙晋扬笑得自然："许哲，女朋友？"

"女性朋友。"

"哦，明白明白。"

"叔叔，并不是你想的那样。"

"叔叔没有乱想，你不要紧张。再说年轻人谈恋爱是很正常的事情，都什么年代了，喜欢就要放开手，缩手缩脚成不了事儿。回头你找叔叔，叔叔教你几招。"

他这么热情开放，倒把两个年轻人吓得不轻，打着哈哈落荒而逃。

许哲送赵惜月去坐电梯，本想送她回去，却被她婉拒。

万一再撞见熟人……

她搭电梯下到一楼，刚准备出去迎面跟个打电话的男人撞了一下。

赵惜月便冲人道歉，那人却突然伸手抓着她。

"赵惜月？"

一听声音就不妙，怎么哪儿都有莫杰西呢。

她挣扎两下没挣脱，那边莫杰西冲电话里说了句什么就给挂了，转身把她拉到一边。

"你怎么过来了？"

"我跟我妈来度假。"

"你也住这儿？"

"不是。"这里是贵宾区，她订不上也没钱住，她住另一边的一栋楼。

"那你跑这儿来……找我的？"

多大脸啊！赵惜月懒得回答，送他一记白眼。

莫杰西不傻，回过味来："你来找许哲是不是？"

"跟你有关系吗？"

"当然有。我既然喜欢你，就得知道你的想法。你喜欢许哲没关系，我也不介意，但你最好别用情太深。你知道他有喜欢的人了吗？"

"孙月莹是吧。"

"你既然知道，何必蹚这趟浑水。"

"你不也知道我有喜欢的人，却还整天缠着我。"

在许哲那里处处落下风的赵惜月，一对上莫杰西却是战无不胜，每每总将他噎得哑口无言。

莫杰西觉得真是见鬼了，他从前也算能说会道，可总栽在这小女人手里。

"算了，不跟你计较。吃饭了吗，我请你。"

"吃过了，你自己吃吧，我走了。"

"那我送你。"

"不用了。"

赵惜月推开他走出几步，却被他一个用力扯了回来。

她正想发怒，莫杰西却先开口了："你要乖乖听话，在这里闹起来对你没好处。你也说了我就是个浑蛋，浑蛋做事情不讲道理，你要试试吗？"

他这么说赵惜月真有点儿害怕。她打不过他，也惹不起他，斟酌半天只能妥协："好吧，你送我回去吧。"

"这才像话。"

莫杰西伸手想拍她的脸，却被赵惜月一下子躲开了。

莫杰西眼见赵惜月听话，心情不由得好起来，边走边找话题聊。

赵惜月基本不理他，只偶尔应一两声，态度十分敷衍。莫杰西也不在意，忍着想把手搭在她肩膀上的冲动，跟个痴汉似的护着她。

人送到楼下他突然变了想法，想要一起跟上去。

"好久没见阿姨了，来都来了，我上去打个招呼。"

赵惜月很想送他两个字：去死。

莫杰西却是个赖皮脸，缠上了甩不掉。明明都到楼下了，他却硬赖着不走，拖着她又往旁边的林荫小道走，美其名曰饭后百步。

赵惜月耐着性子应付他，偶尔敷衍地回他两句，大部分时间都是莫杰西一个人在那儿叨叨。

他还真是不怕丑，趁着四周没人就开始剖析起自己的心路历程来了："……

刚开始觉得你也就那样,想着许哲眼光太差,怎么会看上你这样的。后来也不知怎么了,就觉得你哪儿都好了。赵惜月,你是不是给我下了降头?"

"我要真会那玩意儿,肯定下个死降,让你一命呜呼了事。"

"我好歹喜欢你一场,有必要这么狠?"

赵惜月无奈地看他一眼,忍着一波白眼没发。

她能忍莫杰西却是忍不了,眼见夕阳下美人眼波流转,心里那点儿藏着许久的感情一下子爆发出来。

他一伸手拉过赵惜月,一下将她按到了旁边的大树上,凑过去胡乱地吻了起来。

赵惜月简直惊呆了,身体僵硬了片刻后开始激烈地反抗。抓、挠、咬、踢、顶……反正什么打人的招式她都使出来了。

远远望去两人不像在接吻,倒更像是猴子打架。

过于猛烈的缠斗将两人搞得十分狼狈,赵惜月隐隐感觉到自己的衣服叫对方扯了下来,惊慌中顾不得打人,赶紧伸手去拉。

可莫杰西力气太大,一把抓住她双手,叫她动弹不得。

赵惜月简直快要哭了。光天化日下发生这种事情,叫她如何自处。

她求救对方,一开口却只剩呜咽声。就在眼泪即将流下来的当口,她听到不远处一个男人冲他们道:"杰西,你在这儿干什么?"

失去理智的莫杰西身子一僵,很快清醒过来。他慢慢放开赵惜月,呢喃着说了句:"对不起。"

赵惜月根本不理他说什么,一抬头就看到一个脸熟的男人站在他们面前。那是刚才在许哲那里碰到的男人,许哲说过他的名字,叫孙什么来着?

孙晋扬看着面前的一切,冲莫杰西摇摇头。对方有点儿不好意思,正要解释什么,孙晋扬却突然扭头盯着赵惜月看,那目光瞬间变得锐利而认真起来。

赵惜月衣衫不整,左边肩膀露出一大块。她捕捉到了孙晋扬的目光,下意识地想到了不好的东西,脸上就跟火烧似的,一把推开莫杰西仓皇而逃。

那边莫杰西十分尴尬,几次尝试开口都觉得不妥当,最后只能摇摇头,拍着脑袋默默离开。

他这是怎么了,明明好好的,怎么突然就控制不住了。

孙晋扬眼看着两人走远,一个人站在树下怔怔出神。他还在想刚才看到的画面,赵惜月露在外面的左肩膀上,有一道浅浅的疤痕。

那疤痕的形状和他记忆里的那道一模一样。想着想着,他竟有些迷茫彷徨起来。

都快二十年了,奇迹还有可能发生吗?

赵惜月惊慌失措地跑回房,边跑边拿手擦嘴唇。

她也不记得到底亲到没有,只是下意识地心里觉得难受。

结果她一开房门,正撞见妈妈和齐娜在那儿吃饭。她意识到不对,想要退出去却是迟了。齐娜那双眼睛一下子捕捉到了她的异常,瞬间叫了起来。

"小月你怎么了,怎么搞成这样?"

她这么一叫,略眼拙的赵母也注意到了女儿,把碗一推冲过来拉着她仔细看:"这是怎么了,是不是遇上坏人了?"

"受伤了没,有没有吃亏?这度假村治安也太差了,怎么什么人都能进来?要不要报警?"

赵惜月一边拼命冲齐娜使眼色,示意她别说话,一边安抚母亲:"没事的没事的,我不小心摔了一跤。"

"摔一跤会把衣服摔成这样?"赵母眼睛不瞎,一看到女儿这副模样,就知道肯定出了大事儿。

齐娜到这会儿也觉出不对来了,但她不能细问,眼见赵惜月一脸尴尬不住朝她挤眼睛,她赶紧识相地告辞离开,把空间让给她们母女。

打发走了齐娜后,赵惜月略松一口气。她冲进旁边的洗手间,在镜子里打量自己。

这个莫杰西下手还真是没轻重,把她脸都捏肿了,衣服也给扯破了,头发乱糟糟的,这副模样一看就是被人欺负过了,想瞒也是瞒不住。

赵惜月眼见妈妈跟了进来,一副不问清楚誓不罢休的模样,不由得叹口气,解释道:"妈,我没事儿,您别担心,就是破了件衣服。"

"什么没事儿,你都成这样了。小月你老实跟我说,到底发生了什么?"

"就是碰上个朋友,他那个人性子比较急,我们有点儿误会……"

"这可不像是误会。你别当妈妈什么都不懂,那人是男的吧,他是不是想欺负你?"

"没有,一时冲动,其实也没干什么。"

"都这样了还叫没干什么!"赵母气得不行,一转身就要去拿电话。

赵惜月赶紧追了出去:"妈,你要干吗?"

"报警啊。"

"别别,只是小事情,闹大了不好看。"

"可你也不能白白吃亏。"

"没有,他就是想亲我一下,我反抗来着没亲成,所以才这样嘛。"

赵母盯着女儿又仔细看了看,又心疼又着急:"你这什么朋友啊,怎么跟流氓似的。就算喜欢你也不能硬来啊,就是刚才去买晚饭碰上的那个?"

赵惜月不想说太多,就胡乱点头应下了。

"妈,真没事儿,洗个脸就好了。"

"身上没伤?"

"没有。"

"你脱了衣服我查查。"

赵惜月很不好意思:"妈,我都这么大了。"

"那又怎么样,你是我女儿。"

赵母说着就要上前来查看,吓得赵惜月赶紧捂着胸口连连后退:"别这样妈,我真没事儿。您赶紧吃饭吧,别管我。"

"我怎么能不管你。你这整天在外面胡闹,现在都出这种事了,我要再不管,谁知道还会撞见别的什么。小月你老实跟我说,你是不是谈恋爱了?"

"没有。"

"别不承认。你跟那个姓许的医生整天见面,你以为我不知道?"

赵惜月大吃一惊:"妈,您怎么会……"

"这世上没有不透风的墙。那个男人叫许哲对不对,他整天到我们家楼下找你,你当我会看不见?"

"妈……"

"你别叫我妈。小月我跟你说,你这个年纪想谈恋爱我不反对,但跟这个叫许哲的不行。你要还有点儿孝心就跟这男人断了,否则你别怪妈妈不认你这个女儿。"

话突然说得重了起来,叫赵惜月心惊肉跳。她不明白妈妈这是怎么了,为什么对许哲有这么大的偏见。

"您为什么不喜欢他?"

"没什么,这你不用知道。"

"您不跟我说清楚,却叫我不要跟他来往,这我怎么做得到?"

"你只要听妈妈的话就可以了。"

"可我不是小孩子了,我要知道原因,否则我不甘心。"赵惜月脸色一变,头脑里突然闪过一个念头,"妈,您是不是知道许哲的来历?"

赵母把头撇向一边:"你别管。"

"我要管。您知道他的父母是谁对不对?"

"是,我知道,他是弘逸集团的继承人,霍子彦的独子,我都知道。"

震惊席卷心头,赵惜月从没想过,教了一辈子书老实巴交的母亲,有一天也会这么强硬。她提到弘逸的时候,那种咬牙切齿的感觉,简直跟刀扎似的刺痛人心。

赵惜月有些难受:"妈,您这么讨厌弘逸讨厌许哲,是不是跟当年爸爸的死有关?"

"你别问这么多。"赵母脸一板,双手不由得握成拳头,"这事儿我不想再提。你只要记得弘逸的人都不是好东西,以后离他们远点儿就行了。你爸都死了这么多年了,以前的事情没必要再提起。"

"可是我想知道。妈,我跟许哲熟,不如让我去问问他,或许当年的事情另有隐情也说不定?"

"什么隐情?你爸爸都死了,你还想打听什么。你想证明你爸死得活该,他们都是好人是不是?"

"没有,妈我不是这个意思,您别激动。"

赵惜月上前一步扶住母亲,把她带到沙发边坐下:"其实当年爸爸是怎么死的,我一直稀里糊涂。所以这些天来我也一直想找许哲问问,只是起先我并不确定他的身份,直到最近才算百分百肯定。妈您相信我,我只是想找出真相,如果真是他们对不起我们的话……"

赵惜月咬了咬唇,眼里露出一丝决绝。

原本一心沉浸在恨意中的赵母一见女儿这样,反倒有些慌乱起来:"小月你想怎么样?你可别做傻事。你爸已经走了,妈可不想你再出事儿。我现在也不想搞清楚当年的事情,我只想你离那个许哲远点儿。你可千万别想不开,跟这种人走得太近,万一被他们发现你另有目的,搞不好你会有危险的。"

"没有,您别担心。"赵惜月拍拍母亲的手,露出一丝疲倦来。她不想再提这个事儿,故意转移话题谈到了晚餐的事情,又拉着妈妈吃了半碗饭这才作罢。

晚上洗完澡躺在床上的时候,她心绪起伏,白天发生的那些事儿又都跳了出来。

本来觉得被莫杰西强吻已是够糟糕了,想不到这世上总有更令人"惊喜"的事情在等着她。

如今她该何去何从,竟是有些摸不着头绪。

这一晚她睡得很不踏实,第二天起来就没精神。原本打算来泡个温泉放松一下,这下子倒搞得更为紧张了。

她害怕和妈妈待在一个房间里,怕她追问许哲的事情,一大早就出门去说是散步,好打发这无聊又漫长的白日。

度假村的早晨显得有些宁静,赵惜月一个人漫无目的沿着石子小路慢慢往前走,也不知道走出多远走到了哪里,直到听到身后有人在叫她。

"赵小姐,赵小姐!"

赵惜月回头一看,见是孙晋扬,不免有些意外。

"孙先生?"

孙晋扬一身晨跑的装束,三两步跑到她面前:"这么巧,你也来运动?"

"没有,就是随便走走,呼吸一下新鲜空气。"

和孙晋扬见面难免会想起昨天的尴尬事儿,赵惜月有些不好意思。

孙晋扬看出她的窘迫,主动开口道:"昨天的事儿我会替你保密。杰西那孩子我也教训过他了,他以后不会再胡来。他本质还算不坏,就是有时候做事太冲动。"

"我知道。"

"所以你们是朋友?"

"算不上吧,见过几回。"

孙晋扬陪在她身边慢慢往前走:"跟他不是朋友,跟许哲总是吧。你们在恋爱?"

"没有。"

赵惜月觉得有点儿奇怪,一个作长辈的跟她也不是很熟,怎么这么直接打听她的私事儿。

孙晋扬没再追问,话锋一转又道:"你这次是跟朋友一起来的?"

"朋友,还有我妈妈,主要是陪妈妈来。"

"赵小姐，能问一问你全名叫什么吗？"

"赵惜月。"

"你好，我叫孙晋扬。"

赵惜月点点头，不知道该怎么搭话。这人的聊天套路实在有些奇怪。

"赵小姐今年多大，跟许哲同年？"

"不，我比他小一岁。"

"是本地人吗？"

"不是，我是云城人。"

"从小就在云城，没在S市待过？"

"没有，上大学才考到这里来的。"

"父母是做什么的？"

"我妈妈是老师，我爸爸……"赵惜月突然觉得自己说得太多了，怎么像是跟人报备祖宗十八代似的。于是她改口道，"我爸爸是普通工人。"

"家里就你一个孩子？"

"嗯。"

"小时候的事情还记得吗？"

赵惜月终于忍不住停下步子："孙先生，您为什么问我这么多？"

难道是因为他认识许哲，想着替许哲的父母打听她的个人情况？

孙晋扬笑笑，脸上没有一丝尴尬："没有，就是想多了解你一下。"

"然后呢？"

"什么然后？"

"知道了我的个人情况后您想干什么，去跟许哲的父母说吗？孙先生您误会了，我不是许哲的女朋友，所以你们也不用对我的个人情况太过关心。"

"抱歉，我大概是冒犯到你了。"孙晋扬摸摸鼻子，不死心道，"不过我能再问你一个事儿吗？"

"什么？"

"你左肩膀上的伤怎么来的？"

第十九章
一定要找到她

孙晋扬笑眯眯的，却叫赵惜月觉得从心底生出寒意来。

她下意识去摸肩膀。那上面的伤怎么来的她已记不得了，小时候问过妈妈，妈妈说是摔的。

一个陈年旧疤而已，孙晋扬为什么这么感兴趣？

赵惜月环顾四周，随着时间的推移，人陆续多了起来。她略感安心，警惕地望了对方一眼，摇头道："孙先生，这个无可奉告。"

"赵小姐，你别误会。我没有冒犯你的意思，只是这道疤让我想起了一个人，一个对我很重要的人。"

"什么人？"

"你也该知道我曾经有个女儿吧……"

赵惜月这才反应过来，这人就是孙月莹的父亲。

所以他的意思是……

孙晋扬还准备再往下说，身后却突然传来个女人的声音。

听到那声音两人同时一顿，齐齐抬头看。

连翘楚一身精致打扮缓缓朝他们走来，脸上还带着礼貌的微笑。只是这笑有点儿假，同为女人的赵惜月瞬间感受到了她的敌意。

她应该是误会自己和她的丈夫有什么吧。

这也不奇怪，像孙晋扬这样的身份和地位，花边新闻应该满天飞才是。

赵惜月不愿搅和进这种事情里，眼见连翘楚越走越近，她趁机匆匆告辞，撇下他们一溜烟儿跑了。

孙晋扬今天这事儿做得有点儿奇怪啊。

原本以为他有不轨企图，现在看来倒是自己误会了。他问那道旧疤做什么，是怀疑自己和孙月莹有什么关系吗？

赵惜月就觉得孙晋扬是个很荒唐的人。大概是找女儿找傻了吧，随便看到个年纪相当的姑娘就怀疑上了。要不他也不会这么清楚地打听她的事情，从年龄到家庭事无巨细。

她怎么可能会是孙月莹，她可是有父母的人。

赵惜月一甩头，把这荒谬的结论扔出大脑。她想得太入神也没注意前面的人，转弯的时候就跟个男人结结实实撞到了一起。

对方身板很硬，硌得赵惜月鼻子疼。

许哲扶着她的肩膀："怎么，又碰上杰西了？"

赵惜月看他的眼神有点儿委屈，摇头道："没有。"

她突然有点儿后悔来温泉，这两天净碰上糟心事儿了。

许哲没放她走，拉起她的手就走。赵惜月被他搞得一愣，脚步匆忙跟上。

两人就沿着昨天的那片湖慢慢散步，气氛有些尴尬，赵惜月就主动找话题谈昨天那对极品男女："也不知道后来回去怎么样了，那姑娘真是傻，为这么个男人不值得。"

"有时候感情值不值得不在外人怎么看，在当事人自己的想法。当然，她是真傻。"

赵惜月叹息，有时候女人就这样，明明知道对方在欺骗，却还是狠不下心快刀斩乱麻。她自己的感情不也是一笔糊涂账？想到身边的许哲，她觉得自己也是个傻瓜。

湖岸边景色不错，她却无心欣赏，脑子里乱糟糟的，总觉得有事情没想明白似的。她光顾着想事儿没留意脚下，一个不留神踩到湿泥，身子一滑差点儿坐地上。旁边许哲顺手捞了她一把，就势把她揽进自己怀里。

两人靠得如此之近，赵惜月一下子就脸红了。

向来绅士的许哲今天却有些反常，竟变得强势起来。赵惜月扭捏的挣扎根本无用，反倒叫他越搂越紧。

到最后赵惜月急了，伸手去掰他手指头："能先放开我吗？"

"不能。"

赵惜月无语。

"我今天心情不大好。"

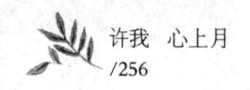

"怎么了？"

"听说昨天杰西欺负你了。"许哲一转身和她来了个面对面，目光深邃富含深意，"听到这个消息的时候，我很想把那小子拎出来揍一顿。"

赵惜月愣愣的，表情有点儿呆萌，好半天挤出一句话："什么意思？"

"我问了谢志，他说我吃醋了。"

许哲伸出手指，在赵惜月的唇上轻轻地摩挲："我觉得这是我的东西，可是叫别人抢走了，所以我不高兴。"

指腹拂过嘴唇，赵惜月的身子微微颤抖。

这个男人浑身都有魔力。

伴随着强有力的心跳声，周围的一切都成了摆设。赵惜月听不到别的，只听到自己内心深处有个声音在大喊："他要亲过来了！"

然后许哲就亲了。

不打一声招呼，那么理所当然又温柔无比，搞得赵惜月竟无法推开他。

她拒绝不了一个真心喜欢的男人，那样的吻是她渴望许久的东西。

这才是赵惜月真正意义上的初吻。

她不知道和别的男人接吻什么感觉，只是跟许哲做这件事情，心里的甜蜜竟是铺天盖地，简直要将整个世界包围。

她没有一点儿挣扎，几十秒后竟开始回应对方，尽情地投入到深吻之中。

直到有人路过，轻浮地吹起口哨，才把赵惜月从美梦中惊醒。

她不知道自己怎么了，想也没想就一把推开许哲，慌慌张张跑走了。

和那天推开莫杰西不同，这一次没有害怕，有的只是慌乱与失措。

气喘吁吁跑回房间，赵惜月把门一关一个人坐那儿醒神。她喘了大半天才恢复平静，摊开手心一看，竟已满是汗水。

她努力很久，才把那个画面从脑海里剔除。

吃过午饭，她终于找着机会和妈妈还有齐娜一块儿去泡汤。三个人泡一个小池子，一晃两小时就过去了。

齐娜那张嘴就一直闲不住，东拉西扯说了两个小时。从职场上遇到的小人说起，谈到她和谢志的恋情，甚至连将来都给规划好了。

赵惜月就问她："你真打算跟谢志结婚啊？"

"为什么不？我们两情相悦，他不穷我不丑，又到了婚嫁年龄，结婚很正常啊。"

赵母在边上听得连连点头:"小月你听着点儿,小娜这想法太对了。你也赶紧找个正经的男朋友,早点儿结婚生子妈妈也好放心。别再跟来路不明的人扯在一块儿。"

赵惜月就想,许哲什么时候成来路不明的人了。

结果真是怕什么来什么。三个人泡完汤换好衣服往外走,走到门口的时候就撞见了许哲。

从他微湿的头发来看,他显然也是刚泡完。

许哲不知赵母对他的成见,一见之下主动上来打招呼。

齐娜冲他呵呵笑,赵惜月则是尴尬的表情,唯有赵母始终板着一张脸,从头到尾都不搭理人家。

齐娜性子急,找了个机会悄悄冲许哲道:"师兄,你要加油啊,未来丈母娘的欢心可不好讨。"

许哲也瞧出来了,正想着怎么跟赵母拉近关系,父亲霍子彦从后面走了过来,一见这情景就问:"许哲,你朋友?"

"是。"许哲大方承认,还给父亲一一介绍。

霍子彦一副温文尔雅的模样,十足中年成功男人的典范。哪怕赵母的脸黑得都跟包公似的了,他依旧岿然不动,甚至主动提议道:"既然这样碰上了也是缘分,咱们今晚一块儿吃顿饭可好?"

他边说边看赵惜月,态度诚恳却也带了几分坚决,竟叫赵惜月觉得很难推却。

她有些担心地去看身边的母亲,本以为她一定会反对,没想到她竟不吱声,眼见自己点头同意也不开口,就这么顺理成章和他们一道去了餐厅。

路上齐娜轻轻扯了扯她的衣服,把她叫到身边小声问:"怎么回事儿,我觉得不大对啊。"

赵惜月心想我也觉得有问题,可是怎么办,现在这情况也只有硬着头皮上了。

好在餐厅离得不远,五个人到了后直接进了包厢,霍子彦做东菜也由他点,经理亲自过来服务,很快就替他们定了一桌菜。

在等上菜的工夫,几个人就埋头喝茶。

齐娜本来是抱着看好戏的心态来的，觉得这是双方家长的见面会，回头赵惜月肯定羞得跟什么似的。

可没想到一坐下来时间便十分难熬。这几个人全都深藏不露，这么尴尬的气氛下依旧能淡定喝茶。连她都觉察出赵母的不友好了，他们这么聪明会感觉不到？

怎么看这顿饭都很凶险啊。

赵惜月这会儿心情也不好受，一边是妈妈一边是喜欢的人，万一闹起来她夹在中间最难做。

于是她又开始后悔答应得太爽快，早知道该硬着头皮拒绝才是。

其他三人倒是都很自然，等菜上了之后也不寒暄客套，都是一副认真吃菜的模样。

赵惜月一直盯着身边的妈妈不放，眼见她胃口不错，吃了这个又尝那个，一点儿没有发作的样子，一颗提着的心才算放下大半。

一顿安静的饭吃了大半个小时，就在赵惜月吃饱喝足觉得警报即将解除时，一直表现反常的母亲，终于露出了她此行的真正目的。她把筷子往桌上一搁，冲霍子彦道："霍先生，谢谢您今天的招待。"

突然的开口吓了两个小女生一跳。

霍子彦却很从容："别客气，应该的。"

"既然您觉得应该的，那我也不客气了。饭我吃过了，您有什么话不妨直说，我听着呢。"

"赵太太，您想多了。"

"您儿子整天找我女儿，我不多想也不行。不过容我说一句，两个孩子不大般配，还是不要做朋友的好。"

齐娜听了直咂舌，用嘴唇示意赵惜月："你妈也太直接了吧。"

赵惜月无奈地苦笑，还是没能逃过啊。

许哲父子镇定如常，连眉毛都没动一下。霍子彦客气地笑笑："赵太太，孩子们都大了，他们要怎么样说实话我们当父母的也管不了，不如随他们去吧。"

"您儿子怎么样我是管不了，不过我女儿我还是能管的。小月我们走，以后别跟这种人再来往。"

说完赵母起身，不由分说拉起女儿就往外走。

齐娜十分不好意思，不住跟许哲他们道歉，随即也慌张地跟了出去。

因这么一顿饭，她们临时改变行程，迁就赵母当天晚上顶着夜色就准备回 S 市。

赵惜月筋疲力尽，也没心情跟妈妈吵架，只什么事儿都顺着她，好让自己耳根子清静几分。

期间她想给许哲打电话，想了半天还是没能鼓起勇气。

妈妈的话说得太难听了，换了谁都得气半天。许哲涵养再好，也受不了这个吧。

结果她又给想岔了。她不敢去找许哲，对方倒是主动打来电话。

听到他的声音，赵惜月第一反应就是道歉："我妈说话不太好听，你别介意。"

"我不介意。她迟早也是我的亲人，说什么我都听着。"

赵惜月有点儿脸红，假装听不懂他的话。

本以为许哲要说什么，结果他竟也假装没说过那话，三两句就给带了过去。这下换赵惜月难受了，被人吊着的心情真是忐忑。

这样的煎熬持续了十几分钟，直到许哲在那头轻轻地说："你现在下来一趟。"

"去哪儿？"

"楼下。"

被这么来回被吊胃口后，赵惜月再不敢摆谱儿，拿着手机飞奔下楼。

夜色里许哲就站在楼下大厅，一见她便伸手把她抱进怀里，也不管周围人来人往。

赵惜月也不怕，许哲的怀抱太温暖，暖到她舍不得离开。

他们去了附近的小茶馆，就着暖黄色的光面对面坐着说话。

赵惜月还有点儿尴尬，许哲却十分直接："我今天说的事儿，你怎么想？"

"什么事？"

"我吃杰西醋的事儿。"

"那我怎么知道，这是你们之间的事儿啊。"赵惜月言不由衷，说到最后声音越来越小。

隐约间她听到许哲在笑，一抬头就对上他促狭的笑。他很少这样，在赵惜月看来格外难得。

"你笑什么?"

"笑你是个傻瓜。"

"哪里傻?"

"浑身上下都冒着傻气。"

"那你还亲我。"

话一出口赵惜月觉得自己还真是傻。

许哲脸上的笑意更浓:"是啊,我喜欢你就亲了。你呢,你觉得怎么样?"

"我……不知道。"

"不拒绝就等于同意,这也是杰西说的。回头我要谢谢杰西,谢谢他点醒了我。"

赵惜月就想要叫莫杰西知道,非气疯不可。

可感情的事情没办法,莫杰西没什么不好,只是她不爱罢了。哪怕许哲有再多的缺点,只要爱上了,便什么都顾不得了。

爱情叫人盲目,她算是明白了。

只是这爱情来得太快,竟叫她有些无力招架。

事到临头,她竟有些退缩,支支吾吾不愿给许哲一个明确的答复。

她想到了母亲的态度和父亲的死亡,就像重重阴影笼罩在面前,让她看不到一点儿希望。

谁能来帮她把这层迷雾拨开?

从温泉回来后的第三天,许哲给她打电话,约她在公司附近的咖啡馆见面。

许哲负责点单,也不问赵惜月的意见,擅自给她点了杯热巧克力和一份冰激凌。

东西送上来的时候,赵惜月有点儿傻眼:"我最近胖了。"

"那就再胖一点儿。"

"再胖就没工作了。"

"听说吃甜食能让女人的心情好点儿。即便是胖,那也是幸福的微胖而已。"

赵惜月搅着面前的热巧克力,不由得失笑,原来男人都会油嘴滑舌。

她笑过后又有点儿无奈:"你来找我做什么?"

"想要一个说法。赵惜月,我的态度已经很明确,你呢?"

"你知道我一直觉得你挺不错的。"赵惜月说这话的时候脸红得要命,"可我妈妈……"

"你妈妈有她的立场,站在她的角度看,她没有做错。你喜欢我不代表你妈也要喜欢我,对一个她不喜欢的人,她没必要客气或是讨好。"

"你可真大度。"

许哲拿起杯子抿了口咖啡,淡淡说一句:"毕竟她是我以后的岳母。"

赵惜月尴尬笑笑,接不上话。

许哲也不勉强,开始谈今天来找她的正题:"我听出来了,你妈不仅对我有意见,对我爸也很有意见。他们从前认识吗,是不是有什么过节儿?"

"这个我也不清楚,但我觉得可能跟我父亲的死有关。"

"你父亲去世多久了?"

"十多年了,那时候我还在上小学,可能正要小升初吧。具体发生了什么事儿,我到现在也没搞清楚。只记得有一天回家后我姑姑来我家里了,说让我上她家吃饭去。也不让我多问,她就硬把我拖去了。去了后我就吃饭,本来没什么的,吃到一半姑姑突然开始哭,姑父就骂她,说她吓坏我了。我不明白就寻根问底,起先姑姑不肯说,后来我特冷静地说了句'你们现在不说,我明天总会知道的'。"

许哲眼前就出现了一个画面,小小的人眼里有着倔强的神情,肯定把大人们唬得一愣。

"后来他们就告诉我,说我爸爸不慎落水,我妈正请了人去河里捞。他们叫我不要着急,说大人会搞定的,叔叔也去了,连我舅舅都去了。我只要在姑姑家安心住着就可以了。我也不知道自己怎么了,明明年纪不大却不好糊弄。我清楚地记得自己当时把筷子一搁,一脸认真地问我姑姑,我说爸爸都掉河里了,捞起来还能活吗?"

说到这里,赵惜月笑了,只是这笑容特别苦,还有点儿自嘲的感觉。

"你说我是不是特清醒。当时我姑姑和姑父都傻眼了,就这么瞪着眼睛望着我。我都不用他们再说什么,心里就有答案了。我在姑姑家住了一夜,第二天自己去上学,放学后我没回家,直接去学校找我妈,我妈是小学老师。去了一问他们说我妈今天没来,说是住院了,我又赶紧去叔叔家,要叔叔带我去医院。到了医院进了病房,六人间的病房我妈躺最里面一张床,一见我抱着我就大哭。我吓得什么都不敢说,也没哭,打击太大我哭不出来了。

"后来我问妈妈'找着爸爸了吗',我妈一直摇头。所以到最后他们连我爸的尸体都没捞着,办丧事的时候只能烧一堆他的衣服充数。我那时候就想,那怎么能是我爸爸呢,那就是一堆衣服而已,我干吗要对着一堆衣服哭。所以追悼会上我没哭,他们都说我没良心,尤其是我舅妈,话里话外挤对我,我年纪小听过就忘了。"

即便许哲天生感情淡漠,听到这样的描述也不能不动容。

以前许哲只觉得他活得不容易,原来天性乐观的赵惜月也有这么黑暗的过去。

他突然很想伸出手来,紧紧把她抱在怀里。

那一刻对孙月莹的责任和负担全都被抛到了一边,他的眼里心里整个世界都只剩下眼前的这个女人。

相比起他来,赵惜月倒更自然些,说完还特意挤出点儿笑容,歪着脑袋问他:"怎么样,我是不是也挺惨的。"

"嗯,很值得同情。"

"不用这样吧,其实都过去了。我现在只是有点儿纠结,想知道我爸爸到底是怎么死的。"

"你没问过你妈妈?"

"问过,她不肯细说,我也不方便刨根究底。我只是偶然听她和亲戚提起,好像跟……"

"跟什么有关?"许哲看她一脸犹豫,猜到了答案,"是不是跟弘逸有关?"

"好像是,但我没听清楚,也许不是。"

"看你妈妈那天的态度,我想应该是了。"

许哲低头沉默了片刻,突然抬起头来看赵惜月:"有个事儿我想问你,如果我问了你不高兴,我先给你道歉。"

"你想问什么?"

"你是不是一早就知道我是弘逸的人?"

"也不是,知道的消息多了,才分析出来的。为什么这么问?"

"我只是有点儿担心,你和我做朋友,是不是有别的想法。"

"你怕什么?"赵惜月失笑,"怕我是故意接近你使美人计?算了,我还没这么自我牺牲。你怎么跟我妈想的一样,真是有默契。"

"有些事情,由不得人不乱想。"

"我头一回在你家找到张弘逸的名片时,还真有点儿那样的想法。后来想想还是算了,你们也不傻。"

"所以从那时候起,你开始怀疑我的身份?"

赵惜月笑着摇头:"没有,你忘了我们那时候还没见过面,我并不知道你就是那家的主人。是后来你安排我进妮娜姐手下工作,我才开始怀疑。再后来是林律师不小心说漏了嘴。当然了,莫杰西那个二愣子对我也不设防,我从他嘴里套了点儿话,才证实了你的身份。"

"想不到你背着我做了不少事情,真想给你的聪明才智鼓鼓掌。"

赵惜月不管他是客气还是真心,对所有称赞照单全收。收了之后她又开始犯愁:"这个事儿我妈不肯说,我也不知道跟谁打听去,总觉得心里有一根刺。"

"我也觉得有必要搞清楚。我父亲做人很有原则,我不相信他会做出逼死人命的事情来。你有没有什么亲戚朋友现在还在来往,问他们或许能问出点儿什么。"

"都很少来往了,尤其是我爸爸那边的,我们离开云城多年,我爸爸又去世了,也谈不上有多少亲情了。"

"那你妈妈那边呢,有没有跟她关系比较亲近的?"

"我舅舅。"赵惜月眼前一亮,随即又暗下来,"算了,问我舅舅肯定不行。前一阵为了真假借条的事情我们闹了一场,他现在肯定恨死我了。"

"你舅舅是这样的人?"

"其实不是他,是我舅妈。我舅舅人还可以,后来把借条还给我,还跟我道歉来着。"

"那我们就去找他。他对你心中有愧,搞不好愿意帮你。再不济还有你那个见钱眼开的舅妈,我相信只要把钱搁她面前,她一定知无不言。"

许哲说着就去拉赵惜月,一副准备立马驱车赶往云城的着急样子。

赵惜月急了赶紧拉住他:"现在去也太晚了。再说给钱不行,为了这种事情掏钱给我舅妈,我心里不痛快。"

"这钱不用你给,我来。"

"凭什么你给?"

"事关我父亲和公司的名誉,给点儿钱不算什么。赵惜月,人做事有时候要懂得转弯,细枝末节的东西不要考虑太多。"

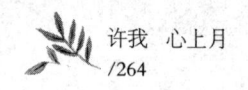

赵惜月被许哲强行塞上车，车子发动的时候还在想他刚才说的那番话。原来一向极有原则的许哲，也不像她想的那么迂腐。

如果不损害他人的利益，他也可以变得十分圆滑。

那天晚上去云城显然不现实，两人就约好明天一早出发。赵惜月晚上先背着妈妈给舅舅打了个电话，确定他明天能见他们后才给妮娜姐打电话请假。

第二天许哲休息，八点就开车到小区门口接她，两人一同赶往云城。

离目的地越近，赵惜月就越紧张，总觉得此行一定会有所收获。只是这收获的东西是好还是坏，却是她无法掌握的。

到了云城后赵惜月给舅舅打电话，对方就跟厂里请了一小会儿假出来见她。

陈明上次见外甥女是为了讹她三万块，如今再见面十分不好意思，一坐下来就不停地跟她说抱歉。

隔了这么长时间赵惜月的气早就消了，何况舅舅从前待她不错，她作为晚辈也不能摆脸色给人看，请他在茶室坐下后还是一口一个舅舅地叫着，一点儿不见生分。

陈明见状一颗心总算放了下来。

"你今天来找我，是不是有事儿？"

"舅舅，的确有件事情想问你，是关于我爸爸的。"

"好端端的，你怎么问起他了？"

赵惜月有点儿不好意思："我就是想知道，我爸当年为什么要自杀？你能告诉我吗？"

听到这话陈明一愣："干吗问这个，都多少年了。"

"不管过去多少年，他终究是我爸爸。我作为他的女儿，总有知道真相的权利。舅舅你就告诉我吧，别让我整天胡思乱想。我不想去烦妈妈，她身体不好。"

陈明一脸为难："可你妈不让我们告诉你。"

"为什么，难道我爸爸不是自杀吗？"

陈明的脸色愈加难看："小月你别逼舅舅，你妈不想让你知道，你别问不就行了。"

"你告诉我，我装不知道不也一样？舅舅，求你了。"

许哲在旁边轻轻拉拉赵惜月，示意她别开口。

"陈先生是吗？你好，我是弘逸集团的人，我姓许。"

陈明诧异地打量许哲："他们派你来做什么？"

"来调查赵惜月的父亲赵伯康当年自杀一事。"

"查什么查，都过去这么多年了，当年你们怎么不查，现在假惺惺。"

"其实我们也不想查。事情过去这么久早已尘埃落定，但赵小姐表示她父亲的死另有隐情，出于人道主义精神，我们出面关注一下。如果真有什么问题，弘逸这么大的集团，不会推脱责任。有必要的话，我们可以给予一定的补偿。"

一听这个，陈明来了兴致："你是说，你们会给小月母女一笔赔偿？"

"这得看事情调查的结果。当年的内情你应该比较清楚，所以我们想听听你们这方面的说法，再做进一步调查。"

陈明将信将疑，不住打量许哲。

赵惜月就在旁边敲边鼓："舅舅，你就说出来吧。如果爸爸当年死得冤枉，咱们不能这么算了，不能让他死得不明不白。"

"唉……"陈明长长叹息一声，总算开始说当年的往事，"你爸爸是个聪明人啊。从小读书就好，那个年代的大学生可是很金贵的。他从前是学化学的，后来进了厂里也一直在搞这方面的研究。改革开放后厂里效益不好，他干了几年心思活络了，就离开工厂进了私人企业，为的就是多赚点儿钱。刚开始挺好的，赚的钱也算可以。大概十多年前，我听你妈说你爸爸跳槽到弘逸，说是要帮着研究一种新型的抗癌药品。这是好事情啊，职位高待遇好，我们都觉得是碰上好事情了。谁知才干了不到两年就出事了。弘逸那边说他把公司的研究机密泄露给了别人，违反了什么保密协议，要他赔一大笔钱。你爸就是个打工的，干了一辈子也没那么多钱赔人家，一时想不开就跳河了。"

赵惜月听到最后，想起父亲自杀的那一天，似乎依旧能感受到那漫天的灰暗和绝望。

难怪妈妈那么恨弘逸的人，在她心里，弘逸就是害死父亲的凶手。

许哲在一旁沉默片刻，开口道："陈先生，那据你所知，赵伯康到底有没有泄露公司机密？"

"肯定没有，他那么老实一个人怎么会做这种事情。"

赵惜月吸吸鼻子："舅舅，那你知道他们为什么这么说我爸爸吗？"

"这个我也不清楚,好像你妈妈也不清楚。我们都是小老百姓,哪里懂这些东西。当时你爸爸就这么狠心往河里一跳,这个事情就算了结了。也没有人上门来找过我们,这里面到底什么情况没人知道。许先生,你是弘逸的人,你应该清楚吧。"

许哲轻咳两声,继续装模作样:"我确实清楚,不过目前不能透露更多。"

"我们什么都说了,你们一句不说,摆明了欺负人。"

"等结果出来,一定全都告诉你们。"

陈明就不住摇头:"你爸爸也是傻,有事情可以找我们商量嘛,何必做这种事情。扔下你们母女两个,这些年过得辛苦啊。"

赵惜月正要回话,眼前突然一黑,有人站到他们面前,伸手重重拍了拍桌子:"你管她娘俩干什么,谁要你滥好心,她们母女的事情以后你别掺和。"

陈明抬头一看见是老婆桂虹,身体不由得一哆嗦。

他惧内惯了,老婆一出现心跳就加快。

"你、你怎么来了?"

"去厂里找你,他们说你出来了,我就过来看看。还真是不看不知道一看吓一跳,赵惜月,你还有脸来找我们啊。"

"舅妈,我没做对不起你们的事情,没什么不好意思。"

这话是故意刺桂虹。

果然对方立马炸锅:"你什么意思,那你是说我们对不起你啰?"

"我没这么说,你不要心虚好不好。你要没做什么,干吗发这么大脾气?"

"陈明,你看看她像什么样子,居然这么跟长辈说话。"

陈明夹在中间十分难做人,轻声劝老婆:"算了,小月没坏心眼儿的。"

"她没坏心眼儿?都懂得找律师对付我们了,你还说她没心眼儿。我看就她心眼儿最多最坏。果然是捡来的小野种,都不知道像谁了。原本的爹妈搞不好就是破烂货,才生出这样的女儿来。"

"老婆!"陈明大惊,赶紧喝止却已是晚了。

赵惜月立马反问:"你什么意思,胡说八道什么?"

"谁胡说八道,回家问你妈去你是怎么来的?你妈不能生,才捡了你这个小东西回来,你还真当你姓赵啊。"

这下子不仅是赵惜月,连许哲都有些惊讶。

"你说这话可有根据?"

"根据？真可笑，你们要是不信可以去做亲子鉴定嘛。反正她妈还活着，一验就知道。"

赵惜月还是不肯相信，把目光投向陈明："舅舅，是不是……真的？"

陈明耷拉着脑袋，好半天才微微点点头，默认了这个说法。

"你这窝囊废跟他们说这么多干吗？赶紧跟我回去，以后不许你见她们两个，走走走。"

桂虹气势如虹，一把将丈夫拉起来推搡出茶室，边走边骂，那声音大得走出茶室老远还能听见。

赵惜月就跟寒冬腊月里突然叫人扔进了冰窟窿里，冷得直打战。

许哲见状一把握住她的手，解了外衣给她披上："先别着急，事情还没弄清楚。"

"不用查了，肯定不会有错。我舅妈没必要骗我，舅舅就更不会了。想不到今天来这一趟居然收获这么多，真是让我意外。"

"你别自暴自弃，就算是真的又怎么样。你爸妈对你这么好，亲不亲生有什么关系。我也不是我父母亲生的，那又如何，我依然和他们生活在一起，并且永远都爱他们。"

赵惜月原本已要落泪，听到这话一吸鼻子："你说的是真的？"

"当然是真的，所以我姓许不姓霍。"

"我以为你随母姓。"

"我是跟我妈姓，但她也不是我的生母，是我养母。可这些都不重要，重要的是我们都爱对方，是一家人。你懂吗？"

"我懂。"

话虽如此，赵惜月的表情却还有些尴尬。她拍拍许哲的手："我没事儿，我们回去吧，再问也问不出什么来了。"

"好，先回 S 市，答应我别胡思乱想。"

"嗯。"

在回去的路上，赵惜月一路无言，许哲知道她一时接受不了这个事实，也就不去打扰她。

到了市区他问："去哪儿，公司还是回家？"

"公司。"

"你不是请假了吗?"

"销假吧。我想工作,忙一点儿心没那么烦。你别担心我。"

许哲不再多说,送她到了公司楼下,眼看她进了大楼这才放心地将车开走。

结果他还是把事情想简单了。当天晚上大概八点左右,他接到了齐娜的电话。

"师兄,惜月跟你在一块儿吗?"

"没有,怎么了?"

齐娜就急了,在电话里噼里啪啦一通说。大意是说赵惜月一整天没回家,打电话去公司说她请假了,打手机不开机,她妈妈现在急死了,没办法就打了自己的电话找女儿。

"师兄,你白天见过惜月吗?"

"见过,但下午我们分开了,我送她回了公司。"

"可公司说今天没人见过她。"

许哲暗道不妙,冲齐娜道:"赵阿姨在你旁边吗?方便的话我想和她说两句。"

那边赵母似乎听到了许哲的话,一把夺过手机:"我在,许先生你快说,我女儿到底怎么了?"

许哲觉得没有隐瞒的必要,便把今天去云城的事情说了:"……本来只是想问清楚当年她父亲的事儿,没想到拔出萝卜带出泥,把她的身世问了出来。赵阿姨我想问一下,这事儿是真的吗?"

赵母已是心乱如麻,满脸都是泪痕。

"事到如今我也不瞒了,这事儿是真的。可我真拿她当自己女儿看的。她这是怎么了,是不要我这个妈妈了?"

"不会的,您别着急。她可能就是有点儿心烦,想到处走走散散心。您先在家等着,我这会儿马上想办法联系她,一联系上立刻给您打电话好吗?"

"好好好,许先生,你一定要找到我女儿。以前的事情我不追究了,我只要女儿平平安安就好。"

"阿姨您放心。"

那边齐娜又拿过手机,许哲就叮嘱她看好赵母,挂了电话后立马下楼开车,开始去到赵惜月常去的地方寻找她。

这期间他还给阿明打了电话,要他帮忙想办法。

他也给赵惜月打了电话,却始终没人接。不死心的他又转而发短信,一条又一条。

到了这会儿他才发现,赵惜月在他心里早已占据了最重要的位置,想到她可能会就此失踪,他竟比以往任何时候更害怕更心慌。

他一定要找到她。

第二十章
除了我这个人，什么都可以给

许哲一路开车在城市的夜色里穿梭，一直找到将近凌晨，还是没有赵惜月的踪迹。

他又试着给她打电话，依旧是冷冰冰的电脑女音传过来：对不起，您所拨打的电话已关机。

饶是许哲向来有修养又从容，到这会儿也有点急了。

他开始犹豫要不要给父亲打电话，请他利用弘逸的关系在整座城市进行搜寻。可不到万不得已，他不想走这一步。

车子停在江边的绿化带边，许哲把车窗放下，吹点夜风好叫自己冷静一下。一群年轻男女从他身边跑过，嘴里似乎在讨论着什么。

"好悬哪，要不是躲得快搞不好今晚就挂了。"

"救护车来了吗，撞了几个？"

"不知道，好几个吧，有个年轻女生挺漂亮的。"

"你这家伙就知道看女生。"

"真挺漂亮的，你说她大晚上一个人跑江边来做什么，失恋了？"

讨论的声音渐行渐远，许哲扭头看他们一眼，突然打开车门跳下车来。

直觉告诉他，他们讨论的那个女生就是赵惜月。没有原因，只是心像被人揪着一样，叫他停不下脚步来。

他一路狂奔朝事发地点跑去，还未到已见乌泱泱的人群。他奋力拨开人群挤了进去，却只见到满地狼藉的血迹。

心猛地往下一沉，许哲下意识又要去拨赵惜月的手机。

结果这回他还没出手，对方倒先打了过来。

许哲接电话的时候，手竟有些微微颤抖。

"喂，你在哪儿？"

"许哲……"赵惜月的声音有点虚弱，也有点无助。

"你怎么了？"

"我在你们医院，你能不能过来一趟？"

"受伤了？"

电话那边略一迟疑："没、没有。"

许哲已顾不得再追问更多，只扔下一句"等我"，便转身朝自己的车奔去。

他从没开得这么快过，一路连闯几个红灯。车开到医院大门口随便在路边一停，给人打电话让人帮着挪车，自己则冲进了急诊室。

在看到赵惜月的一刹那，他再也控制不住，上前一把将她搂进怀里，全身紧绷的肌肉在那一刻终于放松下来。他这才发现原来汗水已经把他的后背浸透了。

赵惜月也在颤抖，甚至比他抖得更厉害。她脸色惨白浑身是血，说话的时候语句混乱，好半天也说不出个完整的句子来。

许哲赶紧扶她坐下，叫了路过的护士帮着送杯水来，又要替她检查身体。

"伤哪儿了，怎么不去治疗？"

"没，我没事儿。"赵惜月拦住他，"我只是有点儿擦伤，这不是我的血。"

"那是谁的？"

赵惜月表情一僵，突然扑进许哲怀里放声大哭起来。她哭得太肆意太投入，许哲只能在一旁默默安慰她，不敢再问半句。

这一下哭了有十几分钟，等到情绪平复后，赵惜月才哽咽着道："是、是我爸爸的。"

"你爸爸？"

"嗯。"

"这情况有点儿混乱。你确定是你爸爸？"

"我确定，我见到他了，他就躺在我面前，他还叫我的名字了。不会错的许哲，那真的是我爸爸，我还记得他的样子。"

许哲轻吻着她的额头安抚她："好好，我知道了，你先冷静一下。你身上的伤得处理一下，就算是擦伤也得先上药。我去找个女医生过来。你爸爸在哪里？"

"在抢救室，你能不能进去看一看，我真的很担心他。"

"别担心，有我在。"

许哲起身去找同事过来帮忙，自己则换了工作服进了抢救室。助手小李一见他就迎上来，把情况都给说了。

"车祸送来的，伤得挺重，主任亲自上台手术，各科的人也都准备好了，估计要做大手术。"

"还有其他伤者吗？"

"有一个女的，叫什么来着。哦对赵惜月，她是小伤，正在外面等。还有个司机，撞破了脑袋，这会儿酒还没醒，睡得正香呢。"

许哲点点头，上前查看病人情况，顺便和主任交流了一下意见。然后他一低头，看到了伤者的面孔。

那时他就想，原来这个人就是赵惜月的父亲啊。

不是亲生的，是养父。可他十年前不就死了吗，怎么会……

无数的问号在脑子里盘旋，但这会儿他都来不及细想。

抢救进行了五个多小时，等手术结束的时候天都快亮了。许哲疲惫地走出手术室，想找赵惜月。

谢志正好过来，一见他就道："找小赵是吧，我给她安排了个病房，正睡着呢，你过去的话小点儿声。"

"她伤得怎么样？"

"吴医生给处理的，应该不重，就是皮外伤。我们给拍了片子，一会儿结果出来你看看，没事儿的话明天就能出院了。"

许哲就谢过他，绕过人群去到赵惜月的病床边。正巧吴医生过来查房，见到他就把情况给说了，末了又添了一句："……她家属来看过她，陪了一会儿才走。"

"家属？"

许哲一愣。事发突然他还没来得及通知赵惜月的母亲，以她的性格出这种事儿也不会跟妈妈说，怎么会……

"什么样的家属？"

"男的，四十多岁的样子，长得挺不错的，穿得也很讲究。"

"他有说他叫什么吗？"

"没有，不过有个男的跟着他一道来，像是手下吧。我听那人管他叫孙董。"

许哲一下子明白了，孙晋扬来过了。他消息够灵通的，赵惜月前脚出车祸，后脚他就来了。

只是他大半夜跑过来，有什么目的？

他拉了张凳子坐在赵惜月床边，支着脑袋打起盹来，渐渐地人就有了睡意。也不知道眯了多久，只觉得有人在轻轻叫他的名字，他一下子又醒了过来。

赵惜月正从床上坐起来，脸上满是焦急的神色："许哲，我爸爸他……"

"他没事，手术很成功，他正在观察期，应该不会有问题。"

赵惜月脸色一松，眼泪又忍不住流下来。

"别哭。"许哲抽张纸巾给她，"昨晚发生了什么，你怎么跟你爸爸在一起了？"

"我没有。我只是心里太乱，一个人到处乱逛罢了。逛着逛着就逛到江边去了，原本我打算再走会儿就回家的。谁知道有辆车的司机喝醉了酒，开着车朝我冲过来。我都没搞清楚怎么回事儿，只觉得有人推了我一把，我就摔出去了。后来、后来我就看到了我爸爸。"

许哲摸着她的脑袋："所以以后晚上别一个人乱跑。这次有你爸爸救你，下回大概就要轮到我来救了。"

"我不要你救，你又不是我什么人。"

"如果救了，应该就能变成什么人了。"

赵惜月脸上还挂着泪，想笑又给忍住了。她掀开被子下床来："我想去看看我爸爸。"

"先别去，他这会儿还没醒，你先给你妈妈打个电话，她都快急死了。"

赵惜月这才想起妈妈来，赶紧摸出手机打过去。不敢说自己受伤的事情，只说在一个朋友家，很快就会回去，叫她放心就好。

挂了电话她看看许哲，露出一脸羞涩。

"怎么了？"

"我……饿了。"

许是人一下子放松了，饥饿的感觉随之而来。要知道她从昨天中午起就没吃过东西。

许哲不由得笑了："行，那你等着我，我给你买早餐去。想吃什么，汤包？"

"嗯，要十个，不，二十个。"

许哲露出一脸"你是饭桶"的表情，步伐轻快地走了。

出了医院往马路对面的汤包店走的时候，他给父亲打了电话，把孙晋扬来医院的事情给说了："……我觉得有点儿奇怪，孙叔叔最近有什么不对劲吗？"

"确实不大对劲。"

"怎么了？"

"明明都放弃了，突然又说要找女儿了。我想他可能有了什么线索，许哲，他去医院看谁？"

许哲没答话，脑海里却出现了一个大胆的假设。电话那头霍子彦叫了他几声，才把他唤了回来。

"不好意思爸爸，回头再跟你细说，我先挂了。"说完他挂掉电话，拎着汤包往回走。

孙晋扬突然来看赵惜月，是不是意味着孙月莹失踪的线索在对方身上？

难道赵惜月是孙晋扬的女儿？

许哲面色一凛，不由得加快了步伐。

昨天才刚知道赵惜月是收养的这一事实，今天又有了这个怀疑。冥冥之中似乎一切都安排好了，仿佛走到绝境一下子又出现了新的天地。

许哲的心情瞬间明亮起来。

那天早上，他们两个人凑在床头，把二十个汤包全部消灭干净。

赵惜月吃得意犹未尽，不住夸赞道："你们医院门口的汤包味道也太好了吧，百年老店吗？"

"没那么久，不过听说是有些年头了。开店的是对老夫妻，从年轻的时候就在这里摆摊，后来有了店面，听说现在还开了分店。"

"家族企业越来越兴旺啊。"

"人不都这样，只要努力就会越过越好。你要喜欢以后可以经常吃到。"

"怎么吃，天天早上跑来排队？"

许哲凑近到她面前，轻声道："不用，我下早班给你买了带回家就行。"

"我家又不是你家。"

"那就想想办法，把两家变一家好了。"

赵惜月一听这话，瞬间满脸通红。

好端端的，许哲怎么突然跟她表白起来了。

眼下这情况，似乎也不大适合说这个吧。

她本能地扭头想要回避，对方却是倔脾气发作，当场就要问她讨个答案："吃还是不吃，给句话吧。"

"天天吃汤包，也没意思啊。"

"医院门口早餐店很多，我可以变着花样给你买。你要喜欢别的把地址给我，我一样给你买，要不要？"

话都说到这个份儿上了，再说不要似乎有点儿矫情。她本来就喜欢这个男人喜欢得要死。

可有件事情她依旧有顾虑："你不找孙月莹了吗？"

"找，还是会找，但我不会让这个影响我们以后的生活。"

"那要是找到了她要你补偿怎么办？"

"除了我这个人，什么都可以给。"

"不后悔？"

"不后悔。"

许哲说着凑过去，对着赵惜月的额头轻轻一吻。吻过后有些不尽兴，他又想顺着鼻梁往下去吻她的唇。

结果好死不死谢志突然冒出来，给了两人一个大大的"惊喜"。

到底都是脸皮薄的人，许哲和赵惜月瞬间分开，一个装作若无其事，一个羞得满脸通红。

谢志还赖着不走，净说风凉话："不好意思不好意思，都怪我没眼力见儿。我马上走，立刻走。"那幸灾乐祸的声音听得赵惜月直想抽他。

待他走后许哲便安慰对方："没事儿，下次找机会偷拍他和齐娜亲热，做成视频天天在他面前放。"

"你这人报复心还挺强啊。"

"打断我的吻，当然得让他得点儿教训。"

看着许哲为自己斤斤计较的样子，赵惜月满脑子的粉色泡泡。

昨天这个时候，她觉得自己是这世上最不幸的人，不过短短二十四小时，她又成了最幸运的。

情绪一时涌上心头，赵惜月没忍住，扑过去抱住许哲的脖子，笑得一脸灿烂："怎么突然就想和我在一起了，可怜我吗？"

"我也不是慈善家，再怎么善良也不会委屈自己。我只是想通了。昨天你突然失踪，一下子就把我给震醒了。孙月莹丢的时候我只是觉得抱歉，那是小孩子间的友情。可对你不一样，那是实实在在的爱情。我那时真怕永远见不到你，我甚至在想如果老天爷愿意把你还给我，即便让我放弃寻找孙月莹，我也不会拒绝。你明白这种感觉吗？"

"明白明白。"

赵惜月简直乐坏了，紧紧搂着对方不放，不住地点头。眼睛又开始发酸，她觉得自己真是好不争气啊。明明这么高兴的事儿，她却总想着流泪。

她一定是让老天突然掉下的馅饼给砸傻了。

许哲表面看起来很平静，内心也少不了一番激动，两个人就在被帘子包围的病床边抱了很长很长时间，长到护士过来给赵惜月换药，才把两人生生给分开了。

换药的时候那个小护士总忍不住偷笑，等到她一离开许哲就道："她一定迫不及待把刚才看到的一幕和急诊室所有的人分享。"

"那是，惊天大新闻啊。一向冷若冰霜的许医生也知道找女朋友了，简直比美国总统选举还让人兴奋。"

"回头搞不好有人会结队来参观你。"

"参观我什么？"

许哲刮刮她的鼻子："看看这个降服了冰山的女人是谁啊。"

赵惜月一脸掩饰不住的兴奋，跟许哲扯了会儿闲话，才想起来要去病房看父亲。

"他应该醒了吧，这都一晚上了。"

说起这个气氛又有些凝重。许哲给重症监护室那边打了电话，确认赵伯康已苏醒后，便带着赵惜月过去了。

去的路上他问："要告诉你母亲吗？"

"我想先跟爸爸谈一谈，当年的事情我要问个清楚。"

"如果问出来当年他真的做了那样的事情，你准备怎么办？"

"这话应该我问你吧。"赵惜月抬头看他，眼睛里闪着顽皮的光，"你忍心抓他去坐牢吗？"

"那倒不必，父亲犯错拿女儿抵就行了。你嫁进我们霍家，一辈子给我当老婆，这事儿就算过去了。"

赵惜月哼一声不以为然："那我爸爸要是清白的呢，你打算怎么补偿我们这么多年的分离之苦？"

许哲一脸从容淡定:"那就父债子偿,我委屈点儿娶你做老婆,一辈子侍候你和你父母,成不成?"

"什么话,娶我很委屈吗?"

"我是不觉得,不过你应该有这种感觉吧。你这会儿脸上还挂着大白天出门捡到宝的表情,一会儿见到你爸爸,记得要收敛一点儿。"

赵惜月抬手打了他一下,等走到病房前时突然收住笑容,整个人又严肃起来。

病房里父亲正躺那儿休息,护士刚给他查过各项指标,目前情况良好。赵惜月换了防尘服后一个人进去,站在他床头沉默了很长时间。

她一直盯着父亲的脸看,想把这个过度苍老的男人和从前那个慈爱有加的父亲联系到一起。

也不过十几年时间,他却像老了二十甚至三十岁。这些年他都在做什么?

赵伯康原本闭着眼睛,他听到有人进来,以为是医护人员。等了半天却不见有人说话,他一睁眼才见到女儿站在那里,哭得跟泪人儿似的。

他心里十分不好受,费力地抬手招呼她过去:"小月……"

"爸爸。"

赵惜月冲到床边,紧紧抓着他的手:"爸爸,我好想你。"

赵伯康冲她点点头,又摇摇头:"别哭,是爸爸不好。"

"爸,这些年你都去哪儿了。"

"到处流浪,想着你我就总是告诫自己,不要放弃,我总要再见你一面才是。"

"那你为什么不来找我们?"

赵伯康做完手术刚醒没多久,身体还很虚弱,说话断断续续,脸上渐渐浮起一股懊悔的神情:"怪我,都怪我。人太贪就会出事儿。"

赵惜月想起舅舅说的那番话:"爸,他们说你泄露公司机密,是真的吗?"

赵伯康点点头,慢慢闭上眼睛,好半天才吐出一句话:"后悔啊。"

如果当初知道出卖公司利益换的那点儿钱会带来十几年痛苦的话,他一定不会那么做。

赵惜月终于得到了答案,只是这答案不是她想要的。但父亲活着比什么都好,一个活生生的人给了她无限的希望。

她一下子觉得其他的都成了无关紧要的东西。

她几乎没有犹豫，立即打电话给齐娜，请她带妈妈来医院。他们一家人分开了这么久，也该重新团聚在一起才是。

赵伯康虽然伤得重，但老婆女儿陪在身边，身体就好得很快。一个星期后他已是恢复了大半，说话时中气也足了许多。

到这会儿他才有机会把当年的事情一五一十全都说出来。从对头公司派人和他接触说起，到他们用金钱利诱他，让他一时头脑发热做出后悔一生的事情来。

"……后来事发我才真的害怕起来，公司要我赔钱，我哪有那么多钱。想到小月还小，我真不知道该怎么办。那天跳河也是一时糊涂，想着就此一了百了。没想到命大居然没把我淹死，还一路把我冲出了几十里地。"

赵母哭得上气不接下气，不住埋怨丈夫："你既然没死为什么不回来找我们，害我们难过这么多年！"

"没办法，我怕公司不肯放过我。我想我死了，他们也没理由找你们麻烦。只要我活着就有数不清的烦恼，所以我想索性让他们以为我死了算了。这回要不是小月差点儿被车撞，我们应该还不会见面。我有时候想，只要远远看你们一眼就够了。"

赵惜月也哭得泣不成声："爸，你太狠心了，这次不是老天爷开眼让你碰上我，我们可能永远见不到了。"

"不会不会，爸爸一直在暗中看着你呢。自打你成了明星，爸爸就总想见你一面。那天晚上我们不是凑巧碰到，是我看你心情不好总是乱逛，故意跟着你的，没想到后来出了那样的事情……"

赵惜月惊得说不出话来。后来她把这事儿跟许哲说了，还不住问他："你说这是真的吗，事情不会这么巧吧。"

"如果你跟你爸爸是偶遇的话，我想那才真是天大的巧合。赵惜月，你连我都能拿下，上辈子一定拯救了银河系。既然如此，老天爷让你们一家人重聚，也是顺理成章的事情。不用太过紧张，你的好运气又岂止这一点。"

赵惜月对他话里话外的自夸当作没听见，不过对能拿下这个宇宙级的男神还是相当满意和得意的。有几回她和齐娜说起这事儿，整个人那神气劲儿，看得齐娜直咬牙，直骂她是小人得志。

赵惜月就冲许哲摇尾巴:"我就得志怎么了,齐娜那是嫉妒我。"

"那你想不想再来一件好事,好让齐娜对你更加羡慕嫉妒恨?"

"什么事儿?我都好运爆棚了,还能走什么天大的运气。难道你偷偷给我买了彩票,准备让我中个几百万高兴高兴?"

许哲拍了拍她的脑袋:"彩票没有,大奖倒真有一个。如果你认回你的亲生父母,你得到的一切将比中彩票还要多。赵惜月,你想不想知道他们是谁?"

这一刻赵惜月竟有些不知所措,下意识就回了句:"不,我不想知道。"

第二十一章
被视作天神的大哥哥许哲被拿下了

四月底的天气已是烈日高照,赵惜月一看游乐场里铺天盖地的人,只觉得身上更热了。

她无奈地去看许哲,小声道:"可不可以回去啊?"

比她矮一个头的孙念念听见不干了,大声地抗议:"姐姐,你答应陪我来玩的,今天谁也不许走,我要挨个儿玩个遍。"

许哲递给赵惜月一个同情的眼神,示意她跟上。

十来岁的孩子正是对这种东西感兴趣的时候,孙念念好不容易逮着个机会拉他们两个过来,轻易不肯收手,还真是按着次序轮番上阵,每个设施都不放过。

赵惜月胆子不大,从前就不爱玩这种东西,当着许哲的面还想保持点儿形象。结果一个海盗船坐下来就叫她原形毕露形象全无。

她突然十分后悔认回亲生父母。

许哲就劝她:"算了,看在他们有钱的份上,念念只是赠品。"

"可这个赠品也太让人头大了。"

孙念念从小就知道自己有个姐姐,就是一直没见着。如今终于见着了,就跟看西洋镜似的,对赵惜月从头到脚都充满好奇。

他一点儿没有父母要被抢走的觉悟,反倒觉得有个姐姐是无比幸福的事情。因为姐姐太有本事,居然把他们这一帮孩子视作天神的大哥哥许哲都给拿下了。

以后他走出去可是倍儿有面子,一跟人说"许哲是我姐夫",那脸上就跟打了光似的,想不闪都不行。

赵惜月的存在极大满足了他的虚荣心。

他这么热情赵惜月也不好跟他摆架子，只能耐着性子假装成一个慈爱的姐姐，尽量满足弟弟的要求。

可这游乐场里的设施未免也太吓人了。

半个小时后，赵惜月脸色发白坐在摩天轮下的椅子里，不住冲两个男生摆手："不行了，你们去吧，今天所有的开销算我的，求你们放过我吧。"

孙念念将自己的帅脸凑过去："姐，你还得请我吃饭。"

"行行，我请，我一定请。"

难怪许哲以前说过，能用钱解决的问题都不是问题。

许哲给她买了饮料，让她等在原地，自己则带着孙念念去疯玩，这一去就是一个多小时。

赵惜月一个人静静地喝饮料看风景，顺带也看那些玩兴正起的游人。

来这里的人以孩子居多，五六岁的孩子脸上挂满了天真的笑容和极大的好奇心，一个个把嘴张得老大，仿佛进入了从未见过的奇幻世界。

赵惜月就一直看那些孩子，每当看到小女生小男生手牵手走过的时候，眼前总会出现一幅熟悉的画面。

她觉得，她小的时候可能来过这里。

等许哲带念念玩了一圈回来后，她就抓着对方问："许哲，我们以前是不是来过？"

"来过，从前这里没这么大，这几年翻修过，占地面积大了几倍。你是不是想起点儿什么来了？"

"有点儿印象，不过印象不深。你说我怎么就记不起从前的事来了呢？"

孙念念在边上吃冰激凌，听到这话忙插嘴："姐，这是好事儿。我妈说了，记忆不好的人是傻人有傻福。"

赵惜月真想赏他两个栗暴。

许哲又买来两份冰激凌，塞一份在她手里："别跟小孩子一般计较。"

"他不小了，说出来的话能把人气死。许哲，你当初为什么让我认回爸妈，就想拿他折磨我是吧？"

许哲笑得一脸温和，忍不住想起那天去找孙晋扬的情形。

那是赵伯康出车祸的第三天，他估摸着亲子鉴定的结果该出来了，大清早就堵在孙家门口等孙晋扬上班。

两人一见彼此相视一笑，孙晋扬就上了他的车。

"就知道你会来找我，想知道结果吗？"

"其实知不知道都一样。"

"怎么说？"

"不管她是不是你女儿，我都会娶她。如果是，皆大欢喜，要不是的话我也只能浑蛋一回了。"

孙晋扬从包里掏出那份鉴定报告，在许哲面前晃晃："你这小子一向运气不错，老天爷还真是待你不薄。"

不需多说许哲已经明白，老天爷果然对他不错。

这会儿赵惜月问起，他就实话实说："……我运气这么好，总得分点儿给别人。你爸妈这些年因为你受了不少罪，总不能再叫他们伤心。你现在父母双全还比别人多一倍，顺带还多了个弟弟，人生圆满到不能再圆满了。"

赵惜月想想是这么回事儿，刚想点头又赶紧摇头："不对不对，爹妈是好的，可这个弟弟嘛……"

"姐，你对我有什么意见吗？"

赵惜月哪里敢，立马堆起满脸的笑意讨好对方。

孙念念得意地一扬下巴，十足孩子气。

三个人在游乐场玩了一整天，到晚饭时分孙念念正准备敲姐姐竹杠挑家贵点的餐厅，妈妈却打电话过来，叫他们都回家吃饭。

赵惜月认回父母已有些日子，但回家吃饭的次数不多。现在和从前不一样，她有两对父母，两边的情绪都要照顾到。

可是怎么平衡这个关系，她暂时还没有太好的办法。

好在不管是亲生父母还是养父母，对她都很宽容。有一回赵惜月实在好奇，忍不住问养母："妈，你不吃醋吗？一手养大的女儿万一跟别人跑了怎么办？"

赵母笑得一脸满足："反正你迟早也要嫁出门的，不留在赵家也不会去孙家。你是霍家的人，许哲哪天头脑一热娶了你，你就是泼出去的水了。早晚都要走，我自然想开了。"

赵惜月就觉得，妈妈怎么这么无情啊。

什么叫头脑一热，说得好像许哲娶她是吃了多大的亏似的。

结果那天晚上去孙家吃饭，吃完饭连翘楚拉她喝茶聊天，竟也说起这个话题:"你跟许哲的婚事要不年内就办了吧,早点儿嫁过去早点儿生孩子,让妈妈赶在五十岁前当上外婆,多好的事儿啊。"

赵惜月又想,她的两个妈还真都很想得通呢。

连翘楚保养得当,一张脸看上去不过三十多岁,真是很难想象她当外婆是个什么样儿。

于是她就笑着说:"妈,那可不行,到时候你带孩子出去,人家以为是你生的呢。"

这话说得连翘楚十分开心,顿时笑得一脸灿烂。

孙念念突然从旁边钻出来,硬是挤到她俩中间:"你们说什么呢,是不是让姐姐赶紧嫁给许哲哥哥啊。姐姐啊我劝你,要抓紧,许哲哥太抢手,你不努把力回头就让别人抢走啦。"

赵惜月简直没有活路了。

吃过饭她跟许哲在家后面的院子里散步,忍不住把两边父母的话拿出来和他抱怨一番。

"他们怎么这样,一个两个都不想要我,恨不得我明天立马嫁给你。"

"我也这么觉得,念念的话有道理。赵惜月,好东西都要抢,过了这个村就没这个店了。"

赵惜月捏捏他的脸颊:"从前怎么没觉得你这人脸皮这么厚呢。"

"谢志说的,想要娶老婆,就得胆大心细脸皮厚,否则就要打一辈子光棍。咱们已经落后了,再不抓紧就要一辈子落在后头了。"

"落后?"

"你不知道吗?"许哲搂着她的腰,"齐娜怀孕了。"

"什么!这女人居然不告诉我。"

"才验出来,谢志太高兴一个没藏住,说漏嘴了。你看人家孩子都有了,咱们还在这里磨磨叽叽地谈恋爱,大好时光都给浪费了。"

赵惜月不由得咬唇:"那你说怎么办?"

"明天去领证吧。"

"明天?这也太快了。你得让我准备准备。"

"你要准备什么?记得带上户口本和身份证就行了,领证的钱我有,管够。"

赵惜月不禁抚额："我说的不是这个。"

"那是什么？刚认识的时候你就一副垂涎我美色已久的样子，恨不得一口把我吞了，现在我主动送上门来，你难道不高兴？"

不知为什么，自打恋爱后，赵惜月觉得许哲这人是越来越油腔滑调了。

"你怎么这么能说，最近是不是偷偷吃肉了？"

"不是偷偷，是光明正大。你都回来了，我再不吃点儿肉，以后怎么镇得住你。"

"这跟吃不吃肉有关系吗？"

"当然有。"

许哲说着突然下手偷袭，一把将赵惜月整个人打横抱了起来。对方吓得尖叫一声，随即又捂上嘴巴。

"你看，肉吃得多力气也大，以后不仅抱你，再抱三个孩子也没问题。"

赵惜月就急了，抓着许哲胸口的衣服大叫："三个，你是不是疯了，谁说要生三个啦。"

"那就四个。"

"不行。"

"五个。"

"做梦。"

"六个。"

……

赵惜月的这一生，就这么被这个男人吃得死死的了。

番外一
她和许哲，
仿若一个漫长的美梦

赵惜月被人抱走的那一天，是许哲人生里最灰暗的一天。

自小头脑灵活的他，事后却有点儿想不起来那天究竟是怎么过的。

家里的大人们几乎倾巢出动，利用一切关系去寻找那个重要的小胖妞儿。许哲偶尔听长辈们提起，似乎是在监控录像里看到了犯罪嫌疑人。

那是一个惯犯，专门拐卖小孩子，并且以男孩儿居多。

几年之后在警方的一次专项打拐行动中，这个人贩子被抓获。那个时候许哲天真地以为，赵惜月很快就会被找回来了。

可得到的答案让人泄气。

这个姓贾的人贩子对赵惜月居然还有点儿印象，说起来直摇头。

"太闹腾了，我就没见过这么皮的娃儿。简直比男娃还淘气。不是城里的娃嘛，怎么净往树上爬。有一回她悄悄溜出来，跑到我关她那屋的院子里去爬树，结果倒好，一屁股摔下来跌个半死，脑袋上还磕了个大包。"

许哲后来想，或许就是这一摔，叫赵惜月把从前的记忆都给摔没了。

警方继续追问孩子的下落，得到的答案却叫人灰心。

"太皮，又是女娃，没什么人家要，我就带着她去城里继续淘'货'。有一回没看住叫她跑了。我就想跑了也好，那么能吃，再养下去非把我吃穷不可。"

于是赵惜月就跟断了线的风筝一样，消失在了偌大的城市里。

那个时候她还不到七岁。

打那以后，寻找她就成了一件难上加难的事情。

渐渐地，亲戚朋友都收手了，纷纷劝孙晋扬夫妇再生一个。

再后来孙晋扬和连翘楚也开始动摇，在一次意外怀孕之后生下了小儿子孙念念。

眼看女儿已没有找回来的希望，灰心丧气之下，一家人移民去了美国。他们想离开这个伤心地，似乎那样就可以让伤口好得更快一些。

只有许哲，十几年如一日般坚持，从来没有半分放弃。

他这些年寻找赵惜月的经历如果整理一下的话，或许可以出一本书。

最忠实的读者就是赵惜月。

自打两人在一起后，她时常缠着许哲讲那些年寻找她的点点滴滴。

她美其名曰："可以帮助我更快地恢复记忆。"

事实上，那些东西和她的记忆风马牛不相及。她只是喜欢一次又一次地听许哲提起他对她的在意和用心，那种被人挂在心上的感觉实在太棒了。

"所以你也被人骗过钱？"

刚开始的时候许哲还年轻，十二三岁的年纪，书已是念得不错，对人性的概念却很模糊。别人骗他有赵惜月的消息他就信了，给过别人一回钱，结果自然是打了水漂。

吃一堑长一智，他在与坏人的斗智斗勇中迅速地成长了起来。

赵惜月却对另一桩事情更感兴趣。

"所以你见过几个疑似是我的姑娘？说说什么感觉，有没有心跳加速？"

许哲很淡定地赏她一个白眼。他头一回见她的时候都没什么感觉，更何况是见那些冒牌货。

他对她的感情，是在接触之后慢慢积累起来的，并不是什么浪漫的一见钟情。

谁叫他天生慢热呢。

赵惜月从许哲那里听了太多关于她小时候的糗事，对从前的自己也是越来越好奇。

她开始埋怨那个人贩子，怎么没把她看紧呢。如果没从树上掉下来，起码现在她也可以拿些许哲的糗事扳回两局啊。

她去找孙晋扬夫妇，请他们讲自己小时候的点点滴滴。

话到说时方恨少，两夫妻这才发现，自己对这个大女儿并未尽太多的心力。有钱人家保姆众多，赵惜月从小都是阿姨照顾大的。

于是她又去找赵伯康夫妇。

"你们怎么收养的我,总不会是大街上捡的吧?"

赵母一脸为难,因为这孩子真是捡回来的。

赵惜月从人贩子手里跑出来后就在街头流浪,有一回不知怎么的跑到了赵母任教的学校。

大约是校园里年龄相差不多的孩子们吸引了她的注意力。

衣衫褴褛浑身污糟的赵惜月,一下子扎进了赵母的眼睛里。

她和丈夫结婚多年一直没有孩子,赵惜月在她心里,简直成了天使一般的存在。

起先赵母以为她是哪家走失的小孩儿,带她去洗漱干净后问了一些问题。结果她发现这孩子前言不搭后语,似乎有点儿问题。

按理说她该把孩子送派出所的,可她实在太喜欢这个孩子,便悄悄把孩子带回了家。

"我跟自己说,我就留你住一晚。好好问问你的情况,问清楚就把你送回去。可是那天晚上吃饭的时候我问你,你却说你无父无母,说照顾你的那个人对你不好,又打又骂还逼你吃药。我一听就急了。"

赵母生怕孩子送回去会吃苦。更何况赵惜月说了,那个人根本不是她的父母。晚上丈夫回来后两人一合计,决定再多留孩子住几天。

一天两天就这么住下去,很快就住了一个星期。相处越久感情越深,再要送走可就难了。赵惜月就这么稀里糊涂地在赵家住了下来。

再后来就是托关系找人帮忙办收养手续。等到手续一办,赵惜月就正式成了这个家的一分子。

许哲有点儿疑惑:"你就一点儿不觉得奇怪,那都不是你爸妈?"

赵惜月无奈耸肩:"我心宽啊,谁待我好我就跟谁呗。他们好吃好喝供养我,还送我上学,我当然爱他们了。"

许哲就想前半句是真,至于上学什么的,她应该从来没有享受过。

除了两家父母的回忆,剩下的还有照片。

无论是孙家还是赵家,都保留了不少赵惜月儿时的照片。她把相册统统抱回许哲家,和对方一起研究。

两家照片的风格相差真大啊。

"从前我是公主,后来成了文艺女青年啊。"

赵惜月托着腮帮子一张张翻看照片,看得多了,似乎真能想起点儿从前的零星片段。

在孙家的时候,她时常穿公主裙,戴漂亮的小首饰,头发扎得也花样百出。

到了赵家就朴素很多。但赵母是老师,就喜欢将她朝文艺范儿打扮,家境不够富裕的情况下,给她买的衣服却都是当时最流行的。

那是一个琼瑶剧流行的年代,照片里的小赵惜月大眼睛白皮肤,梳着两条辫子,很有一股电视剧女主角的味道。只是她还太小,没长开。

赵惜月把这些照片看成宝贝,一张张反复拿来细看。

一开始记不起上面的内容,就自己瞎编故事。每张照片都是一个故事,人物地点时间无一不精,说起来娓娓动听,仿佛她真的亲身经历过一番。

有时候许哲在旁边听着听着也会产生一种错觉,好像赵惜月从来没有离开过。她就这么叽叽喳喳在他耳边生活了二十几年。

少时玩伴长成之后做了夫妻,细水长流的感情很符合许哲的性格。

像他这么温吞水的人,一见钟情山崩地裂的感情并不适合。赵惜月这样的才是他最好的归宿。

幸好,他最终找到了她。

赵惜月认回亲生父母后,性格似乎也在慢慢改变。

以往的她感情内敛有些压抑,如今倒是自由奔放起来。

恋爱中的女人有种魔力,她一快乐,连身边的人也跟着快乐起来。

亲戚朋友们再见许哲,都说他比从前开朗许多。笑容多了,他偶尔也会开个玩笑了。

赵惜月十多岁的弟弟孙念念同学以往对许哲又敬又爱,如今也敢在他面前开玩笑,甚至耍滑头了。有个这样高能的姐夫,小东西走路都是横着的。

七大姑八大姨对赵惜月尤为关心,尤其是孙连两家那边的亲戚,每天轮番宴请即将结婚的小夫妻,饭局多到数不过来,赵惜月吃到最后实在招架不住,时常拉着许哲躲回赵家去。

她想清清静静地过日子。

许哲也有同样的想法,于是婚礼举行前的一个星期,他又带她去钓鱼。

这一次去了另外一个地方,依旧是人烟稀少的湖泊,景色比上一回的更美。

赵惜月是那样一个没有耐心的人,可和许哲两人拿着钓竿坐在湖边,竟能一坐一整天。

他们时不时地聊天，说的都是从前的事儿。

听许哲说得越多，赵惜月就越幸福，连她都有了一种从没离开，好像一直和对方在一起的错觉。

中间缺失的十八年，被两人一点点地拼凑起来。

他们从小学幻想到中学，最后又到大学。许哲想了想道："我们应该不会念同一所大学。"

"为什么？"

现实生活里，他们确实是校友啊。

"如果你留在孙家，应该会比现在胖很多。人一胖，智商就会不够用，你能考上F大的几率就会大大降低。"

"所以该庆幸我被人拐走了？"

许哲不说话，沉默片刻后突然转过头来，用从来没有过的深情目光盯着赵惜月。

半响，他伸出手，抓住了对方的手："不用，我一直希望我们从来没有分开过。哪怕你长成一个大胖子，或是学习成绩一塌糊涂，都没有关系。"

赵惜月很少听许哲讲这样的情话，听到最后眼睛都发酸了。好好的，怎么突然走温情路线了。

那天他们两个就这么在湖边坐到了黄昏。后来赵惜月体力不支，钓着钓着就靠在许哲身上睡着了。

她觉得自己似乎做了一个梦，一个特别漫长的梦。

梦里的主角是她和许哲。从第一次在幼儿园相遇起，到后来她把他推下楼梯，他们一起去看球赛，还给许哲的母亲当模特儿拍了无数的照片。

学校里办文艺演出，她抢了许哲的衣服穿在身上，后来不知从哪里蹿出个男人，一下子就把她抱走了。

她的人生从此有了巨大的改变：从孙家到赵家，从没心没肺到坚强勇敢，甚至挑起一家的重担。

这个梦做到最后，醒来的时候赵惜月发现，自己的眼角居然真的湿湿的。

许哲什么也没说，就这么安静地搂着她。还是她按捺不住，冲对方笑道："许哲，我做了个梦，特别美好的梦。"

不经意间，她的美梦已然成真。

番外二
今天你要嫁给我

离婚礼越来越近,赵惜月也越来越紧张。

不是怕婚礼当天流程太多记不住,也不是怕自己塞不进那件尺寸刚好的婚纱,她是在怕新婚之夜。

许哲那个木头,念书工作都一流。可洞房花烛夜,他会不会跟别人不同?

齐娜笑她想太多:"这种事情男人无师自通,打从娘胎里出来就会。"

对别人是这样,对许哲嘛,赵惜月觉得要打个问号。

可这种事儿说不出口,她也不能大喇喇跑许哲面前问他准备好了没,只能自己干着急。

偏偏没人看出她这种焦急的本质,只当她是待嫁新娘过分羞涩的表现。赵惜月默默同情了自己一把。

婚礼前三天,她陪许哲去灯光球场打球。

春暖花开的日子里,一帮年轻男人挤在球场上挥洒汗水,那荷尔蒙浓烈得几乎能把赵惜月熏晕过去。

这是她头一回见许哲运动,原来竟是这么帅。

许哲有两大爱好,打球和钓鱼,一动一静相得益彰,静的时候优雅迷人,动起来也是帅气无比。

上场没几分钟,赵惜月就被他给迷住了。

整场球打下来,她的目光只在许哲一个人身上停留。

旁边有年轻小伙儿看她长得漂亮起哄吹口哨的,赵惜月一概不理,直到许哲带着一脑袋的汗水跑过来的时候,她才开始慢慢脸红。

只穿一身运动背心短裤的许哲,有着年轻男子特有的朝气。喝水的时候胸膛微微起伏,喉结上下滚动,真是说不出的性感。

赵惜月看着看着眼神就飘到别的地方去了。她是故意的，她怕看得久了会把持不住，当众就要搂着许哲亲上去了。

这么出色的男人，居然就要成为她的丈夫了。

想到这里，赵惜月有点儿心波荡漾，对他们的新婚生活还有点儿小期待。

齐娜在这方面是她的人生导师，总是用自己的实际行动向赵惜月证明先上车再补票的好处。

她跟谢志证还没领娃却已经怀上了。因为这两个原因，这次结婚她做不成赵惜月的伴娘，甚至一度被谢志劝着不要去参加婚宴。

S市这边有这样的风俗，孕妇不宜出现在婚礼现场，怕主人家犯冲不高兴。

齐娜为此气得两天没吃饭，急得谢志团团转，生怕饿坏了自己的儿子。后来还是赵惜月主动说没关系不忌讳，才把这位女王哄好。

齐娜一高兴又给赵惜月出馊主意。

"新婚之夜两个人累得要死，还顶着一脸大浓妆，还有那么多亲戚朋友，实在太不适合了。你就该找个有情调的时间和环境，慢慢享受生活。别给自己留下遗憾啊。"

此刻面对许哲精壮的肌肉，赵惜月突然就想到了这番话。

许哲察言观色觉得不对，拿手里的矿泉水瓶子敲赵惜月脑袋："想什么？"

"想你。"

话说得太直接，她自己先不好意思了。

许哲微微一笑，凑近了轻声道："别想了，过两天就全是你的了。"

不说还好，一说赵惜月脸红得更厉害了。

不仅脸红，还手抖脚抖浑身都抖，她一下子又害怕起来，临阵退缩打起了退堂鼓。

她果然不是齐娜，做不到那么开放，这种事情还是顺其自然吧。听说新婚之夜会很难受啊。赵惜月替自己掬了一把同情的眼泪。

关于这个事情，两个妈妈也是各有想法。

赵母是老派人，讲话比较含蓄，结婚前一天把赵惜月叫进房里暗示来暗示去的，半天也没说到正题上。

赵惜月听得一头雾水，最后只见赵母淡淡一笑，冲她来了一句："算了，明天晚上你就全懂了。"

懂什么啊？她现在就很不懂。

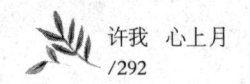

那边连翘楚是喝洋墨水长大的,自然开放许多。结婚当天早上帮赵惜月换婚纱的时候,她直截了当就戳破了这层窗户纸。

"别怕,一会儿的事儿。许哲也是头一回,肯定长久不了。"

赵惜月哪里懂这些,只觉得不好意思,嗯嗯啊啊应付着。

"你别不相信,以后你就懂了。这事儿跟做学问一样,要慢慢积累进步,还需要磨合。你们两个都是生手,要有什么不明白的就来问我,问你爸也行。"

赵惜月心想你饶了我吧,我怎么能问你这种事儿,也太没皮没脸了。

可不问的结果就是稀里糊涂。

婚礼当天赵惜月整个人都是蒙的,反正所有的事情都有人替她准备,该做什么不能做什么也会有人提醒着。

她要做的只有一件事情,就是当一个美美的新娘,负责保持一整天的微笑就好。

本以为是件轻松的活儿,想不到光是一个"笑"字也能把人生生折腾死。才不过一个早上,赵惜月就觉得脸上这肌肉像不是自个儿的似的。

实在是有些累人啊。

S市的习俗婚宴要在晚上办,许哲带的伴郎团大概中午才会到孙家迎亲。

赵惜月一早上都被闺蜜亲戚包围着,众人忙着在偌大的房间里藏她那两只鞋子,还有人已经列出一长串的单子,准备到时候为难新郎官。

许哲来的时候外面鞭炮震天响,别人都在那儿欢呼鼓掌,只有赵惜月一个人紧张得手心冒汗。

新郎官一路红包开路,没费吹灰之力就到了新娘房门口。

伴娘团立马起哄要他唱歌。

许大神威名赫赫,在赵惜月那一帮同学中名气响当当。都知道他念书好长得好体育也好,就是从没有人见他唱过歌。

大家都很兴奋,盼着大神也能出回丑,若是唱得五音不全,往后还能在学弟学妹面前炫耀一把。

赵惜月也替他捏把汗,她也没听许哲唱过歌啊。

隔着一扇门板,大神的"军师们"开始出主意,七嘴八舌说什么的都有。

许哲岿然不动,拿着捧花清清嗓子,居然就这么开唱了。

唱的是老掉牙的《月亮代表我的心》。

这歌换别人唱肯定要被嘲笑，可许哲唱什么都没关系，就是唱《两只老虎》也有人听。

房里房外一下子安静下来，全都竖着耳朵听。赵惜月才知道，许哲也会唱歌，虽没什么技巧，五音还是全的。

为了娶老婆，他的牺牲也不小啊。

一曲唱毕众人爆发出雷鸣般的掌声，纷纷要求再来一首。

许哲没有拒绝，又唱了首滥大街的《今天你要嫁给我》。唱完后他别出心裁加了一段，提高嗓音问门里的赵惜月："你嫁不嫁？"

新娘还没开口，一众伴娘倒是齐声大喊："嫁！"

于是赵惜月就这么被人做主嫁给了许哲。

男神一出众人都抵挡不住，两只鞋子很快就被"叛徒"供出了所在，许哲就这么抱着赵惜月下楼，在又一轮的鞭炮声中把人抱上车，往霍家开去。

赵惜月自打见到许哲后人就蒙得更厉害了，后半程具体经历了什么居然没记住。事后她跟许哲抱怨："你们家亲戚朋友也太多了，敬酒敬得我肚子都要撑爆了。"

喝多的结果就是进洞房后，她还一直不停地上厕所。

他们两人的婚房定在酒店的总统套房里，提前就有人布置一新，好叫他们留下一个难忘的新婚之夜。

赵惜月在进房的一刹那真心觉得自己是全世界最幸福的女人，结果事情的发展总是出乎她的意料。

这么漂亮的套房还没坐热乎呢，不速之客居然就敲门找上来了。

莫杰西就是这个世界上最不受人欢迎的小叔子。

赵惜月觉得自己上辈子一定欠了他很多钱，这辈子还债来了。连许哲都没叫她这么堵心过，这男人却一次又一次刷新她的底线。

新婚之夜跑来她跟许哲的新房闹场，还喝得酩酊大罪，这种事情也就他这个厚脸皮做得出来了。

莫杰西那天心情一般般，又高兴又不高兴，借着气氛多喝了两杯，一不小心就喝多了。

狐朋狗友要扶他回房全被他给骂跑了，他一个人乱晃荡，不知怎的就晃到赵惜月的新房前面了。

七分醉意三分不甘，他没多想就开始敲门。

敲了半天才有人来开，许哲那脸一出现在门后面，莫杰西就觉察到了一股浓浓的寒意——他的眼神要杀人。

莫杰西站在那里颇不好意思，想了想大着舌头说了句客套话："哥，恭喜你啊。"

"你存心的吧。"

"当然是存心的，我的祝福真心实意。"

"我指的不是这个。"

酒劲上头，莫杰西有点儿没反应过来，强忍着把个酒嗝儿咽了下去，露出一脸傻笑给许哲。

许哲就想，他上辈子肯定也欠这小子很多钱。作为哥嫂，应该偶尔容忍弟弟的胡闹。可他闹得太过头了，洞房花烛跑来砸场子，摆明了不让他们好过。

于是，一向温文尔雅的许哲头一回不客气地开口撵人："不早了，你回去吧。"

"我、我想再跟你喝……一杯。"

"可我不想。"

许哲说着就去推他，一下把莫杰西推得后退几步，踉跄的步子显得有点儿可怜兮兮。一看他这样，许哲又心软起来。

正在这时客厅里传来赵惜月的叫声，许哲顾不得关门转身冲了进去。

只见赵惜月整个人扑倒在沙发里，吓得脸色苍白。

"怎么了？"许哲去扶她。

"不小心滑了一下，幸好摔沙发里……哎，他怎么进来了？"

许哲回头一看，莫杰西乱着步子跟了进来，一见赵惜月就露出比哭还难看的笑来。明明长得挺帅，怎么把自己搞成这样。

赵惜月贴在许哲耳朵边，不满道："让他出去。"

莫杰西没听到声儿却猜到了内容，不由得翻个白眼："我不出去，我累了，你们借个房间给我吧。"

"那怎么行！"

"怎么不行啊？总统套房，有的是空房间，借我一间怎么了，又不睡你们床上。"

莫杰西说完不客气地往里走，一间间的房门打开来看，头一间就打开了新房："哦不好意思，这间我不睡。满床的什么呀，红得要死，不好看。"

赵惜月冲他的背影做个鬼脸，转头去看许哲。对方一脸无奈，轻声道："要我把他扔出去吗？"

"哥！"莫杰西扭头看他，一脸不满，"别那么小气。墙那么厚实，你们该干什么干什么，关了房门就行，我不听。"

话是这么说，可终究感觉不一样。原本是偌大的套房就两个人，想怎么玩就怎么玩，可现在还得顾忌着隔壁房的醉鬼。

万一他是装醉呢？

回房的时候赵惜月不住地问："他真是你弟弟，有血缘关系？"

"是。"

"怎么可能，你们两个长得一点儿不像。你这么君子他那么小人，说你们俩是兄弟没几个人信。"

许哲也很无奈，但看在父亲的份上只能忍耐。他关起门来劝赵惜月："算了，随他去吧。他说得也对，关门就成，反正听不见，他在不在都没关系。"

赵惜月还是有点儿不放心，特意出门去莫杰西的房门前听声响。听到里面传来有节奏的鼾声，这才好过一些。

回房后她又锁了房门，并叮嘱许哲："来敲门也不许开。他再闹就打电话叫保安，把他扔出去。"

睡得正香的莫杰西不自觉打了个寒战，嫂子大人真是太凶残了。

被莫杰西这么一闹，原本的紧张少了几分。赵惜月洗完澡出来也没觉得多尴尬，一直到许哲从浴室出来，顶着一头湿漉漉的头发在她面前晃荡时，赵惜月才意识到接下来会发生什么，心一下子提到了嗓子眼儿。

赵惜月不自觉地拉了拉睡袍宽大的领子，想了想还是不放心，又把电视打开了。有了嘈杂的背景音，心里踏实许多。

许哲背对着她似乎在忙什么，开了抽屉从里面拿东西。

起先赵惜月没留意，后来觉得好奇就问："找什么呢？"

"提前准备了点儿东西，先拿出来备用。"

什么东西？赵惜月立马头皮发麻。许哲那么斯文，不会有什么怪癖吧。偏偏他还回头冲她笑笑，害赵惜月鸡皮疙瘩掉落满地。

她抻长脖子想看，许哲却像故意挡着似的，怎么也看不清。

最后赵惜月无奈，小声道："到底什么东西？"

许哲不答反问："你想什么时候有孩子？"

"啊？"

"顺其自然还是晚点儿？"

赵惜月眨巴两下眼睛，开始认真思考这个问题。因为想得太投入，甚至忘了探究许哲准备的究竟是什么东西。

她想着想着觉得身边似乎热热的，一转头对上许哲深情的双眼。

他什么时候凑这么近了？

赵惜月本能地想要闪，许哲长臂一收，就把她拉了回来，绵长细密的吻就这么落了下来。

轻柔的吻一下子打乱了赵惜月的心，她连刚才想的那个问题都快记不住了。

不知道什么时候，两人已经齐齐倒在了床上。身下是一早铺好的大红龙凤鸳鸯喜被，在这个西式的房间里点缀起来，有一种强烈的对比美感。

赵惜月从前觉得俗气，现在躺在这里反倒有种暖意直达心头。

原来这就是结婚，红色，果然是最适合婚礼的颜色。

压在她身上的许哲显然比她更早进入状态，动情的俊脸显得更加帅气迷人。

赵惜月原先想的那些该有的步骤一个没记住，早已沉沦在他的呼吸里，只能任由对方摆布，尽力做到配合。

当丝滑的睡袍带子被许哲拉开的时候，裸露在空气里的微凉触感让她有一丝战栗，然而很快就被许哲温暖的身体覆盖住，还听到他轻轻说了这么一句："那些东西就不需要了，我们应该早点儿让孩子来到这个世界。"

赵惜月已经迷糊的脑子完全品不出这话的真实含义，只是在意识即将失去的刹那突然想到一个问题。

为什么同样没有经验的许哲，在实战时竟是如此游刃有余。

果真是天才，做什么都特别出色吗？

夜色迷蒙，终于，这是只属于她和他的时刻……

【官方 QQ 群：555047509 】

每周丰富多彩的群活动，好礼不停送！
作者编辑齐驾到，访谈八卦聊不停！

扫一扫看更多图书番外，作者专访